En Noir et Blanc

Table des Matières

Remerciement

Brigitte, je te remercie mille fois pour tes corrections et tes commentaires.

Merci Élisa pour tes conseils sur ma couverture.

Encore une fois, merci à tous mes lecteurs, vos commentaires m'encouragent fortement à continuer d'écrire.

Et un grand merci et bravo à toutes ces personnes qui se battent tous les jours, dans l'ombre ou la lumière, pour les sans-voix.

Chapitre Un

Sarah Weisman soupira en descendant du bus à la station Los Feliz - San Fernando. Elle inspira profondément. Même pour Los Angeles, ce mois de janvier était anormalement chaud, mais tout de même ; les gens pouvaient bien ajouter une couche de déodorant, non ? Elle prit une longue inspiration une fois de plus avant de grimacer, elle s'était habituée à un air bien plus pur et un climat verdoyant en étudiant trois ans à Northwestern[1].

Elle observait autour d'elle les routes sales, quand un sans-abri passa à côté d'elle, un large sourire aux lèvres tandis qu'il tenait un grand carton tout neuf dans les mains. Ceci paraissait éclairer sa journée. Le sourire retrouvé, Sarah réalisa que ça pourrait être pire. *Elle* ne vivait pas dans la rue. Si lui était heureux, pourquoi ne le serait-elle pas ?

Le sans-abri s'arrêta un instant, il leva la tête. Sarah suivit son regard et sourit davantage. Et oui, c'était L.A. Le soleil lui avait manqué, à vrai dire. Quelque chose dans l'air de Los Angeles procurait une impression de vacances perpétuelles. Ce sentiment était unique, et lui avait beaucoup manqué, en effet.

Pourtant, elle soupira de nouveau en entamant sa marche en direction de la maison de ses parents, dans le quartier huppé de Glendale. Il fallait bien vingt minutes pour atteindre la demeure.

Tout ce dont elle avait besoin désormais, c'était une voiture… et un appartement. Ses résolutions pour 2015. Elle mettait autant de côtés que possible afin de quitter le nid familial, avant que ses parents ne la rendent folle. Vu le prix abordable des véhicules d'occasion, elle avait suffisamment pour en acheter un, seulement l'idée de passer le reste de l'année avec ses parents valait bien d'utiliser les transports en commun, en fin de compte. Cet argent servirait à trouver cet appartement tant souhaité. Malheureusement, les logements coutaient cher à Los Angeles. Les dortoirs de l'UCLA étaient déjà complets du fait de son inscription tardive cet été, et de toute façon, le salaire élevé de ses parents l'aurait privé de cette possibilité-là.

Elle défit un bouton supplémentaire de sa chemise et la réajusta dans son jean avant d'accélérer le pas.

Un nouveau soupir s'échappa de ses lèvres quand une Chevrolet Malibu blanche roula juste à côté d'elle. Ç'aurait pu être elle à l'intérieur. L'an passé, en juillet plus exactement, elle avait trouvé la même, d'occasion à un prix raisonnable. Son père parlait d'ailleurs de la lui offrir pour son vingt-et-unième anniversaire. Il l'aurait en outre assurée. C'est dire à quel point ses parents se réjouirent de son intention de terminer sa licence en culture et littérature américaine à *la maison*, malgré la précipitation de ce retour. Puis elle avait

---

[1] Université américaine située à Evanston (nord de Chicago), dans l'État de l'Illinois. Elle est l'une des universités les plus prestigieuses du monde, en particulier pour le journalisme, l'économie et le théâtre. Elle comprend deux campus, l'un dans à Evanston, l'autre dans le centre-ville de Chicago.

commis, une deuxième fois, l'ultime trahison aux yeux de son père en s'inscrivant à l'UCLA[2]. Pour Fredrik Weisman, directeur du département scientifique à l'USC[3], et scientifique de renommée mondiale, troisième génération de Trojan[4], c'était tout simplement inacceptable. Une plus grosse déception que les notes scolaires médiocres de sa fille dans toutes les matières scientifiques à l'école.

Bien évidemment, Sarah s'en amusa. Elle avait toujours rêvé de l'UCLA et y était admise pour sa première année de licence. Elle était finalement partie du jour au lendemain à une semaine du début du semestre, pour Northwestern, à trois mille deux cents kilomètres. S'inscrire à l'UCLA avait été le summum de son retour ici.

Son pas ralentit tandis que les raisons l'ayant menée à quitter Northwestern lui revinrent en mémoire. Les mêmes ayant causé sa fuite de Los Angeles trois ans plus tôt…

Sarah se frotta le front et haussa les épaules, elle accéléra le pas une nouvelle fois. C'était différent cette fois. Ça allait être différent. Alors, bien sûr, elle ne pouvait clairement pas rester à Northwestern, pas tant qu'elle croiserait Evelyn tous les jours au campus. Mais c'était fini tout ça. Elle allait se consacrer entièrement à sa dernière année de licence, puis cap sur le master. Ses études s'avéraient depuis toujours le parfait tampon pour atténuer, voire ignorer les sentiments qui l'effrayaient tant.

Sarah cligna des yeux quand elle se tint devant le portail en fer forgé de ses parents. Tellement perdue dans ses pensées, elle n'avait pas vu défiler l'asphalte sous ses bottines. Elle se dirigea vers le digicode sur le côté et composa le code du portillon puis entra.

Quelques minutes supplémentaires pour remonter la grande allée bordée de vieux chênes. Bien sûr, cette propriété était magnifique, elle ne disait pas le contraire ; elle passait beaucoup de temps dans le jardin à lire ou travailler ses cours. La petite mare, le patio et toutes ces fleurs demeuraient source d'inspiration et de sérénité. Elle savait parfaitement que peu d'étudiants bénéficiaient d'un cadre aussi privilégié, donc elle était reconnaissante auprès de ses parents. Elle les aimait fort et ils l'aimaient, mais, conditions idéales ou pas… elle devait quitter cette villa au plus tôt avant que… quoi exactement ? Elle n'en était pas sûre, pourtant cette chose enfouie en elle désirait sortir, et elle s'y refusait. Faire face à ses parents quotidiennement devenait de plus en plus difficile, car elle redoutait qu'eux non plus ne souhaitent pas que cela sorte. Pourrait-elle supporter plus de déception ? Elle s'était habituée à *décevoir* son père, parfois irraisonnable pour un scientifique. Décevoir sa mère, en revanche… inimaginable pour elle.

---

[2] Université de Californie à Los Angeles. (Grosse rivalité avec USC).

[3] Université de Californie du Sud. (Située à Los Angeles).

[4] Club omnisports universitaire qui se réfère aux 21 équipes sportives tant féminines que masculines représentant l'université de Californie du Sud (USC).

Elle secoua la tête avant d'entrer, afin de chasser ces pensées. Elle passa devant la grande baie vitrée du salon principal en se dirigeant vers la cuisine. Elle ouvrit la porte du réfrigérateur.

— Alors… je vais prendre ça et ça.

Elle sortit le beurre ainsi que deux tranches de bacon, referma la porte et prit du pain dans la panière.

— Il me semblait bien avoir entendu du bruit.

— Salut, maman.

Sarah posa la nourriture sur le plan de travail pour aller étreindre sa mère, Annie Weisman.

Annie portait une jupe beige, au-dessous des genoux, et une chemise blanche. Ses cheveux brun clair étaient coiffés en chignon.

Contemplant le chignon de sa mère, Sarah réalisa qu'elle n'avait pas ôté l'élastique de ses cheveux. Elle les attachait systématiquement dans le bus pour avoir moins chaud.

Aussitôt qu'elle les lâcha, sa mère passa ses mains dans ses longs cheveux blond sable pour les lui repousser derrière les oreilles, comme si Sarah avait encore huit ans. Elle s'attaqua ensuite à sa frange, mais l'étudiante recula hors de portée de sa mère.

— Maman arrête s'il te plait, tu sais que je n'aime pas cette coupe.

— Tu parais plus sérieuse comme ça. J'aimerais beaucoup que tu les coiffes ainsi pour le repas de ce soir. Ou alors, attache-les. La queue de cheval te va bien. Tu auras l'air encore plus mignonne.

— Plus mignonne pour quoi ?

Sarah commença à trancher le pain.

— Pour le souper, voyons. Et que fais-tu, d'ailleurs ? l'interrogea Annie en pointant du doigt pain, beurre et bacon. Tu n'auras plus faim ce soir, se lamenta-t-elle

— C'est mon repas de ce soir, maman. Je n'ai pas mangé à midi.

Annie mit ses mains sur ses hanches avec une moue.

— Je connais ton campus, Sarah, et sa dizaine de points de restauration. Pourquoi sautes-tu constamment le déjeuner ?

Annie retira le pain des mains de sa fille. Sarah soupira et le reprit.

— Je ne saute pas tous mes repas, je, euh, j'étais juste en train de lire et je n'ai pas vu l'heure passée, puis j'étais en retard pour mon cours.

Annie agita la tête.

— Oh ma chérie, mais que va-t-on bien pouvoir faire de toi ?

Sarah haussa les épaules et sortit un papier de son sac à dos pour l'exhiber devant le nez de sa mère.

— Un autre examen, un autre dix-huit et demi sur vingt. Que pourrais-je faire de mieux ?

Annie tapa légèrement la main de Sarah qui piochait dans le bacon. Sarah ne put s'empêcher de sourire. Elle avait réellement l'impression d'être encore une enfant avec eux.

— J'aimerais que tu cesses de manger des cochonneries si près de l'heure du repas.

— Maman, je te l'ai déjà dit, c'est *ça* mon dîner.

— Tu n'as pas eu mon texto ?

Sarah fronça les sourcils et sortit son téléphone portable.

— Celui-là, s'étonna-t-elle en montrant son écran à sa mère.

— Bien évidemment, Sarah.

— Qu'a-t-il de spécial, et quel est le rapport avec mon repas ?

Annie leva les yeux au ciel avant de s'exprimer :

— Pourquoi penses-tu que je te demandais si tu rentrais directement après ton passage à la bibliothèque ?

— Parce que j'ai toujours cinq ans dans ta tête ?

Annie la gronda du regard, et ses mains se posèrent sur ses hanches.

— Bah quoi, c'est vrai, maman.

— Oui et bien parfois tu agis comme tel, Sarah.

Sarah sourcilla et rangea le couteau à pain. Ses épaules s'affaissèrent tandis qu'elle remit le beurre et le bacon au réfrigérateur.

— Bon, je suppose qu'il se passe quelque chose ce soir ?

— Oui, mon amie Emily, tu sais, du comité de l'église.

Sarah se mordit la joue intérieurement et se retint de soupirer en sachant parfaitement ce qui allait suivre.

— Elle dîne ici avec son fils, Aymeric. Tu te souviens sûrement de lui, n'est-ce pas ?

— Comment pourrais-je l'oublier ?

Sarah se retint tout de même de dire à sa mère qu'Aymeric était le premier garçon à lui avoir palpé les seins. Par-dessus son soutien-gorge, certes, mais quand même. Sa mère jouait à « tournez manège » avec elle et tous les fils de ses amies d'église depuis si longtemps. Aymeric avait été l'un des premiers. Ils étaient sortis ensemble brièvement, et rien de sérieux n'en avait découlé sinon quelques touchers, de sa part à lui, en tout cas. Pour Sarah, simplement l'embrasser lui posait des soucis. Elle avait quatorze ans et demi à l'époque et n'en avait rien déduit d'autre qu'elle aimait davantage l'école que les garçons, et que ça viendrait avec le temps. Mais ça n'était jamais venu.

Quant à Aymeric, ses parents l'avaient envoyé dans une école catholique privée lorsqu'il avait commencé à avoir des pensées et une gestuelle inappropriée avec les filles. En tout cas, inappropriée pour le fils d'un pasteur. Maintenant, il était question que lui aussi, peut-être, entre dans les ordres, au plus grand plaisir de ses parents. Sarah voyait très bien l'étincelle dans les yeux de sa mère dès qu'elle le mentionnait. Elle mourrait de bonheur si sa fille épousait un pasteur.

— Est-ce réellement nécessaire que j'y sois, maman ? J'ai plein de boulot à finir. En plus, le retour en bus m'a épuisé avec cette chaleur. J'ai l'impression que c'est de plus en plus long, et on est qu'en janvier.

— Voilà ta punition de t'être réinscrit *là-bas*, annonça son père en entrant dans la cuisine.

— Bonjour à toi aussi, papa.

Il sourit en allant étreindre sa fille et déposer un baiser sur son front du haut de son mètre quatre-vingt-dix-huit, comparé au mètre soixante-treize de sa fille. Annie était la plus petite, avec un mètre soixante-neuf. Fredrik défit le col de sa chemise. Il portait un costume gris. Il venait juste d'arriver, sinon il serait déjà dans son jogging préféré et ses pantoufles.

— Il n'empêche que tu n'aurais pas besoin de prendre le bus si tu étudiais à l'USC. D'une, c'est plus près, et surtout, je pourrais t'emmener et te ramener tous les jours ou presque dans la Mercedes climatisée !

— Honnêtement, cette offre devient de moins en moins alléchante chaque jour, papa. Il y a quelques mois seulement j'aurais eu ma propre voiture, et maintenant je devrais te suivre ?

Il baissa légèrement la tête.

— Il n'est pas trop tard pour cette Malibu, ma chérie. Ou mieux, j'ai vu une Camaro avec un kilométrage décent et à un prix raisonnable. Je t'emmène la tester si tu veux ?

Sarah sourit en secouant la tête

— Tu es vraiment incroyable, papa. De toute manière, je suis très bien où je suis.

— Mais tu serais tellement plus près, et avec des étudiants de ton standing. C'est complètement illogique.

— C'est parfaitement logique pour moi, papa. J'adore l'UCLA, leur programme, le campus, et de toute façon je déteste l'USC.

— Tsss, souffla-t-il comme s'il venait d'entendre la chose la plus idiote au monde.

Elle haussa les épaules et fixa de nouveau sa mère.

— Je vais prendre ma douche. À quelle heure dois-je absolument descendre ?

— Je sers le repas vers dix-neuf heures, mais ils arrivent à dix-huit heures trente et j'apprécierais que tu les accueilles avec moi. Aymeric et toi aurez certainement beaucoup de choses à vous raconter. Vous ne vous êtes pas vu depuis si longtemps.

Annie ne put s'empêcher de remettre les cheveux de sa fille derrière ses oreilles.

— Oui, j'avoue qu'il m'a terriblement manqué, se moqua Sarah en se reculant des *tentacules* de sa mère.

Fredrik dissimula tout juste son sourire.

Annie leva les yeux au ciel.

— Et puis-je espérer que tu laisses ton sarcasme dans ta chambre ?

Sarah traça de son doigt un cercle imaginaire au-dessus de sa tête. Son père rit avant de se racler la gorge.

— Pourrais-je moi aussi compter sur la même bonne attitude demain ? s'enquit-il avant qu'elle ne sorte de la cuisine.

Sarah se retourna brusquement. Son froncement de sourcils équivalait le questionnement dans son regard.

Les mêmes yeux bleus face à elle parurent lui sourire.

— Encore un dîner surprise ?

— Je ne te l'avais pas dit ? J'ai invité à dîner quelques-uns de mes collègues.

— Oh joie.

Il se racla une nouvelle fois la gorge et ajouta :

— Et euh, mon interne, Jason, vient également.

— Bon Dieu. Oups, désolée, maman, s'excusa-t-elle vite auprès de sa mère qui n'aimait pas entendre ce type de jurons.

— Vous avez un prétendant pour chaque jour de la semaine ou celle-ci est spéciale ? Non, mais, je préfère savoir, vous savez, avant d'aller me pendre au cèdre du jardin.

— Ne dis pas de telles choses.

— C'est vrai. Je m'excuse, maman. Mais il faut que vous arrêtiez.

Fredrik se rapprocha de sa fille et déclara d'un ton naturel :

— Tu passes tellement de temps dans tes livres que maintenant tu imagines des choses, princesse. J'ai simplement convié mes collègues. Jason est mon interne le plus brillant, voilà pourquoi je l'ai invité également. C'est tout. Et, étant ma fille, et ta mère, mon épouse, l'on attend bien évidemment de vous que vous soyez présentes. Tu vois, il n'y a aucune conspiration.

— C'est ça, oui. Et après le dîner, tu me diras encore que tu es trop fatigué pour ramener Jason qui aura, très probablement, un autre ennui mécanique qui fera que tu l'auras conduit au repas toi-même, n'est-ce pas ?

Fredrik prétendit ne pas comprendre.

— Sa voiture marche bien, a priori.

— Super. De toute façon, je n'y serais pas. Il y a une lecture publique demain soir dans le grand amphi.

— Tu ne fais que ça, lire.

— Ce n'est pas moi qui lis, papa.

Comme s'il ne le savait pas. Pff.

— C'est une lecture sur les poètes du douzième siècle et je ne veux pas la rater.

— Il n'y a que ça des lectures là-bas. Tu assisteras à la prochaine.

— Papa, j'ai déjà un truc de prévu, c'est tout.

— Tu ne peux pas faire un effort, tu es partie trois ans, après tout.

Sarah leva les mains au ciel, puis inspira profondément.

— C'est maman qui joue cette carte-là, normalement.

Fredrik sourit et posa ses mains sur les épaules de sa fille.

— Je sais. Je suis désolé, princesse. Mais j'aimerais sincèrement que tu sois là. J'ai eu une semaine de fou et je vous ai peu vu, surtout toi.

— C'est pareil toutes les semaines, papa. Tu bosses trop.

— Tu as raison. Voilà pourquoi j'aimerais beaucoup que ma femme et ma fille soient présentes. Jason est un de mes plus talentueux internes, et j'espère le mettre un peu en avant vis-à-vis des autres professeurs. Mais en même temps, il se réjouirait, je pense, d'avoir une personne du même âge avec qui discuter. Qui plus est une personne brillante et intéressante.

— Tu prends vraiment les gens de l'UCLA pour des idiots, papa ?

— Je n'ai jamais dit ça. Oh et puis c'est dans mon sang, c'est tout. Seras-tu là ou pas ? Jason a réellement apprécié vos conversations la dernière fois.

— Malheureusement, je ne peux pas dire que ce soit réciproque. Toi au moins quand tu parles science, tu le fais de manière que les profanes comme moi comprennent quelque chose.

Il soupira puis lui sourit.

— Fais un effort. Pour moi ?

Sarah se frotta le front avant de laisser retomber ses mains le long de son corps.

— OK, je serais là. Mais je te préviens, je retourne dans ma chambre dès le dessert.

— Tant que tu es présente, ça me va. Je suis sûr que tu vas passer une bonne soirée, de toute manière. Et ça te changera les idées.

Sarah haussa les épaules en se reculant.

— Toi tu es le scientifique, papa ; c'est maman qui croit au miracle.

Sur ces mots, elle laissa ses parents dans la cuisine et monta dans sa chambre.

***

Sarah quitta l'un des restaurants du campus, elle cligna des yeux. Vu le soleil et la chaleur, elle n'était plus sûre que manger dehors soit une bonne idée. Elle se dirigea vers la terrasse couverte, son plateau en main.

Son visage afficha une légère moue quand elle n'aperçut aucune table disponible. La terrasse était bondée, prévisible, vu le temps. C'est dans ces moments-là qu'elle se disait avoir raison de se perdre dans ses livres, et sauter le déjeuner la plupart du temps. Ça lui évitait d'être face à tant de monde, et surtout de se tenir comme une potiche au milieu de la terrasse avec son plateau en main, et nulle part où s'asseoir. Beaucoup de monde se trouvait installé sur l'herbe, avec des ombrelles. Sarah n'avait même pas ses lunettes de soleil. Elle avait connu un réveil difficile ce jour-là et était partie en retard, oubliant les clés de la maison, ses lunettes et son portefeuille. Elle avait déjà de la chance d'avoir eu un billet de vingt dollars dans la poche, pour le repas. Elle n'avait que ça, son téléphone et ses livres. Jamais elle n'oublierait ses livres, c'était impensable.

Le sourire lui revint alors qu'elle se tourna sur la droite. Deux étudiantes se tenaient sur une large table et paraissaient avoir fini. Il y avait un troisième plateau, rempli de miettes et de papier de burger ; la personne étant déjà partie, laissant les deux jeunes femmes en pleine discussion. Sarah s'avança vers elles, contente de se retrouver sous la bâche. Elle ne s'était pas encore accoutumée correctement au soleil d'un hiver californien. Elle ne s'exposait au soleil qu'à petite dose, vu sa peau pâle.

Elle stoppa à côté de leur table.

— Bonjour.

Les étudiantes s'arrêtèrent de parler et la dévisagèrent comme si elle était une clocharde. La blonde au short court noir, et un haut rouge qui montrait son piercing au nombril, la détailla de haut en bas. Sarah se demanda même brièvement si elle n'avait pas oublié de s'habiller. L'autre étudiante, aux cheveux roux, portait un pantalon très serré de couleur bleu nuit et un petit haut qui ne laissait que peu de place à l'imagination. Elle était également très, voire trop, maquillée, ce que Sarah détestait. Sarah se mettait à peine de l'eyeliner ou du mascara et, de temps à autre, du gloss. Elle leur sourit tout de même.

— Je me demandais si vous aviez fini.

— On a l'air d'avoir fini ?

Sarah serra son plateau.

— Eh bien, oui.

— *Eh bien* non. On n'a pas fini, répliqua la rousse en étalant son coude sur la table et picorant une miette sur son plateau. La blonde s'enfonça dans sa chaise et mit ses pieds sur celle d'en face tandis qu'elle s'étira.

Sarah haussa les épaules.

— OK, j'ai compris. Pas besoin d'être aussi conne.

Elle se tourna pour partir.

— Oh non. Non, non, non.

Sarah se retourna pour voir à qui appartenait cette voix qui lui semblait proche. Un homme d'origine latine se pencha au-dessus de la rouquine et pointa du doigt son plateau.

— Ne me dis pas que tu as mangé *ça* ?

Il portait un blue-jean et un T-shirt gris. Il avait des cheveux noirs, coupés courts.

Avant que la blonde ne puisse protester, il prit un des papiers qui avait entouré un burger.

— Avec ton problème ? termina-t-il, en fixant ses cuisses sans aucune réserve.

Elle ouvrit la bouche, mais la referma instantanément face à la silhouette féminine qui se tenait maintenant devant elle.

— Bon sang tu n'as peur de rien, lança la femme, d'origine latine elle aussi, en saisissant le soda qui se trouvait sur le plateau et buvant ce qu'il en restait.

Un 'O' se forma sur les lèvres des deux étudiantes.

— De loin, je me disais que tu étais courageuse de porter ça, indiqua-t-elle en pointant du doigt la jupe courte. Tenter la carte du sexy malgré ce cul.

Sarah distingua le léger voile qui couvrit les yeux de l'étudiante, un mélange de peine et de peur s'y mêlait. Mais la latina n'avait pas fini.

— Mais maintenant, je me dis que tu aimes juste vivre dangereusement, n'est-ce pas ?

C'était définitivement de la peur dans le regard de l'étudiante maintenant que la femme avait posé sa main tendue sur la table et que l'étudiante y voyait les trois points tatoués sur son index. Sarah les repéra très clairement également, elle retint son souffle, malgré cela, elle se mit à détailler la jeune femme. Elle portait un pantalon noir et des baskets. Son haut blanc serré laissait entrevoir des bras bien sculptés et un ventre plat. Les yeux de Sarah descendirent le long de la ligne du soutien-gorge qu'elle pouvait deviner. L'exploration visuelle de Sarah stoppa quand la latina termina avec un 'Lárgate de aquí puta[5]'.

Les deux étudiantes ne perdirent pas de temps et s'en allèrent sans demander leur reste, abandonnant les trois plateaux sur la table.

Le regard de la femme se posa désormais sur Sarah. Sarah baissa les yeux. En temps normal, elle se serait déjà éclipsée. En grandissant à Los Angeles, elle connaissait parfaitement la signification des trois points ; *Mi Vida Loca[6]*. Signe d'appartenance à un gang. Et pourtant elle fixait la femme, espérant que celle-ci n'allait pas lui pointer une arme au visage rien que pour cela. Cette femme avait un tel regard, noisette très foncée, presque noir, et une peau parfaite, en tout cas d'où elle était, elle lui paraissait très lisse. Sarah se sentait l'envie d'approcher et lui toucher ce visage qui avait l'air si doux. Sarah se gifla mentalement de la scruter ainsi. Elle virevolta pour partir, sachant que cette table n'était décidément pas pour elle. Elle s'arrêta dès qu'elle entendit le couple latin s'esclaffer.

— Bon sang, j'aime jouer les durs !

Ces mots surprirent Sarah, bien sûr, mais surtout le ton enfantin avec lequel la femme les avait prononcés. Elle se retourna et vit la femme lancer un marqueur à son partenaire. Il l'attrapa facilement. Il riait toujours en observant les deux étudiantes partir aussi vite que leurs talons aiguilles le permettaient. Il rangea le marqueur dans son sac à dos.

— Ça marche à chaque fois.

Il commença ensuite à regrouper les plateaux. Il jeta les restes dans le bac prévu à cet effet, et déposa les plateaux à l'endroit prévu. Quelque chose clochait dans cette scène.

Sarah sentit un regard sur elle, elle inspira profondément. Ne te retourne pas, pensa-t-elle. Comme si elle n'avait plus le contrôle de son corps, elle se retourna et se trouva face au regard intense de la femme, à présent assise à la

---

[5] ESP : Dégage de là, salope.

[6] ESP : Ma folle vie.

table. Les lignes de son visage bien plus tendres que face aux étudiantes. De plus, elle souriait.

Il y avait en effet quelque chose de contradictoire entre ces deux scènes. La femme tapa dans la main de son partenaire qui s'installa à côté d'elle.

Sarah eut un haut-le-cœur quand la femme mit le bout de son doigt dans sa bouche. Sarah regarda une nouvelle fois le sol. Il était bien temps pour elle de partir. Cours, cours bien loin comme tu sais si bien le faire, pensa-t-elle.

Et vire-moi ces pensées !

Non, ce geste n'était pas sexy, pas du tout. C'était simplement l'adrénaline. Après tout, elle se trouvait à côté de membres d'un gang, n'est-ce pas ? Ses doutes furent confirmés quand la femme posa son doigt humide sur les trois points qui s'effacèrent sensiblement.

— Tu peux t'asseoir avec nous, tu sais. Promis, on ne te tirera pas dessus.

L'homme rit avant de se lever pour tirer galamment une chaise pour qu'elle s'asseye. Elle le vit jeter un coup d'œil furtif dans son décolleté.

— Euh, non, non ça va aller. Je dois y aller.

— Allez, ça fait dix minutes que tu te tiens là avec ton plateau dans les mains, déclara la femme qui se leva et prit délicatement le plateau des mains de Sarah.

Une expiration inaudible s'échappa des lèvres de Sarah quand leurs doigts s'effleurèrent. Oh, il lui fallait partir de toute urgence. Mais une fois de plus, son corps désobéit alors qu'elle s'assit en face du couple.

— Désolé de cette performance, s'excusa l'homme qui sortait deux sandwiches de son sac à dos.

— On ne voulait pas te faire peur. On passait par là et, en les entendant, on n'a pas pu résister. On est un peu barjo.

La femme ajouta :

— Je ne supporte pas les gens méchants juste pour le plaisir de l'être.

Sarah ne pouvait s'empêcher de la fixer du regard.

— Je comprends.

— Et puis, comme je l'ai dit, j'adore jouer les dures. Ça libère parfois.

— J'aimerais bien pouvoir en attester, j'avoue.

La femme sourit.

— J'ai vu ça. Tu as été trop gentille avec elles. Si ça avait été moi, j'aurais… et bien, en fait je serais sûrement partie aussi.

— Étrangement, j'ai du mal à y croire.

La femme sembla *relâcher* Sarah quand elle se retourna vers son ami, les bras au ciel.

— Tu vois Ricky, je te l'avais dit. J'ai l'air dur. Les gens pensent que je suis une dure. Elle fixa de nouveau Sarah. Mais en réalité, je ne ferais pas de mal à une mouche.

Leurs regards s'attardèrent une fois de plus l'un dans l'autre. Ricky grimaça et jeta son sandwich à son amie, ce qui rompit l'échange visuel. Sarah contempla son plateau, elle n'avait plus trop faim. Que faisait-elle ici, avec ces étrangers, et ces pensées conflictuelles, ainsi que ces émotions qui lui parcouraient le corps ? Elle s'efforçait d'ordinaire d'éviter ce genre de situation. Il lui fallait se lever et retourner à la bibliothèque.

— Je m'appelle Letty, au fait. Leticia Rodriguez.

Non, ne lui donne pas ton nom. Lève-toi et dis-leur que tu dois préparer un examen. Oui, l'université. En voilà une bonne excuse.

— Ricardo Gomez, se présenta l'homme en lui tendant la main.

Sarah la serra et sourit.

— Sarah. Sarah Weisman.

Sarah se concentra sur l'homme et décida qu'elle était idiote. Le temps était splendide et maintenant qu'elle savait qu'ils n'étaient pas membres d'un gang, ils semblaient plutôt sympathiques. Elle se détendit et s'installa confortablement dans sa chaise.

— Et donc… vous étudiez le théâtre, non ? vous avez joué une sacrée scène là, dis.

Bien que dirigeant sa question à Ricardo, elle ne put s'empêcher de regarder Letty quand elle rit légèrement. Sarah réalisa que son rire était aussi chaud que sa voix. Sarah fixa de nouveau son plateau. Elle secoua la tête, ratant presque la réponse de Ricardo.

— On n'est même pas inscrits ici.

Letty haussa les épaules.

— On est juste un peu fou.

Elle commença à enlever le papier aluminium de son sandwich avant d'observer Sarah et l'interroger :

— Et toi, qu'étudies-tu ici ?

— Je suis en dernière année en formation bidisciplinaire ; études en littérature et culture américaine en Majeure. Études européennes et linguistiques en mineure.

— Sympa. Je me doutais bien que ce que tu étudiais aurait un rapport avec la lecture, annonça Letty en jetant un coup d'œil au large sac à main de Sarah, dans lequel on apercevait facilement des livres.

Sarah sourit timidement.

— Et donc, vous pensez vous enrôler pour l'année prochaine ? Vous visitez le campus ? Il est super, je vous assure, et les cours sont fantastiques.

Letty sourit sincèrement face à l'enthousiasme communicant de Sarah. Puis, elle agita la tête.

Ricky l'informa ensuite :

— Non. On a juste rendu une petite visite à ma cousine. C'est sa première année. Je vérifie simplement que tout aille bien, et qu'aucun mec ne se planque sous son lit.

Sarah ne put retenir un léger rire quand il fit craquer son poing.

— Et elle étudie quoi ?

Sarah s'étonna brièvement du regard qu'échangèrent les deux jeunes gens, toutefois Letty répondit :

— L'art et les cultures dans le monde.

Les yeux de Sarah brillèrent.

— Génial ! J'ai failli suivre ce cours ma première année. Ça avait l'air super intéressant. Mais j'avais pris trop de matières déjà. Je voulais tout apprendre tant les cours sont super ici.

Sarah s'interrompit. Elle s'emballait toujours dès qu'il s'agissait de ses études ou ses lectures. Elle le savait, mais ne pouvait s'en empêcher. Elle jeta un coup d'œil à Ricardo, car le regard intense de Letty sur elle la perturbait. Elle attendait, semble-t-il, que Sarah continue.

— Qu'aimes-tu lire ? l'interrogea Letty en s'étalant sur la table, se rapprochant un peu de Sarah.

— Oh, tout, en fait. J'adore voyager dans le monde entier grâce aux mystères, aux romances, aux romans historiques, etc. J'aime tout, les livres policiers, les classiques de la littérature… Oui, j'aime tout.

— Tu dois passer un temps fou à lire, toi.

Sarah doutait du ton de Ricardo. Sans doute trouvait-il ceci ennuyeux.

Comme si Ricardo n'avait rien dit, Letty demanda à Sarah :

— Mais qu'est-ce que tu aimes… dans un livre ? Qu'est-ce que cela te fait ?

Il fallut un petit moment à Sarah pour que la question la pénètre tant elle était subjuguée par le regard de Letty, très concentrée et véritablement intéressée, curieuse même.

— C'est juste… Ça me transporte. Euh.

Sarah se racla la gorge. Ces questions étaient trop intimes pour elle, et ce regard…

— Je suis désolée, je dois y–

— Non, c'est moi qui m'excuse. Je ne rencontre pas souvent des gens qui aiment lire comme moi. C'est personnel, je sais.

— Oui. Oui, confirma Sarah d'un petit geste de la tête. Elle ne pouvait s'empêcher de sourire. Elle fixa son plateau et ouvrit la boite en carton qui s'y trouvait.

Ricky mordit dans son sandwich et Letty dans le sien, sans quitter Sarah du regard.

— J'adore lire, mais je suis fan de télé, de séries plus précisément. Style *Orange is the New Black*, *The Walking Dead*, *Orphan Black*, pour les plus récentes. Coupable, j'avoue.

Sarah continua de sourire et se sentit à nouveau plus détendue.

— Tu peux t'adonner au deux.

— Tu regardes beaucoup la télé ?

Letty rit à la moue de Sarah.

— Mais j'en ai bien une dans ma chambre, annonça-t-elle avant d'ajouter : pas sûre qu'elle soit branchée certes, mais j'en ai une.

Ricky entra de nouveau dans la conversation.

— J'espère pour toi que tes copines de chambrée ne la regardent pas trop et n'écoutent pas de musique à longueur de journée.

— Oh, je ne suis pas dans les dortoirs.

— C'est vrai ? s'étonna Ricky, se penchant légèrement sur la table, mettant son sandwich de côté.

— Je préfèrerais nettement.

— Pourquoi ? Laisse-moi deviner ; tu partages un appart de quarante mètres carrés avec quatre ou cinq autres personnes, bordéliques en plus ?

— Pire. Je vis avec deux personnes d'un certain âge, au contraire très maniaques, surtout l'une d'elles, répondit-elle avec une grimace.

— Mes parents sont en train de me tuer.

Letty rit doucement.

— Profite quand même. Après tu verras, tu auras des factures à payer de trucs que tu ne savais même pas qui existait.

Ricky hocha fortement la tête.

Sarah sourit et acquiesça.

— Oui, c'est bien vrai. Je sais que j'ai de la chance par rapport à d'autres étudiants. Mais c'est vrai qu'ils me rendent folle.

Sarah inspira profondément puis mangea une de ses frites avant d'ajouter :

— Mais je vais déménager. Avant de commencer mon master à la rentrée, il faut que je trouve un appartement. J'économise depuis un petit moment, en plus j'ai un p'tit boulot à la bibliothèque Powell[7].

— C'est cool. Hey, un super appart va se libérer sur l'avenue Montana, juste derrière le campus. Letty pointa du doigt en direction du parc.

Sarah rit légèrement et indiqua derrière Letty.

— L'avenue Montana, c'est de ce côté.

Letty sourcilla.

— Tu comprends maintenant pourquoi je ne suis pas allée à l'université.

Sarah sourit en secouant la tête lorsque Letty poursuivit :

— N'empêche qu'il a l'air top, sur le papier en tout cas. C'est un pote qui bosse à Century 21 sur Hollywood qui m'en a parlé. Il n'est pas encore à la loc… une histoire de procédure juridique entre les proprios. Il sera dispo bientôt et ne restera pas longtemps sur le marché. Tu devrais y jeter un œil.

— Être si près de l'UCLA serait fantastique, car si mes parents ne me rendent pas folle, ce sont les transports en commun qui vont m'achever.

— Tu n'as pas de voiture ? s'exclamèrent en cœur Ricky et Letty.

Sarah secoua la tête négativement.

— Et oui, il y a au moins une personne à pied à LA.

— Putain, *ça* c'est la misère.

Le visage de Letty montrait clairement son accord avec son ami qui ajouta :

— Tes parents ne peuvent pas t'aider pour une voiture d'occase, vu les prix ?

---

[7] La bibliothèque Powell est la principale bibliothèque universitaire de premier cycle sur le campus de l'Université de Californie à Los Angeles. (UCLA)

— C'était notre arrangement à mon retour.

Letty sourcilla.

— Retour ? Où étais-tu ? s'enquit-elle avec intérêt, allongeant une fois de plus ses bras sur la table.

— Northwestern. Je suis rentrée l'été dernier pour commencer ma dernière année de licence à l'UCLA. Je me suis inscrite à la dernière minute.

Ricky leva les sourcils.

— Northwestern. Ouah. Et, sans vouloir t'offenser, si tes parents peuvent t'envoyer à Northwestern, ils peuvent t'aider pour une voiture d'occase, non ?

Sarah savait bien qu'il avait raison. Même si elle avait obtenu quelques bourses, les revenus de ses parents lui permettaient largement de suivre ses études dans les universités les plus prestigieuses.

— Je suis en *pourparlers* avec mon père. Il commence à capituler, tout doucement. Elle se retrouva face à deux paires d'yeux très intrigués, cependant, elle n'avait pas envie d'expliquer sa situation. C'étaient des étrangers après tout. Elle appréciait sa discussion avec eux, surtout avec Letty qui semblait réellement s'intéresser à elle, et lui posait les questions les plus intéressantes. Mais bon, elle ne les connaissait pas vraiment. Comment justifier sa fuite de Northwestern, avant même que l'année scolaire soit terminée ? Elle s'était présentée sur le pas de la porte de ses parents et ne leur avait offert qu'un simple 'le soleil me manque', en guise d'explications. Son père était, en surface, un homme peu compliqué et avait accepté cette explication, sa mère en revanche s'était montrée plus curieuse, sans toutefois obtenir davantage d'informations.

Sarah réalisa qu'ils la fixaient du regard.

— Pour faire court. Mon père est la troisième génération de Trojan, surexcité à l'idée de m'inscrire à l'USC, mais je m'étais déjà inscrite à l'UCLA. Ce n'était pas compliqué avec mon dossier, et comme j'y étais inscrite pour ma première année avant de changer d'avis subitement pour Northwestern.

Vraiment de dernière minute, y repensa-t-elle.

— Donc voilà, c'est un Trojan, et moi une Bruin[8], c'est la guerre civile à la maison.

Elle en rit.

Ricky se rassit mieux dans sa chaise.

— Et rien que pour ça, il refuse de te payer une bagnole ?

— Pour être honnête, c'est plutôt parce que, une fois de plus, j'ai changé d'avis à la dernière minute, sans lui fournir d'explication cohérente. Il n'aime pas cela. Mon père est un scientifique, tout est carré, précis, détaillé et mûrement préparé… Il enseigne à l'USC, d'ailleurs.

— J'imagine qu'il n'est pas le genre de gars qui va faire un truc sur un coup de tête, déclara Letty.

---

[8] Club omnisports universitaire qui se réfère aux équipes sportives tant féminines que masculines représentant l'université de l'UCLA.

— Carrément pas.

Les jeunes femmes se regardèrent, complices. Sarah se sentait bizarre ; elle parlait rarement de sa vie, de sa famille. À dire vrai, elle parlait à peu de gens. Néanmoins, elle ressentait une sorte d'entente avec eux, surtout avec Letty, c'était assez déconcertant si elle était honnête avec elle-même. Pour autant, elle ne souhaitait pas quitter la table au plus tôt, comme souvent en compagnie d'étrangers.

— Et ta mère ? demanda Ricardo, interrompant une nouvelle fois l'échange visuel plus qu'intense entre Letty et Sarah.

— Elle a longtemps dirigé une agence bancaire, maintenant elle s'occupe de la gestion administrative de son église protestante.

— Aïe !

Sarah ne put que lever les sourcils pour acquiescer.

— Elle est très pratiquante. Je ne devrais pas le dire ainsi, car j'adore ma mère, même si elle me fatigue parfois, surtout en ce moment.

— Tu devrais vraiment jeter un coup d'œil à cette copropriété sur l'avenue Montana.

— Tu connais le loyer, à tout hasard ?

— Neuf cents dollars.

Sarah se redressa dans sa chaise.

— Il fait dix mètres carrés, c'est ça ?

Letty rit.

— Soixante-six.

— Sérieux ?

— Et ouais. C'est un divorce corsé. Il appartient à l'ex-femme, elle l'avait acheté pour son fils qui étudiait à l'UCLA. Il est parti en Europe pour du boulot, ou un truc dans le genre. Apparemment, elle est pleine aux as ; une autre baraque à San Francisco et la maison actuelle à Bel Air[9]. En attendant, l'ex croupit dans un motel minable, car elle ne veut pas lui prêter ou louer l'appart, qu'elle change en condominium locatif, à bas prix, juste pour le faire chier.

— La vache. Neuf cents dollars. J'aimerais bien. Montana Avenue serait le pied.

— Perso, je ne suis pas allée voir, car même à *bas prix*, c'est beaucoup trop cher pour moi toute seule, mais c'est un F2. Et si on allait le visiter, histoire de voir s'il vaut autant le coup qu'il en a l'air ?

Les sourcils levés, Ricky fixa son amie, sans commenter toutefois, tandis que Sarah retint son souffle à cette pensée. L'appartement avait l'air vraiment sympa et si près d'ici, et à deux le loyer était jouable, mais… le partager avec Letty ? Le partager avec une femme, point barre, ce n'était pas possible.

Sarah sourcilla ensuite.

---

[9] Quartier de Los Angeles connu pour être une communauté huppée qui inclut certaines des collines des monts Santa Monica.

— Mais euh… je veux dire, vous ne souhaiteriez pas… elle les pointa du doigt en terminant : le prendre ensemble ?

— Ricky et moi ? Non, il ronfle trop.

Ricky lui jeta le papier de son sandwich et rit.

Sarah sourit. Un sentiment étrange l'envahit, car elle sentait la forte complicité qui les unissait.

Ricky haussa les épaules.

— Moi j'aime trop ma vallée. Et pourquoi voudrais-tu t'installer sur West Hollywood, toi ?

— Ouais pour toi c'est facile ; tu vis dans un F3 avec tes meilleurs potes. Moi je vis dans la pièce de stockage au-dessus du magasin. Voilà pourquoi.

— Je t'ai déjà dit, t'as qu'à venir avec nous.

— Merci, mais non merci. Je resterais dans mon p'tit coin un peu plus longtemps, si nécessaire.

Le froncement de sourcils de Sarah s'accentua et elle demanda :

— Mais, ne voudrais-tu pas emménager avec ta petite amie ?

Une fine perle de transpiration apparue sur son front alors qu'elle sentait déjà la réponse de Ricky qu'ils n'étaient pas en couple.

Le rire de Letty confirma cette impression. Ricardo rit aussi, plus légèrement.

— La dernière fois que l'on a vécu ensemble, elle m'a piqué ma copine. Jamais plus, j'ai dit.

Sarah retint un soupir. Elle ne pouvait plus regarder Letty dans les yeux. Letty secoua la tête, mais garda le sourire. Cela ne s'était pas exactement déroulé ainsi. La copine de Ricardo était bisexuelle ; elle avait tenté de séduire Letty qui l'avait donc repoussée avant de prévenir son meilleur ami, qu'elle n'aurait jamais trahi de la sorte.

Letty se concentra de nouveau sur Sarah.

— Alors… ça t'intéresse ?

— Pardon ? s'exclama presque Sarah en fixant Letty. La jeune femme rit de la surprise affichée sur le visage de l'étudiante.

— L'appart. Ça t'intéresse d'y jeter un œil ensemble ?

Sarah avait la tête qui lui tournait. Letty sourcilla, puis un grand sourire se dessina sur ses lèvres. Sarah regarda de l'un à l'autre.

— Euh, non. Je veux dire, il a l'air top, mais… on est qu'en février. J'ai du temps. Il faut encore que je mette un peu de côté. Je viens juste d'obtenir ce boulot à la bibliothèque. C'est, euh…

— Promis, je ne te ferais pas d'avance.

— Quoi ? Sarah tenta de se détendre, Letty la faisait à l'évidence marcher.

— Non. Ce n'est pas ça.

— C'est rien, ne t'inquiète pas.

— Non, mais je te jure, ce n'est pas du tout parce que tu es…

— Latino ?

Ricky dissimula son rire tandis que Sarah était rouge comme une tomate. Letty s'amusait bien.

— Oh, mon Dieu non. Je te jure.

— Une latino canon, alors ?

Ricky riait ouvertement à présent et Sarah secoua la tête avant de sourire. Elle expira pour se détendre.

— Alors, si vraiment ça ne te dérange pas de partager un appart avec une *lesbienne* latino canon, viens le voir avec moi.

Sarah voulut parler, mais resta silencieuse. Letty était drôle, elle avait l'air plutôt agréable d'ailleurs, même si elle venait de se moquer de son embarras ; une certaine gentillesse émanait du ton de sa voix, et de son regard sur Sarah. Et son titre de latino canon était amplement justifié avec ses courbes généreuses, ses muscles bien fermes, comme ses bras et ses jambes bien galbés.

Sarah ne pouvait pas aller dans cette direction-là. Elle avait besoin de calme et de réfléchir très sérieusement à ce genre de choses avant de s'engager, ou plutôt elle ne devait penser qu'à ses cours. C'était facile, familier. Quelqu'un comme Letty ? Beaucoup trop dangereux. Elle venait juste de s'enfuir d'un tel danger en quittant l'Illinois ; elle ne pouvait se permettre un risque pareil. C'était trop difficile.

— Je suis désolée. Ce n'est pas le bon moment pour moi. Je suis vraiment super occupée avec ma dissertation de fin de cursus et mes autres cours.

Le regard de Letty s'attarda sur celui de Sarah. L'étudiante s'étonna une fois de plus de l'intensité de son regard. Letty semblait voir à travers elle. La belle latino pourtant joua le jeu et hocha la tête en déclarant d'un ton doux :

— Je comprends.

Sarah se concentra sur son repas et mangea quelques frites puis un morceau de bacon. Elle choisit de se focaliser sur Ricky, elle ne l'avait pas entendu depuis un moment. Le regard du jeune homme était rivé sur le plateau de Sarah. Il la fixa quand il vit qu'elle l'observait. Il sourit, mais cela paraissait forcé cette fois, comparé à son beau sourire récent.

Sarah fronça légèrement les sourcils et avança son plateau vers lui.

— Tu en veux ?

— Sûrement pas.

Le froncement de sourcils de Sarah s'accentua, elle s'attarda sur Letty qui secouait négativement la tête en scrutant son ami.

Il sourit tout penaud, et son visage retrouva sa chaleur passée.

— Désolé. Je ne mange pas d'ani–

Il s'interrompit et finit par dire : de viande.

— Oh, OK. Quelques frites alors ?

— Non, c'est gentil. Mon sandwich me suffit.

— OK.

Letty s'étendit un peu en direction de l'étudiante.

— Moi, en revanche…

Sarah ne put que sourire au regard pétillant de la brunette. Elle avança son plateau vers Letty qui lui déroba quelques frites. Sarah attendit, persuadée que Letty allait prendre un morceau de bacon également, car Sarah discernait des saucisses dans le sandwich de Letty. Sarah récupéra son plateau quand Letty se rassit correctement dans sa chaise, sans toucher au bacon.

— Tu n'es pas végétarienne toi aussi, si ?

— Végane, rectifia Letty.

— Et si, on l'est tous les deux.

— Oh.

Sarah sourcilla. Letty suivit le regard de Sarah qui se portait sur son sandwich.

— Saucisses véganes, précisa Letty.

— Sérieux ? Je ne savais même pas que ça existait.

— Si, si. Il y en a plein de différentes, mais j'adore les Weenies.

Sarah sourit largement.

— Moi je ne suis pas fan de celles-ci, mais oui, il y en a beaucoup d'autres. Si tu regardais la télé, tu le saurais, ils font même la pub pour certaines maintenant, indiqua Ricardo.

Letty opina. Ils continuèrent de déjeuner. Sarah se rendait compte qu'elle souriait. Elle se concentra sur Ricky ; c'était un beau garçon, canon même. Elle lui donnait environ vingt-sept ou vingt-huit ans, pas plus. Elle s'interrogeait sur l'âge de Letty. Sarah jeta un coup d'œil à la belle brunette, qui mangeait toujours son sandwich. Le regard de Sarah s'attarda sur elle. C'est vrai qu'elle était belle. Son regard lumineux et son sourire coquin la rajeunissaient, mais Sarah l'imaginait probablement du même âge que Ricky. Beaucoup de vécu se cachait derrière ce regard, Sarah en était convaincue.

Bon sang, pensa-t-elle en arrêtant de la scruter. Pourquoi n'inspectait-elle pas Ricardo de la sorte ? Il était canon lui aussi et il l'observait de quelques coups d'œil explicites. Sarah avait l'habitude que les hommes l'admirent ainsi, et elle savait depuis bien longtemps comment ignorer ce genre de regard. À une époque, pas un jour ne passait sans qu'on ne la drague, surtout en terminale au lycée, et évidemment sa première année à l'université. Parfois, ses beaux yeux bleus lui sortaient par les trous de nez, tant on lui en vantait la beauté, non pas que ce soit son seul charme. Sa propre beauté lui avait toujours échappé, cela dit. Elle n'admettait que ses yeux, et pourtant, elle était très belle, fine et féminine.

Elle se concentra sur Ricky une nouvelle fois. Il lui sourit. Elle lui rendit son sourire et mangea le reste de son repas. Elle vit le jeune homme observer son plateau de temps à autre. Elle commençait à avoir un sentiment étrange à son égard. Tantôt il la regardait comme s'il allait lui proposer un rencard, et d'autre fois il lui donnait la sensation de ne pas pouvoir la cadrer. Cette pensée-là ne pouvait être qu'une impression, vu qu'ils se connaissaient à peine.

Elle examina le sandwich du beau latino. Cela ressemblait à du pâté, toutefois, elle se doutait que c'était un pâté végan. Elle s'interrogeait sur le nombre d'imitations de viande qu'il existait, et sous quelle forme. Elle se demanda brièvement s'il y avait une imitation du bacon. Elle agita la tête à cette pensée ; elle aimait trop le bacon bien grillé pour le remplacer.

Ricky, sourcils dressés, lui proposa de le goûter. Sarah sembla hésiter un court instant.

— Non merci, c'est gentil.

— Tu devrais, ce pâté aux champignons est à tomber, assura Letty.

— Je vais en rester au bacon. J'adore les pâtés aux champignons. Mais le bacon… je ne sais pas comment vous faites. Ma mère cuisine souvent végétariens, et en réalité je mange très peu de viande, mais le bacon ? Non, ça, je ne pourrais jamais ne plus en manger. Comment faites-vous ?

Le sourire de Sarah s'entendait dans le ton de sa question.

— Déjà, la première chose c'est de l'appeler par son no–aïe !

Ricky se prit le pied de Letty dans le tibia. La table se souleva légèrement par la force du coup. Ricky se frotta le tibia.

Sarah fut doublement surprise, par le ton de Ricky d'une part, et la réaction de Letty d'une autre.

Letty secoua la tête de manière accusatrice. Elle savait ce qu'il allait dire. C'était le b-a-ba du véganisme d'appeler les choses par leur nom. Ce n'était pas du bacon, mais de la chair de cochon. Elle partageait cette vision, mais il n'était nullement la peine d'effrayer Sarah. Elle avait posé une question innocente, non pas lancé un débat national.

Il s'excusa.

— Je ne voulais pas le dire comme ça. Je suis toujours un peu tendu là-dessus.

— Je comprends.

Sarah acquiesça avant de regarder son repas. Letty ne laissa pas la discussion se terminer ainsi.

— On travaille beaucoup avec les animaux. On est volontaires au refuge de l'East Valley. Et pour d'autres assos, sporadiquement.

— Ouah, c'est super, vous êtes top ! Ça doit être dur parfois, non ? Je ne sais pas si je pourrais le faire, je ramènerais tous les animaux chez moi. Je vous admire. Je comprends mieux maintenant.

Une fois de plus, son regard s'attarda sur celui de Letty. Sarah sourit timidement et baissa de nouveau les yeux sur son plateau. Son téléphone sonna, elle le chercha dans son sac à main.

Ricky murmura à l'oreille de Letty qui sourit.

— Me debes diez dólares[10], répondit Letty tout doucement.

Sarah sourcilla, mais se concentra sur son smartphone en prenant l'appel.

---

[10] ESP : Tu me dois dix dollars.

— Maman, salut, tout va bien ? OK, si je mange. Si ! Je t'assure que je mange.

Sarah sourit.

— Des frites et du bacon, détailla-t-elle avec un soupir puis elle se souvint qu'elle n'était pas seule et se sentit ridicule.

— Oui, non, maman. Je vais bien, OK ? Moi ? Non. Je bosse cette après-midi. Non. Maman, je mangerais une fois à la maison. Non, ne m'attends pas. *Surtout,* ne m'attends pas, s'il te plait, la supplia quasiment Sarah avant d'ajouter rapidement : je dois partir, maman. Je suis en retard pour mon prochain cours. OK, je te vois demain sûrement. Bye, Maman.

Sarah expira longuement en raccrochant.

— Il *faut* que je quitte cette maison.

— Je vois ça, répondit Letty, visiblement amusée.

Ricky se leva.

— Mesdemoiselles, j'ai une course à faire en ville. Je vais vous laisser, annonça-t-il en souriant à Sarah.

— J'ai été ravie de te rencontrer, Sarah.

— Pareil pour moi, Ricardo.

Il sourit largement d'entendre son nom complet. C'était très rare.

Letty lui lança des clés de voiture.

— N'oublie pas de passer me chercher sinon c'est la dernière fois que je te la prête.

— C'est ça ouais, et la prochaine fois que ta vieille Plymouth tombera en rade, je ne te la répare pas, répondit-il avec un clin d'œil.

— Dix-huit heures au boulevard. Sois bien à l'heure, qu'on ne rate pas les répètes, parce qu'on commence à être franchement mauvais.

— Ouais, ouais.

Letty lui *donna congé* de la main.

Il a bien dit répète ? Ils sont dans un groupe ? Je les verrais bien dans un groupe, ils sont bien cool. Ou sans doute une troupe de théâtre, vu la mise en scène de tout à l'heure, mouais, peut-être.

Sarah réalisa que Letty lui parlait. Elle tâcherait de ne pas oublier de poser la question plus tard.

— Pardon ?

— Désolé pour Ricky. Il est intense parfois.

— Pas de soucis, je comprends bien. Les animaux comptent beaucoup pour vous. Dans quoi d'autre t'impliques-tu ?

Letty hésita brièvement.

— Faire signer des pétitions, effectuer les visites de contrôle des animaux placés, des petits trucs dans le genre, tu vois.

Pour la première fois depuis qu'elle s'était assise à la table, Letty ne la fixa pas dans les yeux en lui parlant. Sarah se sentit soulagée, car elle avait du mal à soutenir le regard de la brunette. L'on avait de cesse de répéter à Sarah qu'elle avait des yeux magnifiques. Elle savait qu'ils étaient beaux, mais pas subjuguant, pour autant. Selon elle, personne ne fondait en la contemplant, ou très peu. Letty en revanche, c'était quelque chose de différent. Sarah avouait volontiers que lorsque Letty la fixait, elle la capturait de ce noir profond et détourner le regard devenait très difficile.

Letty pointa de la tête le téléphone portable de Sarah.

— Ta mère t'appelle souvent pour vérifier si tu manges ?

— C'est humiliant. J'ai l'impression d'avoir cinq ans. Sarah se serait sentie vraiment gênée si le regard de Letty sur elle n'était pas si amusé, plutôt que moqueur.

— Je saute fréquemment les repas, donc elle appelle, pour être sûre.

La poitrine de Sarah se souleva de l'inspiration profonde qu'elle prit quand Letty pencha son visage, de manière à avoir une vue dégagée du corps de Sarah.

— Non, il me semblait bien ne rien avoir vu de trop. Tout est parfait ainsi.

Sarah rougit.

— Euh, non, ce n'est pas ça. Elle agita la tête et se concentra : j'ai parfois… tendance à oublier de manger.

Letty secoua la tête, très amusée.

— Comment est-ce qu'on peut oublier de manger ? Ton estomac ne te rappelle pas à l'ordre ?

— Entre mes cours, je lis, où j'étudie et souvent je suis tellement prise dans mon livre que… j'oublie, admit-elle, s'excusant presque avec un petit haussement d'épaules.

Letty sourit.

— Je trouve ça très mignon.

Sarah ouvrit la bouche, mais inspira au lieu de parler. Le voilà une fois de plus, ce regard si intense qui la scotchait. Sarah se racla la gorge.

— Je suis… je suis hétéro, tu sais.

Letty continua de sourire.

— Et tu me dis ça parce que ?

C'est vrai ça, je suis super présomptueuse. Elle doit me penser imbue de moi-même.

Mais ce regard… Remarque, Sarah avait l'habitude que les hommes la dévisagent ainsi. Cela ne signifiait pas forcément qu'ils souhaitaient sortir avec elle.

— Euh, aucune raison, en fait.

— OK, alors ta mère t'appelle tous les jours ?

— Non, non, enfin… Ce n'est pas toujours pour le déjeuner. Parfois, elle téléphone juste pour que je la rejoigne dans son bureau dans la Valley, et finalement quand j'y suis, c'est pour l'aider à servir les sans-abris. D'autres fois, elle appelle pour s'assurer que je rentre bien à la maison à l'heure, car elle a invité du monde, souvent des membres de l'église. Chaque fois, tu peux être sûre qu'ils ont un fils célibataire…

Letty s'esclaffa au ton de Sarah qui se tapa le front en disant :

— Il faut que je me barre de cette maison !

— Entièrement d'accord. Ça me rendrait folle aussi.

— Crois-moi, ça m'exaspère au plus haut point.

— Tu devrais vraiment venir voir l'appart.

Zut.

Sarah s'était piégée elle-même. Quelle excuse pouvait-elle inventer maintenant ?

— Je vais quand même attendre un petit peu. Si j'arrive à les supporter jusqu'à la fin du semestre, j'aurai assez d'argent pour la caution et quelques mois d'avance, puis je dois penser aux meubles.

Techniquement, ce n'était pas un mensonge. Elle souhaitait mettre un peu plus de côté pour voir venir, mais elle savait que ses parents l'aideraient de toute manière, au moins pour la caution. Elle en avait discuté avec son père la semaine passée. Néanmoins, elle préférait attendre et pouvoir se débrouiller par elle-même, si possible. De toute façon, peu importe, elle ne pouvait absolument pas partager un appartement avec une femme dont le regard la transperçait de la sorte. Simple, il lui fallait garder sa vie simple. Et éviter toutes situations ambiguës.

— Tu sais quoi ? Je vais aller le voir et...

Letty s'interrompit pour prendre le téléphone portable de Sarah en poursuivant : tu appelles si tu veux savoir si ça vaut le coup. Comme ça, libre à toi de décider si tu veux le voir ou pas. Qu'en penses-tu ?

Elle entra son numéro dans les contacts de Sarah.

Sarah fixait son smartphone. Letty le reposa et la regardait impatiente, mais avec le sourire.

Elle a un des plus beaux sourires que je n'ai jamais vu.

Sarah secoua la tête ; elle ne pouvait définitivement pas partager un logement avec cette femme.

— Je doute de le faire.

— Mmm, ce n'est pas grave. Si l'appart est si bien, je le prendrai et je chercherais une coloc. Si près de l'université, je trouverais facilement, je pense.

— C'est certain. Sarah ne comprenait pas pourquoi elle ressentait un petit pincement au cœur à cette notion. Elle adorerait voir cet appartement, mais Letty... C'était une mauvaise idée.

Elle devait trouver ailleurs

Letty paraissait satisfaite.

— En tout cas, j'espère qu'il est vraiment aussi bien qu'il en a l'air, car moi, en revanche, je ne peux plus attendre. En plus, on a besoin de l'espace pour le magasin.

Sarah sourcilla légèrement avant de demander, soudainement très curieuse.

— Ah oui, c'est vrai, vous avez parlé d'un magasin un peu plus tôt. C'est quoi comme boutique ?

— Ricky et moi tenons une coopérative avec quelques amis.

— C'est génial. Quel type de coopérative ? s'enquit l'étudiante, étalant ses coudes sur la table, les oreilles grandes ouvertes.

— Une coop de produits végans et bios. Ça s'appelle Un Univers Végan.

— Ouah, c'est super. Et c'est dans la Valley si je me souviens de ce qu'a dit Ricky.

— Oui, il vit à quelques pâtés de maisons de là avec ses potes, dont un qui travaille avec nous. Moi je vis dans une pièce de stockage, je dois aller dans les toilettes du magasin pour me débarbouiller et tout le reste. C'était temporaire, mais c'est du temporaire qui dure et là je ne peux plus.

— Mais là, ça t'éloigne beaucoup de ton lieu de travail, quand même.

— Disons qu'on est bien organisé. Ricky et moi avons les plus grosses parts du commerce et moi je m'occupe surtout de la comptabilité, désormais. C'est moi qui négocie avec nos fournisseurs, etc. Par conséquent, je ne suis plus trop dans le magasin pour servir nos clients. J'aimerais bien avoir une vie en dehors de la coop et du refuge, et voir ce que donne une vie hors de la Valley.

— Je te comprends amplement.

Letty leva les sourcils.

— Toi ? Tu vis dans la Valley ?

Sarah rentra les épaules.

— Eh bien, la maison est dans la Valley, géographiquement parlant.

Letty commença à rire.

— Géographiquement parlant, huh ? Tu es où ? Burbank ?

Sarah se mordit l'intérieur de la joue.

— Glendale.

Letty rit davantage.

— Non, non, c'est interdit ça, aucune carte au monde ne fera du 747 un code postal de la Valley. 818 pour toujours !

Maintenant, c'est Sarah qui riait.

Elles discutèrent de choses et d'autres jusqu'à ce que Sarah réalise l'heure tardive. Elle n'avait pas vu le temps passé.

— J'ai été vraiment ravie de te rencontrer, Letty.

— Moi aussi. N'hésite pas à appeler pour l'appart… ou bien si tu veux une visite guidée de la *vraie* Valley.

Sarah rit légèrement.

— Je tâcherais d'y penser, s'entendit-elle répondre sur le même ton joueur qu'avait employé Letty.

— J'espère que tu trouveras vite quelque chose.

C'était bizarre, voire perturbant, de se sentir si à l'aise avec quelqu'un aussi rapidement.

— Merci. Toi aussi. Amuse-toi bien avec tous tes livres.

Sarah la salua de la main avant de récupérer son plateau. Elle se dépêcha, mais arriva en cours avec quinze minutes de retard.

Letty resta assise un moment, très pensive. Elle se leva ensuite et s'en alla par le métro.

***

Letty sortit du métro et marcha jusqu'au boulevard National pour rencontrer un représentant de Vegan Traders, l'un de leurs principaux fournisseurs. Ricky la récupéra à dix-sept heures cinquante au point de rendez-vous où elle l'attendait déjà. Il se déplaça pour s'installer sur le siège passager et elle se mit au volant de sa Plymouth Sport Fury Coupé.

— Alors ?

— C'est cool, ils vont le reprendre. C'est drôle n'empêche, ils n'ont eu aucun problème avec les autres échantillons de ce produit. Je leur ai dit qu'on retentera le coup sur la prochaine commande. Le produit a l'air quand même bien sympa. J'ai hâte de goûter les nouveaux échantillons. Oh et j'ai réussi à grappiller huit pour cent sur les Tofurkey, et cinq sur les similicrevettes.

Ricky leva les yeux au ciel.

— Pas le rendez-vous. Mais la fille ? Comment ça s'est passé après que je sois partie ?

— Très bien, pas grâce à toi, monsieur destruction.

— Ouais, désolé. Je n'ai pas pu m'en empêcher. Je suis bien content que cette partie-là t'incombe, Hermana[11], déclara-t-il en lui mettant un petit coup d'épaule.

— Recommence qu'on ait un accident.

— Tu es d'humeur bien grincheuse d'un coup !

— Je ne suis pas grincheuse.

— Ouais. Il sourit ensuite. Et tu crois que ça va marcher ? T'as son numéro de tél. ?

— Elle a le mien.

Les lèvres du jeune homme se transformèrent en une légère moue.

— Et si elle appelle p–

— Elle appellera.

Tandis qu'elle prononçait ses mots, une petite part d'elle-même souhaitait que Sarah n'appelle pas. Et la partie qui souhaitait que Sarah appelle était bien confuse quant à la raison.

Letty chassa ces pensées de la tête. Il n'y avait qu'une seule raison d'espérer l'appel de Sarah. Une seule raison valide.

Letty se détendit derrière le volant. Elle augmenta le son de la musique et conduisit jusqu'au refuge, comme ils y travaillaient tous les deux ce soir-là. Cette pensée la réjouit et elle sourit de nouveau. Se concentrer sur les animaux était tout ce dont elle avait besoin. Eux seuls comptaient.

---

[11] ESP : Sœur.

Chapitre Deux

Sarah rentra à dix-huit heures trente après une conférence de l'un de ses professeurs préférés. Elle trouva sa mère en grande discussion avec Emily Tallart, une amie d'église. Bien évidemment, son fils Aymeric était présent lui aussi.

— Oh. Bonjour madame Tallart. Aymeric.

Aymeric la regarda en sourcillant légèrement. Il partageait ses déboires. Sa mère le *trimballait* partout, espérant le *marier* à une jeune fille de bonne famille. À vingt-trois ans, ça piquait assurément.

— Bonsoir, ma chérie. Je me demandais quand tu allais rentrer. Tu tombes à point nommé. Le dîner sera prêt dans une vingtaine de minutes, le temps pour toi d'aller te rafraichir un peu.

— Oh, euh, à vrai dire…

— J'ai préparé ton plat préféré : des pennes au saumon. Aymeric et sa mère ont parcouru tout ce chemin depuis Pacific Palissades, chérie. Emily et moi passons notre temps à discuter de la levée de fonds pour l'église, ou du nouvel orgue et ce genre de choses. Je pense qu'Aymeric apprécierait ta compagnie, le pauvre.

Bien que fâchée par ce énième *coup* de sa mère, il y avait quelque chose de désarmant dans sa manière de parler, et son sourire bouclait l'affaire chaque fois, comme le disait Sarah. La façon de parler de sa mère paraissait tout simplifier. Son but était pourtant bien évident, mais être en colère contre elle, et encore plus de lui dire non était quand même difficile.

— Très bien. Donnez-moi dix minutes et je redescends.

Avec un petit hochement de tête, elle sortit et disparut en haut de l'escalier. Maintenant, en revanche, loin du regard de sa mère, la colère montait.

— Fais chier !

Elle posa son sac sur son lit.

— J'ai vingt et un ans, merde à la fin ! Pourquoi j'ai toujours dix ans quand elle prend ce ton-là ?

Elle ôtait ses vêtements en s'interrogeant à voix haute.

Alors qu'elle entrait dans sa salle de bain privative, elle ne comprenait pas pourquoi elle ne pouvait lui tenir tête et lui dire fermement d'arrêter d'agir ainsi.

Il faut que je quitte cette maison.

Elle observa son sac tandis qu'une image de Leticia Rodriguez, la femme qu'elle avait rencontrée la semaine passée, défila au fond de son esprit, bien que ce ne soit pas la première fois qu'elle y repensait. Cette femme lui avait fait une sacrée impression. Sarah secoua la tête. Bien sûr qu'elle et son ami faisaient forte impression, elle les avait pris pour des membres d'un gang, après tout.

Elle savait au fond d'elle que ce n'était pas la seule raison. Elle avait repensé à Letty plusieurs fois déjà, et ce n'était pas pour son *faux* côté dur, gangster, mais pour la jeune femme intéressée avec qui elle avait discuté. C'était ses sourires, ses regards évidemment, toutes ces choses-là qui revenaient en tête à Sarah.

— Absolument pas, déclara-t-elle une fois de plus tout haut.

Oui, elle aurait bien eu besoin de cet appartement, mais c'était sans conteste une mauvaise idée. Sarah se rassura en prétendant qu'elle était simplement énervée après le nouveau *piège* de sa mère. Elle inspira profondément. Elle allait prendre son temps, et tenir jusqu'à la fin de l'année universitaire. Elle trouverait quelque chose de sympa, de sain surtout, et de calme pour étudier. Letty, c'était une mauvaise idée, elle le sentait.

Après dîner, Fredrik se retira dans son bureau. Les trois femmes ainsi qu'Aymeric se dirigèrent dans le salon. Annie et Emily Tallart se lancèrent, en effet, dans des discussions importantes sur la vie de leur église. Après une petite marche dans les beaux jardins de la propriété, Sarah mena Aymeric dans sa chambre pour visionner un film.

— Je suis vraiment désolé, c'est humiliant, s'excusa le jeune homme tout en observant la chambre de Sarah.

Sarah se sentit un peu mal à l'aise. Elle n'avait pas l'habitude d'emmener des garçons dans sa chambre.

Sarah, tu as vingt-et-un ans.

Elle aurait été à la limite de rire d'elle-même. Et maintenant qu'elle y réfléchissait, Aymeric était le seul garçon qui avait vu sa chambre, deux ou trois fois quand ils étaient ados.

— Et moi donc, répondit-elle avec un soupir.

Elle s'assit sur son lit. Elle se déplaça subtilement quand Aymeric s'installa contre elle.

— Que veux-tu regarder ?

Elle saisit la télécommande et alluma la télévision.

Aymeric continuait de la fixer. Il contempla ses lèvres, alors Sarah se tourna vers l'écran.

— Comment va ta petite-amie ?

— Tu parles de Hayley ?

— Et bien, euh, oui. C'est d'elle que tu me parlais la dernière fois que nos parents nous ont *piégés* de la sorte.

Elle arborait un sourire tendu maintenant qu'il regardait son décolleté.

— Elle va bien. Ce n'est pas vraiment ma petite-amie.

— Oh. Mais tu m'avais dit que c'était pour ça que ta mère t'embarquait chez nous, car elle n'aimait pas ta petite-amie.

— Ma mère n'aime aucune des filles que je ramène, peu importe qu'elles soient amies ou petites amies.

— OK. Donc Hayley, c'est juste une amie ?

— Oh, on a bien fricoté, pour reprendre le terme de ma mère. Mais c'était plus pour l'emmerder qu'autre chose. Hayley ce n'est pas trop mon style, annonça-t-il en se léchant légèrement les lèvres, fixant Sarah dans les yeux.

Sarah détourna le regard, elle devenait de plus en plus tendue alors que les yeux du jeune homme glissèrent une nouvelle fois dans son décolleté.

— Mais c'était bien fun.

Il posa une main sur le genou de Sarah en ajoutant : c'est toujours fun, tu ne trouves pas ?

Sa main monta plus haut sur sa cuisse. Sarah la stoppa avant qu'elle n'arrive trop près de son entrejambe.

— Qu'est-ce que tu fais ?

— Ça me semblait évident. C'est bien toi qui m'as emmené dans ta chambre, non ?

Sarah fronça les sourcils.

— Pour regarder la télé.

Il rit avant de comprendre qu'elle ne plaisantait pas.

— Sérieusement ? Arrête, c'est bien plus sympa de passer le temps comme ça, affirma-t-il en posant une main sur son visage et approchant le sien.

Elle se recula avant qu'il ne l'embrasse.

— Qu'est-ce qui ne va pas, Sarah ? Ce n'est pas comme si c'était la première fois qu'on s'embrasse, c'était dans cette chambre, en plus.

— On était ados. On *sortait* ensemble, mais peu importe ce que tu as pu dire à tes potes, on n'est jamais allé plus loin que quelques caresses.

— Je sais, t'inquiète. Mais franchement, ne pas aller plus loin justement serait bien dommage. On est plus des ados maintenant.

Il ne s'avança pas, la devinant encore sur la défensive.

— Détends-toi. Écoute, nos mères n'ont pas fini de jouer les entremetteuses, autant y trouver notre compte, tant qu'à faire. T'es canon, je suis plutôt pas mal sans vouloir me vanter, ça serait super chaud entre nous, lança-t-il avec un petit clin d'œil coquin.

Cela paraissait si simple, dit comme ça. Sarah regarda la main du jeune homme toujours sur sa cuisse. Il caressa l'intérieur de sa cuisse avec son pouce.

— Relax, Sarah.

— C'est juste… Je ne fais pas ce genre de choses, comme ça, je veux dire. Enfin, je n'ai pas l'habitude–

Il interrompit son bégaiement en l'embrassant. Elle le laissa faire. L'autre main du jeune homme se posa sur sa taille, sans y rester longtemps, trop pressée de palper son sein. Sarah se recula.

— Allez, Sarah. T'es à l'université. C'est maintenant qu'il faut s'éclater, explorer un peu. Ce n'est pas à cinquante ans que tu agiras aussi librement.

Il approcha son visage pour l'embrasser de nouveau, il tâcha de l'allonger en se penchant sur elle, mais elle le repoussa et se leva.

— Non. Je ne veux pas, c'est tout.

— OK, cool, assura-t-il en se redressant, les mains en l'air.

— Je ne vais pas te forcer, ne t'inquiète pas. Je pensais que tu jouais un peu le chaud et le froid, mais t'inquiètes, j'ai compris.

Il se dirigea vers la porte.

— Si tu préfères rester ici et regarder la télé, pas de soucis. On peut aussi jouer aux cartes tant qu'on y est. Tu as même sûrement des jeux de société, n'est-ce pas ?

Sarah baissa les yeux au ton de sa voix.

— Amuse-toi bien, et le jour où tu seras prête pour un strip-poker, ou d'autres activités d'adultes, tu m'appelles.

Il sortit de sa chambre et elle se rassit sur le lit. Elle prit sa tête entre ses mains et inspira longuement pour faire redescendre la pression.

Elle n'avait rien fait de mal, se répéta-t-elle. Simplement parce qu'elle refusait de coucher pour le fun ne voulait pas dire qu'un truc clochait chez elle. Même si la pensée de coucher devenait de plus en plus effrayante, plus les années passaient, ça ne signifiait toujours pas qu'elle avait un souci.

— Pas du tout, murmura-t-elle en se levant du lit avec fierté. Ce regain de confiance se dégonfla très vite tandis qu'elle observait par la fenêtre le jardin vide. Elle soupira.

Il faut que je parte d'ici.

Elle ne tiendrait pas bien plus longtemps et sa mère n'avait pas fini de jouer les *marieuses*. Quand ce n'était pas elle, c'était son père.

Sarah sortit son téléphone portable de son sac à main. Elle chercha le numéro de Letty et resta debout au milieu de la pièce, son pouce prêt à l'appeler. Elle se retenait.

Elle soupira. C'était ridicule, elle pouvait bien aller visiter cet appartement, cela n'engageait à rien. Elle était adulte, quoi qu'en pense Aymeric. Il n'y avait aucune raison de ne pas le partager, même avec quelqu'un comme Letty. De quoi avait-elle peur après tout ?

— C'est bien vrai ça, de rien du tout.

Elle plaça l'appel.

Elle ne savait pas pourquoi, mais les battements de son cœur accélérèrent au fur et à mesure que le bip sonnait dans son oreille.

— Euh, Letty, salut. C'est Sarah Weisman, on s'est rencontré l'autre. … Oh c'est vrai ? … Cool. Euh, j'appelais pour l'appartement, mais il est probablement déjà loué. … C'est vrai ? … Super. Euh, oui j'aimerais bien le voir, juste comme ça. OK, peu importe. … Oh, samedi. Euh samedi…

Sarah réfléchissait fortement pour trouver une raison qui empêcherait cette visite. Elle se sentait paniquer d'un coup à l'idée de revoir Letty, et cet appartement.

— Oh, et bien, c'est d'accord. Enfin, si je peux. Oui. OK. Peut-être qu'on se verra samedi, seulement si je peux me libérer, bien sûr. Salut.

Sarah raccrocha et expira lentement. Elle n'avait absolument rien de prévu pour samedi autre que de lire et réviser. Letty lui avait intelligemment laissé une porte de sortie en lui disant qu'elle le visitait samedi, justement, et que Sarah était libre de la rejoindre. Sarah inspira profondément ; ça lui accordait trois jours de plus pour se préparer.

Elle secoua la tête, pourquoi aurait-elle besoin d'une préparation ? Elle ne comprenait pas pourquoi Letty la rendait si nerveuse.

— Zut.

Elle se rassit sur le lit et contempla son téléphone portable.

Elle ne voulait pas encore une fois tout chambouler et repartir, comme elle l'avait fait en quittant Los Angeles, puis trois ans plus tard avec son départ précipité de Northwestern. Elle ne pouvait pas continuer de fuir dès que… dès que quoi ? Elle passa une main dans ses cheveux puis se prit de nouveau la tête entre les mains. Elle n'était pas prête à y penser, parce qu'il n'y avait rien à penser. Tout allait bien se passer. Même si elle prenait l'appartement avec Letty, elles ne se verraient finalement que très peu. Sarah était souvent sur le campus ou à la bibliothèque. Quant à Letty, son magasin se trouvait dans la Valley. Elle passerait son temps là-bas, ou dans le trafic routier. C'était parfait, elles ne feraient que se croiser. Sarah pourrait ainsi continuer de vivre sa petite vie tranquille, et sans histoire, comme elle la souhaitait.

***

— C'était qui ?

Letty sursauta aux mots de Ricky qu'elle n'avait pas vu venir derrière elle. Elle remit son portable dans sa poche.

— Oh. Euh, rien. Enfin si, c'était elle.

— La fille de Weisman ?

— Oui. Sarah.

— Super. Je commençais à douter de tes talents.

Le sourire de Letty n'égalait pas celui de son ami.

— Et ?

— Euh, on va visiter l'appart samedi.

— Quel appartement ? Tu veux dire, celui dont tu lui as parlé ? T'étais sérieuse ?

— Eh bien, je le suis maintenant. Je ne peux plus rester là-haut dans notre stockage. On en a besoin de cet espace en plus. Je t'avais bien dit que je cherchais un appart, de toute façon.

— Ouais, mais pas de ce côté-ci.

— Le trafic va être galère, c'est sûr. Mais il a l'air vraiment trop bien pour ce prix-là. À deux, c'est jouable.

— Es-tu sûre que c'est une bonne idée ? Tu ne crois pas que c'est un peu risqué ?

— Que veux-tu dire ?

— Eh bien, la voir tous les jours, devoir prétendre et tout, ça pourrait être difficile pour toi de gérer tes activités hors coop. Et puis, elle est plutôt canon

29

comme meuf… J'ai vu la façon dont tu regardais ton phone. Imagine qu'il y ait une petite fête, l'alcool coule à flots et elle se jette dans tes bras. Tu serais bien dans la merde là.

— Il y a peu de chances que ça arrive. En plus, elle n'a pas l'air du genre fêtarde.

— Tu la connais à peine.

— Attends, tu l'as bien vue, la tête dans un livre toute la journée. Il n'y aura aucun problème, et on sera amies plus facilement.

— Ouais, tu as peut-être raison. Le plus tôt serait le mieux. Et après tu pourras la virer aussitôt.

— Le plus judicieux sera de lui dire que Phil et Sally ont rompu et que Sally a besoin de réconfort, et surtout de quelqu'un pour partager son loyer. Leur appart est à six cents mètres du magasin, ça aura plus de sens, indiqua-t-elle platement tout en reprenant l'étiquetage de produit sur une étagère.

Ricky sourit largement.

— T'as vraiment pensé à tout. Tu es brillante.

Il poussa son poing sur l'épaule de Letty puis la laissa terminer son travail.

— Ouais, brillante, répéta-t-elle d'un ton monotone.

Elle pouvait garder un visage assuré devant Ricky, mais elle se posait beaucoup de questions. L'idée de revoir Sarah la rendait anxieuse. Elle avait un plan rigoureux, quelque chose à accomplir, pourtant elle avait déjà l'impression d'improviser. Sarah la laissait perplexe. Bon, elles ne s'étaient pas parlé si longtemps que ça non plus, mais Sarah était loin de l'image qu'elle s'était faite d'elle.

Et… oui, elle était canon, ces yeux bleu azur, cette peau claire et si douce, d'apparence en tout cas, et ce corps fin à tomber raide. Letty s'arrêta d'étiqueter et se mordit le coin de la lèvre. Peut-être devrait-elle la rappeler et lui dire que l'appartement était déjà pris, finalement ?

— Poule mouillée, murmura-t-elle.

Au lieu de rappeler Sarah, elle téléphona à son ami à l'agence immobilière pour s'assurer de pouvoir le visiter samedi.

Elle espérait que Sarah vienne. Non, elle savait que Sarah allait venir. Voilà que Letty était de nouveau nerveuse. Encore trois jours pour reprendre le dessus et se détendre.

***

Letty retrouva Sarah au croisement des avenues Vétéran et Montana. Elles marchèrent tranquillement le long de l'avenue Montana en admirant les belles maisons qui la bordaient.

— Je suis contente que tu aies appelé, déclara Letty, rompant le silence.

— UCLA est tout près. J'étais dans le coin alors je me suis dit, pourquoi pas ?

— J'imagine, mais euh… Tu as cours le samedi ?

— Oh, euh. Sarah rougit sans s'en rendre compte avec de répondre : non, mais euh, j'y suis souvent, pour étudier. Je reste à la bibliothèque. Et certains ont cours le samedi, d'ailleurs.

— OK.

Letty ne put s'empêcher de sourire tandis que Sarah secoua la tête. Pourquoi avait-elle besoin de se justifier ainsi ? Il n'y avait rien de mal à vouloir visiter cet appartement. Pourquoi Letty la rendait-elle si nerveuse ? Et puis de toute façon, c'était vrai ; Sarah passait beaucoup de temps à la bibliothèque Powell les week-ends. En dernière année de licence, elle n'avait plus autant de cours, mais énormément de travail personnel, révision, recherches, dissertations, etc. La bibliothèque Powell était sa deuxième maison.

— Tu es très studieuse, n'est-ce pas ?

— Disons que j'adore mes cours. Je passe beaucoup de temps à Powell.

— Et qu'en est-il des fiestas et des sororités ou fraternités et toute cette débauche typique de la vie estudiantine ?

— Ça, c'est ce qu'on voit dans les films, annonça Sarah avec le sourire. En réalité, tu trouveras plus de monde qui bosse dur que de jeunes qui font la fête.

— Tu es sûre ? Ça me déçoit.

— Tu es une fêtarde alors ?

— Pas vraiment, admit Letty.

— Super. Enfin, euh, moi non plus.

Letty sourit. Sarah regarda de côté puis sur la route quand Letty se tint en face d'elle, devant un condominium de trois étages. Sarah avait été surprise que Letty lui parle de l'avenue Montana, car elle n'y visualisait que des maisons. Cette copropriété sortait du lot, de ce côté-ci de l'avenue en tout cas.

Sarah sourit, le bâtiment en lui-même était sympa, avenant avec sa couleur jaune pâle. Sarah comptait quatre immeubles dans le coin, mais ils n'étaient pas imposants. Elle se retint de sourire, elle aimait déjà cet appartement avant même d'avoir vu l'intérieur. C'était un mauvais signe, pensa-t-elle. Une partie d'elle-même souhaitait ne pas l'apprécier… tandis qu'une autre partie était déjà très excitée de le voir.

— Quel étage ?

— Troisième. Après toi, indiqua Letty en lui ouvrant la porte de l'allée.

Letty ne put s'empêcher de jeter un bon coup d'œil aux fessiers de Sarah, mis en valeur dans ce blue-jean moulant. Elle portait par-dessus une chemise blanche transparente et un haut noir en dessous, avec des bottines marrons en simili cuir. Letty secoua légèrement la tête pour se concentrer sur l'appartement plutôt que le corps de Sarah.

Elle ouvrit la porte avec la clé qu'elle avait récupérée au préalable à l'agence. Elles avancèrent à peine, afin d'avoir une première impression globale. Sarah regarda sur la droite alors que Letty se tourna vers la gauche puis elles fixèrent au même moment la large fenêtre dans le salon, en face de l'entrée où elles se tenaient toujours. Cette lumière naturelle ne pouvait mieux éclairer cette grande pièce. Elle se fermait par un store électrique, en bonus.

Elles s'avancèrent ensemble et jetèrent un coup d'œil sur la cuisine ouverte sur la gauche. Petite, certes, mais parfaitement agencée. Pour ce prix-là, elle n'avait pas besoin de plus. Les deux tiers des soixante-six mètres carrés du logement constituaient le salon et la cuisine. Les chambres étaient de tailles moyennes, l'une plus grande que l'autre de peu. La salle de bain par contre était de petite taille, mais là aussi, le nécessaire s'y trouvait. Pour ce prix, en tout cas.

Letty laissa courir sa main le long du plan de travail de la cuisine tandis qu'elle s'avança plus loin dans l'appartement. Sarah regardait tout autour d'elle. C'était propre, lumineux. Letty l'observait, essayant de lire sur son visage. Elle sourit d'y déchiffrer de la satisfaction. Elle ressentait le sentiment étrange, et profond que Sarah était en train de se projeter dans l'appartement, le meublant dans sa tête. Tout décorer selon leurs goûts et en faire un vrai *chez soi*. Oui, elle s'y imaginait, et elle semblait apprécier.

Sarah marcha jusqu'à la fenêtre puis suivit Letty qui se dirigeait vers la chambre de droite. Elle ouvrit la porte et entra.

— Ça doit être la plus grande. Bon OK, elle n'est pas grande, mais si tu l'arranges bien, tu y caseras pas mal de choses. Les placards muraux, c'est un vrai plus.

Sarah la fixa avec un froncement de sourcil.

— Et pourquoi aurais-je la grande chambre ?

— Tu en auras plus besoin que moi. Moi je n'y serais que pour dormir. Entre le magasin, le refuge, les répètes du groupe et le temps passé dans la circulation, je ne serais pas toujours là. Tu auras la baraque pour toi toute seule bien souvent.

— Tu essaies de me vendre le truc là, n'est-ce pas ?

Le cœur de Sarah lui sembla cesser de battre face au sourire de travers de Letty.

— Allez, Sarah. Je sais qu'il te plait.

Sarah haussa les épaules.

— Il est… bien, glissa-t-elle avant de quitter la pièce pour aller voir la chambre de gauche. Letty continuait de sourire en la suivant.

— Et même s'il me plaisait, on tirerait à courte paille pour les chambres. Il n'y a pas de raison.

— Comme tu préfères, mais je t'assure que ça ne me dérange pas. Tu aurais plus de place pour accueillir tes amis, ou même pour étudier.

— Je n'ai pas d'… Sarah s'interrompit.

Elle voyait dans le regard de Letty l'intérêt suscité par ce début de phrase.

— Et toi ? Tes amis du magasin et ton groupe, Ricky et d'autres, non ? Tu as probablement une petite-amie, plus lui, donc tu as besoin d'une grande chambre pour, euh…

— Un plan à quatre ?

Sarah posa ses mains sur ses hanches avec une moue. Letty rit.

— C'est la façon dont tu l'as dit, je n'ai pas pu m'en empêcher. Et toi d'ailleurs, qu'en est-il de tes amoureux transis ?

— *Amoureux transis*, vraiment ?

Letty continuait de sourire et Sarah se mit à rire elle aussi.

— Non, mais plus sérieusement, Sarah. Les chambres sont à peu près les mêmes, celle-là doit faire dix mètres carrés et l'autre neuf. Un truc dans le genre. On ne voit pas la différence, et puis de cette manière tu seras plus près de la salle de bain. J'offre, saisis l'occasion.

— Pourquoi ? Enfin, je veux dire, pourquoi ferais-tu cela ?

Voilà la question de surface, car Sarah se demandait bien comment on pouvait proposer à quelqu'un que l'on connaissait à peine de partager un appartement. Mais elle ne pouvait poser cette question directement.

Letty haussa les sourcils. Elle retourna dans la pièce de vie.

— Parce qu'honnêtement, tout ce qui m'importe c'est d'avoir un espace suffisant pour cuisiner mes produits, et une télé, termina-t-elle en dessinant un téléviseur dans le vide.

Ce côté enfantin dans la voix de Letty amusa beaucoup Sarah. Elle se rapprocha.

— Non, non, la télé va là, tu vois, indiqua-t-elle en pointant du doigt le mur de la fenêtre.

— Sinon on n'y verra rien avec la lumière. En plus, si on la met là, ça libère l'espace pour mettre le canapé et une table basse ici. Et comme ça, on peut marcher tout autour. C'est grand, en fait, on aura de la place pour circuler si l'on agence ça correctement.

Elles se regardèrent. Sarah se mordit la lèvre. Elle pouvait désormais difficilement nier que cet appartement lui plaisait. Le plus perturbant pour elle était cette impression d'aisance avec Letty, comme si elles se connaissaient depuis longtemps. Pourtant, elles se connaissaient à peine, et paraissaient déjà unies dans leurs idées, et bien à l'aise l'une avec l'autre, ce qui troublait Sarah. Elle se sentait à la fois très à l'aise, et parfois très nerveuse aux côtés de Letty.

Sarah se racla la gorge.

— Enfin, euh, à l'évidence, tu feras comme tu voudras, pour la télé, je veux dire. Parce que je ne la regarde jamais, c'est ça que je voulais dire. J'ai bien une télé, dans ma chambre. Chez mes parents, je veux dire. Mais je ne la regarde pas. Pas souvent.

Après ce festival de bégaiement, Sarah inspira profondément pour se calmer.

Elle avait la sensation que Letty respirait contre sa peau tant elle était près d'elle.

— Non, non. Ça sera parfait ainsi. J'aime ta façon de penser et de visualiser tout ça, agréa-t-elle avec un clin d'œil avant de se reculer.

Danger, danger.

— Alors, qu'en penses-tu ? C'est bon ?

Sarah ouvrit la bouche, mais aucun son ne sortit. Elle le désirait cet appartement. Les drapeaux rouges, voire noirs, s'agitaient de partout dans son esprit, pourtant elle ne se sauvait pas comme à son habitude. C'était déjà un immense pas pour elle. Elle y songeait tout de même grandement à cette fuite qu'elle estimait nécessaire.

— Laisse-moi y réfléchir quelques jours. Enfin–

— Pas de soucis. Je vais dire à mon pote de l'agence de le retenir jusqu'à mercredi. Cet appart partira le jour même où il apparaitra sur les listings, tu t'en doutes bien, j'imagine ?

— Oui, c'est évident. Je promets de te rendre ma réponse avant mercredi, OK ?

— Parfait.

Un nouvel échange visuel intense entre les deux jeunes femmes s'en suivit. Sarah retourna voir la salle de bain pour continuer d'inspecter l'endroit plutôt que se retrouver *aspirée* par le regard de Letty. Elles restèrent un peu plus longtemps à visiter chacune de leur côté avant de sortir, silencieuses. Sarah la salua timidement de la main.

— Il faut que j'y aille, le bus ne va pas tarder.

— Désolée de ne pas pouvoir te déposer plus loin. Je dois absolument aller prendre ces cordes pour ma basse, car on répète ce soir. Et je dois rendre les clés de l'appart avant que l'agence ferme.

— Non, non, ce n'est rien, le métro est juste là, si je rate le bus. Attends, attends, tu joues de la basse ?

Maintenant qu'elle y repensait, ils avaient parlé de répète et Sarah n'avait pas eu l'occasion de l'interroger davantage.

Letty acquiesça de la tête.

— Tu joues dans un groupe ? C'est top !

L'excitation de Sarah, telle une enfant, fit sourire Letty.

— Avec Ricky et quelques amis de la coop, entre autres.

— C'est génial. J'adore la musique. Vous jouez quel style ? Peut-être que je pourrais venir vous voir jouer un de ces quatre ?

— On joue surtout du rock, pop-rock, et un peu de folk aussi. On se produit beaucoup sur les campus, une fois de temps en temps… donc qui sait ? Mais tu sais, si tu prends l'appart avec moi, je t'emmènerais au studio ou l'on répète. Et je promets qu'on essaiera de ne pas rater trop de notes ce jour-là.

Le sourire de Sarah fit fondre Letty. Elle paraissait plus jeune avec ce sourire timide et ce teint rosé sur ses joues.

— On verra ça, répondit Sarah qui redressa les épaules. Avec un sourire et un petit signe de la main, elle s'en alla. Letty alla rendre les clés à l'agence puis se dirigea vers le magasin de musique le plus proche.

***

34

Les Weisman sortirent de l'église en grande discussion avec le révérend. Annie rayonnait d'avoir son mari et sa fille avec elle. Fredrik n'était pas croyant, néanmoins assister à une messe ne le rebutait pas, alors il se joignait parfois son épouse, dans l'unique but de lui faire plaisir. Sarah au contraire accompagnait sa mère à tous les services, jusqu'à sa terminale et son départ pour Northwestern. Son retour à Los Angeles ne l'avait pas motivée à reprendre ses habitudes dominicales, mais sa mère ne le lui avait pas *encore* reproché. Toutefois, Sarah voyait à quel point sa présence aujourd'hui la réjouissait.

— Quel bonheur, et surprise, de vous revoir, très chère Sarah. Vous avec bien manqué à la congrégation, glissa le révérend en posant une main sur son épaule.

— Oui, je suis désolée, révérend. J'ai été happée par mes études, les examens de mi-session et tout ça, mais ça s'est allégé depuis.

— Je comprends bien, et je sais que vous obtenez d'excellents résultats. Vous avez toujours été une étudiante brillante. Votre mère est très fière de vous.

Sarah savait qu'un '*mais*' allait suivre.

— Cela dit, nul ne doit oublier le plus grand enseignement de tous ; celui de notre seigneur, lui murmura-t-il à l'oreille.

— Oui, bien sûr, révérend. Je promets de venir plus souvent.

Annie ne commentait pas, toutefois, Sarah sentait son regard sur elle. Le révérend acquiesça et échangea encore un peu avec Annie en privé puis les Weisman retournèrent à leur véhicule. Les bras croisés sur sa poitrine, Sarah restait silencieuse.

Sa mère soupira.

— Et voilà, tu boudes.

— Je ne boude pas.

Sarah fronça les sourcils et déplia ses bras pour appuyer ses dires.

— Je viens avec toi pour te faire plaisir et toi tu demandes au révérend de me faire la leçon ?

Annie rit légèrement.

— Tu appelles ça une leçon ? De plus, tu n'es plus une enfant. Je ne lui ai absolument pas parlé de toi.

Fredrik sourit du sourcillement de sa fille. Il se concentra de nouveau sur la route.

— Bah alors pourquoi n'a-t-il rien dit à papa ? Il y va trois fois par an à tout casser.

— La raison est simple, ma chérie. Ton père n'est pas croyant. Et, bien que le révérend apprécie de le voir à mes côtés, il n'attend pas de lui qu'il vienne. Toi au contraire, tu es croyante et tu assistais aux messes chaque dimanche. Le révérend, et moi-même je l'avoue, cherchons juste à savoir où en est ta foi ces temps-ci. C'est tout.

Sarah observa par la fenêtre. Son père la regarda dans son rétroviseur, mais laissa parler sa femme.

— Si quelque chose a changé, et bien, tu peux nous le dire. Donc… est ce que quoi que ce soit a… changé ?

— Non, répondit Sarah, croisant de nouveau les bras sur la poitrine.

Cette fois, le geste s'avérait plutôt protecteur que boudeur, comme si elle se mettait dans sa bulle. Elle n'était pas sûre du ton de sa mère ; un mélange de curiosité et de peur à la fois.

— Rien n'a changé. C'est juste que je me sens un peu… détachée de la religion. Je crois toujours en Dieu, c'est juste…

Elle ne trouva pas les mots, surtout face à sa mère.

— Je m'inquiète pour toi, ma chérie.

Sarah ne commenta pas. Sa mère se retourna pour la fixer. Sarah soupira.

— Tu ne devrais pas. Je vais bien, maman. J'ai de bons résultats. J'adore ce que j'étudie. Pourquoi t'inquièterais-tu ?

— Parce que l'université ne fait pas tout. Je sais que tu n'as jamais trop aimé le monde, mais ces dernières années, tu t'es vraiment renfermée sur toi-même, dans tes livres et ton petit monde.

— Je ne suis pas renfermée, maman. J'aime mon espace et ma tranquillité. Tu sais, la plupart des parents seraient soulagés que leur enfant ne sombre pas dans les fêtes universitaires bien alcoolisées, ou encore que je ne lâche pas dès la première année comme beaucoup. Moi c'que j'en dis.

Fredrik lui sourit.

— On est *très* fiers de toi, princesse, et on te fait entièrement confiance pour toutes ces choses. On veut juste te voir heureuse.

— Je suis heureuse.

Annie et Fredrik échangèrent un bref regard.

— Je le suis, je vous assure. C'est à propos d'Aymeric, ou Jason ? s'enquit-elle en observant d'abord sa mère, puis son père.

— Emily m'a informé qu'il ne souhaitait plus te voir, se lamenta Annie.

— Ça, je ne suis pas surprise.

— Mais je ne comprends pas. Il a dit à sa mère que vous n'aviez rien en commun et cela n'a aucun sens. Vous étudiez des matières similaires, et vous êtes tous les deux chrétiens. Il est très proche de sa famille, tout comme toi. Vous avez les mêmes valeurs. C'est un bon garçon.

— Vachement, glissa Sarah en levant les sourcils.

— Je ne comprends pas. Tu es intelligente, gentille et jolie comme tout. Mais Emily… sans utiliser ces mots-là, j'ai eu l'impression qu'il ne te trouvait pas assez intéressante, et je ne peux le concevoir.

— Huh, lâcha Sarah avec un court rire.

— Vu ce qui l'intéresse lui, c'est sûr que je ne suis pas intéressante.

— Oh, voyons, ma chérie. Je connais Emily depuis des années, et Aymeric était enfant de chœur, ma douce.

— Il n'a plus dix ans, maman. Et il est loin l'enfant de chœur, crois-moi. La dernière fois qu'on s'est vu, à la maison, il m'a traité de bébé, car je ne voulais pas coucher avec lui pour *passer le temps*.

Sarah nota le 'o' soudain qui dessina les lèvres de sa mère.

— Eh oui, maman. Pendant que vous parliez 'église' en bas, lui voulait *s'éclater* autrement. Il n'était intéressé ni par la littérature ni par l'histoire, ou rien d'autre que de m'allonger sur le lit.

— Oh chérie. Il a l'air si bien, pourtant. Es-tu certaine que tu n'as pas mal interprété ses dires ?

Fredrik serra le volant et le muscle de sa joue se tendit.

— Tu l'as dit toi-même, Annie. Nous avons élevé une jeune femme gentille et intelligente. Et honnête. Si elle dit qu'il a mal agi, c'est qu'il s'est mal comporté, c'est tout.

Le sourire sur le visage de Sarah valait des milliards. Son père et elle échangèrent un regard complice dans le rétroviseur.

— Et autant te dire qu'il n'est plus le bienvenu dans notre maison. Et tant que tu y es, il vaut mieux que je ne croise pas sa mère, elle en entendra parler de son fils si *intéressant*.

Fredrik n'intervenait pas souvent, mais quand il le faisait, c'était final.

Il observa Sarah dans le rétroviseur et elle lui souffla merci silencieusement. Il lui répondit d'un clin d'œil.

— Au moins, Jason n'est pas un salaud, annonça-t-il avec malice et un regard à sa femme.

Annie haussa les épaules.

— Ce n'est pas grave. J'ai beaucoup d'amies avec de bons fils célibataires.

— Mon Dieu. Vous faites la paire tous les deux.

Sarah réalisa à cet instant qu'elle avait pris sa décision. Elle devait quitter cette maison si elle souhaitait un peu de liberté, et ne pas être sujette aux tentatives de ses parents de la *marier*.

Cette après-midi, elle appellerait Letty pour lui signifier son accord pour l'appartement. Maintenant, ne restait qu'à le dire à ses parents. Surtout à sa mère.

Ça attendra encore un peu… jusqu'au déménagement, par exemple.

***

Sarah ne se dégonfla pas et appela Letty en fin d'après-midi pour lui apporter la bonne nouvelle. Elles se mirent à discuter de choses et d'autres et Sarah réalisa qu'une grosse demi-heure était passée quand elle raccrocha enfin. Elle rencontra Letty à l'agence immobilière le mercredi pour fournir les justificatifs nécessaires, signer les papiers et récupérer les clés. Elles pouvaient s'installer dès à présent.

Trop surchargée de travail, Letty ne planifiait son emménagement que deux jours plus tard, vendredi.

Elles sortirent de l'agence Century 21 sur le boulevard Franklin.

— Ricky va mettre toutes mes affaires dans son pick-up. Pas que j'ai tant d'affaires que ça, d'ailleurs. On peut le faire pour toi, si tu veux ?

— Non, ça ira. Je, en fait, euh. Je ne sais pas vraiment comment m'organiser. Excepté mon lit, tout rentre dans la voiture de mon père et j'emprunterais sûrement la grande remorque du voisin pour le lit. Je n'ai pas grand-chose à prendre sinon. C'est toujours bon pour ton frigo et ta gazinière ?

— Bien sûr. Toujours OK pour ta table basse ?

Sarah acquiesça avec le sourire.

— Et pour la télé aussi, t'inquiète.

— Je ne suis pas inquiète. J'apporterais la mienne, s'il le faut. C'est sûr que ta quarante-huit pouces bat largement ma vingt-deux, mais bon, ça ferait l'affaire, au pire. Tu es sûre que ça ne sera pas trop chiant pour la prendre ?

— Oui. Mon père m'aidera… quand je lui aurai dit.

Letty ouvrit grand les yeux.

— Tu ne leur as toujours rien dit ?

— Je le ferai ce week-end, je pense.

Letty se retint de rire.

— Tu ne crois pas qu'ils vont s'en apercevoir. Je dis ça je dis rien, mais te voir faire des allers-retours chargés de sacs de voyage et de cartons va leur mettre la puce à l'oreille quand même, non ?

Sarah grimaça.

— Ouais, en plus j'aurai vraiment besoin de mon père pour le lit, la télé et la table basse. Le reste, ma table de nuit, mes habits, mes livres ne poseront pas de soucis, quoique point de vue des livres, c'est bien lourd.

— Tu n'as pas entendu parler de ce truc magique qui s'appelle une liseuse ?

— Si, si. J'ai un Kindle. Mais j'aime trop les éditions papier, donc j'alterne. Je lis vraiment beaucoup.

Elle souffla.

— Je suppose que je ne suis pas obligée de tous les prendre, mais je me sens nue sans eux.

Letty ne put s'empêcher de promener son regard le long du corps de Sarah en l'imaginant nue. Elle releva vite la tête, mais les joues de Sarah s'étaient teintées de ce rosé qui la rendait encore plus belle.

— Et tes amis ? Tu as bien un pote ou deux qui pourrait te filer un coup de main ? demanda la latine pour changer de sujet.

— Mes amis ?

— Eh bien, tu sais, les gens avec qui tu traines et bois un verre occasionnellement ou encore un ciné, tu vois. Ce truc que l'on appelle l'amitié. Ils te rendent un service, tu leur rends un service, etc. Tu vois, comme Ricky et moi.

— Merci pour les explications, je me coucherais moins conne ce soir.

Letty lui sourit.

— OK, mais plus sérieusement, si tu as besoin d'un coup de main, n'hésite pas, on est nombreux. On passe, on récupère tes affaires et hop c'est fini.

— C'est vraiment gentil, mais tu bosses ce week-end. Tu auras emménagé vendredi, après ton boulot. Tu passes déjà beaucoup de temps sur la route. Ça ira bien, même si je dois m'installer un peu plus tard.

— Oh, je te sens venir toi. Tu ne vas pas te débiner, n'est-ce pas ?

— Non, répondit Sarah en fixant le trottoir.

Elles se tenaient toujours devant l'agence.

— Oh si, je le sens mal. Tu as ce regard-là.

— Quel regard ? Tu ne me connais pas vraiment.

— Oh, mais je commence à bien te *sentir*, faute de te connaitre.

— Me *sentir*. Rien que ça ?

— Oh oui. Tu sais quoi, je vais te suivre chez toi et parler à tes parents, sinon tu ne sortiras jamais du cocon familial.

Sarah sourit, elle rit presque.

— Ça marcherait bien.

Letty prétendit serrer la main de quelqu'un en annonçant :

— Bonjour madame et monsieur Weisman. Je suis là pour vous dire que votre fille de vingt-et-un ans déménage. Vos tentatives pour la maquer lui ont donné des migraines monstrueuses, et sortir du jupon de sa mère est la seule possibilité pour elle de s'en taper un. J'ai été ravie de vous rencontrer, madame, monsieur.

Sarah riait avant que Letty ne termine.

— Oh oui, ça marchera fort.

— Tu vois ? Simple comme bonjour.

Elles s'observaient en silence quand leurs rires s'atténuèrent. Letty ne put s'empêcher d'admirer encore le bleu des yeux de Sarah. Sarah tourna la tête au bout d'un moment sous ce regard une fois de plus intense, et qui la fixait attentivement. Letty possédait un regard très expressif, trop parfois.

— OK. Je vais leur dire ce soir. Demain au plus tard, pour qu'on puisse s'organiser. Avec un peu de chance, ce sera bon pour ce week-end.

Elles commencèrent à marcher en direction de l'avenue Hollywood.

— Écoute, tu as mon numéro, si tu as besoin d'une ou deux paires de bras en plus, tu n'hésites pas. Ricky serait ravi de t'aider ; il te trouve canon. Un peu stupide à dire, je sais. Qui ne te trouverait pas canon ?

Ce n'était même pas une question. Letty continuait de marcher et avait déclaré ceci le plus naturellement du monde. Sarah, au contraire, s'était arrêtée et regardait Letty avec surprise. Elle rougit puis céda à une légère panique.

— Non, je, euh, ça ira bien.

Letty s'aperçut que Sarah ne se trouvait plus à ses côtés, elle se retourna. Elle nota le stress sur son visage.

— Qu'est-ce qui ne va pas, Sarah ?

— Non, euh. C'est juste… je ne veux pas qu'il y ait de malentendus entre nous.

— Bien sûr, répondit Letty sans trop comprendre.

Sarah baissa les yeux et Letty saisit enfin.

— C'est parce que j'ai dit que tu étais canon ?

Sarah ouvrit la bouche sans qu'aucun son ne sorte.

— Je ne vais pas dire que t'es moche alors que c'est faux. Ça te met mal à l'aise parce que je suis lesbienne ? On va vivre ensemble, donc si un truc–

— Non, c'est, enfin peut-être. Enfin non, ce n'est pas que je suis mal à l'aise parce que tu es… parce que tu es gay. Je veux juste être sûre que tu… Parce que moi non. Tu vois. Je suis hétéro. Et on va vivre ensemble, en effet.

— OK. Juste pour info ; dire que tu es canon ne signifie pas que je veuille coucher avec toi. Ça veut juste dire que je ne suis pas aveugle.

Sarah rougit une nouvelle fois et secoua la tête.

— Je ne suis pas canon.

— Bon, il va falloir bosser la confiance en soi et l'estime de toi.

— Non, je ne me qualifierais pas de canon. Regarde-toi ; tu es bronzée, avec des courbes splendides. Des abdos à tuer. Pour moi, c'est ça être canon.

— Tu me trouves canon ? Donc tu veux coucher avec moi ?

Sarah rougit de nouveau. Elle tourna la tête avant de rire très légèrement.

— OK. Tu m'as eu. C'est juste que je ne voudrais pas que ce genre de choses se glisse entre nous. Tu m'as l'air d'une coloc bien sympa. Et cet appartement est vraiment d'enfer, avec l'université à côté. Je ne voudrais rien gâcher.

— Je comprends, mais rien ne gâchera ça, t'inquiète. On va bien s'éclater. Une éclate bien amicale, promis, ajouta Letty avec les mains innocemment en l'air.

Sarah sourit et acquiesça.

Elles discutèrent jusqu'à la station Hollywood/Western dans laquelle entra Sarah. Letty regagna sa voiture, puis conduit au studio qui leur servait, officiellement, de salle de répétitions. Officieusement, ils y tenaient leurs meetings de PA, protection animale.

***

Letty, aidée de Ricky et Sally, ainsi qu'un autre ami de la coopérative, emménagea vendredi soir. Pour sa chambre, elle avait pris un lit, une table de chevet, un coffre et quelques colonnes à CD et DVD. Elle prévoyait des étagères murales pour mettre ses livres. Dans la pièce principale, elle avait installé sa gazinière, son réfrigérateur. Elle le remplit avec entrain à la supérette du coin. Elle avait également mis une petite commode dans l'entrée. Sarah devait apporter un porte-manteau et un meuble à chaussures. Son micro-ondes compléterait la cuisine, avec la gazinière de Letty. Sa large télévision serait la touche hi-tech du salon, elles la fixeraient au mur pour gagner de la place. Le reste des meubles de Sarah irait dans sa chambre, excepté une armoire pour la salle de bain. Elles auraient besoin d'acheter un canapé et une

40

machine à laver, Letty étant habituée à utiliser la laverie d'en face de la coopérative. Elles auraient aussi besoin de chapeaux de lampes, et des rideaux pour leurs chambres. C'étaient les objets manquants les plus évidents. Letty avait apporté son vieux fauteuil, pour le moment.

Letty et ses amis étaient en train de manger ensemble, assis au sol.

— Tu vas avoir besoin de chaises, indiqua Sally.

— C'est ce que j'étais en train de me dire. On n'y a même pas pensé. C'est quand même plus important que les rideaux, s'amusa-t-elle.

— On en a une en rabiot à l'appart. Je te la file, tant que tu en as une, c'est l'essentiel.

Letty se tourna pour regarder le comptoir qui séparait la cuisine de la pièce de vie.

— Non. Il nous en faut au moins deux. Moi je mange tout le temps dans mon fauteuil, bientôt remplacé par un bon canapé. Mais je ne connais pas les habitudes de Sarah. Je doute qu'elle mange dans un canapé.

— On s'en fout, affirma Sally avec un haussement d'épaules.

Ricky hocha la tête positivement.

Letty poursuivit, ignorant leurs commentaires.

— Je vais vivre avec elle. Je vais sûrement cuisiner plus souvent qu'elle. On a besoin de deux chaises de bar pour pouvoir manger au comptoir.

— Je n'envie vraiment pas ton rôle.

Letty avait envie de leur dire que ce n'était pas un rôle, toutefois elle resta silencieuse, trop surprise de cette pensée. C'était censé être un rôle, mais elle songeait à l'appartement, à ses discussions avec Sarah au sujet de quoi acheter pour le rendre bien confortable. Des petites choses comme cela… C'était venu naturellement, à aucun moment elle ne s'était forcée. Au contraire, elle ressentait cette excitation innée à toutes les découvertes, les nouvelles étapes dans la vie d'une personne. Elle emménageait dans un logement avec une amie ; c'était le seul sentiment qui la traversait.

— Pour l'instant, je vais simplement la découvrir un peu et me rapprocher d'elle, et cet appart aide.

Elle soupira et se concentra sur ses raviolis aux champignons qui commençaient à refroidir.

— Elle est comment dans l'ensemble ? s'enquit Sally, comme s'ils parlaient d'une célébrité déchue, voire pire, d'un dictateur.

— C'est juste une fille normale, euh, une femme. Elle est plutôt sympa, en réalité.

Ricky haussa les épaules.

— Dommage qu'elle ne nous ait pas laissés l'aider avec ses affaires. Ça nous donnait l'occase parfaite pour entrer dans sa maison. Et tu serais déjà tranquille.

Letty secoua la tête.

— Non, c'est beaucoup trop tôt. On nous aurait grillé d'office.

— Carl est bien en place maintenant, ça pouvait se tenter.

— Si on se base sur des probabilités, le prochain repas on le partagera en prison. C'est trop tôt. Larry nous l'a dit et il a raison, confirma-t-elle d'un ton ferme pour clore la discussion.

— Je pense que tu as raison, agréa Sally qui continua de manger.

Letty souhaitait changer de sujet. Elle reprit un peu d'entrain en s'adressant à ses amis :

— Alors, on répète demain soir ou pas ? La dernière répète était nase.

— Ouais… On a été trop concentrés sur d'autres plans, murmura Ricky comme s'ils étaient sur écoute. Mais ouais, faut qu'on s'y remette grave ou ils vont nous virer de la scène à l'UCSB[12] le mois prochain.

— On a encore trois semaines.

Letty opina.

— Et si on ralentissait un peu point de vue des *autres plans*. Tout est en place ; à nous d'être patients maintenant. Donc on se détend et on répète, non ?

— Je ne sais pas trop. Je suis de garde au refuge ce week-end, indiqua Sally.

Letty hocha la tête. Ricky la regarda.

— T'as oublié la manif de dimanche ?

— Ah bon sang oui ! La vache, où ai-je la tête ?

Ils participaient à une manifestation contre Sea World, à San Diego ce samedi-là.

— Ça, je ne sais pas, mais pas avec nous, en tout cas. Tu n'as fait que rêvasser cette semaine. Mais tu l'as dit toi-même ; pas de repos pour les braves. Les tortureurs d'animaux ne se détendent pas, eux.

— Tu as raison. Oh et puis il y a la street-team[13]. Je suis sur Santa Monica samedi soir. Ça va être une longue journée. Les flyers sont bien prêts au moins ?

— Oui.

— Très bien, se réjouit-elle avec un enthousiasme retrouvé. Les répètes ou quoi que ce soit de *normal* devront encore attendre.

Ricky et elle touchèrent leur verre de limonade en portant un toast bien connu entre eux.

— Jusqu'à ce que toutes les cages soient vides !

***

Sarah décida d'emménager dimanche après-midi, avec un trafic routier bien meilleur et toutes les personnes invitées à aider disponibles ce jour-là.

Elle était en train d'ajuster l'emplacement de l'armoire que Jason et Garth, un autre interne de son père, venaient de monter et déposer dans sa chambre,

---

[12] L'Université de Californie, Santa Barbara.

[13] Terme utilisé en marketing pour décrire un groupe de personnes qui « descendent dans la rue » pour promouvoir un évènement ou un produit. Placer des stickers, placarder des affiches, distribuer des flyers dans la rue, sur les véhicules, emmener des amis voir le spectacle/artiste et acheter des produits dérivés, téléphoner aux radios locales pour demander le passage de l'artiste/chanson, etc.

contre le mur. Elle savait que sa mère observait religieusement. Elle devinait parfaitement le sourcillement présent sur son visage, mais elle ne voulait rien entendre pour l'instant. Sa mère ne resterait évidemment pas silencieuse toute la journée, mais bon, Sarah éviterait ses critiques le plus longtemps possible. Adrian, un des étudiants, plutôt mignons, de son père se trouvait dans la salle à manger, raccordant la télévision et le home cinéma. Nul doute que sa mère attendrait qu'elles soient seules pour donner son *avis* sur l'appartement.

— Maintenant, c'est parfait.

Sarah se retourna enfin. Elle vit le sourire tendu de sa mère qui opina très légèrement.

— Garth et Jason sont toujours en bas ? l'interrogea Sarah tandis qu'elles quittèrent la chambre.

Sa mère n'eut pas le temps de répondre qu'Adrian la devança :

— Ils sortent le lit du camion. Je vais aller les aider. Restez là, on s'occupe de tout.

Sarah acquiesça et se retint de rire. Adrian était un jeune homme svelte, plus petit qu'elle. Avec ses lunettes et son côté p'tit génie de l'électronique, il ressemblait au geek typique. Néanmoins, il était très beau, son père s'appliquait vraiment avec les internes ou étudiants qu'il lui présentait, tous plus mignons les uns que les autres. Sarah se demandait si telle n'était pas la raison pour laquelle son père avait réagi positivement à l'annonce de son déménagement ; ainsi, il pouvait lui présenter plus de beaux jeunes gens. Il avait en effet rapidement *ameuté* ses internes et étudiants qui ne manquaient pas de vouloir se montrer à ses yeux. Sarah sourit à cette pensée, son père avait dû dire non à beaucoup d'autres volontaires. Le sourire de Sarah disparu quand elle se trouva face au visage fermé de sa mère.

— Allez, vas-y, maman. Dis-moi tout.

— Pardon ? Non, rien. Je visite, c'est tout.

— OK.

Sarah se tourna pour aller admirer la connexion impeccable d'Adrian. Elle ne voyait même pas les fils tant le raccordement était propre. Elle détenait désormais le top du top avec sa télévision et un home cinéma qu'on lui avait offert à Noël il y a deux ans, et qui n'avait jamais servi. Elle y avait tout de suite songé, sachant que cela plairait et profiterait à Letty.

— Ton père m'a dit qu'il avait changé d'avis pour la voiture. C'est vrai que posséder une voiture à Los Angeles est une nécessité. Il en est bien conscient.

— Mmm…

Sarah posa ses mains sur ses hanches.

— Et il y a pensé d'un coup, maintenant que je pars ?

— Tu peux toujours revenir. Avec une voiture, plus besoin de rester… ici.

— J'aime bien cet appart.

Annie plissa le coin des lèvres comme si Sarah venait de faire une mauvaise plaisanterie.

— Oui, maman, j'aime être ici, et me trouver à deux pas du campus en bonus.

— Mais c'est tellement petit, Sarah. Comment peux-tu choisir cet appartement plutôt que le confort de notre belle maison ? On ne va plus te voir !

Annie, mains sur les hanches, lança un regard réprobateur au large sourire de sa fille.

— C'est bien toi après tout qui es revenue la queue entre les jambes, car la vie d'étudiante était trop difficile pour toi. Qu'est-ce qui te fait penser que ça se passera mieux cette fois ?

Sarah s'assit dans le fauteuil de Letty.

— Ouille, là, ça pique. Je ne savais pas que papa et toi voyiez mon retour ainsi. Et où est papa d'ailleurs ? Il a déposé ses *garçons* puis il est reparti. Il n'a même pas vu l'appart.

— Le directeur de l'USC l'a invité pour le café, ça ne se refuse pas. Il revient nous prendre pour nous emmener dîner. Quant à ton départ de Northwestern, vu ton silence sur les évènements, quels qu'ils soient, nous avons dû imaginer tous les scénarios possibles.

— Il n'y a aucun scénario, maman.

— Je suis ta mère, je te connais mieux que ça. Ta moyenne avait baissé et tu es revenue comme ça, subitement. Sans même finir le semestre.

— J'avais tous les crédits nécessaires pour valider mon année et entamer l'année suivante. Je n'avais pas besoin d'y rester, alors je suis rentrée. Ma moyenne n'avait pas baissé, maman. Los Angeles, le soleil, la maison, la chaleur, tout me manquait, c'est simple.

— Très bien. Ce qui nous ramène à la raison pour laquelle tu es partie à Northwestern, là aussi, d'un coup, sans aucune explication. L'UCLA était ton rêve et pouf, comme ça, dans l'avion pour l'Illinois.

— J'ai été bête, OK ? J'ai cru que, peut-être, je devais m'éloigner un peu de la maison, je l'admets. C'était un caprice d'ado. Je me suis dit, j'ai dix-huit ans, j'entre à l'université, il est temps que je sois autonome.

Annie caressa la joue de sa fille.

— Tu es autonome et toujours seule. Tu as toujours été si calme et introvertie, la tête constamment dans tes livres. J'avais peur quand tu es partie ; je savais que ça ne marcherait pas.

Sarah se recula.

— Ça marchait, maman. J'ai passé trois belles années là-bas. OK, deux belles, la dernière a été un peu plus dure, mais ça marchait, et puis je me suis dit que je n'avais rien à faire à être si loin de chez moi. Je voulais être ici. Elle inspira fort puis termina : mais le but n'était pas de dépendre de vous et vivre à vos crochets. J'ai besoin d'avoir ma propre vie, maman. J'ai vingt-et-un ans.

Annie soupira, pourtant, son regard trahissait qu'elle en était bien consciente.

— Je sais. Et je suppose que ce logement n'est pas si mal que ça. Mais c'est tellement petit.

— Il n'est pas petit.

— Tu plaisantes ? Il rentre dans ta chambre.

— Tu exagères. Et tu sais, les étudiants paient parfois trois fois plus cher pour être à trois ou quatre dans un appartement de cette taille.

Annie resta silencieuse, parce qu'elle savait que Sarah avait raison.

— Non sérieusement, Letty nous a trouvé un super plan.

Annie était toujours quiète, mais Sarah sentait bien qu'elle s'interrogeait toujours. Les trois jeunes hommes revinrent avec le matelas et le sommier. Ils finirent d'installer proprement les meubles de Sarah. Ne lui restait qu'à déballer ses sacs de voyage et cartons dans ses armoires. Elle désirait s'en occuper tranquillement, lorsque tout le monde sera parti, une fois seule dans *son* appartement. Il fallait jouer le jeu pour l'instant, car ils redescendirent quand Fredrik appela pour signaler qu'il arrivait. Ils allaient dîner ensemble.

Étant donné qu'elle se retrouva assise entre Jason et Adrian, elle comprit que c'était bien là les plans de son père. Elle n'avait rien contre eux, elle les trouvait plutôt sympas, et mignons. Malheureusement, elle ne ressentait absolument rien pour eux. Beaux, intelligents et sans aucun doute intéressés par elle, mais vraiment, pas la moindre étincelle pour aucun. Elle aurait aimé que ce soit le cas ; cela rendrait les choses, et sa vie, tellement plus simples. Elle échangea beaucoup avec eux, leur sourit autant que possible, mais honnêtement, elle ne rêvait que de se retrouver seule chez elle.

Elle sourit à ces mots qui résonnaient dans sa tête. Elle allait le partager avec Letty qu'elle connaissait finalement très peu, pourtant, l'appartement lui donnait tout de même l'impression d'un chez-soi.

Fredrik alla payer, puisqu'il avait invité toute la tablée afin de remercier ses internes et son étudiant pour leur aide. Il se trouvait en grande discussion avec Garth et Jason à propos de leur plus récent test d'essai d'un nouveau produit. Adrian était aux toilettes. Mère et fille marchaient bras dessus-dessous.

— Dis-moi en plus sur cette Letty.

Sarah se tendit, malgré son sourire.

— Je trouvais bizarre que tu ne m'aies pas encore questionné sur elle.

Annie haussa légèrement les épaules.

— Permets-moi de m'étonner que tu t'installes avec une personne que tu ne connais pas. Tu ne t'es jamais fait d'amis facilement. Je ne t'ai jamais vu passer du temps avec qui que ce soit d'autres qu'Anita.

Sarah contempla au loin à la mention de son ex-meilleure amie. Anita avait d'ailleurs été sa seule véritable amie au lycée.

— Qui est cette femme ?

— Je te l'ai dit, on s'est rencontré sur le campus.

— Oui, mais tu m'as dit qu'elle n'y étudiait pas, n'est-ce pas ?

— Non, elle dirige une coopérative végane.

— Ah, très intéressant.

La sincérité dans la voix de sa mère surprit Sarah. Elle ne put s'empêcher de la regarder pour voir si elle affichait la même sincérité sur son visage.

— Donc non, je ne la connais pas beaucoup, mais c'est quelqu'un de bien. Et tu sais quoi, ce matin quand je suis arrivée à l'appart, elle m'avait laissé des donuts végans pour m'accueillir. Ce n'est pas gentil ça ? Elle n'a emménagé que vendredi en plus, je ne l'ai pas vu depuis qu'on a signé. Moi j'ai trouvé l'attention sympa.

— Très, effectivement.

Cette fois, il y avait bien un ton décalé dans la voix d'Annie. Sarah ne souhaitait toutefois pas savoir ce qu'il cachait.

— Écoute, tout va bien se passer, maman. Et je te rendrai visite tous les samedis si tu veux, ou le vendredi après-midi, comme je n'ai pas cours. Je ne peux pas rater ta tarte !

Annie sourit, néanmoins, une légère moue boudeuse perdurait sur son visage.

— Ça ne sera pas pareil, geignit-elle, alors qu'elles atteignaient la voiture.

— Je sais, maman. Mais je–

— Tu es une adulte, l'interrompit sa mère avec un regard empli de fierté.

Elle lui caressa le visage.

— Je suis désolée, ma chérie. Tu dois vivre ta vie, je le sais bien. De plus, j'ai élevé une jeune femme gentille, indépendante et brillante. Sache juste que nous sommes fiers de toi.

Mère et fille s'étreignirent. Fredrik sourit en les voyant. D'un geste de la main, il salua Adrian et Jason qui partageaient le même appartement en centre-ville avec deux autres étudiants de l'USC. Ils enlacèrent Sarah. Elle pensait encore aux mots de sa mère, de ce fait elle ne craignit pas leur proximité, alors que d'ordinaire elle n'aimait pas trop les embrassades, hormis avec ses parents. Elle avait toujours été ainsi. Garth était plus réservé, ce qui convenait parfaitement à Sarah. Venu en vélo, il repartit de la même manière, après un au revoir poli.

Jason et Adrian partirent après qu'elle les remercia encore une fois. Elle embrassa son père. Sa mère lui rappela qu'elle était toujours la bienvenue dans son ancienne chambre. Sarah sourit et l'embrassa une nouvelle fois. Annie et son mari montèrent en voiture et s'en allèrent. Sarah resta très pensive tandis qu'elle marcha le kilomètre qui la menait à son appartement.

***

Sarah disposait des photos sur sa table de chevet quand Letty frappa à sa porte, en y passant la tête puisqu'elle était entrouverte. Sarah détestait les portes fermées.

— Et ? demanda Letty avec un sourire enfantin qui amusa beaucoup Sarah.

— On est installé ? poursuivit Letty avant d'entrer.

— Tu sais quoi ? Ça me donne envie de sauter sur le lit et faire une bataille de polochons.

Sarah ne put s'empêcher de rire, pourtant elle ressentait la même excitation.

Letty observa la pièce pour voir comment Sarah l'avait arrangée. Une immense armoire, un lit double avec une table de nuit. La taille de l'armoire ne surprit pas autant Letty que les trois sacs de voyage vides qui jonchaient le sol, à moitié sous le lit. Sarah n'avait pas fini de ranger. Letty avait des vêtements, mais pas de quoi remplir une armoire de la sorte ni les placards muraux. À moins que ces sacs n'aient contenu des livres ? C'était probablement le cas, s'en amusa intérieurement Letty. Elle sourit et s'assit sur le lit, à côté de Sarah.

— T'avais pas mentionné un king size ?

— Je l'ai laissé à la maison. J'ai pris celui d'une des chambres d'amis. Je me suis dit que ça me libérerait de la place. Il est largement assez grand pour moi seule.

— Ouais, et en plus, tu as une bonne excuse pour te lover dans les bras de ton chéri. Toi, tu es intelligente.

Sarah haussa les épaules avec un sourire. Elle installa un troisième cadre sur sa table de chevet où se trouvait déjà un portrait de ses parents, une de Sarah avec une fille en costume de chat tandis que Sarah était déguisée en chien. La dernière photo figurait une jeune Sarah roulant dans la neige avec une jeune fille plus âgée qui la tenait par la taille. Les deux enfants riaient aux éclats.

— Tu as l'air si jeune là, et bon sang que cette fille est belle !

Letty saisit le cadre dans ses mains. Sarah sourit, tout en posant le cadre d'elle et de l'amie en costume, face contre la table. Letty le remarqua, sans commenter ; elle était trop occupée à observer le cliché qu'elle tenait entre les mains. Le paysage magnifique ne ressemblait en aucun point à Los Angeles, ni même à Big Bear Lake[14] ou autre région de la Californie.

— Elle est plus âgée, non ? Petite-amie ?

— Quoi ? Je veux dire, je suis hétéro, je te le répète. Et oui, elle est plus âgée.

— OK, alors steuplait, sois une amie ; présente-la-moi.

Sarah secoua la tête avec une moue boudeuse.

Letty haussa les épaules.

— Bah quoi ? Je suis célibataire depuis un moment, moi, et cette nana est carrément canon. Cette photo semble vraiment dater, donc elle doit être majeure maintenant. Elle est bien lesbienne, non ?

— Quoi ? Comment ? Sarah s'interrompit et prit le cadre entre ses mains.

— Tu le vois… comme ça, d'office ?

---

[14] Municipalité du comté de San Bernardino, en Californie. C'est une destination touristique importante en Californie du Sud connue pour ses stations de ski.

— Ne panique pas. Non, ce n'est pas écrit sur la tête des gens. En fait, je n'en savais pas trop rien. Je le souhaitais fort, en revanche, mais c'était au pif. Et pour t'embêter aussi un peu.

Après une moue réprobatrice, Sarah se détendit.

— Pour en revenir à la photo, oui, elle aime les femmes, et oui, elle est majeure, vingt-sept ans là si je ne me trompe pas. Mais je ne peux pas te la présenter, enfin je pourrais, mais il faudrait traverser tout le pays pour aller au New Hampshire.

— Dommage, je me doutais que ce n'était pas la Californie, mais si loin, hum, c'est trop de souci juste pour une femme.

Sarah sourit en la contemplant une nouvelle fois.

— On habitait à Manhattan à cette époque-là. Je me rappelle cet hiver-là, qu'est-ce qu'on a pu s'amuser. Je crois que c'était juste avant que tante Shannon meurt. C'est ma cousine Charlène sur la photo. On était comme des sœurs. Cet hiver est le dernier bon souvenir que j'ai de cet endroit. Charlie n'a jamais été la même après la perte de sa mère.

— J'imagine, ça a dû être dur. Tu as quel âge sur cette photo ?

— Elle avait seize ans et j'en avais dix. Malgré la différence d'âge, on était très proche, comme une grande sœur, puis elle s'est un peu refermée sur elle-même et tout a changé. Ensuite, il s'est passé plein de choses que je ne comprenais pas vraiment, en plus, vu qu'on avait déménagé ici, ça ne facilitait pas le contact. Quand son père, mon oncle, nous rendait visite, elle ne venait plus. Et moi je devenais de plus en plus occupée, l'école et tout le reste. J'aurais dû être une meilleure amie.

— Tu étais jeune.

— Ouais, mais quand même. Je sais que ça n'a pas été simple pour elle ces dernières années. Il s'est passé un truc tordu, pour reprendre les mots de mon père. D'ailleurs, c'est drôle, car mon père ne juge pas d'ordinaire… Je ne sais pas ce qu'il s'est passé, mais toute la famille était en *émoi*. Ma mère disait que ma cousine était malade. Ce n'était pas la grippe, ça, c'est clair. Elle sait depuis longtemps que Charlie est gay, donc ce n'était pas à propos de ça non plus. Je n'ai jamais cherché à en apprendre davantage et je le regrette. On était déjà beaucoup moins proches, comme ma mère rechignait à m'envoyer là-bas pour les vacances, du fait de l'orientation sexuelle de Charlie, sans l'avouer.

Letty hocha la tête.

— Pourquoi ne l'appellerais-tu pas ?

— Je l'ai vue le mois dernier, en fait.

— C'est vrai ?

— Oui. Pour faire plaisir à mon père, je l'ai accompagné à New York pour un colloque scientifique. Bon OK, il y avait une séance de dédicace d'une de mes auteures préférées dans une librairie. J'ai fait d'une pierre deux coups. Charlie était en ville, pour affaires, nous a-t-elle dit, et on a dîné ensemble un soir.

— C'est génial.

— Non. Enfin, on aurait pu mieux discuter si nous avions été seules. Chaque fois que je lui posais une question sur sa vie perso, mon père nous coupait. C'était chiant. Il était tendu. Charlie n'a pas dit grand-chose. Je me sens mal de ne pas l'avoir appelée ces dernières années. Elle en a pris plein la gueule par tout le monde et je ne sais même pas pourquoi, pire, je ne l'ai jamais défendue. Cela dit, elle avait l'air d'aller bien. J'ai eu comme qui dirait l'impression qu'elle était à New York plutôt pour une fille.

Sarah ne put s'empêcher de rougir en prononçant ces mots.

— C'est bien, dans ce cas.

— Mouais, j'ai bien essayé d'en parler à mon père, mais il m'a dit que son ex vivait à New York. C'est pour ça qu'il était si chiant, je pense.

— Donc si tout le monde a stressé c'était bien au sujet d'une fille ?

— Oui. C'est son ex qui gênait tout le monde, mais je ne sais pas pourquoi.

— Et toi tu penses qu'elle était là pour voir son ex ?

— Je n'en ai aucune idée. Je n'ai pas demandé. Je m'en veux, n'empêche. Mais tu as raison, je l'appellerais un de ces quatre, histoire de renouer un peu.

— Je suis sûre que ça lui fera plaisir.

Letty regarda la photo plus en détail.

— Et c'est quoi ces grandes cheminées qui pointent derrière la colline ?

— Les cheminées de l'usine de verre Campbell, renommée Shannon quand ma tante est tombée malade. Mon oncle a pris sa retraite et c'est Charlie qui en est propriétaire maintenant.

— Oh, ouah…

Letty se leva et souleva une licorne en cristal se trouvant sur une étagère à côté des livres.

— C'est elle qui fait ça ?

Sarah se retint de rire.

— C'était un cadeau. Je crois que c'est un des premiers objets qu'elle a créés seule. J'adorais les licornes… à l'époque, admit-elle avec un léger haussement d'épaules.

— Non, non, c'est très cool. Elle la tourna dans tous les sens, délicatement.

— C'est même plutôt joli, maintenant que je connais l'histoire, et suis rassurée sur tes goûts. Sinon j'aurais pris peur pour notre séance de shopping.

Sarah rit plus fortement.

— Je l'ai toujours gardée.

— Oui, et c'est bien. Tu devrais vraiment l'appeler.

— Je vais le faire.

Letty laissa Sarah à son rangement. Elle ne lui demanda rien sur la photo que Sarah avait dissimulée. Peut-être plus tard.

***

Un peu plus tard, Sarah se dirigea vers la chambre de Letty ; la lumière filtrait par la légère ouverture. Elle frappa puis souhaita jeter un œil à l'intérieur, mais, en une demi-seconde, Letty se tint à la porte, en face d'elle. Sarah sursauta.

Sarah sourit, bien que le geste l'ait surprise.

— Désolée, je ne voulais pas t'envahir.

Elle ne put s'empêcher d'essayer de voir l'intérieur de la chambre.

— Non, non c'est moi. C'est juste que la chambre est vraiment en bordel. J'ai eu trop de choses à faire ce week-end, et je n'ai rien rangé depuis mon emménagement.

— Pas de souci. J'ai préparé le repas, si ça te dit ?

Letty se mordit la lèvre inférieure.

— *Toi* tu as cuisiné ? Je pensais que ma vieille gazinière te faisait peur ?

— Ça, c'est clair. Elle va brûler la maison un de ces quatre. Letty leva les yeux au ciel ; elle pouvait à peine dissimuler un sourire tandis que Sarah bouda très légèrement.

— Bon OK, j'ai ouvert un paquet de riz et champignons tout fait que j'ai passé au micro-ondes. Ça vient de sonner, donc c'est prêt.

Letty posa une main sur sa hanche.

— OK, on rajoute une gazinière à la liste de courses pour mercredi, juste après le canapé, mais avant les rideaux. Et moi je t'apprendrais la définition du mot cuisiner.

— Fais gaffe, je vais te prendre au mot.

— Pas de soucis pour moi. Je vais changer ton monde, déclara Letty, sourcils dressés.

— OK, euh. Sarah devint rouge comme une tomate, sans pouvoir se l'expliquer ou le masquer. Elle ne regardait pas Letty dans les yeux. Letty trouvait cela très mignon.

— Et euh, as-tu faim, donc ?

— J'arrive dans une minute ; je termine un truc.

Sarah se frotta le front de l'arrière du pouce avant d'acquiescer.

— OK.

Sarah repartit. Letty secoua la tête, son sourire maintenant éteint. Elle ferma la porte et se pencha contre celle-ci, les yeux fermés. Elle se sentait hors-jeu. Cet étrange sentiment ne la quittait pas. Elle se redressa et se tourna. Elle observa les différents objets étalés sur son lit et agita encore la tête. Elle devrait se montrer plus prudente, pensa-t-elle en plaçant les téléphones prépayés dans sa table de nuit. Elle plia la carte du département des sciences de l'USC et la rangea dans son sac à main, afin de la ramener dans leur QG aussitôt que possible. Ces objets ne pouvaient rester ici.

Sur cette pensée, elle ne put s'empêcher de se retourner et regarder la porte. Elle entendait des bruits d'assiettes et de couverts. Sarah, toute innocente, cuisinait pour elle, leur premier repas partagé dans leur appartement. Letty avala sa salive et fixa droit devant elle, perplexe quant à ce sentiment qui la titillait. Ça ne pouvait pas être du remords, n'est-ce pas ?

Elle observa son pied de lit, où était allongé face en bas un poster, du scotch aux quatre coins. Letty le prit et l'accrocha avec les autres sur son mur. Elle scruta le regard agonisant d'une vache, pendue par une patte pendant qu'elle se vidait de son sang par la gorge. Letty hocha la tête. Non, cela ne pouvait être du remords, car seules les personnes responsables de ces atrocités devaient ressentir ce sentiment. Elle croisa les bras et contempla le mur entier. C'était pour la bonne cause. Elle puisait sa force et son envie de combattre en fixant ces horreurs dans les yeux. Un dernier hochement de tête et elle sortit de sa chambre, la fermant à clé, pour aller rejoindre Sarah.

Chapitre Trois

Sarah et Letty se promenaient en centre-ville en ce mercredi après-midi, comme prévu, afin de compléter leur appartement. Letty, pas franchement fan de shopping, souhaitait à la base que cela aille vite, mais l'enthousiasme de Sarah l'avait rapidement gagnée et elle n'avait pas vu le temps passer.

Letty s'assit d'un saut sur un canapé pour l'essayer. C'était le dernier meuble à acquérir.

Sarah voulut s'installer à côté, quand Letty, toute joyeuse, s'y allongea, ne laissant que ses bottines dépasser.

— *Celui-là*, c'est le bon.

Sarah posa ses mains sur ses hanches et Letty sourit de plus belle.

— Je t'assure, il est bien mieux que le bleu, fais-moi confiance.

Elle remua pour tester le canapé.

Sarah leva les yeux au ciel en déclarant :

— Je crains qu'il ne soit pas assez grand pour deux, malheureusement.

— Mais si. Regarde, juste là, il y a un p'tit coin pour toi.

Sarah secoua la tête tandis que Letty retira tout juste ses pieds. Sarah s'assit et Letty posa ses jambes sur les cuisses de l'étudiante.

Un 'O' se forma sur les lèvres de Sarah. L'œil de Letty semblait étinceler de malice.

— Tu vois ; parfait. Tu auras même le droit de me masser les pieds quand je reviens du boulot.

Sarah ne put contenir son rire, se surprenant elle-même. Elle n'avait pas ressenti une telle aise depuis Anita, au lycée. Mais elle avait côtoyé Anita pendant tant d'années alors qu'elle connaissait à peine Letty. Pourtant, aujourd'hui, on aurait cru qu'elles vivaient ensemble depuis des années. Cette pensée la rendait confuse et elle s'arrêta de rire.

Letty s'était assise correctement quand Sarah revint à la réalité, une teinte de rosé sur les joues, car Letty la regardait très intensément.

— Désolée, tu disais ?

— Simplement que je plaisantais. On peut prendre le bleu si tu préfères.

Sarah toucha le velours gris du canapé.

— Non, tu as raison. En plus, sa couleur va mieux avec l'appart.

Sarah sauta doucement dessus.

— Il est très confortable. Mais ne compte pas sur moi pour les massages.

Letty soupira.

— J'aurais essayé, au moins.

Sarah tâcha d'arrêter de sourire bêtement. Letty se signala à un agent commercial d'un geste de la main avant de se tourner vers Sarah.

— Chaise, OK. Rideaux, OK. Machine à laver, OK. Gazinière, OK. Canapé, OK. Quoi d'autre ?

— Machine à café Nespresso, bien sûr.

Elles riaient comme des enfants quand le vendeur arriva. Une fois la paperasse achevée, elles retournèrent brièvement dans la section canapé du magasin pour admirer leur nouvelle acquisition qui leur serait livrée vendredi.

Letty bouscula légèrement une femme qui se tourna, elle fronça des sourcils quand son regard se posa sur Sarah.

— Mon Dieu ! Sarah Weisman, tel un mirage.

Le sourire de Letty s'effaça quand elle vit le visage de Sarah se fermer. Elle observa la brunette en face d'elles, et les deux amies, d'origine asiatique, qui se tenaient près d'elle. La femme portait un pantalon noir moulant et un T-shirt à manche longue.

— A-Anita, salut, bégaya Sarah, sans réellement la regarder dans les yeux avant d'ajouter :

— Euh, comment vas-tu ?

— Ouah, tu te souviens de mon nom ? Ça t'intéresse vraiment ou c'est pour être polie ?

Sarah se racla la gorge. Letty leva les sourcils.

— Dommage que tu n'aies pas eu cette politesse il y a trois ans. Mais c'est bien de savoir que tu n'es pas morte. J'avais un doute, j'avoue.

— Anita.

— Quoi ? Je vais bien, à ce propos. J'emménage avec Michael. Oh mince, tu ne dois pas t'en souvenir. C'était mon petit ami à l'époque. Je suppose que tu l'as oublié lui aussi, comme mon numéro de téléphone.

— Anita, répéta Sarah, mais Anita se tourna et s'en alla avec ses amies.

Sarah inspira fort. Letty ne savait pas trop quoi dire. Elle aurait voulu réconforter Sarah, toutefois elle se retint. Oui, aujourd'hui avait été sympa, mais il y avait une ligne à ne pas franchir.

— OK. C'était quoi ça ? demanda-t-elle tout de même dans la mesure où Sarah s'avançait déjà vers la sortie.

— Rien.

— Une ex ?

— Quoi ? s'offusqua Sarah avant de jeter un coup d'œil autour d'elles, s'assurant que personne n'ait entendu.

— Non ! Je ne suis pas… Pourquoi penses-tu toujours ça ?

— Tu n'es pas quoi, Sarah ? Letty avait remarqué que Sarah avait du mal avec le mot gay, ou plutôt le mot lesbienne. D'une certaine manière, ça l'amusait, lui donnait envie de l'embêter sur le sujet, et en même temps, ça l'intriguait et elle désirait en savoir davantage.

— Je ne suis pas comme ça, et tu le sais. Letty haussa les épaules et Sarah poursuivit : d'ailleurs, tu l'as bien entendu, elle emménage avec son petit ami. Ils sortent ensemble depuis qu'ils ont quinze ans. Je n'en reviens pas qu'ils soient toujours en couple.

— Tu sais, c'est facile de changer d'équipe, même dans cette direction. Ça arrive.

— Non, ça n'arrive pas. Enfin, je veux dire, pas de cette manière. Et pourquoi penses-tu cela chaque fois ? Est-ce que ça avait l'air… on avait l'air–

— Relax. Ton secret sera bien gardé avec moi.

— Non ! Il n'y a pas de secret. Je–

Letty posa ses mains sur les épaules de Sarah ; quelque chose dans la panique de Sarah lui donnait envie de la prendre dans ses bras et l'apaiser.

— Je te charriais. Excuse-moi. Je ne sais même pas pourquoi j'ai dit ça. Elle avait juste l'air d'avoir beaucoup de peine et d'amertume, surtout si ça date de trois ans.

Sarah se détendit sous le regard bienveillant de Letty, et son toucher. Sarah paraissait plutôt triste.

— On était super proche, les meilleures amies. Moi je n'étais pas très populaire, elle au contraire était une reine au lycée, elle est toujours restée à mes côtés. C'était ma seule vraie amie.

Sarah ouvrit la porte du magasin pour sortir. Elles se tenaient chacune de part et d'autre de la voiture, Letty la fixait toujours. Sarah inspira plus fortement. Le regard de Letty l'encouragea à poursuivre, malgré ses réticences.

— On tirait des plans sur la comète. On était toutes les deux acceptées à l'UCLA, on allait rester au dortoir, partager la même chambre et s'éclater à l'université, ensemble. Et au dernier moment… je suis partie dans l'Illinois pour Northwestern ou j'avais été admise également. Je n'ai même pas eu le courage de l'appeler pour lui dire de vive voix. Elle l'a appris de ma mère. On s'est éloigné après cela. J'aurais pu, dû garder le contact… Ça fait plaisir de la revoir quand même. On ferait bien d'y aller maintenant, il commence à se faire tard.

— Mais pourquoi ?

— Parce que l'heure de pointe approche.

— Je parlais de toi qui change de vie, et mettre tes plans à la poubelle. Tu n'as pas l'air de ce genre de personne.

Sarah haussa les épaules.

— J'étais simplement confuse à l'époque. C'est du passé, de toute façon.

Elles montèrent dans la voiture de Letty qui ne démarra pas tout de suite.

— Confuse à quel propos ?

— Rien en particulier.

Letty comprit qu'elle n'en tirerait rien de plus et démarra.

Elle patienta un bon moment avant de reprendre la parole :

— J'ai du mal à croire que tu n'étais pas populaire au lycée. Une p'tite blonde canon comme toi ?

Sarah rougit et Letty ajouta :

— Mais du peu que j'ai vu, j'imagine que tu étais du genre à lire au fond de la cour, plutôt que te donner en spectacle avec ton petit ami au milieu de celle-ci.

— Exactement.

— Et les mecs ? Permets-moi d'insister, car, jolie blonde, des yeux magnifiques, des seins. Ça devait marcher du tonnerre, non ?

Les joues de Sarah se teintèrent de rouge tel un coup de soleil. Elle fronça les sourcils ensuite.

— Je n'ai pas de gros seins !

— Je n'ai pas dit gros, j'ai dit *seins*. Tu as tout ce qu'il faut, où il faut, affirma Letty en jetant un coup d'œil furtif au corps de Sarah.

Sarah plissa ses lèvres l'une contre l'autre.

— Je ne suis pas… je suis hétéro, tu sais.

Sarah se giflait mentalement de se sentir obligée de le rappeler. Le regard de Letty la perturbait toujours. Letty sourit.

— Tu me l'as déjà dit.

— Non, si, c'est que tu… enfin bon, on en était aux garçons, reprit Sarah pour changer de sujet. Elle inspira fortement avant d'admettre : j'ai toujours eu du mal à m'entendre avec les gens de mon âge. Avec les gens tout court. Je ne suis pas trop sociale, en fait. Et à l'époque, les mecs n'avaient qu'une seule chose en tête… et je n'étais pas intéressée.

— Je comprends. Donc tu restais de côté ?

— Je préférais, plutôt que de suivre le mouvement aveuglément, se saouler, coucher, tomber enceinte et avorter comme c'est arrivé à une fille que je connaissais. Je ne pouvais pas. Ce n'était pas moi. Et puis je t'ai dit… ma mère. J'allais à l'église tous les dimanches.

— C'est vrai ? Northwestern a dû t'offrir un sacré changement, libre, plus personne sur le dos.

— Pas tellement, en réalité. Je restais dans mon coin, concentrée sur mes cours, et les livres, toujours. C'était facile, ainsi.

— Vraiment ?

Letty paraissait sincèrement intéressée et Sarah s'empressa de préciser :

— Mais j'ai quand même fréquenté des mecs. Richard et Danny. Et j'ai assisté à quelques fêtes, et flirté un peu.

— OK.

Letty choisit de ne pas poser davantage de questions. Elle s'interrogeait beaucoup sur Sarah et réalisa que cela dépassait largement les limites de sa *mission*. Elle secoua la tête et le reste du chemin s'effectua en silence.

***

Letty soupira en entrant dans l'appartement. Elle posa son sac à dos sur le meuble à chaussures. Elle quitta ses tennis et les rangea. Elle avança dans la pièce à vivre en ôtant son T-shirt. Elle portait une brassière de sport comme souvent. Elle se dirigea vers la salle de bain, mais s'arrêta en distinguant la lumière sous la porte. Elle regarda sa montre qui indiquait minuit passé. On était vendredi, après tout. Cette première semaine dans l'appartement était passée très vite. Elle n'avait pas beaucoup vu Sarah, excepté pour leur séance de shopping mercredi.

Ses études occupaient beaucoup Sarah, et le soir, elle restait plutôt dans sa chambre, à lire ou réviser un peu plus.

Letty, elle, partageait son temps entre son volontariat au refuge, les répétitions de son groupe, et bien sûr le magasin en journée. Elle souhaitait sincèrement savoir comment allait Sarah, mais ce soir n'était vraiment pas la bonne occasion. Elle ne voulait pas que Sarah la voie dans l'état où elle se trouvait, ni devoir expliquer son œil au beurre noir. Elle se dirigea vers sa chambre quand la porte de la salle de bain s'ouvrit.

— Letty ?

— Oui. Désolée, je croyais que tu dormais.

— J'allais me coucher, répondit la jeune femme tandis que Letty lui tournait le dos.

— T'étais au refuge ? J'avoue que je t'admire. Tout ce volontariat alors que tu es bien occupée par la coop. Tu es toujours en train d'aider à gauche, à droite.

Sarah fronça les sourcils, vu que Letty ne bougeait pas.

— Euh, ça va ?

Letty se tourna.

— Je n'étais pas au refuge.

— Oh mon Dieu !

À la vue de l'œil poché de Letty, Sarah s'avança instinctivement vers elle, à tel point qu'elles se touchèrent quand elle posa ses mains sur le visage de Letty, tâtonnant autour de la blessure. Letty posa gentiment ses mains sur les poignets de Sarah, qui prit conscience de leur proximité. Le cœur de Sarah se souleva dans sa poitrine en sentant le souffle chaud de Letty sur son visage.

— C'est rien, je t'assure.

Sarah ôta ses mains de son visage et recula d'un pas

— Que s'est-il passé ?

— Rien d'important.

Sarah grimaça.

— Tu te fous de moi ? Qui t'a fait ça ? Tu t'es battue ?

— Non, vraiment, je t'assure, il n'y a rien de grave.

Letty hésitait à lui dire la vérité ; elle avait prévu de mentionner le moins possible ses activités de PA, protection animale. Sarah savait pour le volontariat au refuge et parfois son engagement sur des pétitions, des choses légères.

De toute évidence, Sarah ne se satisferait pas de cette réponse.

— Ce n'est vraiment rien. Oublie ça.

— Hors de question ! On t'a frappé, il faut qu'ils paient pour ça.

Letty ne put que sourire. L'air protecteur de Sarah s'avérait assez chou, pensa-t-elle brièvement.

— Je ne me suis pas battue, je…

Letty inspira profondément. Bon sang, ces yeux bleus magnifiques la désarmaient, surtout rivés sur elle de manière si intense. De plus, Sarah la fixait très rarement dans les yeux, elle évitait souvent le contact visuel, comme effrayée de trop se dévoiler. Letty le ressentait ainsi, en tout cas. L'inquiétude et l'intérêt évidents dans le regard de Sarah faisaient légèrement fondre Letty ce soir-là. En dépit de son instinct, elle décida de lui raconter la vérité.

— C'était juste une petite manif qui a mal tourné.

— Une manif ? Quelle manif ?

— Parfois, je participe à des manifs pour la PA, avec les autres. Mes amis de la coop et du groupe.

— T'as fait une manif et ils t'ont frappée, sérieux ? Qui ferait ça ? À une femme en plus !

Une fois encore, Letty ne put s'empêcher de sourire. Sarah était très énervée après le coupable. Cela réchauffait le cœur de Letty, et en même temps, elle se sentait mal par sa connexion avec Sarah, donc elle se concentra sur la question.

— Les gens du cirque. On protestait contre la présence des animaux sauvages dans les cirques. Les gens du cirque, tu sais, ils ont le sang chaud.

— Il faut appeler la police.

— Oh, mais les flics étaient là. Tout ce qu'ils nous ont dit c'était que notre rassemblement n'avait pas été déclaré en mairie, et ils nous ont sommés de partir. On s'est simplement mis plus loin, on était sur une place publique et nous avions autant le droit d'y être que les familles qui allaient à la séance. Les gens du cirque se sont énervés de plus belle parce qu'on distribuait nos tracts.

Elle voulut se gratter l'œil, mais se ravisa.

— Mais ils n'ont pas le droit de faire ça ! Je n'en reviens pas qu'ils t'aient frappée.

— C'est ma faute. Enfin, pas l'œil au beurre noir. Ces gens ont le sang chaud, comme je t'ai dit, alors à chaque manif, l'un d'entre nous fait *tampon*. Dans ce type d'altercations, on a besoin d'une personne qui aide les deux parties à redescendre en pression, car plus les gens s'énervent plus ils parlent fort, et plus ils parlent fort, plus la tension monte. Quelqu'un doit rester posé, et calmer la situation sinon *ça* arrive, indiqua-t-elle en pointant son œil.

— La plupart du temps, c'est à moi que revient ce rôle. Mais aujourd'hui, je ne sais pas, j'étais sans doute de mauvaise humeur. Il a mis ses mains sur ses parties génitales et m'a dit de le sucer, alors je lui ai répondu d'aller se faire… tu vois le genre. Il n'a pas aimé.

Sarah ne put contenir un léger rire avant de couvrir sa bouche.

— Désolée. Je sais que ce n'est pas drôle.

Letty haussa les épaules avec un sourire.

— Un peu quand même. En principe, j'ai plus de retenue. Comme j'ai dit, sûrement de mauvaise humeur, ou fatiguée.

Letty passa devant Sarah en lui demandant si elle avait terminé dans la salle de bain. Sarah répondit par l'affirmative et Letty y entra.

— Laisse-moi t'aider.

— Ça ira, je te remercie. Je vais prendre une douche, mettre un peu de crème dessus. J'en ai une qui fait des miracles avec les coquards.

Sarah ouvrit grand les yeux.

Letty sourit face à la question qu'elle lisait dans ce bleu magnifique.

— Oui, malheureusement j'ai un peu d'expérience dans ce domaine.

— Ouah, jamais je n'aurais cru que les gens pouvaient se montrer si violents là-dessus. Vous ne faisiez que tendre des prospectus après tout. Ça m'énerve.

Letty s'en amusa.

— Eux ne voient pas ça de cette façon. Ils vivent comme ça, se déplaçant de ville en ville, gagnant leur vie ainsi depuis des décennies et plus encore. Et d'un coup ils voient ces gamins, pour eux on est des gamins de la ville, qui viennent leur dire que ce qu'ils font, et comme ils vivent, c'est mal. Nous, en fait, on cible plutôt leur public, les familles, pour les sensibiliser aux conditions déplorables de vie des animaux dans les cirques. Et qu'ils n'ont rien à y faire, surtout.

Letty défit le bouton de son pantalon tandis que Sarah hocha la tête.

— Maintenant, je comprends pourquoi c'est toi la *voix de la raison*. Tu as tellement de compassion, tu arrives à sympathiser avec eux.

— Pas du tout, admit Letty en quittant son pantalon.

Ces mots surprirent Sarah, si bien que pour quelques secondes elle en oublia que Letty était en train de se déshabiller. Sarah détourna le regard face à la silhouette légèrement musclée de Letty qui ne portait plus que sa brassière et sa culotte.

— Je leur faire croire que oui. Mais en toute honnêteté, je m'en fiche carrément que ça foute leur vie, ou modèle de vie en l'air. C'est simplement moi qui mens le mieux, donc c'est moi le tampon, pourtant je n'en pense pas moins.

Le marron des yeux de Letty vira au noir soudainement.

— Oui, je comprends pourquoi ils se sentent menacés, pourquoi ils nous haïssent, pourquoi ils tiennent tant à leur culture, mais ça ne change pas le fait que celle-ci soit mauvaise. Alors je sympathise avec eux pour la forme, et pour que l'on puisse accomplir notre mission du jour sans se faire tirer dessus ou frapper comme aujourd'hui. C'est mal et je continuerais de me battre contre ces gens-là jusqu'à ce que ça n'existe plus. Et je m'en fiche bien de ce qui peut leur arriver ensuite.

— Ce n'est pas un peu dur ?

— Va dire ça à mon œil.

— Je sais. Je ne voulais pas dire qu'ils ne méritent pas pire. Mais… tu as plus de compassion que ça.

— Pas pour ces gens. Ou plus.

Letty se tourna pour observer son visage dans le miroir. Il fallait qu'elle s'arrête vite avant de trop en dire. Elle avait tant de ferveur pour la cause animale que parfois, prendre du recul et se calmer s'avérait difficile.

Elle posa ses mains sur l'évier et expira fortement.

— Sérieux. Je déteste vraiment bosser les cirques.

Sarah recula.

— OK. Je devrais te laisser, je pense.

— Passe une bonne nuit, Sarah.

— Toi aussi.

Sarah partit et Letty secoua la tête. Elle qui souhaitait faire profil bas point de vue de la protection animale, c'était raté.

Elle sortit de la salle de bain enveloppée dans une serviette et se dirigea vers la chambre de Sarah. Sarah lisait encore, elle leva la tête en voyant Letty. Sarah se mordit le coin de la lèvre, sans que Letty s'en aperçoive.

— Je suis vraiment désolée pour tout à l'heure.

Sarah sourcilla.

— De quoi parles-tu ?

— Mes commentaires. Je ne voulais pas te faire peur.

Sarah sourit ; elle appréciait la démarche de Letty qui s'était bien apaisée. Cela dit, elle aurait préféré qu'elle attende d'être en pyjama pour venir la voir. Quelques gouttes coulaient encore dans le cou de Letty. Sarah cligna des yeux en y pensant, et cligna une nouvelle fois des yeux en la regardant.

Elle acquiesça ensuite.

— J'étais juste très énervée, en fait. Puis franchement, ce n'est pas indolore, tu sais, affirma-t-elle en pointant son œil.

Sarah sourit largement. Letty sortit de sa chambre après un clin d'œil. Sarah prit une profonde inspiration et décida de se coucher. Elle posa son livre sur sa table de nuit et éteignit sa lampe de chevet.

***

Letty sortit de sa chambre et se frotta les yeux pour les garder ouverts. Elle regretta très vite ce geste qui lui rappela douloureusement son œil au beurre noir. Néanmoins, voir Sarah penchée sur la gazinière, fait rare, lui redonna le sourire. Elle sourit d'autant plus quand elle vit que Sarah lui préparait son bacon végan. Sarah avait déjà dressé deux assiettes et branché la machine à toast. L'odeur du pain grillé et du *bacon* emplissait l'appartement.

— Sympa, glissa-t-elle en s'installant sur une des deux chaises au comptoir.

Sarah lui sourit, mais resta concentrée sur sa cuisson, c'était aussi une bonne méthode pour ne pas garder les yeux rivés sur la tenue légère de Letty. Elle ne semblait en aucun point pudique, assise en boxer et brassière. Sarah se sentit rougir. Comment pouvait-elle rougir autant ? Elle espérait que ses joues soient moins teintées quand elle se retournerait.

59

— Tu cuisines toujours pour moi. Je me suis dit qu'il était temps que je te rende la pareille. Pour l'instant, je n'ai pas brûlé la maison, c'est déjà ça.

Letty sourit.

— Mmm, ça sent bon. Je devrais me faire tabasser plus souvent.

— S'il te plait, évite, répondit Sarah en se retournant, amenant le premier toast chaud avec son bacon dessus. Letty commença à étaler son beurre végan que Sarah avait sorti du réfrigérateur.

— Sérieusement, Sar. J'ai connu pire, je t'assure.

Sarah ne s'expliquait pas pourquoi ce petit surnom la réjouissait autant. Elle réussit à ne pas le montrer en se servant.

— Et tu en fais souvent des manifs ?

— De temps en temps.

Letty espérait que Sarah ne poserait pas plus de questions sur ce sujet. Letty en avait déjà trop dit la nuit passée. Sarah semblait vraiment intéressée. En d'autres circonstances, Letty aurait beaucoup aimé en discuter avec elle.

— Quoi d'autre de pire qu'un coup de poing s'est passé pendant une manif ?

Letty inspira profondément et ne put s'en empêcher ; elle voulait répondre à Sarah, et partager avec elle.

— Se faire gazer. C'est l'horreur, et même le sérum physiologique n'aide pas, ou trop peu. Tu pleures et en plus tu ne peux plus respirer.

— Oh la vache ! C'était quand ? C'était encore le cirque ?

— Non, non, ce n'était pas ici, en fait. C'était il y a deux ans. Je suis partie en France avec l'asso <u>Friends of Animal</u>, à la base pour une grande manif internationale contre la corrida, et en fin de compte je suis restée trois mois avec les Français. Cet été-là, j'ai participé à une quinzaine de manifs. Crois-moi, les flics français peuvent être aussi virulents que les nôtres.

— Tu as été en France ? J'adorerais y aller.

— Dans ce cas, je te dirais quels départements éviter.

— Pourquoi vous ont-ils gazés ?

— Pour nous faire reculer. Ou nous forcer à nous lever quand on était assis en protestation silencieuse. Ça dépend vraiment, mais certains y prennent quand même vachement de plaisir. Et mate-moi ça, déclara Letty en se redressant. Jambe tendue, elle posa le pied sur le comptoir. Elle montra une petite marque sur le côté de son mollet.

— Un tir de flashball. Ça, ça fait mal.

— Oh, mon Dieu, ils t'ont tiré dessus ?

— Ouais, et comme tu vois, je ne leur faisais pas franchement face. Ce n'est rien comparé à une des filles de l'asso française le CRAC[15], elle avait un trou dans la cuisse. C'est de loin l'été le plus dur que j'ai passé, mais aussi le plus excitant. Là, j'avais réellement l'impression d'accomplir quelque chose. Les gens là-bas se battent dur pour stopper cette horreur. J'étais contente d'y

---

[15] Le Comité Radicalement Anti Corrida est une association française de lutte contre la corrida, créée en 1991.

être et de filer un coup de main, même si on n'a pas arrêté de séances de torture.

— Ce n'est pas autorisé ça chez nous, si ?

— Non. Ça n'existe que dans quelques pays d'Amérique du Sud, mais surtout en Espagne, sauf la Catalogne, et un peu dans le sud de la France. Le pire, c'est que ce n'est pas autorisé, c'est *toléré*. Dans la même loi qui dit que la cruauté envers les animaux est passible d'une amende de trente mille euros et deux ans de prison se trouve un alinéa qui *tolère*. C'est toléré sous prétexte de *tradition locale*. Tu parles d'une tradition locale, cent cinquante ans pour un pays de plus de deux mille ans, ce n'est pas de la tradition ça ! Enfin bon, la corrida serait déjà bannie si ce n'était pas pour certaines forces politiques.

— Que veux-tu dire ?

— Manuel Valls, le Premier ministre est un fervent aficionado. Il est originaire de Catalogne, mais il n'a pas dû avoir le mémo que la Catalogne a aboli la corrida en 2012. Dommage que la France ait droit au rejeton attardé.

Sarah sourit.

— Maintenant, je comprends pourquoi ils t'ont tiré dessus. Tu leur as dit ça en face ?

— Tu ne peux pas leur parler. Les flics et CRS ont une mission, ce n'est pas vraiment leur faute. Ils exécutent les ordres. C'est énervant que l'on soit systématiquement face à eux ; ils ne sont pas notre adversaire, mais la plupart du temps c'est le résultat. Enfin bref, ce connard abuse de son pouvoir pour son divertissement personnel. Il l'a dit haut et fort qu'il bloquerait toute loi visant à abolir la corrida.

Letty haussa les épaules.

— Ça arrivera bien un jour.

Elle y croyait fort.

Letty se perdit dans ses pensées ; oui, ça arriverait, mais quand ? Il y a dix ans, les manifestants disaient déjà la même chose ; or la corrida existait toujours, ôtant la vie, dans de grandes souffrances, à des milliers d'herbivores innocents pour un jeu sadique digne du moyen âge.

Letty s'était arrêtée de manger. Tout ceci lui rappela pourquoi elle avait décidé de participer à des actions plus dures. Elle croyait toujours au système judiciaire, mais en attendant, elle ne pouvait rester sans agir.

Oui, ces trois mois avaient été difficiles, effrayant parfois, pourtant un vrai déclic pour elle. Tout était parti de là. Elle ne pouvait regretter les choix qui l'avaient menée ici, aujourd'hui, à prendre ce petit-déjeuner avec Sarah.

Sarah. Letty l'observa. Ces yeux bleus, Letty en raffolait. Pas que le reste soit désagréable, pensa Letty avec le sourire. Elle ne pouvait s'empêcher de la détailler de haut en bas. Le package entier était une sacrée vision. Letty secoua la tête et tâcha de se concentrer sur son petit-déjeuner.

— Quels sont tes plans pour aujourd'hui ?

— UCLA. Powell.

— Sérieusement, Sar. On est samedi.

— Je dois retrouver Vanessa dans environ une heure.

— Oh, tu as donc bien des amis. Je commençais à me poser des questions.

Sarah leva les yeux au ciel.

— Très drôle.

Letty trempa son toast dans son chocolat chaud que venait de lui apporter Sarah avant de s'asseoir.

— C'est juste une fille à qui je donne des cours. Elle vient d'être transférée et est très en retard sur le programme, vraiment très en retard, j'avoue. Des fois, je me demande même si elle a étudié quoi que ce soit. Avec un peu de chances, elle aura assez de crédits pour passer son année, j'espère.

— Elle a de la chance de t'avoir. Je suis sûre qu'elle va vite tout rattraper.

— On verra bien.

— Donc tu lui donnes des cours. Alors cette fille, ce n'est pas une amie.

Sarah posa ses mains sur ses hanches. Letty sourit.

— Je m'interroge, c'est tout. Tu n'es pas du tout comme je l'imaginais.

— Eh bien, que penses-tu de ça ; à midi, je mange avec Éric.

— Mmm, Éric. Raconte. Brun, blond ?

— Blond foncé. Yeux verts. Grand, type joueur de basket. Il est en master d'histoire. Ce n'est pas la première fois qu'il me propose un truc, alors j'ai décidé de lui donner une chance, lança-t-elle avec un sourire malicieux.

— Ooo, ça me parait prometteur.

Le sourire de Sarah s'avérait bien moins franc. Elles se regardèrent un peu maladroitement avant de terminer leur petit-déjeuner en silence.

Letty indiqua à Sarah qu'elle serait probablement au refuge tout le week-end. Sarah admirait sincèrement sa dévotion. Letty était en repos de la coopérative et pourtant. Le moins que Sarah puisse dire sur Letty, c'est qu'elle n'était pas fainéante ni économe de son temps donné aux animaux.

Et à présent que Sarah connaissait l'ampleur de son engagement pour la cause animale, Sarah l'admirait encore plus. Elle commençait même à se poser des questions sur elle-même, sur les animaux. Avant la nuit dernière, elle n'avait jamais pensé aux animaux de cirques, maintenant en revanche…

Sarah réalisa que Letty ne lui avait jamais rien dit sur ses habitudes alimentaires, ou encore sur ses chaussures en cuir. Letty avait cuisiné plusieurs fois pour elle, l'avait même initié à quelques recettes véganes sans jamais rien lui dire sur sa consommation de viande ou de poisson. Sarah se demandait si cela ne blessait pas Letty de la voir manger son *vrai* bacon, ou des fromages régulièrement. Letty en tout cas n'avait jamais fait de remarque ou d'insinuation, ce que Sarah appréciait et qui l'aidait d'ailleurs à songer à ce genre de choses par elle-même.

Une chose était sûre pour Sarah ; elle aimait réellement la présence de Letty, mais elle ne savait pas trop quoi penser de ce sentiment. Letty avait raison, Sarah avait besoin d'amis. Il lui fallait un petit ami, et une vie qui avance dans la bonne direction. Voilà la raison pour laquelle elle avait fini par accepter l'invitation d'Éric.

Elle ne pouvait pas passer trop de temps avec Letty, et se laisser aller à ce plaisir qu'elle y trouvait. Ce n'était pas la voie qu'elle souhaitait prendre, peu importe qu'elle apprécie ces moments ensemble, comme ce petit-déjeuner par exemple.

Sarah, d'un geste maladroit, renversa ses livres et le pot de miel qui s'écoula sur le comptoir. Tandis que Sarah s'activait à nettoyer le miel, Letty ramassa les deux livres au sol, ainsi qu'une photo qui s'était échappée de l'un d'eux. Sarah n'avait pas remarqué. Sarah la fixa quand Letty demanda :

— Ce n'est pas la femme chat sur la photo dans ta chambre ?

Sarah ressembla à une biche prise sous les feux d'une voiture. Son regard allait de Letty au cliché dans ses mains. Elle la retira des mains de Letty.

— Non, répondit-elle en la remettant dans son livre. Elle expira aussi profondément que possible, essayant de relâcher la soudaine tension dans son corps.

— Désolée, c'est tombé de ton livre et j'ai cru la reconnaitre.

— Non, je, ce n'est rien. C'est, oui c'est la même personne, admit-elle rapidement, ne regardant pas Letty dans les yeux.

— C'est qui ?

— Personne.

La réponse assez sèche de Sarah étonna Letty. Sarah se gratta la tête.

— Enfin, c'est une amie, de Northwestern. C'était ma collègue de chambre en fait, bégaya-t-elle en observant tous les objets sur le comptoir plutôt que Letty.

Letty désirait épargner Sarah, vu la détresse sur son visage, pourtant elle ne put s'empêcher de l'interroger :

— Tu gardes une photo de ta copine de chambrée avec toi ?

— Non ! C'est juste un marque-page.

— Sarah–

— Je dois y aller, je vais être en retard.

Elle saisit ses livres, son sac à main et se dirigea vers la sortie.

Letty eut à peine le temps de respirer que Sarah était déjà partie.

Letty restait très songeuse en débarrassant le comptoir. Cette scène la laissait perplexe. Elle était encore plus curieuse à propos de Sarah. Seulement, pouvait-elle se permettre cette curiosité ?

***

Sarah entra dans l'appartement qu'elle partageait depuis déjà trois semaines avec Letty. Une odeur envoutante de pizza l'accueillit.

— Tu arrives à point ! lança Letty de leur kitchenette en sortant une large pizza du four.

— T'as juste le temps de te changer si tu veux et venir goûter cette succulente pizza au fromage.

Sarah s'avança dans la pièce.

— Ton fromage ou mon fromage ?

— Tu vas aimer, je te promets. Comme pour les saucisses véganes. Tu l'as bien dévoré ton hot-dog, n'est-ce pas ?

— En fait… je n'avais pas mangé de la journée.

Sarah dissimula un petit rire quand Letty grogna. Elle sortit de la cuisine pour se diriger vers le canapé. Elle posa la pizza sur la table basse. Sarah se tenait au milieu de la pièce sans bouger face à la tenue de Letty, très confortable dans un short en coton, et une brassière de sport, comme d'habitude.

Letty se leva et se tourna vers Sarah dont le regard ne quittait pas le corps de Letty. L'étudiante se demandait combien d'heures étaient nécessaires pour dessiner des abdominaux comme ceux de la belle latine. Sarah ne trouvait pas les abdos ou gros muscles esthétiques chez les femmes, mais là, c'était juste parfait. On les devinait et si l'on passait sa main sur le ventre bronzé et plat de Letty, on les sentirait sans nul doute glisser sous ses doigts. Sarah désirait presque les toucher pour vérifier. Elle déglutit à ces pensées quand elle se *réveilla*. Letty la fixait.

— Euh, désolée, j'ai du boulot.

— Du boulot ?

— Oui, pour mon cours de littérature américaine.

— Bien sûr, et tu dois absolument le faire un vendredi soir ?

Letty s'installa sur le canapé, *relâchant* le regard de Sarah, ainsi le ressentait l'étudiante. Letty attrapa la télécommande pour allumer la télévision.

— Allez, Sar. <u>Underworld</u> va commencer, tu voulais le voir.

Les yeux de Sarah se dilatèrent légèrement. Selene était un super personnage. Kate Beckinsale en body en cuir moulant y était pour beaucoup. Sarah chassa ces pensées de son esprit.

— Non, mais ça ira. Et puis, tu sais qu'elle porte du cuir tout le long du film, au moins ?

Un bref éclair de malice illumina le regard de Letty qui sourit du coin des lèvres.

— Ouais, mais je sais aussi de quoi elle a l'air avec. En conséquence, je survivrais à cette heure et demie. Juste pour cette fois.

Letty tapota sur l'espace à côté d'elle et Sarah ne sut quoi dire.

— Sérieusement, Sarah, je te fais peur ou c'est que tu n'aimes pas l'appart, finalement ?

— Quoi, non, s'étonna Sarah qui s'assit aussitôt. Elle sourcillait toujours en interrogeant Letty :

— Qu'est-ce qui te fait penser ça ?

— Bah écoute, on a emménagé depuis trois semaines et je t'ai à peine vue quelques soirs ou au p'tit déj.

Letty ne souligna pas que c'était encore plus flagrant depuis l'incident du *marque-page*.

— Tu dois vraiment adorer ta chambre, car tu y es constamment enfermée. Je dois quasiment te soudoyer pour que tu viennes manger ici, indiqua-t-elle, pointant la pièce de la main, avant d'ajouter : et avec moi.

— Non, ce n'est pas ça. Je suis juste très occupée.

Letty plia l'une de ses jambes sous ses fesses et s'appuya sur le canapé de manière à fixer Sarah qui se tenait, rigide.

— Tu n'as jamais l'air détendue avec moi, Sarah.

— Quoi ? Non, c'est faux.

— Dans ce cas, peut-être que tu pourrais me regarder plutôt que le mur, non ?

Sarah se serait fichée des baffes. Pourquoi agissait-elle de la sorte ? Letty avait raison. Sarah prit une grande inspiration et la fixa enfin.

— Je suis désolée. La journée a été longue. C'est vrai, je devrais me détendre un peu.

Letty posa sa main sur celle de Sarah qui se trouvait sur sa cuisse.

— Écoute, je comprends ; on est de simples colocs, pas meilleures amies ou autres. On a chacune nos vies, mais je pensais qu'on pourrait être amies. Et les amies parfois partagent une pizza devant la téloche. Mais si je t'embête–

— Non, non, tu ne m'embêtes pas, l'interrompit Sarah en se tournant si vite que c'est la paume de sa main qui se trouvait sous la main chaude de Letty, qui ajouta :

— Ou si je fais quelque chose, quoi que ce soit qui, oh, oh. Je connais ce regard, assura-t-elle face au clignement d'œil de Sarah.

— Quoi ?

— Il y a donc bien quelque chose que je fais qui te déplait. Dis-moi, c'est quoi ?

— Non, non, tu ne fais… c'est, ce n'est rien.

Letty ne put s'empêcher de sourire et Sarah le lui rendit, se frottant le front d'agir si puérilement.

— Désolée. Mais je te promets, tu ne fais rien de mal.

Leurs regards s'attardèrent légèrement l'un dans l'autre. Leurs peaux qui se touchaient semblaient en feu, Letty ferma imperceptiblement ses yeux à ce contact. Elle se recula la première. C'était simplement la proximité avec Sarah, pensa-t-elle. L'étudiante était, après tout, une magnifique jeune femme, toutefois Letty savait qu'elle ne pouvait aller dans cette direction. Elle se racla la gorge.

— OK, peut-être que je ne fais rien de mal, mais quelque chose te rend mal à l'aise.

— Non, je t'assure, oublie ça.

— Allez, Sarah, on n'est pas en sixième, là. On vit ensemble, et peut-être pour un petit moment. C'est obligé qu'on se tape sur les nerfs quelquefois. Alors, soyons honnêtes dès le début, ça évitera les rancœurs ou autres prises de tête par la suite.

Sarah acquiesça. Letty découpa une part de pizza, la posa sur une assiette et la tendit à Sarah en s'exprimant :

— Parce que moi je n'irais pas par quatre chemins pour te dire si un truc me saoule. Donc j'espère que tu en feras autant. Un bon petit 'Barre-toi de là', ou 'vire tes putains d'affaires dans ta chambre' fait du bien de temps à autre. C'est facile, et ça soulage. J'ai lu ça dans un magazine scientifique. Tu demanderas à ton père.

Sarah riait maintenant.

— C'est bon de t'entendre rire. C'est le week-end, on a une pizza, un film, des femmes sexy à la télé. Que demander de mieux ?

Sarah se calma, mais gardait un grand sourire.

— C'est vrai, tu as raison. Sauf pour les femmes sexy.

— Tu ne trouves pas Kate Beckinsale sexy dans sa tenue de cuir noir ? Et une végane te parle !

Sarah ne put que sourire, d'autant plus que son regard tomba une fois de plus sur le corps parfaitement galbé de la brunette. Elle leva immédiatement les yeux à son visage.

— J'imagine, répondit-elle avec un haussement d'épaules.

— T'imagines, huh ?

Letty trouvait la gêne de Sarah très amusante… et sexy. Qu'est-ce qui ne va pas chez moi ? s'interrogea-t-elle.

— Ouais, glissa Sarah, incapable de soutenir son regard une nouvelle fois.

— Il y a un truc qui ne va pas avec ma brassière ?

— Pardon ?

Sarah était rouge comme une tomate, surtout maintenant que Letty examinait sa brassière, la tirant de gauche à droite pour voir ce qui n'allait pas.

— Oh, mon Dieu ! Tu pourrais ne pas faire… Sarah s'interrompit face au regard surpris de Letty. Elle baissa les yeux et secoua la tête.

— Euh, non. Rien.

Sarah observait les publicités à la télévision.

— Sérieux ? Ce sont mes vêtements qui te dérangent ?

Sarah plissa les yeux. Elle se sentait stupide et pourtant elle ne put s'empêcher de dire, d'un ton sans équivoque.

— Quels vêtements ?

Sarah mit sa main sur son front. Elle était presque soulagée de ne pas entendre Letty se plaindre et lui dire d'aller se faire voir.

Après tout, elle portait simplement des habits confortables dans la chaleur de son chez elle. Après un long moment de silence, Sarah finit par la regarder, incertaine de ce qu'elle trouverait sur le visage de la brunette.

Elle relâcha sa respiration ; Letty lui souriait, avec empathie, même.

Letty posa une main sur celle de Sarah, une fois de plus.

— Tu veux en parler ?

Sarah se détendit.

— Non, c’est rien. C’est juste un truc, depuis toute petite. Même avec mes parents, j’ai toujours été très pudique. Ce n’est vraiment pas de ta faute. Oublie ça, Letty.

Letty allait commenter, quand Sarah ajouta :

— Hey, le film commence. Mangeons pendant que c’est chaud.

Elle mordit dans sa part.

— Mmm, c’est vrai qu’elle est délicieuse, confirma-t-elle, tout sourire, avec un bref coup d’œil à Letty, puis se concentra sur le film, espérant que Letty stopperait cette conversation.

Letty choisit, effectivement, de ne pas insister. Elle commençait à connaitre Sarah, suffisamment pour savoir qu’elle était bien plus complexe qu’elle paraissait. Bien plus intrigante également, fait sur lequel elle n’avait pas compté.

***

Ricky était allongé sur un banc de musculation et levait un haltère tandis que Letty se tenait derrière sa tête pour l’aider à remettre l’haltère en place. Les bras du jeune homme lui semblaient en compote après cette longue séance de musculation. Ils n’avaient pas fait de musculation ensemble dans la salle qu’ils fréquentaient toutes les semaines auparavant, depuis un certain temps. Elle se trouvait près de leur studio de répétitions sur le boulevard Reseda.

— La vache, tu y passes combien de temps ? s’enquit-elle en touchant son biceps.

Il s’assit avec le sourire et leva un sourcil de manière coquine.

— T’aimes ça, hein ?

Elle le poussa par l’épaule et s’installa en face de lui.

— Moi je fais à peine quelques pompes à la maison, je ne suis pas venu ici depuis un moment.

— Je te l’avais bien dit que cette histoire d’appartement n’était pas une bonne idée. On ne se voit plus.

Letty ne put retenir un petit rire moqueur face à la moue de son ami.

— Oh pauvre chou.

Il se leva pour se mettre à côté d’elle.

— Non, mais plus sérieusement, est-ce que Larry t’a appelée ?

Letty acquiesça en allant chercher une bouteille.

— Et ? On peut accélérer ou pas ?

Letty secoua légèrement la tête en buvant un coup. Ricky interpréta cela pour un oui.

— Super ! Quelques semaines de plus et on te récupère. Tu me manques.

Elle l’enlaça pour lui taper dans le dos.

— Voire quelques jours si tu te débrouilles bien.

Il lui mit un petit coup d’épaule amical et lui subtilisa la bouteille. Letty sourit vaguement.

— En fait, c'est mieux si on prend notre temps, Ricky.

— Pourquoi ? Tout est bien ficelé.

— Non. On n'est pas prêt, notre réseau extérieur n'est pas complet, on n'a pas tout l'équipement non plus. Il ne faut pas qu'on se plante.

Il hocha la tête positivement.

— C'est vrai, tu as raison. J'ai juste trop hâte. En plus, commença-t-il gentiment en plaçant une main sur son épaule et poursuivant : je sais que ce n'est pas facile pour toi d'être là-bas, avec *elle*. Tu as le rôle le plus difficile.

— Non, ça va. Sarah est sympa, en réalité.

— Si tu le dis. Je te trouve différente en ce moment. Et c'est pas évident, tu dois te couper en deux, en fait. Comme si tu menais une double vie. Ça ne doit pas être drôle. N'hésite pas si je peux t'aider un peu plus.

Elle tendit son poing et il le toucha du sien.

— Ça va aller, Hermano[16]. Tu fais beaucoup avec le magasin, à ma place très souvent. Ça m'aide énormément.

— Hey, on est tous ensemble ou on n'est rien. Et on a le même but. On doit rester solidaire.

Letty hocha la tête et ils s'étreignirent. Elle se sentait étrangement détachée et elle détestait ce sentiment-là. Ricky était comme un frère pour elle. Néanmoins, aujourd'hui elle n'avait pas envie de partager, elle ne retrouvait pas tout à fait cette intimité facile entre eux. Elle réalisa qu'elle désirait plutôt rester seule. Ce n'était pas un bon sentiment, surtout avec ce qu'ils préparaient. Elle songeait trop à Sarah d'une manière autre que pour leur mission. D'ordinaire, son cerveau ne pensait qu'à une seule chose et elle n'aimait pas s'éparpiller de la sorte.

Ricky posa sa serviette sur son épaule.

— Tu viens ?

— En fait, je crois que je vais faire quelques pompes supplémentaires, et des abdos, comme j'ai un peu de temps.

— OK. Je vais rester avec toi.

— Tu vas être en retard à la coop.

Ricky regarda l'horloge au mur et grimaça. Il avait oublié son change et devait par conséquent rentrer se doucher chez lui.

— Ouais, tu as raison.

— On se voit plus tard, Ricky.

— OK, à plus !

Il lui fit un clin d'œil et s'en alla.

Letty s'assit et soupira. Elle prit sa tête dans ses mains. Une deuxième séance lui éclaircirait peut-être un peu les idées. Avec cela en tête, elle démarra, d'abord en cardio en courant sur le tapis mécanique, puis au vélo, ensuite elle entama une série d'abdos. Puis elle leva des poids avant de

---

[16] ESP : Frère.

s'étirer. Pour une fois, elle n'avait nulle part où aller, ni à la coop, ni au refuge, ni aux répétitions. Elle rentra directement chez elle une fois sortie de la salle.

Sarah se trouvait sur le canapé, un livre en main quand elle entra. Letty ne put que constater le regard de Sarah sur son corps, elle portait toujours une brassière de sport, et un short moulant pour le sport. Letty se rapprocha.

— Tu as déjà mangé ?

Sarah acquiesça avec un petit haussement d'épaules.

— Je ne savais pas quand tu rentrerais.

— J'étais à la salle avec Ricky. Ça faisait un bail.

Sarah hocha la tête et son regard se perdit une fois de plus, brièvement, sur le corps de Letty. Surtout sur son ventre. Elle observa de nouveau son livre.

— Il reste un peu de riz, je crois.

— Ne me dis pas que tu as encore mangé un plat tout fait au micro-ondes ?

Sarah haussa les épaules d'un air penaud.

— Toi tu arrives mieux à t'en servir de cette gazinière. Moi, elle ne m'aime pas. Je suis blonde, n'oublie pas. Le micro-ondes c'est facile pour mon p'tit cerveau.

Letty rit et Sarah sourit. Letty retira quelques tomates et un concombre du réfrigérateur, ainsi qu'un steak de soja. Elle se prépara une petite salade rapide, et alla se doucher pendant que son steak cuisait.

Sarah sourit quand Letty vint s'asseoir à côté d'elle sur le canapé et commença sa salade. Elle prit un livre également et s'installa plus confortablement dans le canapé. Elles restèrent côte à côte en silence, perdues dans leurs pensées et la chaleur de la présence de l'une et l'autre, sans savoir comment gérer ce sentiment-là.

Chapitre Quatre

Sarah jeta un coup d'œil à sa montre qui affichait quatorze heures et trente minutes. Elle s'était attardée sur les roses du jardin du parc des expositions. En temps normal, les fleurs ne l'attiraient pas franchement, au grand dam de sa mère. Mais ici, ces roses si variées et si belles, avec leurs parfums enivrants, l'avaient retenue. Letty l'attendait probablement au point de rendez-vous près de l'air de réception. Letty et trois autres amis de la coopérative fournissaient le repas et géraient le service d'un mariage végan. Ils s'occupaient de tout sauf du gâteau qui, lui, venait de la boulangerie Baby Bea's.

Sarah accéléra le pas. Elle n'était pratiquement jamais dehors un samedi, alors que le temps était si plaisant. Elle n'avait pas quitté sa chambre depuis un moment, constamment en train de lire ou réviser. Elle ne sortait que rarement, hormis pour aller à l'UCLA, pour ses cours ou diverses conférences, débats, documentaires ou quelconques activités ayant trait à ses études. Son plaisir personnel impliquait systématiquement des livres ou de l'art sous toutes ses formes ; musée, exposition, lecture-dédicaces de ses auteurs préférés… et elle s'y rendait toujours seule.

Récemment, il y avait Éric ; elle était sortie plusieurs fois avec lui, mais le gardait à distance. Elle se forçait toujours un peu pour sortir le rejoindre.

Sa mère devrait être fière, sa fille la nonne, pensa-t-elle brièvement. Letty avait changé tout ceci. Elle avait quelque peu obligé Sarah à sortir de son petit nid douillet et de son filet de sécurité. Que ce soit par son attitude ou simplement en lui parlant, en cuisinant pour elle et manger à ses côtés. Ces contacts n'étaient pas forcés, pourtant Sarah savait que si Letty ne venait pas la chercher, elle resterait dans sa chambre, l'oubliant comme elle oubliait le reste du monde. Elle comprenait maintenant que cela lui manquerait.

Sarah arriva avec dix minutes de retard sur l'heure qu'elles s'étaient fixées et Letty n'était pas là. Elle était certainement retenue au mariage. Sarah observait autour d'elle, cherchant du monde en *tenues du dimanche*. Elle sourit à cette pensée puis continua de chercher Letty du regard. Elle haussa les épaules, il n'y avait rien de mal à cela. Avoir une amie était une bonne chose. Oui, elles étaient amies, et Sarah allait passer une bonne après-midi, même si elle se voyait presque tous les jours à la maison. Quand Letty lui avait proposé une petite balade en centre-ville ce samedi, Sarah, contre toute attente, avait dit oui aussitôt. Cette escapade n'avait aucun but spécial ou intellectuel, c'était juste pour *trainer un peu dehors*, dixit Letty.

Et alors ? Pas de but intellectuel ne signifiaient pas aucun intérêt. Sarah s'était répété ces mots pour se justifier de son 'OK' rapide à la proposition de Letty. Les mots 'Où ?', et 'pour quoi faire ?' sortaient généralement en premiers de sa bouche quand on lui proposait quelque chose. Pas cette fois.

Toutefois, elle avait refusé l'invitation de Letty de les rejoindre et d'assister au mariage avec eux. Un mariage végan. C'était sûrement très bête, mais

Sarah avait eu un peu peur d'être entourée uniquement de gens végans, du moins elle supposait qu'ils le seraient quasiment tous. Sarah secoua la tête. En effet, c'était très bête.

— Ce n'est pas une secte, après tout.

— Qu'est-ce qui n'est pas une secte ?

Sarah sursauta quand Letty arriva derrière elle.

— Désolée, je suis en retard. Le nettoyage nous a tués. Mais c'est tellement beau ici que ça vaut le coup de faire extra-attention.

Sarah hocha la tête, le regard figé sur Letty. Son ensemble noir presque transparent laissait entrevoir ses légers abdos. Elle portait un pantalon taille haute, un petit haut plissé avec le col en V subtil. Ses cheveux longs, d'ordinaire relevés en queue de cheval, étaient lâchés et couraient librement dans son dos et sur ses épaules. Elle avait appliqué une fine couche de maquillage alors qu'elle n'en mettait pas d'habitude. Elle était sublime.

Letty appréciait l'effet qu'elle produisait sur Sarah qui se racla la gorge et lui répondit d'un bref *salut*.

— Et donc, qui n'est pas une secte ?

— Pardon ? Ah non, oui, ce n'est rien. Je pensais tout fort.

Le sourire de Letty s'élargit.

— Tu le fais souvent, tu sais.

Doucement, elle se rapprocha. Sarah retint sa respiration quand Letty posa une main délicate sur le côté de son visage.

— Ça doit être excessivement plein là-dedans pour que tes pensées s'enfuient de la sorte.

Sarah sourit une fois que Letty retira sa main.

— Oui, la plupart du temps.

Letty s'éloigna de quelques centimètres.

— T'es prête ? Où veux-tu aller ?

— Trainer dehors, annonça Sarah avant de rire comme une enfant, ce qui amusa grandement Letty.

— T'es tellement mignonne parfois, Sar.

Sarah savait que ses joues étaient rouges. Avec un peu de chance, Letty croirait que c'était dû à leur fou rire.

De toute évidence, ce n'était pas le cas vu que Letty ajouta :

— Et tu rougis trop facilement.

— Bon allez, arrête de te foutre de ma gueule. Non, mais plus sérieusement, c'était bien ton plan pour la journée ; trainer dehors, alors montre la voie, je te suis.

Letty leva un sourcil explicite.

— Tu es juste impossible, signala Sarah en la poussant légèrement pour qu'elle commence à avancer. Letty rit et elles marchèrent, stoppant ici et là pour admirer les roses sur le chemin de la sortie du parc.

— J'espère que tu as mangé, Sar.

— Non.

— Il faut que tu arrêtes de faire ça, tu es tellement fine déjà.

— Merci.

— Non, mais sérieusement, bientôt il n'y aura plus rien à voir.

Letty montra ensuite le corps de Sarah de la main en la titillant :

— Et moi, j'aime bien ce que je vois.

Sarah désirait continuer ce petit jeu, mais son esprit l'assaillit brutalement, comme trop souvent. Était-ce un *rencard* ? Letty l'avait-elle invitée pour lui faire du rentre-dedans ? Non, c'était stupide de penser cela. Elles vivaient ensemble. Si Letty avait souhaité la draguer, elle l'aurait fait depuis longtemps. Non, cette attitude était simplement du Letty qui aimait bien taquiner. C'était son langage. Elle ne parlait pas anglais, pas français, pas espagnol, elle parlait *sous-entendu*. Ce n'était pas quelque chose de nouveau. Mais aujourd'hui paraissait différent ; elles ne se trouvaient pas dans la sécurité de leur appartement dans lequel Sarah pouvait toujours se retirer dans sa chambre, prétextant une dissertation à écrire ou un livre à finir, dès que la discussion devenait personnelle, ou *glissante*.

— Ça ne va pas ?

— Oh, euh, non.

— Ça aussi tu le fais souvent ; tu t'évades et tu n'es plus là pendant quelques secondes.

— Oui, désolée. Je ne sors pas beaucoup, comme tu sais. Enfin, pas que l'on se connaisse depuis longtemps.

— J'ai remarqué, oui. Et quelle déception de voir que tu n'es pas une écervelée qui se bourre la gueule tous les week-ends !

Sarah sourit et lui poussa l'épaule. Elles continuèrent de marcher sur State Drive.

— Et si on s'asseyait là pour que tu manges un bout ? J'ai de super restes du mariage, proposa Letty en levant le sac en papier qu'elle tenait dans sa main.

— Euh, je ne suis pas sûre.

Letty posa une main sur la hanche.

— Yo Blanca, t'as un blème avec ma bouffe ?

Sarah rit de son accent gangster, qui lui rappela brièvement leur première rencontre, d'ailleurs. Elle s'assit sur le banc.

— Non, c'est juste, enfin peut être que si.

— Tu es honnête au moins, je préfère ça. Mais sérieux, chaque fois que je te cuisine quelque chose, tu aimes.

— C'est vrai. Je ne savais pas qu'il existait tant de choses différentes. Je ne connaissais même pas le tempeh.

— Et tu n'as rien vu encore. Franchement, en tant que végane, il faut absolument cuisiner, sinon c'est la dépression.

Sarah rit de nouveau et Letty poursuivit.

— C'est vrai, n'empêche. Il y a beaucoup plats tout faits, et j'en mange parfois. Heureusement, ça augmente en nombre, mais quand même, manger toujours la même chose devient déprimant. Quand tu cuisines par contre, là tu as énormément de possibilités, avec les épices, les sauces que tu peux varier. Tu peux tout cuisiner ; seitans, tofu, tempeh et plein d'autres de mille manières différentes. Alors je ne m'en prive pas.

— J'ai remarqué. Et tu cuisines vraiment bien. Mais j'avoue que j'ai été surprise quand tu m'as dit que tu allais fournir le repas pour un mariage. Je suis désolée, j'ai eu un petit préjugé sur les végans, je pense.

— Admettre son problème est le premier pas vers la guérison.

Un autre rire bref de Sarah qui se plaignit :

— Tu t'éclates beaucoup trop à mes dépens. Et je ne deviendrais pas végan, je t'assure.

Sarah regarda au loin en lui mettant un petit coup d'épaule.

— Mais si tu continues de cuisiner ainsi…

Letty rit.

— Accord conclu. Je cuisine, tu manges.

Sarah ne sourit plus d'un coup tandis qu'elle se pressa derrière Letty. Elle semblait se cacher de quelques personnes en costume cravate qui se trouvait un peu plus loin. Letty les observait. Ils se tenaient près de la maquette de la fusée Endeavour.

— Bon sang, on est au centre des sciences ?

— Et ouais. Enfin, l'entrée est de l'autre côté. Ils ont leur expo stupide sur la sonde spatiale Rosetta-Philae.

— Bon sang, répéta Sarah en se dissimulant encore plus derrière les épaules de Letty. Letty se tint droite pour la couvrir davantage. Elle regarda une nouvelle fois le groupe de jeunes gens à quelques mètres d'elles.

— Tu les connais ?

— Jason.

— Ton ex ?

— Vraiment pas. C'est l'un des plus prometteurs internes de mon père.

Letty leva les sourcils.

— Oh, un des mecs qu'il essaie de te refiler ?

— Exactement. Et je mettrais ma main à couper que mon père n'est pas loin. On doit se barrer au plus vite.

Letty haussa les épaules.

— Tu ne veux pas dire bonjour à ton futur mari ? Aïe !

Letty se frotta le bras que Sarah venait de lui pincer.

— La vache, Sar. Ça fait mal.

En se perdant dans le regard de Letty, Sarah oublia quelques instants qu'il lui fallait se cacher de Jason et ses collègues. *Sar.* Ce petit diminutif résonnait dans son oreille une fois de plus. Ça sonnait familier, surtout avec le ton de Letty. Et Sarah l'adorait. Elle ne connaissait Letty que depuis deux mois, pourtant elle se sentait vraiment bien avec elle. Personne ne lui avait jamais donné de surnom, excepté Anita qui l'appelait blondie. Elle détestait ce petit nom, mais adorait Anita, conséquemment elle ne s'était jamais plainte. *Sar*, en revanche, lui convenait très bien.

Des voix autour d'elles la sortirent de ses pensées ; Jason et ses collègues retournaient tranquillement au centre des sciences de Californie. Elle expira profondément.

— Allez, partons de là, déclara Letty en prenant la main de Sarah.

Sarah inspira fort à ce toucher, mais se concentra sur la nécessité de s'éloigner rapidement de cette zone.

***

Sarah posa son coca alors que deux étudiants portant un T-shirt des Trojans passèrent près d'elles.

— J'aurais carrément pu tomber sur mon père. Il est à coup sûr à l'exposition, Jason est tout le temps collé à lui, comme s'il était le messie. Je n'arrive pas à croire que j'ai oublié qu'on était dans la zone de l'USC.

— Ba ouais, le parc de l'université… Forcément.

— Je te jure, parfois je me demande vraiment s'ils ne mettent pas de drogues dans mon eau. Je suis tellement à l'ouest.

Letty ne put s'empêcher de rire doucement. Elle n'avait jamais rencontré quelqu'un comme Sarah.

— Non, non, c'est le poison que tu es en train de boire qui te bouffe le cerveau.

Sarah rit délicatement.

— Moi je suis plutôt convaincue que c'est ce truc bizarroïde que tu m'as fait manger tout à l'heure. Ton Jalapin popin quelque chose.

Letty rit plus librement. Sarah se mordit la lèvre inférieure ; elle était subjuguée, presque effrayée de l'effet que le rire guttural de Letty provoquait en elle.

— Jalapeño Popper cuit. Ça avait peut-être une sale gueule, n'empêche que tu l'as dévoré, ainsi que *ma* dernière bouchée.

— Que tu m'as offert si généreusement.

— Tu bavais sur moi, et désolée, mais j'aime ma tenue.

— Qui ne l'aimerait pas ? commenta Sarah avec un regard plongeant dans le décolleté de Letty et son ventre plat.

Elle leva vite les yeux, néanmoins les sourcils dressés de Letty lui indiquèrent que Letty n'avait rien manqué de ce coup d'œil invasif.

— Je voulais juste dire que c'est une super tenue. Enfin bref oui ton jalapeno c'était bien bon. Tu gagnes. Mais ouais en tout cas, je n'ai même pas fait le rapprochement ; le jardin des roses et toute cette zone USC. Comme si c'était sorti de ma tête. Je ne suis pas revenue ici depuis des années. Volontairement.

Letty ne commenta pas le changement de sujet de Sarah, le sujet actuel l'intéressait fortement, de toute manière.

— Tu détestes vraiment l'USC.

Sarah haussa les épaules et sembla hésiter avant de répondre :

— Ce n'est pas vraiment ça, en plus c'est une université fantastique, en réalité. Mon père m'embarquait toujours ici pour des conférences ou des débats, espérant éveiller la scientifique en moi. Les gens l'admirent tellement ici. Il parlait du futur et nous y voyait déjà, père et fille. Il disait que je viendrais travailler ici après mon doctorat en biochimie ou neuroscience. Même si je me tapais des huit ou neuf à toutes les matières scientifiques, il y croyait quand même. Je rapportais même des 7 parfois.

Letty sourit, mais resta silencieuse face au sourire crispé de Sarah.

— J'essayais si fort pourtant. Ado, j'ai réussi à avoir une moyenne de 10, même quelques onze/douze, j'avais des cours particuliers, mais je détestais ça. J'aimais l'histoire, la littérature, les langues. Malgré tout, je passais plus de temps à étudier les sciences. Ce n'était tout simplement pas mon truc.

— J'espère que tu ne regrettes pas d'avoir suivi ta voie. Tu ne serais allée nulle part en te forçant.

— Non, je ne regrette pas. J'aime trop ce que j'étudie. Mais le temps passé avec mon père me manque. Il a mis un moment avant d'accepter que sa fille n'ait pas hérité de son cerveau. Je ne dis pas que je suis stupide, seulement je n'ai pas la moindre fibre scientifique. À cette époque, je le suivais même si je ne comprenais rien, mais j'étais avec mon père, tu vois.

Elle but une gorgée de son coca et observa brièvement les voitures passer. Letty ne commenta pas et laissa défiler le voile des souvenirs légèrement amers de Sarah dans le fond de son regard.

— Il a bien ralenti la cadence maintenant, mais à l'époque c'était le seul moyen de passer un peu de temps avec lui.

— Je suppose qu'un physicien si renommé bouge beaucoup.

— Oui. Il n'enseignait pas encore à l'USC, enfin parfois, sporadiquement. Il passait le plus clair de son temps dans des laboratoires privés aux quatre coins du pays, effectuant des recherches, écrivant des articles scientifiques, tous publiés, ou gagnant des prix, et de retour au labo pour plus de recherches.

Letty serra son verre de limonade sans que Sarah le voie. Elle se retenait de donner le fond de sa pensée sur certaines recherches en laboratoire. Il ne fallait pas rentrer dans cette discussion-là.

— Ça a dû être dur pour toi de ne pas être à la hauteur de ses attentes ? Et de continuer à essayer pourtant.

— Non, ça allait. Ce n'était pas si mal que ça.

Letty lui lança un sourire narquois.

— Le poker ce n'est pas ton jeu, Sarah. De toute façon, ne t'inquiète pas, car tu parles au mouton noir de ma famille. Donc je connais.

Sarah posa son coca et regarda Letty droit dans les yeux. La brunette fronça les sourcils.

— Tu ne parles jamais de ta famille. Comment ça se fait ?

— Je n'ai pas de famille. Enfin si, Ricky et les amis de la PA sont ma famille.

— Pourquoi le mouton noir ?

— Beaucoup de raisons.

— Telles que ?

Quand Letty mit trop longtemps à répondre, Sarah enchaîna :

— Les vois-tu souvent ? As-tu des frères et sœurs ? Je ne sais strictement rien de ta famille.

— Je te l'ai déjà dit : je n'ai pas de famille.

— Je n'y crois pas. Enfin, je veux dire, parfois c'est dur, crois-moi, mes parents me tapent sur le système, comme tu as pu le constater. Alors, j'évite de passer trop de temps à la maison. Mais jamais je ne couperais les ponts, je les aime trop, malgré nos différences.

— Eh bien moi non. Plus maintenant en tout cas.

Letty contempla sa limonade.

— C'est triste. Tu dois te sentir seule.

— Me dis la fille sans amis ?

— J'ai des amis.

— Je parlais des gens avec qui tu discutes d'autres choses que de la dernière conférence à laquelle vous avez assisté, ou l'exposé à venir. Des gens que tu fréquentes en dehors des murs de l'université, et avec qui tu vas au ciné, au match de basket, au resto, etc.

— Eh bien, on s'est retrouvé au parc aujourd'hui, on est allé voir ce film lundi et je partage presque tous mes dîners avec toi. Je peux officiellement dire que j'ai une amie.

Letty ne put retenir un petit rire.

— Et puis il y a Éric.

Letty haussa les sourcils.

— Je ne l'ai jamais rencontré celui-là. Tu en parles peu et le vois encore moins. Je me demande même s'il existe.

— J'aime ma liberté, faut pas qu'on me colle.

Letty acquiesça, mais observait derrière Sarah. Cette conversation ravivait de vieux souvenirs, pas forcément bons.

Sarah était trop curieuse pour abandonner le sujet.

— Sérieusement, ils ne te manquent pas ? Jamais ?

— J'ai aperçu mon frère Juan il y a trois ans sur un marché. Il négociait le prix de *leurs* cochons avec les bouchers. Moi je distribuais des prospectus contre la vie misérable du bétail, et des abattoirs. Ça a donné une sacrée réunion. C'est de loin le plus bel œil au beurre noir de ma vie.

Sarah s'assit droit dans sa chaise.

— Il t'a frappée ? Ton propre frère ?

Letty haussa les épaules comme si ce n'était rien, une simple bagarre entre frère et sœur.

— Ce n'était pas franchement la première fois.

— Je n'arrive pas à y croire. C'est la raison pour laquelle tu es devenue activiste pour la cause animale ?

— Entre autres, oui.

Letty inspira profondément.

— Ma famille possède une grande bétaillère de moutons, et un abattoir. Et a priori, ils ont désormais des cochons. Mon père avait toujours parlé d'étendre notre bétail.

— J'imagine qu'il n'a pas dû apprécier que tu sois végan. Tu l'étais déjà, au fait ?

— J'aurais bien aimé. La première fois que j'ai mentionné mes *inquiétudes* pour la vie de nos moutons, j'ai pris une baffe et eu droit à tout un discours sur les vêtements sur ma peau, la nourriture dans mon assiette, etc. Les moutons n'étaient que du bétail, de l'argent et rien d'autre.

— Quel âge avais-tu ?

— Sept ans si je me souviens bien.

— Ouah, et il t'a giflée. C'est dur quand même. C'est dingue n'empêche, ça t'est venu naturellement, ce besoin d'aider les animaux, ou quelqu'un t'a-t-il influencée ?

— Là aussi, j'aurais bien aimé. J'ai trois frères ainés, ils aiment *malmener* les moutons. Même en tant que jeunes garçons, les moutons n'étaient déjà que du bétail pour eux, comme des objets. Ils ont été élevés ainsi. Ils aident mon père depuis tout jeune. Ma sœur ainée et moi devions aider maman avec les tâches domestiques. C'était comme ça et pas autrement. Pas que je m'en plaigne, même de loin, les cris, les pleurs des moutons dans l'abattoir…

Sarah frissonna. Elle n'aimait pas y penser, et se doutait que cela puisse être traumatisant pour un enfant.

— Que s'est-il passé après ?

— Pas grand-chose pendant un moment. Puis j'ai commencé à jouer avec les agneaux, je pleurais quand ils les emmenaient à l'abattoir. Et puis un groupe a saboté deux de nos camions réfrigérés. Papa était furieux, mes frères les ont pris en flagrant délit, et mon père leur a même tiré dessus, sans conséquence. L'un des camions était carrément brûlé. Le deuxième a pu être sauvé malheureusement, par mes frères et nos employés. Le groupe n'a jamais été trouvé ni condamné, pas à ma connaissance, en tout cas. Et j'ai découvert de cette manière que d'autres pensaient comme moi, et mieux encore, qu'ils agissaient selon leurs convictions afin de changer les choses.

— Tu les as rejoints ?

— J'avais dix ans, Sar.

— Oh, c'est vrai.

— Mais j'ai fait des recherches sur eux, enfin, sur les groupes ou assos de ce type, et une se trouvait dans la ville la plus proche de notre village.

— Qu'as-tu fait ?

— Il y avait ces deux moutons. Ils étaient drôles et un peu étranges. C'était des moutons jumeaux, petits et de couleurs noires et blanches. J'ai commencé à trainer dans leur enclos et leur parler. Je jouais avec eux. C'était mes amis. Un soir, maman nous a servi du mouton, je ne pouvais pas le manger. J'ai promis que je mangerais n'importe quoi d'autre, mais pas du mouton. J'ai supplié mon père, et l'ai regretté aussitôt. Il m'a sorti de table, m'a embarqué jusqu'à l'enclos des agneaux et a tiré sur pif devant moi. Je les avais nommés Pif et Paf, j'étais gamine.

Sarah aurait ri si elle ne s'était pas sentie si mal pour Letty, et triste pour l'agneau.

— J'ai pleuré si fort qu'il m'a giflée pour que je pleure pour *une bonne raison*. Il m'a dit qu'il n'avait pas élevé une écolo donneuse de leçons. Enfin, l'équivalent espagnol. On ne parlait qu'espagnol à la maison. L'anglais n'était réservé que pour les transactions financières et l'école.

— Mais bon sang, tu n'avais que dix ans ! Je n'arrive pas à croire que l'on puisse être si cruel, et violent, envers son propre enfant.

Letty haussa les épaules.

— Tu veux savoir le pire ? Ce n'est pas les coups, mais il m'a fait manger Pif, pendant des heures, des jours, et il restait là, vers ma chaise, criant parfois jusqu'à ce que je mange tout. Je l'ai mangé en entier.

Sarah mit sa main sur sa bouche. Letty ne lui raconta pas à quel point elle avait été malade après chaque repas, tellement traumatisée que son pauvre Pif soit en train de patauger dans ces sucs gastriques. Elle vomissait dès qu'elle y pensait. Son estomac, à ce moment, ne gardait plus rien.

— Qu'est-il advenu de Paf ? demanda Sarah, priant pour un sort plus clément. Elle se réjouit de voir un léger sourire redessiner les lèvres de Letty.

— Je l'ai fait sortir pas longtemps après. Je m'inquiétais trop pour lui. Je me suis enfuie avec lui au milieu de la nuit.

— Style <u>Le Silence des Agneaux</u> ?

— Un peu. J'étais mieux préparée que Clarice, tout de même. J'avais appelé le groupe de PA d'une ville voisine. Ils l'ont pris et je crois qu'il a vécu une belle vie. Ils m'ont donné des prospectus et une carte de visite. Ils m'ont dit de les rejoindre quand je serai plus âgée.

— Tu as dû être soulagée ?

— Un peu, mais j'étais surtout terrifiée à l'idée de rentrer à la maison et que mon père ne découvre tout.

— Il n'a pas remarqué le mouton manquant ?

— Disons que mon plan aurait pu marcher. J'avais laissé la porte de l'enclos ouverte. Les garçons ont été en mission *récupération* sur plusieurs jours, comme tous les moutons étaient partis. Je crois même que trois n'ont jamais été retrouvés. L'asso les a peut-être rattrapés ou alors ils ont été dévorés par un prédateur. Ç'aurait pu passer pour une simple clôture mal refermée. Mais comme je n'avais pas de portable, et que ma sœur ou ma mère était toujours présente dans la maison, je ne pouvais pas utiliser le téléphone principal. Alors, j'avais piqué le tél. d'un de mes frères pour passer mes appels, deux appels en tout. Je ne savais pas trop comment ça marchait à l'époque, tu vois. En bref, Chardo, le plus âgé de mes frères n'a pas reconnu le numéro. Il a donc appelé et a raccroché de suite ; il avait compris. Là, ce n'était plus une petite claque, c'était la première fois que mon père me battait, de vrais coups.

— Sérieusement, il t'a battue ? Et personne n'a rien dit ?

— Ma mère l'a stoppé avant qu'il ne me tue. Il m'avait quand même cassé un bras et le pouce gauche. Regarde, indiqua Letty en montrant son pouce gauche, légèrement courbé.

— Je n'arrive pas à y croire. C'est horrible.

Sarah inspira pour se remettre de ces découvertes. Elle n'en croyait sincèrement pas ses oreilles.

— Que s'est-il passé après ?

— J'ai joué le jeu. Je n'avais pas le choix, de toute façon. J'étais surveillée continuellement. À treize ou quatorze ans, j'étais, semblait-il, rentrée dans le rang et ils ont relâché la pression. Je gardais tout au fond de moi. Je faisais aussi beaucoup d'exercices physiques, et de musculation. Je me disais qu'un jour, je serais assez forte pour l'affronter et sauver mes moutons, lança-t-elle avec un petit rire amer.

— Il ne s'est jamais radouci ? Il n'a jamais voulu écouter ton point de vue ?

— C'était de la folie pour lui. Pas un point de vue. Il m'aurait virée de la maison si je n'avais pas été sa fille. Il nous élevait à la dure, je n'étais pas la seule à prendre des coups, mes frères en avaient déjà reçu bien plus que moi. À la moindre erreur avec le *bétail*, ils y avaient droit.

— Je n'arrive pas à m'imaginer comment grandir dans cette atmosphère, avec cette peur au ventre. C'est pour ça que tu restes loin d'eux ?

— Pas exactement. La dernière fois que j'ai vu mon père, enfin, voir est un bien grand mot, car je le voyais flou à travers mon œil ensanglanté–

— Comment ? Les yeux de Sarah s'élargirent.

— Oui. La dernière fois que je l'ai vu, il m'a dit que je le dégoutais, il avait honte de moi, et que je n'étais plus sa fille et aussi qu'il me tuerait s'il me revoyait. Et je me suis évanouie. Je me suis réveillée à l'hôpital quelques jours plus tard… des côtes cassées, un bras cassé, ma clavicule cassée et des saignements internes. Ah et une commotion cérébrale aussi. Ma sœur Juanita m'a amené un sac avec toutes mes affaires, sans dire un mot. Je ne les ai jamais revus, à part Juan sur le marché. Les assistants sociaux se sont chargés de moi, je suis allée à la DDASS puis en refuge pour ados. Je m'occupais quasiment seule de moi-même. La famille de Ricky m'a accueillie, un temps seulement. Ils n'étaient pas franchement d'accord avec les croyances jugées *radicales*, et le véganisme de leur fils.

— J'ai peur de demander quel âge tu avais, et pour quelles raisons ta famille a réagi ainsi.

— J'avais seize ans. Chardo m'a pris en flag avec une fille à l'école. Je pense qu'il soupçonnait quelque chose. Je sais qu'Arturo le savait. Il m'avait vu avec Helen une fois. Arturo était mon seul *ami* dans la famille. Il n'aimait pas mon *penchant* sexuel plus que les autres, mais n'a jamais rien dit. Il savait parfaitement quelle branlée j'allais me prendre sinon. Mais Juan et Chardo suspectaient quelque chose. Chardo est venu me récupérer à la sortie du lycée. Ce n'était pas un grand lycée et il n'a pas mis longtemps pour me trouver en train d'embrasser une fille, mes mains sous son pull. Je crois que j'ai perdu la moitié de ma chevelure quand il m'a trainée dans le couloir par les cheveux.

Un frisson plus que déplaisant parcourut le dos de Sarah.

— Ce n'était rien comparé aux coups de mon père et Juan une fois à la maison. Parfois, je me dis que je n'aurais pas survécu si je n'avais pas été en si bonne forme physique avec mes efforts de musculation et tout le reste. Coups de pied, coups de poing, ils m'ont insultée, m'ont craché dessus. Ma mère priait le seigneur et m'appelait la graine de démon. Au moins, je n'avais plus besoin de prétendre. J'étais libre, affirma Letty en se détendant sur sa chaise, bien que son regard soit perdu au loin.

Elle se concentra sur Sarah et sourit.

— Tu vois pourquoi je ne parle jamais de ma famille. Ça tue l'ambiance.

Sarah lui sourit également, ne serait-ce que pour se relâcher elle aussi, et secouer ce sentiment désagréable causé par ces révélations.

— Je suis vraiment désolée, Letty.

— C'était y a dix ans, tu sais. Je m'en suis remise. Ils m'ont probablement rendu service. J'aime la direction dans laquelle j'ai mené ma vie. Je vis selon ma conscience et je combats les gens comme lui. Je n'ai aucun regret.

Sarah comprenait mieux d'où venait la ferveur de Letty et pourquoi une certaine colère émanait toujours d'elle quand elle parlait d'abus d'animaux. D'une certaine manière, elle avait vécu des abus elle aussi, par son père et sa façon de vivre. Il n'avait jamais respecté ses différences. Sarah éprouvait encore plus d'admiration pour Letty.

Elle cligna des yeux et regarda la cicatrice de Letty sur un sourcil. Elle n'avait jamais osé poser la question auparavant, mais s'était déjà interrogée là-dessus. Letty le remarqua et se toucha instinctivement l'arcade.

— Le pied de Juan. C'est lui qui m'avait le plus amoché le visage.

— Et ton autre cicatrice ? s'enquit Sarah en pointant du doigt la cuisse de Letty. La cicatrice était plutôt sur l'intérieur de la cuisse.

Letty leva ses sourcils de manière suggestive.

— Tu m'as bien matée, dis ?

— À qui la faute ? Tu traverses la maison en sous-vêtements à longueur de journée. D'ailleurs, je t'avais dit de ne plus le faire, il me semble bien ?

Letty dressa les sourcils encore une fois.

— Tu ne m'as pas donné une vraie bonne raison d'arrêter, et j'aime trop te faire rougir. Considère-toi chanceuse que je ne me balade pas à poils.

Une vague de chaleur envahit Sarah qui avala une nouvelle gorgée de son coca en détournant le regard.

— Celle-là en fait, c'est un autre tir de flashball en France.

— Oh. La lutte anti-corrida, je m'en souviens.

— Et ouais, mes cicatrices de guerre.

Elles restèrent silencieuses un petit moment puis discutèrent de choses plus sympathiques.

***

Étant revenu dans l'ouest de la ville en bus, elles jouaient les touristes sur Sunset Boulevard, lèche-vitrine et papotages. Des sujets plus légers en tout cas que l'enfance de Letty, comme le mariage végan par exemple. Sarah était fort curieuse à ce sujet. Elle savait que Letty cuisinait très bien, néanmoins de là à fournir le repas d'un mariage ? Letty admit que cela n'arrivait pas souvent. Elle n'avait fait que deux mariages, mais surtout des anniversaires, et c'était toujours pour des amis, ou de très bons clients de la coopérative. Ils ne proposaient pas ce service au magasin et n'en avaient pas l'intention. Ce n'était que des faveurs pour des amis végans ou autres connaissances de la PA. Pour les futurs mariés, c'était un souci de moins à régler. Les plats qui ne venaient pas de personnes partageant les mêmes valeurs n'offraient pas la même garantie sur la provenance, et la véracité des produits.

Elles passèrent devant un mur tapissé de plusieurs posters pour l'exposition sur la mission Rosetta/Philae. Sarah les lisait.

— Huh, stupide, lâcha Letty en se tenant près de Sarah.

— Pourquoi dis-tu ça ? Je trouve ça super intéressant moi d'envoyer quelque chose si loin voir l'univers.

— Je ne dis pas que ce n'est pas intéressant, je dis juste que les gens feraient bien d'observer ce qui se trouve devant eux, d'abord.

Sarah fronça les sourcils, non convaincue. Letty poursuivit :

— Ils dépensent des milliards de dollars pour explorer l'espace alors qu'on a cette magnifique planète entre les mains. La terre est parfaite et nous donne tout ce dont on a besoin et nous qu'est-ce qu'on fait : on la viole.

Sarah sursauta presque à ce mot qui sonnait dur, trop dur.

— L'humanité a déjà utilisé les deux tiers des ressources naturelles de la planète. Sais-tu que chaque année, autour de septembre, on épuise notre quota de ressources naturelles ? On vit *à crédit* les autres mois. On utilise environ une planète et demie pour nos besoins. Maintenant, c'est plutôt en août d'ailleurs.

— Oh ouah. Dis comme ça, ça frappe davantage. Peut-être que c'est une bonne chose qu'ils explorent les autres planètes, finalement.

— Non, ce n'est pas une bonne chose. On fait tout à l'envers ; plutôt que de modifier nos habitudes de vie pour se fondre dans l'écosystème et arrêter d'abuser notre planète, on préfère aller plus loin voir quelle autre planète on pourrait bien abuser de la même manière. Ainsi, on peut rester on où aime bien être, tout en haut de l'écosystème.

Letty inspira très fort. Discuter de ceci la faisait toujours grincer des dents.

81

— Or les gens oublient qu'on n'est pas au-dessus de l'écosystème, on en fait simplement partie. Une partie mineure en matière d'apport, et majeure en termes de destruction.

Letty observa Sarah un peu plus longuement, essayant de déceler des signes tels que haussement d'épaules ou sourcillement, car elle obtenait principalement ces résultats-là quand elle parlait de ce sujet. Sarah au contraire semblait concentrée et écoutait attentivement, ainsi Letty continua : sais-tu que si les humains disparaissaient, aucune espèce sur Terre n'en pâtirait ? Tout l'inverse, même. Tandis que si les fourmis, les abeilles disparaissent, c'est l'écosystème entier qui s'écroule, et ça serait la fin pour nous. Ça devrait nous remettre à notre place, mais non, tout le monde s'en fout. On gâche tout ce que l'on touche alors que la Terre nous donne tout. Nous on prend et on lui crache à la gueule et on continue. Mais un jour, tu sais, elle nous dira d'aller nous faire foutre. L'argent pose trop de problèmes dans nos sociétés.

Sarah resta silencieuse, sans quitter Letty du regard. Letty paraissait si sûre d'elle et pourtant elle observa de côté, incertaine de la réaction de Sarah à ce discours.

Sarah sourit et l'interrogea :

— Si c'est une cause perdue, pourquoi se battre ?

Letty la fixa aussi intensément que Sarah à cet instant.

— Ne rien faire fait juste trop mal.

Sarah désirait parler, mais elle fondit dans le regard de Letty, et surtout sur les mots qu'elle venait de prononcer. Letty scruta de nouveau le poster.

— De toute façon, je ne me bats pas pour l'humanité, je me bats pour les innocents, les sans voix, les autres espèces avec qui nous devrions partager la planète, au lieu de les asservir ainsi. C'est d'eux que je me soucie. Je ne pourrais jamais m'arrêter de me battre parce que savoir ce que je sais, avoir vu ce que j'ai vu de leurs vies, et de leurs morts fait trop souffrir. Cent cinquante mille milliards d'animaux sont massacrés chaque année pour notre alimentation, nos vêtements ou notre divertissement.

Letty inspira profondément.

— Agir est le seul moyen que j'ai de vivre en toute conscience. Il faut que j'aide à améliorer les choses.

Letty observa le trottoir, évitant le regard de Sarah. Un sentiment rare l'envahit. Elle avait tenu ce discours maintes fois par le passé, et elle y croyait. Elle agissait pour le mieux et parfois, y penser ou en parler confortait ses pensées et la reboostait. Or, là, elle éprouvait un sentiment partagé. Effectivement, le booste avait marché, mais elle craignait que Sarah voie à travers elle. Voilà pourquoi elle détournait le regard, trop peur de voir dans les yeux de Sarah la vérité. Elle se sentait très mal à l'aise.

Mais pourquoi se sentirait-elle ainsi ? Pourquoi ce sentiment lui traversait-il l'esprit, et le cœur ? Letty secoua la tête imperceptiblement et soupira.

— Mais si tu veux y aller, pas de souci, je ne vais pas t'en empêcher.

— Naan. Ça avait l'air intéressant, mais maintenant…

Sarah sourit du léger rire de Letty qui déclara ensuite :

— Non, mais sérieusement, en dehors de tout ce que j'ai dit, c'est super intéressant. Il y a tout un autre monde là-haut. Je ne peux pas dire que c'est de la merde ou que ça ne vaut pas la peine d'y réfléchir, ce ne serait pas vrai du tout. Tâcher de comprendre et d'en découvrir davantage, c'est le but de l'expo. Donc je t'assure, tu peux y aller.

Elles se regardèrent brièvement, puis Sarah rentra les mains dans ses poches.

— Je n'y comprendrais rien de toute manière.

Elle marcha de nouveau, côte à côte avec Letty qui lui mit un petit coup d'épaule.

— Je suis sûre que Jason volerait à ton secours.

— Oh, Dieu, non !

— Il avait l'air plutôt mignon de loin.

Sarah sourcilla.

— *Toi* tu le trouves mignon ?

Letty rit.

— Parce que je suis lesbienne, je ne peux pas être objective sur la beauté d'un homme ? J'ai des yeux, tu sais, et même si mon regard a tendance à se porter sur les femmes, il ne se ferme pas quand je croise un homme.

Elle évita un couple qui passait entre elles.

— Parfois, j'aimerais bien, termina-t-elle.

Sarah s'esclaffa tandis qu'elles observèrent le couple s'éloigner, l'homme avait le ventre à l'air et, de derrière, la vue ne s'améliorait pas avec un pantalon qui tombait du style plombier baissé. Sarah ne pouvait s'arrêter de rire.

Elles marchèrent encore un peu. Letty était trop intéressée pour lâcher le sujet. Elle voulait savoir ce que Sarah pensait.

— Donc, pas d'expo, pas de Jason ?

— Un non définitif. Il m'a invitée à y aller en plus. Je ne comprends que la moitié de ce qu'il dit quand il parle *scientifique*. Mon père ne me donne jamais cette impression d'être inculte. La plupart du temps en tout cas. Mais bon, même sans ça, je n'ai aucune affinité avec Jason.

— OK. Et Éric alors, il est comment ? Quel genre de mec te plait ?

Sarah rougit et tourna la tête. Letty reconnut cet embarras. Elle vivait avec Sarah depuis presque deux mois et savait déjà distinguer les différentes raisons pour lesquelles Sarah rougissait. Là, ce n'était pas le rougissement que provoquaient les sous-entendus de Letty ou ses regards explicites. Elle avait pu noter que Sarah en rougissait énormément, sans être réellement mal à l'aise.

À cet instant en revanche, c'était l'embarras d'une Sarah mal à l'aise et qui n'appréciait pas franchement le sujet de leur conversation. Toutefois, Letty trouvait cela bien trop intrigant pour s'arrêter.

— Ça me parait juste étrange de ne pas voir une file aussi longue que mon bras de mecs qui veulent sortir avec toi, vu ta tête, entre autres.

Ça, c'était le rougissement-Letty, pensa la brunette. Elle en sourit intérieurement.

— Tu peux parler. Je suis plate et pâle. Toi tu es bronzée et tu as des formes, et ces abdos. C'est toi qui devrais avoir une queue de prétendants.

Letty rit.

— Euh, prétendantes, bien sûr.

— OK, tu es un peu pâle, mais on est en Californie du Sud, tu vas te rattraper en peu de temps.

Sarah se retint de rire.

— Et deuxièmement, OK, tu n'as pas les courbes latines, comme tu dis, mais s'il te plait, ne dis surtout pas que tu es plate, car c'est *carrément* faux.

Son regard plongeant dans le décolleté de Sarah appuya ses dires.

Sarah croisa les bras sur sa poitrine inconsciemment. Letty aurait souri si elle n'en était pas si curieuse. Parfois, Sarah agissait telle une enfant, dès que la conversation tournait de près ou de loin autour du sexe. Cela intriguait fortement Letty.

— Tu n'as toujours pas répondu à ma question au fait. Quel type de mecs te branche ?

Pourquoi tenait-elle absolument à savoir ? Et surtout, pourquoi lui demander 'quel type de filles' la démangeait-elle ?

Elle savait parfaitement pourquoi ; si elle lui posait cette question, Sarah se braquerait et la discussion serait terminée. Letty n'avait jamais été aussi intriguée par une femme avant Sarah. C'était perturbant, plus encore vu la situation et son rapport à Sarah. C'était dangereux, elle en avait conscience, de ce fait elle choisit de faire marche arrière.

— Ce n'est pas mes oignons, désolée.

— Non, je n'ai pas dit ça.

— Mais tu ne souhaites pas répondre ; tu as tes raisons. Les mecs ne sont pas si intéressants de toute façon, lança-t-elle avec un clin d'œil.

Sarah sourit, mais rétorqua immédiatement :

— Je n'ai pas dit ça non plus. Éric est intéressant. À Northwestern, je suis sortie deux mois avec un étudiant en anthropologie, on avait de très bonnes discussions. Et il y en a eu d'autres, tu sais.

Letty aurait voulu lui demander pourquoi elle tentait autant de se justifier, mais elle savait que son intérêt l'emmenait progressivement sur un terrain glissant, donc elle opina simplement.

— OK. C'est bien.

— Je préfère me concentrer sur ma licence. Ça compte plus pour moi que les mecs. Ils peuvent être très distrayants.

Letty acquiesça d'un léger hochement de tête. Même cette phrase sonnait faux, ou peut-être qu'elle souhaitait que ce soit faux ? Letty n'était plus sûre. Elle se mordit l'intérieur de la lèvre pour ne pas poser davantage de questions, pour ne pas pousser Sarah dans ces derniers retranchements, espérant qu'elle se libère un peu. Il y avait bien plus à dire sur le sujet que Sarah le laissait entendre.

Sarah changea de sujet avec entrain tandis qu'elles retournèrent à la station de métro la plus proche et rentrèrent à la maison.

***

Vingt-deux heures approchait quand Letty rentra après une grosse journée de travail. Elle stoppa net en voyant que Sarah n'était pas seule. Un homme aux cheveux blond foncé, assez grand, se tenait à ses côtés sur le canapé, un bras par-dessus les épaules de Sarah et une main sur sa cuisse.

Sarah bougea dans le sofa de manière à mettre un peu d'espace entre elle et son petit ami.

— Salut, Letty.

— Salut.

Letty posa son sac à main sur le meuble à chaussures et se tourna vers le couple.

— Tu dois être Éric.

Éric se leva et tendit la main que Letty serra brièvement. Il se rassit.

— Et tu dois être la fameuse coloc végane dont j'entends si souvent parler.

Letty dressa les sourcils.

— C'est vrai ?

Elle lança un clin d'œil à Sarah et se dirigea vers la salle de bain.

— Un p'tit tour à la salle d'eau et je vous laisse le champ libre.

— Non, c'est bon. Tu peux rester avec nous. On regarde Thelma et Louise.

Letty était ravie du choix de leur film, l'un de ses préférés. Éric reposa sa main sur la cuisse de Sarah.

— Je suis sûre qu'elle a mieux à faire, Sarah.

Il s'adressa ensuite à Letty :

— En plus, tu dois être crevée avec ton travail plus le volontariat au refuge ou Sarah me dit que tu passes tout ton temps libre.

— Oui, c'est vrai, répondit-elle avant de se diriger vers la salle de bain.

Elle ne pouvait pas lui tenir rigueur de vouloir Sarah pour lui tout seul.

Letty observa son reflet boudeur dans le miroir. Sarah n'avait pas menti, Éric était très beau. Elle soupira. Oui, elle était jalouse.

Je ne peux pas être jalouse.

Non, sa relation avec Sarah ne se basait pas là-dessus. C'était un rapport différent. Elle tenait simplement à Sarah d'une manière protectrice. Voilà, c'était ça, tâcha-t-elle de se convaincre.

Elle soupira de nouveau ; Sarah n'avait pas besoin de protection maintenant qu'elle avait son grand blond avec elle. Arrête ça ! se réprimanda-t-elle. Sarah sortait avec un mec, comme n'importe quelle jeune femme de vingt et un ans. Cela ne rendait-il pas les choses plus faciles, au contraire ?

Alors, arrête de bouder, se sermonna-t-elle, espérant retrouver le sourire.

— Bésame el culo[17], lâcha-t-elle en se retournant, tournant le dos à son reflet. Il pouvait bien bouder s'il voulait.

Elle se força à sourire en quittant la salle de bain. Elle se demandait bien pourquoi étant donné qu'Éric était occupé à embrasser Sarah dans le cou. L'étudiante leva la tête et sourit discrètement à Letty. Éric se recula quand il remarqua le retour de Letty.

— Ne faites pas attention à moi. Je prends mes Weenies et je m'évapore.

Elle sortit quelques affaires du réfrigérateur qu'elle referma pour se diriger dans sa chambre.

— Bonne nuit.

— Bonne nuit, Letty.

Éric semblait perplexe tandis que Sarah souriait.

— Ses Weenies ?

— Des saucisses véganes, délicieuses, d'ailleurs. Tu peux les cuire à la poêle, en casserole ou même les mangers crus. Ce sont ses préférées.

— Oh, OK. Je me demandais de quoi elle parlait.

Sarah regarda en direction de la chambre de Letty et ne prêtait attention ni au film ni aux mains d'Éric, toujours plus pressantes maintenant qu'ils étaient *seuls*. Elle inspira profondément quand il caressa le côté de ses seins tout en lui mordillant le lobe de l'oreille. Elle lui sourit timidement.

— J'adore ce film, glissa-t-elle, presque comme une plainte.

Éric lui effleura le visage et l'embrassa.

— Ne l'as-tu pas déjà vu un millier de fois ?

Sarah se pinça la lèvre, elle lui avait effectivement signalé que c'était son préféré lors d'une de leur discussion.

— Tu dois le connaitre par cœur. Moi ce n'est pas ma tasse de thé, j'avoue. Il l'embrassa puis murmura : *toi* tu l'es.

Il se leva et lui tendit la main.

— Allons dans ta chambre, bébé.

— Je…

Sarah resta silencieuse, alors il se rassit à ses côtés.

— Ne t'inquiète pas, on prendra notre temps. Je t'assure que ça vaudra le coup. N'aie pas peur, je ne suis pas un connard. Je vais m'occuper de toi jusqu'au bout. Je te le promets. Et j'ai le nécessaire pour nous protéger. Je mets toujours deux préservatifs au cas où l'un se déchirerait. Ne te fais aucun souci.

Il l'embrassa une nouvelle fois, une de ses mains glissait sur sa cuisse jusqu'à son entrejambe. Elle interrompit leur baiser. Il lui sourit, se leva en l'entrainant avec lui par la main. Lui tenant toujours la main, il se dirigeait vers sa chambre, mais elle s'arrêta.

— Je–Éric. Je ne peux pas.

— Qu'est-ce qui ne va pas ?

---

[17] ESP : Va te faire voir.

— Rien, c'est juste…

— On sort ensemble depuis presque deux mois. Je t'apprécie vraiment beaucoup. Je veux être plus proche de toi.

Sarah avala sa salive. Il toucha ses joues. C'était vrai, même si elle ne lui avait accordé que peu de temps les premières semaines. Ils s'étaient vus plus souvent ces derniers temps, elle espérait mettre un peu de distance entre Letty et elle. Et puis, elle devait aller de l'avant dans sa vie, sa vie *normale*, un petit ami était la voie pour cela. Les filles de son âge passent plus de temps avec leur copain que leur coloc, en principe, n'est-ce pas ?

— C'est juste… Je ne pense pas être prête.

— T'inquiète, ça, c'est mon boulot, indiqua-t-il, sourcils dressés.

Sarah en revanche ne souriait pas.

— Qu'est-ce qui ne va pas maintenant ? Je ne ferai rien de bien si tu ne me parles pas, Sarah.

— Je viens de le faire. Je n'ai pas envie, annonça-t-elle en croisant ses bras sur sa poitrine.

— Tu m'as invité, Sarah. *Dîner chez moi.* Tu m'as cuisiné un bon petit plat. C'est quoi ça, on est de retour au lycée ou quoi ? On va rester assis à regarder la télé toute la soirée puis un bisou sur la joue et bonne nuit ? Tu as quel âge ?

— Ça, c'est méchant.

Éric posa ses mains sur les épaules de Sarah, les traits de son visage s'étaient radoucis.

— Je suis désolée. Je ne voulais pas dire ça. Mais je t'aime beaucoup, Sarah. Je veux simplement te faire du bien. Je vais te faire du bien. Je te ferais un cunni et tu n'as même pas besoin de me sucer en retour. Je veux vraiment te faire du bien. Que veux-tu de plus ?

— Ouah, tu vends du rêve là, glissa-t-elle en levant les yeux au ciel.

— Bah, qu'est-ce que tu veux que je te dise ? Le ton de sa voix avait pris une octave et il ajouta : Chaque fois que j'essaie de me rapprocher de toi, tu bloques. Je t'embrasse et tu pars ailleurs, je le vois bien. Je te touche et tu te crispes. J'avais l'impression que ça allait mieux ces derniers jours, et tu m'as invité. Je pensais qu'on franchirait un nouveau cap dans notre relation. Ça me parait normal d'avoir pensé ainsi, non ?

Il décela une petite étincelle dans les yeux de Sarah et prit son visage entre ses mains pour l'embrasser. Il lui caressa le corps, de sa taille à ses côtes, effleurant ses seins, avant de redescendre jusqu'à la fermeture éclair de son pantalon. Il ouvrit le premier bouton.

— Éric.

— Ssh, détends-toi, je vais bien m'occuper de toi.

Il défit un deuxième bouton puis un troisième alors qu'elle posa ses mains sur ses larges épaules, pour l'écarter un peu.

— Éric. Elle le repoussa davantage.

— S'il te plait, arrête.

Il la fixa d'un regard enflammé, et pas d'une manière amoureuse.

— Sérieusement, Sarah ? Qu'est-ce qui ne va pas cette fois ? lâcha-t-il, sa main toujours sur le pantalon de Sarah.

— Elle t'a dit d'arrêter.

Sarah et Éric tournèrent la tête en direction de Letty qui s'avança sur le couple.

— Donc tu la lâches, déclara-t-elle fermement en ôtant la main d'Éric.

Sarah et Éric aperçurent la bombe lacrymogène qu'elle tenait dans sa main. Éric sourit, posant une main sur sa bouche qui redescendit sur son menton.

— Ouais, je vais faire ça.

Il retourna vers le canapé, saisit sa veste et s'en alla en claquant la porte.

Un 'putain' s'échappa des lèvres de Sarah. Elle alla s'asseoir sur le sofa et se prit la tête entre les mains.

Letty s'avança vers elle.

— Ça va aller, Sar ?

— Tu n'aurais pas dû sortir.

— Désolé, mais les murs sont fins. Il m'avait l'air bien trop insistant.

— Je contrôlais la situation.

— On ne sait jamais comment ça va tourner ce genre de situation, Sar.

— Je contrôlais, répéta-t-elle plus fort.

— Sois en colère autant que tu veux, au moins je sais que t'es en sécurité.

— Mais tu ne peux pas faire ça, te mêler de ma vie, venir entre… Enfin… Sarah expira et reprit sa tête dans ses mains, comme pour tout oublier.

— Je ne me mets pas en travers de quoi que ce soit, Sarah.

— Je sais. C'est juste… Oublie ça. Je ne sais plus ce que je dis. Pff, je ne sais même plus ce que je fais. Il était super, intelligent et gentil, avant ce soir en tout cas.

— Ouais, ils sont toujours charmants tant qu'ils veulent quelque chose. Tu vois ce que ça donne quand ils ne l'obtiennent pas ?

— C'est peut-être ça le problème. J'aurais sans doute dû lui donner. Ça avait l'air plus que sympa, de ce qu'il en disait.

— *De ce qu'il en disait* ?

Parfois, Letty se posait beaucoup de questions sur l'expérience sexuelle de Sarah.

— Écoute, oublie tout ça, OK ? Je vais me coucher, et j'y resterai le restant de mes jours, ça sera mieux ainsi.

— Tu connais le proverbe ; mieux vaut seule que mal accompagnée.

— Ouais, ouais, répondit Sarah avec un geste de la main dans les airs.

Elle ferma la porte de sa chambre, chose rare.

Letty fixa sa bombe lacrymogène de poche. Non, elle ne regrettait rien. De toute évidence, elle éprouvait plus de satisfaction qu'elle ne le devrait d'avoir jeté Éric. Mais surtout, elle préférait largement le mettre à la porte pour rien, que de laisser quelque chose de mal arriver à Sarah pendant qu'elle dort de son côté. Mieux vaut prévenir que guérir.

Plus elle connaissait Sarah, plus la jeune femme la rendait perplexe. Letty s'interrogeait tant à son sujet, et ressentait des sentiments contradictoires pour elle. Elle aurait souhaité qu'ils se soient dissipés désormais. Elle aurait espéré ne pas apprécier Sarah en la découvrant, en tout cas ne pas la trouver si intrigante et belle. Elle n'était pas censée avoir un tel intérêt pour elle. Cela ne faisait pas partie du plan.

***

Letty était assise sur une chaise dans leur studio de répétition, leur servant également de QG pour leurs activités de protection animale. Rêveuse, elle tenait sa basse dans les mains, l'accordant sans conviction. Son esprit était largement ailleurs. Ses amis discutaient dans le fond de la salle, elle n'était pas sûre du sujet, un fait rare pour elle. Elle avait en effet bien pris les devants de l'équipe ces dernières années. Ricky et elle étaient en quelque sorte devenus les leaders. Toujours la première à parler, à proposer des solutions, elle trouvait systématiquement les mots pour motiver tout le monde. Elle savait tout ce qu'il se passait au sein du groupe, surtout en ce qui concernait la PA. Or là, elle semblait dans une galaxie très lointaine. Une main se posa sur son épaule, la *réveillant*.

Ricardo rit de sa réaction. Il prit le tabouret du batteur et s'assit près d'elle.

— Ouah, tu n'es vraiment pas avec nous aujourd'hui.

Letty ne répondit pas. Il posa de nouveau sa main sur son épaule.

— Qu'est-ce qui ne va pas ?

— Rien.

Elle se remit à accorder sa basse.

Ricky hésita ; il n'avait jamais eu à lui demander deux fois auparavant. Letty et lui avaient une relation très ouverte et partageaient tout.

— Je vois bien qu'un truc cloche. Dis-moi s'il te plait.

Elle inspira profondément et haussa les épaules en même temps.

— Je me disais juste qu'on n'avait pas utilisé cette pièce pour répéter depuis vraiment longtemps.

Ricky acquiesça sans commenter. Il regarda sa guitare derrière la batterie, et réalisa qu'il ne l'avait pas touchée depuis leur concert à l'université de Santa Barbara il y a plusieurs semaines. Il haussa les épaules.

— Mais ce qu'on fait n'est-il pas plus enrichissant ? Quelle question !

— Oui, bien sûr. Tu le sais bien. Mais quand même, ça me manque de faire des choses plus… légères, si c'est le mot.

Il serra son épaule.

— C'est juste les nerfs, Letty, parce que ça approche. J'espère que tu trouveras vite l'ouverture pour en finir avec elle.

Ricky soupira quand Letty détourna le regard.

— C'est elle. C'est ça qui te tracasse ?

— *Elle* s'appelle Sarah, tu sais. T'es pas obligé de dire 'celle-là' ou 'l'autre' ou 'elle' comme si elle avait la lèpre.

— OK. Tu as raison. Je suis désolé. Et donc… qu'est-ce qui ne va pas avec *Sarah* ?

Letty le regarda. Elle n'avait pas franchement envie de lui raconter, il ne comprendrait pas, mais c'était son meilleur ami. Elle lui parlait de tout avant, alors pourquoi ces réticences ?

Elle savait pourquoi ; elle en avait déjà beaucoup trop révélé à Sarah. Il lui dirait qu'elle les mettait tous en danger, et surtout le plan soi-disant bien ficelé, et il aurait raison. Elle en avait conscience et pourtant, tout ce qui lui importait était la détresse de Sarah. Elle inspira longuement.

— Elle est tellement confuse.

— S'il te plait, dis-moi qu'elle est confuse de manger son précieux bacon ?

Letty se leva et posa sa basse comme pour partir.

— Pon tu culo aquí[18]. Je plaisantais, Hermana.

Letty se força à sourire, sans se rasseoir.

— Elle est confuse sur sa sexualité.

— Tu ne m'as pas dit qu'elle était gay ?

— Tu ne m'as pas dit qu'elle avait un copain ? demanda Sally qui les rejoignit. Letty parut hésiter maintenant qu'il n'y avait pas que Ricky, et en même temps, elle ne pouvait pas les laisser dans le noir.

— Elle *avait* un copain. Je sais qu'elle a eu des copains, mais je ne sais pas jusqu'où elle est allée avec eux. Et oui, enfin, je croyais qu'elle était lesbienne. C'est juste… le sentiment que ça me donne dès qu'on est ensemble. Et il y a son ex-coloc de chambre à Northwestern. Elle garde une photo d'elle dans ses livres. Vous auriez vu sa tête quand j'ai abordé le sujet. Il y a même une photo d'elles sur sa table de chevet, et une sorte d'intimité qui me parait plus qu'amicale, tu vois. C'est juste un ressenti.

— Et alors ? Elle est bi, c'est tout, lança Ricky.

— Qui s'en soucie de toute manière ? déclara Sally.

Moi voulait dire Letty. Non, elle voulait le crier. Elle ne souhaitait plus en parler avec eux, de toute façon.

— J'ai besoin de prendre l'air.

Non, pour elle, Sarah n'était pas bisexuelle. Elle était lesbienne, sans parvenir à l'accepter. Et ça faisait mal. Letty avait mal de voir à quel point Sarah en souffrait. De se battre avec elle-même et de s'infliger des choses, comme l'autre soir avec Éric, et toutes ces semaines à essayer avec lui, et sans doute d'autres auparavant.

Letty ne pouvait pas en parler avec ses amis, et ça aussi commençait à devenir douloureux. Elle ne s'était jamais sentie autant tiraillée. *Le cul entre deux chaises* exprimait parfaitement son ressenti actuel, selon elle. De s'interposer entre des chasseurs et des militants anti-chasses, ou les gens du

---

[18] ESP : Pose tes fesses ici.

cirque, leur raconter des mensonges, qu'elle les comprenait ainsi que leur style de vie, et leur pseudoamour de la nature… Elle savait faire. N'était-ce pas pour son aise à mentir qu'elle avait ce *rôle* dans leur plan ?

Or, rien de tout cela ne se comparait à l'amertume qu'elle ressentait en ce moment. Elle avait conscience que le problème venait de son affection pour Sarah.

— Tu te sens mieux ? l'interrogea Ricky en se tenant sur le trottoir, à ses côtés.

Elle haussa les épaules.

— Si tu me disais ce qui ne va pas, la vraie raison. Je te connais, Letty. Tu me caches un truc.

Letty inspira et redressa les épaules.

— Elle ne mérite pas ce que je lui fais, Ricky.

— *On.* Ce qu'*on* lui fait. Il faut que tu prennes du recul, Letty. Ne la laisse pas s'insérer dans ta vie comme ça.

— Je vis avec elle, Ricky.

— Non, tu joues un rôle avec elle, penses-y bien en ces termes. Et chaque fois que tu penses qu'elle ne le mérite pas, pense plutôt aux cochons qui ont été massacrés, gazés bien conscients, leur gorge tranchée pour qu'elle mange son précieux bacon. Pense à Double Trouble, comment ils ont laissé l'infection la tuer alors que son cerveau pourrissait sous toutes ces vis dans sa tête. Pense à elle et tous les autres. *Eux* ne méritent pas ça. *Eux* sont les vrais innocents.

Ricky ouvrit la porte pour retourner à l'intérieur.

— Donc maintenant, peut-être que tu peux revenir et être à fond avec nous pour rendre les choses meilleures. À moins que ce ne soit plus ta priorité ?

— Ne commence pas, Ricky.

Il sourit et se poussa pour qu'elle vienne. Il enroula son bras sur son épaule et elle posa la tête sur la sienne. Son téléphone sonna et elle prit l'appel instantanément. Ricky la vit acquiescer plusieurs fois. Quand elle demanda des directions, il comprit et prit les devants auprès de leurs amis.

— Peter ! Prépare le camion.

Ils étaient déjà prêts avant même que Letty ne raccroche.

— Un staff ou un pit attaché à un arbre dans la forêt Nationale Angeles. Ça n'a pas l'air beau, annonça-t-elle, ne perdant pas de temps pour rejoindre la camionnette de Peter, la seule équipée de cages pour leurs missions de sauvetages.

Le voyage s'effectua en silence, chacun concentré sur le chien abandonné, espérant qu'il ne soit pas trop tard. Letty savait que même si Peter n'avait pas été avec eux, Ricky et elle n'auraient pas parlé de leur désagrément précédent. Elle n'y pensait d'ailleurs pas à ce moment ; elle ne songeait qu'à l'appel du refuge. Un couple de randonneurs ayant récupéré leur chat perdu grâce au refuge, les avait appelés pour leur signaler un chien de type American Staffordshire ou race similaire abandonné, avec une laisse très courte, amaigri et en mauvaises conditions générales. Letty se focalisa sur le chien, encore vivant il y a quelques heures, espérant le retrouver au plus vite.

Une heure de route pour arriver aux abords du parc national, au nord de Los Angeles. Ils stoppèrent leur camionnette sur une aire autorisée et marchèrent une bonne heure supplémentaire, suivant leur GPS avec les coordonnées que le couple avait données au refuge. Les promeneurs avaient dû partir pour pouvoir rentrer avant la tombée de la nuit.

— On ne devrait pas être loin, indiqua Ricky, fixant droit devant lui puis son GPS.

— On s'étale.

Les trois jeunes gens se séparèrent pour couvrir plus de terrain, sans trop s'éloigner non plus. Il ne leur fallut pas longtemps pour entendre les gémissements du chien, allongé dans ses propres déjections. Même couché, on distinguait ses côtes, tant il était émacié. Cette image leur brisait le cœur, même s'ils y étaient habitués. Cela ne les empêcha pas d'agir. Le chien était en vie, c'était l'essentiel. Letty commença à lui parler calmement.

— Staff, déclara-t-elle, bien que ses amis l'aient noté d'eux-mêmes. Il avait des coupures, et des coups, tel un animal battu.

Le chien se mit difficilement sur ses pattes quand ils s'approchèrent. Peter le contourna avec le lasso de capture tandis que Letty continuait de lui parler, lui jetant tout doucement des friandises pour chien par petits morceaux. Le chien gémissait légèrement, même son petit grognement ne semblait pas agressif, car il commençait à remuer sa queue. Ricky resta plus loin pour que le chien se sente en sécurité.

— Là, mon beau. Bon chien, t'es un bon chien, murmura-t-elle quand il se laissa passer le collier autour du cou.

Le chien s'allongea une nouvelle fois avec un bref couinement. Letty s'avança lentement et commença à le caresser et l'observer de plus près.

— Tu es une gentille fifille.

La chienne remuait sa queue de plus belle. Letty sourit et continuait de jauger les blessures de l'animal. Ricky s'approcha discrètement. Elle avait quelques plaies infectées, la plus importante vers son épaule. Aucun des jeunes gens ne commenta son entaille à l'oreille. Ils l'avaient vu tellement souvent celle-ci. En effet, l'oreille coupée indiquait que l'animal avait un tatouage, lien pour retrouver les anciens maitres. Cette blessure-là s'avérait donc fréquente chez les chiens abandonnés. Cela ne les surprenait plus. Ça leur donnait certes envie de faire la même chose aux propriétaires, mais ne les surprenait réellement plus, malheureusement.

Ils montèrent la femelle staff dans une des cages de transport et repartirent, vérifiant leurs lampes de poche, vu qu'il faisait déjà nuit. Letty parla à la chienne tout le long du chemin. Ils s'arrêtèrent plusieurs fois pour lui donner à boire, avec parcimonie. Ils ne la nourrirent pas pour ne pas risquer de réactions négatives, vu son état de maigreur. Ils préféraient laisser le vétérinaire l'examiner au préalable. Ils conduisirent sans trop de circulation sur le boulevard Washington où leur vétérinaire, également activiste, les attendait dans sa clinique aux abords de Santa Monica.

La chienne fut placée sous perfusion, pour être réhydratée et nourrie de manière contrôlée. Le vétérinaire et son équipe s'occupèrent de ses nombreuses blessures. Elle serait lavée le lendemain. Letty et ses amis restèrent aussi longtemps que possible. Bien qu'elle mettrait un moment pour se rétablir pleinement, la chienne survivrait. Ils appelleraient plus tard pour prendre des nouvelles. Par la suite, la chienne serait envoyée au refuge pour être placée à l'adoption. C'est le refuge qui porterait plainte contre X pour cruauté envers un animal. Letty avait trouvé la chienne très câline finalement, et elle espérait qu'elle trouverait vite une famille qui lui donne les caresses et l'affection d'un vrai foyer.

Letty inspira fortement en quittant ses amis. Tous arboraient un large sourire. C'était une bonne journée, elle vivait pour ce sentiment-là. Ce n'était *qu'un chien*, mais cela aurait été un chien mort d'ici peu si on ne les avait pas appelés, s'ils ne s'y étaient pas rendus au pied levé, malgré la nuit qui tombait. Le regard de cette chienne quand Letty avait commencé à la caresser, effaçait dans son esprit les années de souffrance qu'avait vécu cette chienne avant d'être abandonnée, en laisse très courte, à une mort certaine. Pas d'eau, pas de nourriture. Letty se réjouissait qu'il ait beaucoup plu deux jours auparavant, sans cette eau de pluie, la chienne n'aurait sans doute pas survécu. Elle était en sécurité maintenant.

Letty inspira profondément une fois de plus, son sourire redoubla. Des moments tels que celui-ci valait plus que quoi que ce soit d'autre. Comme ils se le répétaient ensemble, sauver ce chien n'allait pas changer le monde, mais le monde allait changer définitivement pour ce chien. Cela n'avait pas de prix. Avec ceci à l'esprit, Letty se dit qu'elle devait se ressaisir. Les animaux avaient besoin d'elle.

Chapitre Cinq

Au fur et à mesure que les jours défilaient, Sarah avait tendance à rester à la maison. Elle s'attardait beaucoup moins à la bibliothèque, ne restait à l'université que pour ses cours. Sinon elle étudiait et révisait chez elle, préférant la chaleur de son appartement. Letty semblait calée sur le même rythme, même si sa vie sociale était plus remplie que celle de Sarah, son temps libre était passé à l'appartement. Elles étaient entrées dans une sorte de routine agréable, mangeant ensemble, surtout le soir, regardant un film, écoutant de la musique ou lisant. Elles s'échangeaient leurs livres parfois, confortablement installées dans le canapé. L'une et l'autre n'allaient dans leur chambre que pour dormir. Elles se sentaient bien en présence de l'autre. En revanche, Letty n'essaya pas d'avoir des conversations plus personnelles avec Sarah. L'aise qu'elle éprouvait en sa compagnie la perturbait déjà suffisamment, alors elle ne souhaitait pas en rajouter ; elle ne le devait pas.

On était vendredi. Letty se trouvait avec ses amis au studio. Elle était censée retrouver Sarah plus tard pour se promener sur Santa Monica. Letty n'avait pas jugé nécessaire d'en informer ses amis, pas même Ricky. De toute façon, aucun d'eux ne posait de questions sur Sarah, ou sur sa vie avec Sarah. Excepté pour savoir si Letty avait obtenu le précieux sésame chez les parents de Sarah à Glendale. Sarah était un simple pion dans le jeu qu'ils avaient bâti. Même si c'était pour un intérêt supérieur, cela devenait de plus en plus difficile pour Letty. Elle préférait garder ses pensées et ses doutes pour elle-même, surtout un jour comme aujourd'hui où ils passaient en revue leur plan, étape par étape. Ils étaient tous penchés au-dessus d'une carte étalée sur une table.

Sarah était arrivée un peu plus tôt à la station Reseda de la ligne orange de métro. Elle n'avait jamais vu le studio de répétitions ni même vu Letty jouer. Elle commença à marcher sur le boulevard Reseda quand elle aperçut la voiture de Letty garée. Elle ne pensait pas pouvoir trouver le studio sans une vraie adresse, pourtant un bâtiment attira son œil, car des prospectus pour la protection animale le recouvraient. Sarah s'y dirigea avec enthousiasme. Tandis qu'elle se tenait à la porte, elle distingua le son d'une batterie. Elle frappa sans obtenir de réponse. Elle décida de tenter sa chance, éprouvant une grande envie de voir Letty jouer. Un couloir se trouvait derrière la porte, le son très fort, et mauvais, d'une batterie redoubla. Elle s'avança en direction d'une autre pièce fermée. Elle frappa en vain.

— Carl ? Carl ! cria quelqu'un et la batterie se tut, enfin, à l'instant même où elle entra.

Son regard tomba immédiatement sur Letty, se tenant de dos autour d'une table.

— Larry au téléphone pour toi, indiqua un jeune homme que Sarah reconnut ; c'était Ricky, le meilleur ami de Letty.

Sarah vit les instruments de musique sur la gauche et un homme d'une trentaine d'années poser les baguettes de la batterie.

— Je n'ai vraiment aucun rythme.

Il se rendit alors compte de sa présence.

Sarah sourcilla quand il s'empressa d'aller prendre le téléphone que Ricky lui tendait, et se faufiler dans une pièce au fond. Sarah vit l'air contrarié sur le visage de Ricky.

— Désolé. J'ai frappé–

— Sarah ?

Letty se retourna, et tous fixèrent l'étudiante.

Letty s'avança rapidement vers elle. Le reste du groupe plia discrètement le plan de la table et ramassa tout ce qui se trouvait dessus pour le ranger dans la pièce où s'était réfugié Carl, sans que Sarah le remarque, trop concentrée sur Letty.

— Vraiment désolée. Je ne pensais pas vous interrompre. Enfin, j'ai entendu le son de la batterie.

— Non, non ce n'est rien. Euh, mais comment–

— J'étais en avance, j'ai vu ta voiture, puis les prospectus sur le mur. J'ai entendu le bruit. Je t'assure que j'ai frappé d'abord.

— Oui, désolée. Il nous cassait les oreilles depuis tout à l'heure.

Sarah sourit puis sourcilla en montrant la porte du fond.

— Je crois que je l'ai littéralement chassé.

— Non, non, répondit Letty en posant gentiment sa main sur l'épaule de Sarah. Elle salua ses amis de la main.

— À plus, les jeunes !

Une fois dans le couloir, Letty expliqua :

— Il a trompé sa copine, elle l'a pris en flag y a trois semaines. Elle a rompu, il l'a suppliée, elle l'a repris, mais elle appelle tous les jours. Les seules femmes qu'elle tolère auprès de lui sont Sally, car elle sort avec Philippe, et moi, pour raison évidente. Elle multiplie les visites surprises aussi, à son boulot, partout. Elle est déjà passée trois fois au studio. Maintenant, il flippe tout le temps.

— Il est dans le groupe ? Parce que, sans vouloir t'offenser, ça sonnait vraiment mal.

Letty rit.

— Non, c'est juste un ami. En fait, c'est un ami d'un ami qui bosse à la coop.

— Je n'ai pas pu dire bonjour à Ricky. Il ne m'aime pas bien, on dirait.

— Bien sûr que si. Pourquoi penses-tu ça ?

— Eh bien, tu ne m'as même pas présentée à tes amis. Je sais qu'on est juste des colocs, mais j'ai eu l'impression qu'ils n'étaient pas très enthousiastes de me voir. C'est parce que je ne suis pas végan, n'est-ce pas ?

— Non, je…

Letty ne pouvait pas vraiment le nier, et n'avait pas le temps d'inventer autre chose.

Il y avait plus en jeu, mais l'un dans l'autre, c'était bien ça. Sarah ne faisait pas partie du *gang*. Letty resserra son étreinte sur Sarah, réalisant qu'elle avait toujours son bras autour d'elle. Ni Sarah ni elle ne paraissait dérangée par ce geste.

— Des fois, ils sont un peu intenses. De toute manière, tu m'as sauvé d'une séance de répète à capella, juste les paroles d'une nouvelle chanson. Je déteste ça, on se tient autour de la table et on chante, on s'accorde. Là, je n'avais pas trop la tête à ça. Donc je suis vraiment contente que tu te sois pointée. Et puis de toute façon, je n'ai pas envie de te partager.

Leurs yeux semblaient communiquer dans un langage qui leur était propre, puis Letty ajouta : enfin, je veux dire, Peter et Sally adorent Santa Monica Beach et la dernière chose que je voulais soit qu'ils viennent avec nous. Voilà, c'est ça que je voulais dire.

Les mots de Letty résonnaient encore dans la tête de Sarah. Elle ne pouvait que sourire. Elle aurait voulu s'empêcher de rougir, malheureusement ses joues la trahissaient. Pourtant, elle ne se déroba pas au regard de Letty cette fois. Bien sûr, c'était toujours effrayant pour elle de deviner l'intérêt dans les yeux de Letty, mais elle se sentait suffisamment à l'aise avec elle désormais pour mal le prendre, s'enfuir ou détourner le regard. Dorénavant, elle prenait les choses telles qu'elles venaient. Elle appréciait trop ces moments partagés avec la latine.

Tant que Letty ne franchissait pas la ligne, Sarah n'aurait pas à paniquer et se sauver de l'autre côté du pays. Sarah se rabroua intérieurement. Elle aurait voulu rire d'elle-même, seulement, c'était déjà arrivé. Elle espérait trouver en elle les ressources pour s'assurer que cela ne se reproduise pas une troisième fois. Mais elle reconnaissait ne pas être prête pour un quelconque autre résultat si Letty, effectivement, venait à franchir cette ligne.

Pour l'instant, elle n'avait à se soucier que de passer une bonne après-midi, déguster une crêpe sur le port, ou une glace, boire un coca malgré la réprobation de Letty là-dessus. Sarah aimait ça aussi, leurs petits échanges et fausses disputes.

***

Sarah soupira pour la énième fois vu qu'elles devaient faire marche arrière pour la seconde fois en dix minutes.

— Il fallait que ça ait lieu ici ? Fais chier, j'étais tellement sûre que c'était à l'UCLA.

— Tu le souhaitais si fort que tu l'as rêvé, Sar.

Sarah regarda à droite puis à gauche, mais elle était perdue. Letty pointa du doigt un panneau d'affichage sur la droite.

96

— Pourquoi ne va-t-on pas voir le poster là-bas ? Ça semble parler du colloque.

— Ça ne nous donnera pas forcément la salle. Fais chier, je n'ai jamais été en retard de ma vie.

Letty ne put s'empêcher de sourire.

— L'USC te met vraiment dans tous tes états.

Sarah haussa les épaules et continua de chercher à gauche à droite.

— Je suis déjà venue, je devrais m'y retrouver.

— Tu étais enfant, et tu as probablement plus visité le département des sciences, ou le bureau de ton père.

— J'ai visité Dornsife[19]. En terminale, pour faire plaisir à mon père, je lui ai laissé penser que peut-être je m'inscrirais à Dornsife.

— Ouais, mais tu n'allais pas le faire, donc je ne pense pas que ta mémoire ait réellement enregistré les moindres recoins du truc. Ces campus sont beaucoup trop grands d'ailleurs.

Sarah inspira profondément.

— OK, on est au département espagnol ; une conférence de Gabriela Basterra[20] ne peut pas être bien loin.

Letty haussa les sourcils. Elle admettait volontiers que les conférences ou autres colloques l'ennuyaient à mourir, toutefois, en tant que jeune femme latino, assister à une conférence nommée *subjectivité et le langage extérieur* l'avait intéressée. D'autant plus qu'elle était tenue par une professeure d'Espagnole de renom de l'université de New York. Mais l'invitation de Sarah à se joindre à elle restait, en fin de compte, ce qui la réjouissait le plus. En revanche, elle réalisait que peut-être le fait de l'accompagner avait rendu Sarah très nerveuse, et elle en perdait le fil, ou alors elle l'avait conviée pour ne pas aller seule à l'USC.

— Hey, détends-toi, il y a une note là-bas.

Elles marchèrent vers la note.

— Ils se foutent de ma gueule, sérieux !

— Pourquoi ? C'est où le Golden Eagle Ballroom ? demanda Letty en regardant autour d'elle, pendant que Sarah se grattait la tête.

— C'est… pas ici, répondit Sarah en soupirant.

— Je suis vraiment désolée, Letty.

— C'est rien.

Letty haussa les épaules avec un sourire.

— On peut toujours y aller, j'imagine. C'est sur State University Drive, à vingt-cinq minutes, à peu près. On sera bien en retard. Je déteste t'avoir embarquée comme ça au pied levé, tout ça pour te faire rater le truc. Je…

Sarah hésita. Amusée, Letty déclara :

— Tu ne pensais pas que je dirais oui, n'est-ce pas ?

---

[19] Le département des Lettres, Arts et Sciences de l'université USC.

[20] Professeur de littérature comparative et d'espagnol à l'université de New York. Elle est principalement connue pour ses travaux sur la philosophie et la littérature, la subjectivité éthique, la rhétorique, la poésie, la tragédie, la psychanalyse, l'éthique et la politique.

Sarah était embarrassée, mais ne put que hocher la tête.

— J'ai juste…

— T'inquiète. Les conférences ce n'est pas vraiment mon truc. Tu m'as proposé et je me suis dit 'pourquoi pas', mais c'est surtout parce que tu étais avec moi.

Sarah ouvrit la bouche pour parler, puis la referma aussitôt et regarda simplement Letty. Quel sourire désarmant !

Letty redressa les épaules.

— Tu sais quoi, moi je ne peux pas t'aider pour la partie littérature comparative, pour la partie Espagne, en revanche, on se fait un taco et c'est bon. Je commanderai tout en espagnol, si tu veux.

Sarah s'esclaffa.

— Toi, t'es vraiment quelqu'un.

Letty répondit par un clin d'œil.

— OK, sortons de ce labyrinthe maintenant.

— Oui, je sens arriver mon mal de tête USC.

— Sarah ?

Sarah se figea. Letty l'entendit murmurer un 'Doux Jésus' avant de se retourner. Un homme grand, aux cheveux grisonnants, portant un costume, accompagné de deux jeunes gens en blouse blanche les observait. Ils s'arrêtèrent quand l'homme enlaça Sarah. Lorsqu'ils se séparèrent, Letty se retrouva face aux mêmes yeux bleus qui la faisaient tant fondre. Elle baissa brièvement la tête.

— Papa, que fais-tu là ?

— Nous avons une réunion de direction. J'en profite pour amener Élise et Van Truong, mes deux nouveaux internes, voir les bureaux et rencontrer quelques collègues. Fredrik fit un geste de la main en direction de la gauche.

— On se dirigeait vers le département biochimie. Je dois me dépêcher, ma chérie. Et toi, que fais-tu là ?

Il remarqua enfin Letty. Il lui tendit la main, avec un sourire généreux.

— Mes excuses. Fredrik Weisman.

— Oui bien sûr, j'ai beaucoup entendu parler de vous, indiqua-t-elle en lui serrant la main.

Ce n'était pas si dur que ça, finalement, pensa-t-elle. Elle réussit à sourire très largement.

— Leticia Rodriguez, la coloc de Sarah. C'est un véritable honneur, docteur Weisman.

Sarah leva les sourcils.

— Merci, répondit-il avec un sourire satisfait.

Il commença à marcher de nouveau en les interrogeant :

— Que faisiez-vous donc ici ?

Les deux internes suivaient sans bruits, ôtant leur blouse.

— On allait à la conférence de Gabriela Basterra, mais je me suis plantée, ce n'était pas ici.

— Eh bien, si vous le souhaitez, j'assiste à une conférence sur la neuroscience un peu plus tard. Vous êtes libre de vous joindre à moi.

Sarah jeta un œil discret à Letty et elles sourirent.

— Je crois plutôt qu'on va rentrer, papa.

— Et bien, cela dépend, docteur. Vont-ils parler du syndrome de Rett ?

Sarah la fixait les yeux grands ouverts. Letty se retint de rire en l'informant : c'est une forme d'autisme.

Sarah leva les yeux au ciel, elle le savait parfaitement. Elle était simplement surprise de la question de Letty et de l'intérêt dans son regard.

— Une des formes les plus sévères, indiqua Fredrik.

Il paraissait satisfait de la question, et plus encore par l'idée que Sarah et son amie puissent l'accompagner à la conférence.

— Je sais que vous avez travaillé avec CARE à Boston il y a un certain temps. Vous avez écrit un très bon article il y a dix ans sur la définition du langage phénotype dans l'autisme.

Fredrik semblait impressionné. Sarah était bouche bée, néanmoins ravie, car son père l'était. Sarah était incapable de dire sur quoi il travaillait ces jours-ci, alors il y a dix ans. Une surprise, effectivement.

— C'est correct. Étudiez-vous la neuroscience ?

— Non, docteur. C'est un certain intérêt pour la science, j'essaie de me tenir au courant.

Il acquiesça toute sa satisfaction.

— Malheureusement, je ne crois pas que ce soit au programme de ce soir. Par contre, je sais de source sûre qu'un de mes collègues de Penn State[21] est sur le point de nous trouver une belle avancée sur le sujet. Mais ce soir, la thématique porte sur les nouvelles études sur la SLA, la sclérose latérale amyotrophique. Cela va être très intéressant. Nos collègues de Caroline du Nord sont les leaders de la recherche sur ce sujet et lui donnent un nouveau souffle.

Letty hocha la tête poliment. Sarah leva encore une fois les yeux au ciel. Elle voyait bien qu'avec tout le respect dû à ce grand monsieur de la science, l'une comme l'autre n'avait qu'une seule envie ; partir d'ici rapidement.

— Il faut vraiment qu'on y aille, papa. On a un autre truc de prévu.

Letty lui lança un clin d'œil.

Fredrik était sur le point de s'exprimer quand Sarah s'arrêta de marcher.

— Hey, Letty, ce n'est pas Carl là-bas ? Ton ami à la copine jalouse ?

Letty se tendit instantanément. Elle regarda dans la direction que pointait Sarah. Un agent d'entretien se dépêchait de rejoindre une porte de service avec son caddie de ménage. Il jeta un petit coup d'œil à Letty puis disparu.

— Non, ce n'est pas lui. Carl est technicien de vente, je crois.

---

21 L'université d'État de Pennsylvanie (*Pennsylvania State University* abrégé en Penn State). L'université de l'État de Pennsylvanie a été créée par le Congrès de Pennsylvanie. Indépendante financièrement et structurellement, elle offre la même qualité d'enseignement que les plus grandes universités privées de l'Ivy League.

— Tu *crois* ?

— Je t'ai dit, c'est plus l'ami d'un ami. Je ne le connais pas vraiment.

Techniquement parlant, ce n'était pas faux. Carl était un contact de Larry. Il ne faisait pas partie de son groupe.

Fredrik avait lui aussi jeté un coup d'œil et annonça :

— C'est Ben. Il travaille ici depuis quelques mois, déjà. Un très gentil garçon. Travail impeccable, trop parfois ; il ne faut rien laisser trainer sinon ça disparait. À la poubelle.

Le sourire de Letty restait tendu.

— Il faut que je me dépêche maintenant, jeunes filles.

— Je sais, Papa. Et nous, on doit y aller aussi.

— Très bien. Tu passes nous voir demain ?

Sarah opina et embrassa son père, et chaque groupe parti dans une direction opposée.

— OK, c'était quoi ça ? Et comment connais-tu le syndrome de Rett ?

Letty lui jeta un regard bas.

— Ce n'est pas parce que je n'ai pas fini le lycée que je suis inculte.

Sarah se sentait gênée, mais ne pouvait s'empêcher de sourire.

— Désolée, je n'ai pas voulu dire ça.

Letty haussa les épaules, le sourire aux lèvres toutefois.

— Même si j'admets que si le petit frère de Peter ne l'avait pas, je n'en saurais pas autant là-dessus. Mais quand même. Tu as blessé mon égo.

Sarah prit le bras de Letty pour le glisser sous le sien.

— Allons prendre ces tacos et tu commanderas tout en espagnol, ainsi, tu verras à quel point le mien est limité. Ça te parait équitable ?

— Ça m'a l'air pas mal.

Sur cette note joyeuse, elles quittèrent l'USC. Elles s'arrêtèrent dîner dans un restaurant du coin avant de rentrer sur le même ton relativement jovial.

***

Sarah sourit au énième 'ouah' de Letty en moins de vingt minutes. Letty ne le remarqua pas tant elle admirait le plafond de la librairie Powell de l'UCLA. Sarah avança jusqu'à l'arche de la sortie puis s'arrêta quand elle aperçut Letty à la traine. Sarah rit légèrement.

Letty se dépêcha de la retrouver et murmura comme un secret.

— Dios Mio[22] ! C'est plus grand que mon ancien bahut !

Sarah ne pouvait que sourire de plus belle face au regard de Letty.

— Et c'est juste *une* des biblios ?

Sarah hocha la tête.

— Oui. Powell est la plus grande. Je passe plus de temps ici qu'en cours. Enfin, moins maintenant, termina-t-elle timidement.

---

[22] ESP : Mon Dieu !

100

Effectivement, elle avait bien pris l'habitude d'étudier à l'appartement autant que possible. Tout était différent à présent. Lorsqu'elle vivait avec ses parents, elle accueillait avec plaisir tout ce temps hors de la maison. À l'époque, elle n'avait aucune vie sociale, par conséquent, étudier et passer tout son temps libre à la bibliothèque était devenue une habitude.

Les choses avaient changé, ce qui l'effrayait toujours sensiblement, mais elle se sentait bien chez elle, près de Letty, donc elle essayait de ne pas trop analyser ses ressentis.

Elles marchaient dans l'escalier quand Letty s'arrêta pour observer les hiboux sculptés au pied des escaliers, sur la rampe. Letty regarda en haut et à gauche, sa tête tournait de tous les côtés. À la base, Sarah s'en était voulu d'avoir oublié les deux livres dont elle avait besoin pour son prochain exposé, car Letty n'avait pas beaucoup de temps avant de partir pour la coopérative. Or, elles devaient absolument acheter une nouvelle machine à café et un aspirateur dans la mesure ou le vieux de Letty ne marchait plus. Ceci leur offrait une bonne raison de passer un moment ensemble.

Maintenant, en tout cas, Sarah était ravie d'avoir amené Letty avec elle, d'autant plus que Powell tenait une énorme place dans sa vie.

— Hello, ma belle, il me semblait bien que c'était toi, déclara une rouquine arrivant derrière Sarah.

Elle posa un bras autour de sa taille et se tourna pour se trouver face à elle, son bras glissant le long de la taille de Sarah. La jeune femme embrassa Sarah sur le coin des lèvres, à la limite de sa bouche. Ce geste étonna grandement Sarah. Letty ne vit pas la surprise sur son visage, car son regard était rivé sur le bras de la rousse, toujours autour de la taille de Sarah. Et le baiser qui n'en était pas un ?

Oh, mon Dieu, Letty cligna des yeux. *Je suis jalouse.*

— Salut, Vanessa. Je ne t'avais pas vue.

Sarah se dégagea quelque peu. Letty racla sa gorge puisque Vanessa se trouvait toujours face à Sarah, et lui tournait le dos. Vanessa jeta un coup d'œil derrière elle.

— Oh, salut. Moi c'est Vanessa.

— Let–

— Tu t'es décidée à venir finalement ? poursuivit Vanessa, toujours devant Sarah.

Letty sourcilla, posa ses mains sur ses hanches. Heureusement qu'elle avait l'habitude de penser fortement avant d'agir, et d'ouvrir la bouche. Certains en prendraient pour leur grade sinon.

— Décidée ? Oh bon sang, la lecture. J'ai complètement oublié.

— Ce n'est pas complet, tu devrais venir.

— Je n'ai pas bien le temps, indiqua Sarah en regardant sa montre.
Letty sourcilla.

— Aller vient. Je te garde un siège.

— On doit faire quelques courses avant que Letty n'aille bosser.

Vanessa examina Letty comme si elle avait déjà oublié sa présence.

— Oh, une *civile*. Tu as l'air normale pourtant, lança-t-elle avec un sourire, mais le ton de sa voix ne donna pas envie à Letty de lui rendre la pareille. Son visage resta fermé.

Vanessa regarda une nouvelle fois Sarah et posa sa main sur son bras en ajoutant : je suis sûre qu'elle trouvera le chemin du magasin toute seule.

— Hey. Je suis juste là, tu sais.

Letty se rapprocha, appuyant ses dires, constatant que les cheveux de Vanessa étaient plutôt auburn que roux, selon les reflets.

Sarah comprit qu'elle devait intervenir, cependant le prochain commentaire de Letty la laissa bouche bée.

— Et non, je ne peux pas le faire seule. C'est pour *notre* appart, tu vois. Donc Sarah doit venir.

Sarah n'en croyait pas ses yeux quand Letty posa sa main sur son autre bras. Sarah s'étouffa presque avec sa salive. Letty était jalouse. Ce n'était pas une bonne chose. Ça ne pouvait pas arriver.

Dans ce cas pourquoi en était-elle si heureuse ?

— Si tu changes d'avis… Je te garderais quand même un siège, sinon tu t'assiéras sur mes genoux, assura Vanessa avec un clin d'œil.

Letty contint un soupir. Elle ne savait pas d'où lui était venu son commentaire. Elle n'avait aucun droit sur Sarah. Elle n'aurait jamais dû se l'approprier ainsi. C'était sorti sans qu'elle ne puisse se retenir. Elle s'écarta de Sarah qui acquiesça de la tête.

Vanessa lui déposa un nouveau baiser sur le coin des lèvres avant de s'éloigner légèrement.

— C'est toujours bon pour jeudi, Sarah ? Je suis vraiment à la ramasse sur ce cours. J'ai trop besoin de toi.

Sarah ouvrit grand les yeux quand elle entendit Letty dire tout bas *comme si l'on n'avait pas compris*. Sarah se retint de sourire à la moue boudeuse de Letty.

— Je serai là.

— Tu m'envoies un texto pour l'heure.

Sarah hocha la tête et Vanessa s'en alla. Sarah se tourna vers Letty.

Un silence embarrassé s'ensuivit. Elles tentaient de trouver les bons mots. Elles commencèrent par marcher vers la sortie.

— C'est euh, la fille à qui je donne des cours.

— J'avais compris.

— Elle est *vraiment* à la ramasse.

— Peut-être qu'elle devrait moins faire la fête, annonça Letty sous le regard incrédule de Sarah.

Letty ajouta : ne me dis pas que tu n'as pas remarqué. Elle sentait l'alcool à plein nez.

— Oh ça. Oui, elle aime la bibine. Mais elle est toujours super concentrée quand on révise ensemble.

— Moi je pense qu'elle n'a pas si hâte que ça de rattraper son retard.

Sarah s'arrêta de marcher et demanda, bien qu'effrayée par la réponse potentielle :

— C'était quoi ça, Letty ?

Letty aurait souhaité assurer ne pas comprendre la question, mais elles n'avaient pas cinq ans. En revanche, elle ne pouvait pas non plus aller dans ce sens.

— Je suis désolée, j'ai dépassé les limites. Je ne sais pas, je n'ai pas du tout apprécié ses manières. Et d'ailleurs, tu devrais aller à cette conférence. C'est ton truc… et à elle aussi.

Cette réponse malheureusement rendait Sarah encore plus curieuse, mais elle n'était toutefois pas prête pour aller dans cette direction-là non plus. Vanessa ne l'intéressait sincèrement pas, autrement que pour le tutorat. Bien que Sarah se soit déjà interrogée sur sa sexualité, Vanessa n'avait jamais été aussi explicite auparavant.

— Non, c'est bon. Elle, par contre, il faut qu'elle y assiste. C'est sur les romances victoriennes. Moi j'ai déjà vu tout ça l'an passé. J'avais juste dit que peut-être je l'accompagnerais pour qu'elle y aille et qu'on le bosse sur notre prochaine session. Mais je connais assez bien le sujet, et il nous faut absolument cet aspirateur ou mes allergies vont reprendre de plus belle. Et je suis horrible à voir.

— Je doute que tu puisses avoir l'air horrible.

Sarah regarda de côté, comme chaque fois que Letty la complimentait.

— Mais honnêtement, je peux l'acheter seule, tu sais. Ça va rester dans le coffre jusqu'à ce que je rentre ce soir, de toute façon. Je *peux* trouver le chemin du magasin toute seule, en effet.

Sarah sourit, crispée.

— Je ne sais vraiment pas ce qui lui a pris. Elle n'est pas comme ça d'habitude.

— C'est parce que je suis plus belle qu'elle. Y'en a qui ne supporte pas.

Sarah rit et Letty continua :

— Elle a agi comme ça parce que j'étais là, surtout. Elle te kiffe grave.

— Bien sûr que non.

— Je ne savais pas que tu étais une vraie blonde, Sar.

Sarah riait en sortant aux côtés de Letty sous le soleil brûlant de Los Angeles.

— J'avoue que j'avais des doutes sur elle… mais elle plutôt gentille d'ordinaire, bien sympa, elle écoute bien et pose énormément de questions sur ma vie. Je lui ai déjà parlé de toi, d'ailleurs, ma coloc la végane, déclara-t-elle avec le sourire.

— Elle est très attentionnée. On peut presque dire qu'on est amies, même. Peut-être qu'elle a ses règles aujourd'hui. Qui sait ?

Letty haussa les sourcils.

— Tu es sûre que tu ne veux pas y aller ?

— Positive.

Elles marchèrent quelques instants en discutant de l'université.

Letty avait été impressionnée par cette visite. Avant d'atteindre la bibliothèque, leur chemin avait permis à Sarah de lui montrer l'un des plus grands amphithéâtres, où elle assistait à son cours préféré. Letty n'en revenait pas de la taille du campus, trois fois plus large que le village où elle était née. Letty avouait tout de même volontiers que ce n'était pas pour elle. Beaucoup de sujets l'avaient intéressé à l'école, notamment l'histoire et la géographie, mais de longues heures à étudier ou lire, écrire des exposés, des essais, autant de travail individuel n'étaient pas pour elle. Il fallait la pousser pour qu'elle fasse ses devoirs… Elle savait être concentrée quand elle traitait les comptes de la coopérative, les inventaires, ou l'étiquetage des nouveaux arrivages. Elle savait aussi largement s'y prendre avec les fournisseurs. Elle avait appris tout cela, car ça l'intéressait. Le cadre universitaire lui paraissait trop abstrait, trop théorique pour elle.

Elles rangèrent leurs achats dans le coffre de la voiture de Letty. Elle déposa ensuite Sarah à la station de métro la plus proche avant d'aller au travail. Sarah s'arrêta à l'épicerie du coin puis rentra. Elle se mit à étudier les passages spécifiques des deux livres qu'elle avait empruntés pour préparer son exposé. Elle eut du mal à se mettre dedans. La scène entre Vanessa et Letty rejouait dans sa tête. La jalousie de Letty, l'effet de sentir la possession dans les paroles et les actes de Letty. Elle ne pouvait pas y trouver de satisfaction, pourtant c'était le cas. Elles se rapprochaient de plus en plus. Comment pouvait-elle prendre du recul alors qu'elle ne le voulait pas ? Là était la question.

***

Sarah rentra à l'appartement à plus de vingt-trois heures. Elle avait passé quasiment tout son vendredi après-midi chez ses parents à Glendale, à la plus grande joie de sa mère. Sarah l'avait aidée à cuisiner les repas que l'église offrirait le midi suivant aux sans-abris. Sarah avait déjà accepté de dîner avec eux quand son père arriva. Elle fit presque volteface en voyant qu'il avait ramené deux collègues, ainsi que Jason. Ses parents se réjouirent qu'elle reste finalement sans faire de vague.

Dans l'ensemble, elle avait passé une agréable soirée. Jason lui avait paru plus détendu, plus *cool*. Sarah se demandait si son père ne l'avait pas un peu coaché. Il ne lui avait pas parlé en mode scientifique de toute la soirée, par conséquent ils avaient pu échanger plus de trois mots à la suite. Oui, elle avait passé une très bonne journée, cela dit, elle s'était languie de rentrer. Elle n'avait pas commenté quand son père avait suggéré que Jason la raccompagne vu l'heure tardive. Comme elle le disait elle-même, on rencontrait de drôles d'énergumènes tard dans les transports en commun. Jason essaya de l'inviter à déjeuner *un de ces jours.* Il lui proposa ensuite un cinéma, puis un simple café,

104

enfin, il déclara sobrement qu'il avait passé une bonne soirée et espérait qu'elle serait là la prochaine fois que son père le conviera.

Pauvre Jason, pensa-t-elle avant de soupirer en montant les marches du bâtiment. C'était vraiment un gentil garçon, très mignon, pas aussi beau qu'Éric, mais avec beaucoup de charme, et un beau sourire. Pourquoi avait-elle refusé ses invitations ? Elle aurait pu au moins dire oui pour un café et voir ce que cela pouvait donner. Il aurait été heureux, sans parler de son père. Elle n'avait aucune raison de refuser. Elle entra dans l'appartement avec ces pensées-là.

L'intérieur était calme, plongé dans la pénombre. La seule lumière provenait des lampadaires, trois étages plus bas. Sarah réalisa que Letty s'était endormie sur le canapé. Elle savait qu'elle avait travaillé toute la journée au refuge après une semaine bien chargée au magasin, et au refuge les soirs. Elle paraissait profondément endormie, portant comme d'habitude une brassière de sport et un short en coton.

Sarah semblait attirée à elle comme un aimant, et elle se retrouva accroupie juste devant Letty. Si encore elle s'était rapprochée pour la réveiller et lui signaler qu'elle serait mieux dans son lit. Mais non, elle ne souhaitait surtout pas la réveiller. Elle ne trouvait pas les mots pour cette attraction.

Voilà pourquoi elle avait dit non aux invitations de Jason. Elle ne ressentait absolument rien, zéro attirance pour lui. Elle savait qu'il était mignon, mais il n'évoquait rien en elle, sûrement pas ce qu'elle éprouvait maintenant. Ses doigts la démangeaient, l'envie de les poser sur ce ventre plat et doux et de les promener sur les abdos de Letty puis plus bas sur ses cuisses, sur cette peau bronzée. Les yeux de Sarah se perdirent sur la bouche de Letty. Elle se rapprocha de quelques centimètres, observa la respiration de Letty soulever sa poitrine avant de fixer ses lèvres une fois de plus.

Sarah se recula si vite qu'elle atterrit sur les fesses. Comment était-ce possible de vouloir aussi fortement toucher quelqu'un ? C'était inouï. Ça la rendait folle. À ce moment-là, elle était persuadée de devenir folle, en effet. Une telle attirance ne pouvait pas exister. Cela ne pouvait être que malsain. Elle ne pouvait pas désirer quelque chose aussi viscéralement. Elle devait réagir.

Elle ne pouvait pas rappeler Jason. C'était un garçon gentil. Il voudrait sortir avec elle, même prendre les choses les unes après les autres, lui laisser du temps et peut être que c'était une erreur. Sans doute avait-elle tout faux depuis le début en souhaitant ressentir quelque chose de plus. Chaque fois qu'elle s'était rapprochée de plus, elle avait été incapable de le gérer et encore moins de l'accepter. Alors peut être que la solution était de ressentir moins et d'agir plus. On l'avait invitée à une fête dans une fraternité ce soir, pourquoi ne pas y aller ? Elle devenait folle de toute façon, donc autant l'être jusqu'au bout.

Elle repartit en direction du campus avec ces pensées-là en tête. Elle y serait bientôt, retrouverait un tas d'autres étudiants de son âge qui s'amusent et ne se torturent pas l'esprit. À un moment, forcément un ou plusieurs garçons tenteront le coup et elle leur laissera une chance. Il allait y avoir du monde, de l'alcool, elle prendrait un verre pour se détendre, ou peut-être deux, et elle se laisserait un peu aller.

***

Marc Marquez gara sa Honda Civic Coupe à Point Dume à Malibu. La lune se reflétait sur l'océan dans ce paysage calme et un peu magique. Pourtant, il ne pensait qu'à la beauté sur son siège passager. La voir arriver à la fête l'avait beaucoup surpris. Ils partageaient quelques cours. Il l'avait bien évidemment remarqué, mais rapidement classé dans la catégorie des intellos intouchables. Elle était le type de fille à rester dans un coin, sans passer inaperçue pour autant, une belle blonde aux yeux bleus.

Sans se poser de questions, il l'avait abordée. Ils avaient conversé de manière très naturelle, à sa grande surprise. Il s'était étonné encore davantage quand, trois quarts d'heure plus tard, elle lui avait demandé s'il ne souhaitait pas aller dans un endroit plus tranquille. Quoi que ce soit qui l'a fait venir à cette soirée, il s'en réjouissait, car il avait tiré le gros lot.

Une fois de plus, il fut surpris qu'elle l'embrasse. S'il avait su qu'elle serait si facile, il lui aurait proposé un rencard il y a bien longtemps, pensa-t-il. Il allait marquer des points énormes auprès de ces potes, pour cette conquête-là. Il ne perdit pas davantage de temps tandis que ses mains se jouèrent de la chemise de Sarah, puis remontèrent pour saisir un sein bien ferme par-dessus le soutien-gorge. Il le palpa fortement.

— T'es trop bonne.

Sarah ne répondit pas, elle le laissa l'embrasser dans le cou. Son autre main glissa sur son entrejambe qu'il pressa.

— Dis-moi si je vais trop vite.

Sarah secoua la tête et l'embrassa, évitant son regard. Elle n'arrivait même pas à le fixer droit dans les yeux. Mais qu'est-ce qui n'allait pas chez elle ? Que faisait-elle là ?

Elle se remémora Letty et l'intensité des jours précédents. Elle se souvint d'Éric et retourna la question dans l'autre sens. Qu'est-ce qui n'allait pas chez elle, comment était-ce possible qu'elle n'ait jamais couché dans une voiture ? Toutes ses amies d'université avaient une histoire à raconter sur le sexe dans une voiture. Elle n'avait aucune histoire de sexe à raconter, encore moins dans une voiture.

— Ça va ? demanda-t-il, l'ayant vue *disparaitre* dans ses pensées l'espace de quelques secondes.

— Oui, répondit-elle, ne le regardant toujours pas, ce qui ne paraissait pas gêner le jeune homme.

Il caressa le côté de son visage et redescendit ensuite sur ses seins.

— Je suis raide. Ça te plait, hein ?

106

Sarah avala sa salive puis il ajouta :

— Franchement, je ne m'y attendais pas du tout. Tu n'avais pas l'air de ce genre de filles. Tu parais toujours si sérieuse.

Sarah le regarda enfin.

— Peut-être que j'en ai marre de ne pas être… ce genre de filles.

Il l'attira à lui pour un autre baiser, mais plus ses mains glissaient sur son corps, plus Sarah tendait à se reculer. Pourquoi détestait-elle le sentiment qu'elle ressentait à ses caresses sur ses seins, ou encore sa respiration hachée dans son cou alors qu'il devenait de plus en plus excité, à l'inverse d'elle ?

Qu'est-ce qui ne va pas chez moi ? s'interrogea-t-elle une nouvelle fois avant de se convaincre qu'elle pouvait le faire. Avec ceci en tête, elle commença à défaire la fermeture éclair du jean de Marc. Elle l'entendit grogner quand elle sortit son membre érigé de son caleçon. Elle garda les yeux clos et se mit à le branler. Il laissa sa tête retomber contre le siège.

— Oh ouais

Il ferma les yeux.

— Oh, c'est bon.

Sa main droite était posée sur la nuque de Sarah et tout doucement, il l'attira. Elle le laissa faire au début, mais quand son visage s'approcha du pénis, elle s'arrêta. Il mit sa deuxième main pour appuyer plus fort.

— Vas-y, Sarah. Suce-moi. Je suis trop raide.

Sarah retint son souffle. Elle ferma les yeux et se pencha, mais aussitôt que ses lèvres touchèrent le bout de son pénis, elle se recula brutalement.

— Oh ! Qu'est qui t'arrive ?

— Je–Je suis désolée. Je ne peux pas.

— Quoi ?

Il posa de nouveau sa main sur la nuque de Sarah pour l'abaisser, mais elle se débattit.

— Je ne peux pas, OK ? Je ne le ferais pas.

— Putain, mais t'es quel genre de salope ?

Il pointa du doigt son membre érigé.

— T'es qu'une allumeuse, sale pute.

— Je suis désolée. Je pensais pouvoir le fai–

— Je m'en fous de ta life ! Tu ne peux pas me laisser en plan. Je suis dur comme du bois.

Sur ces paroles, il prit son pénis en main et commença à se branler.

Sarah remit sa chemise en place.

— Tu ne me files même pas un coup de main ? lâcha-t-il en montrant une nouvelle fois son pénis.

— Casse-toi de ma bagnole !

— Marc, je–

— Casse-toi !

Il la poussa si fort contre la portière qu'elle s'ouvrit. Sarah manqua tomber de la voiture quand il la poussa encore. Elle se frotta l'épaule. Elle se mit à pleurer, se tenant à côté de la Honda, le vent soufflant sur son visage, sa chemise à moitié déboutonnée pendant que son rencard d'un soir se branlait à l'intérieur. Elle inspira profondément, attendant qu'il termine. Elle tenta d'ouvrir la porte qui était fermée. Elle essaya encore plus fort lorsque le moteur démarra.

— Marc ? Marc !

Les pneus laissèrent des marques quand il quitta la zone à toute vitesse.

— Marc ! cria-t-elle tandis que la Honda s'éloignait.

Elle courut quand il stoppa. Il jeta son sac par la fenêtre puis redémarra et s'en alla.

La voiture était déjà loin tandis qu'elle se baissait pour ramasser ses affaires jonchant le sol. Elle ne parvenait pas à s'arrêter de pleurer. La voilà seule, presque perdue au milieu de nulle part, bien loin de chez elle. Plus de bus, pas de voiture à deux heures et demie du matin. Le vent soufflait fort, avec la fatigue et les émotions virevoltant en elle, elle avait froid. Elle attrapa le dernier objet encore au sol ; son smartphone. Le numéro de Letty apparut aussitôt dans son esprit. Elle fixait son téléphone. Elle n'avait pas énormément d'options non plus. Comment pourrait-elle expliquer cela à ses parents ? Ou même inventer quelque chose ? Mais surtout, elle avait besoin d'entendre la voix rassurante de Letty. À ce moment-là, elle se fichait bien de ce que ça signifiait. Appeler Letty était la seule chose qu'elle avait en tête.

Elle composa le numéro. Letty dormait probablement. Que pouvait-elle faire pour elle, de toute façon ? Sarah appela quand même.

Letty répondit à la troisième sonnerie, juste le temps de s'extirper de son sommeil. Au premier craquement dans la voix de Sarah, elle se leva droit dans le canapé.

'*Où es-tu ?*' furent les trois mots que prononça Letty avant même que Sarah n'en dise deux. Letty remercia les cieux que ce soit en pleine nuit, car Point Dume ne se situait pas à côté. Il lui fallut tout de même près de trente minutes pour y accéder. Elle conduisait relativement vite, inquiète, s'interrogeant énormément. Elle aurait voulu en demander davantage au téléphone, mais le son des sanglots dans la voix de Sarah coupa tout, et ce qu'elle désirait par-dessus tout était que Sarah soit en sécurité. Les questions viendraient plus tard.

Letty expira enfin de voir Sarah se tenant sur les rails qui séparaient le parking de la colline pentue. Sarah se leva immédiatement à l'approche de la Plymouth. Elle inspira longuement, à la fois soulagée, et pour retenir ses larmes. Elle ne voulait plus pleurer, surtout face à Letty. Elle l'avait suffisamment dérangée ainsi. De plus, la situation était embarrassante. Mais dès que Letty sortit de la voiture et la prit dans ses bras, les émotions submergèrent Sarah et elle se remit à sangloter. Letty la serra fort, la rassurant de mots doux. Elle l'étreignit un long moment.

Les feux de la Plymouth les éclairaient en plus de la demi-lune. Quand Sarah se calma un peu, Letty se recula de quelques centimètres. Elle essuya les larmes de Sarah avec les manches de son pull et lui offrit un mouchoir.

Letty caressa le visage de Sarah de sa joue à son cou. Sarah ne pouvait que constater l'inquiétude de Letty dans son regard.

— Je vais bien.

— Mais bien sûr, répliqua Letty avec un sourire tendu. Tu trembles comme une feuille, ajouta-t-elle.

— C'est juste le vent. Je suis fatiguée. Je commençais à avoir froid. C'est tout, je t'assure.

Letty haussa les épaules, pas convaincue du tout. Elle guida Sarah à la voiture.

— Monte, je te ramène à la maison.

Elles restèrent silencieuses pendant cinq minutes. Letty serrait le volant. Elle n'osait pas poser les questions qui l'assaillaient.

— Que s'est-il passé ?

— Rien.

— Ne dis pas ça, Sarah. Je suis à deux doigts de t'emmener au poste de police le plus près.

— Quoi ? Non ne fais–

— Qu'est-ce qu'il t'a fait ?

Sarah réalisa à ce moment la façon dont Letty serrait son volant. Elle en avait les articulations blanches.

— Rien.

— Sarah–

— Je te jure. Personne ne m'a touchée, si c'est ce qui t'inquiète.

— Tu es sûre ?

— Oui.

— Que s'est-il passé alors ?

— C'est vraiment rien.

Sarah avala sa salive en fixant la fenêtre. Elle mit son coude sur le bord de celle-ci et posa sa tête dans sa main.

— Quoiqu'il se soit passé, le connard t'a plantée au milieu de nulle part, et ça, ça ne le fait pas chez moi. C'était Éric ?

— Non.

— Alors c'était qui ? T'es pas venue ici toute seule ?

— Ça n'a pas d'importance.

— Mon œil oui !

Sarah inspira profondément, mais resta silencieuse.

Letty se tut également. Elle avait trop de pensées en tête et ne voulait pas dire de bêtises. Le temps de route leur laissa l'opportunité de se calmer. Elle détestait cette tristesse sur le visage de Sarah.

— Assieds-toi, je vais te faire un chocolat chaud.

— Pas besoin. Il est bientôt quatre heures, je t'ai assez gâché la nuit déjà.

Letty recula de quelques pas. Elle promena sa main sur la joue de Sarah de manière très délicate.

— Je m'en fiche, déclara-t-elle en toute honnêteté.

Touchée, Sarah ne commenta pas. Elle s'assit finalement sur le canapé et Letty alla préparer le chocolat chaud.

Letty laissa Sarah boire plusieurs gorgées avant de l'interroger une nouvelle fois sur la soirée. Quand Sarah ne dit rien, pire, dit au bout d'un moment que c'était de sa faute, Letty crut qu'elle allait exploser. Elle inspira lentement pour rester calme. Sarah était au bord des larmes.

Letty prit les mains de Sarah dans les siennes.

— Est-ce qu'il t'a fait du mal, Sarah ?

— Non.

Il existait beaucoup de façon de faire mal à quelqu'un, allait souligner Letty, quand elle réalisa à quel point c'était vrai, elle pensait à sa relation avec Sarah. Elle se sentit soudainement très mal à l'aise. Sarah parla avant qu'elle ne puisse s'exprimer de nouveau.

— C'est moi qui l'ai dragué, enfin, qui l'ai laissé me draguer. C'est moi qui lui ai demandé de partir de la soirée. C'est moi qui l'ai embrassé…

Sarah stoppa là.

Letty garda un ton serein en l'interrogeant :

— Que s'est-il passé ensuite ? Pourquoi t'a-t-il planté là, comme ça ? C'est qui ce mec d'abord ?

— Juste un mec que j'ai rencontré dans une fête ce soir.

— Pourquoi as-tu fait ça ? Allez à cette fête et… coucher avec lui ? Ça ne te ressemble pas.

— Peut-être que ça le devrait. Et… je n'ai pas couché avec lui. Je n'ai même pas pu le suce–

— Tu n'es pas sérieuse au moins ? Je ne parle pas de le sucer, mais du reste. Pourquoi voudrais-tu être une salope ?

— Parce que c'est si facile ! Les autres, ils s'éclatent, ils couchent, ils font la fête, ils n'ont pas l'air de se prendre la tête à longueur de journée. Je suis fatiguée.

— Oh oui, ils s'éclatent jusqu'à ce que l'un d'eux chope le SIDA. Ou l'une d'elles tombe enceinte, ou se fait violer. C'est tellement fun ça. OK, certaines femmes savent ce qu'elles veulent ; du sexe sans attache, sans prise de tête comme tu dis, et elles en ont bien le droit, tout comme les hommes, du moment que c'est clair du départ. Mais ce n'est pas toi, Sarah. Tu ne fonctionnes pas ainsi. Ce n'est pas bon pour toi. C'est tellement évident.

Letty souhaitait tellement trouver les mots. Elle espérait tant que Sarah cesse de se blesser de la sorte. Elle la voyait tournoyer dans une spirale destructrice. Pourquoi cette jeune femme, si belle et intelligente, agissait-elle de la sorte ?

— Je m'inquiète pour toi. Un de ces jours, ça va mal finir. Tu ne peux pas t'infliger cela, Sarah.

Sarah observa sur le côté avant de fixer Letty de ses yeux bleu ciel.

— Je veux juste être normale, glissa-t-elle du bout des lèvres.

Letty posa sa main sur l'épaule de Sarah et la serra légèrement.

— Sois juste toi-même.

— Je ne sais pas si j'y arriverais un jour.

Letty désirait en discuter mieux, toutefois Sarah ne lui laissa pas le temps en détournant le regard.

— Je ne veux plus en parler. Je vais me doucher.

Elle se leva et partit à la salle de bain.

Quand Sarah en sortit dix minutes plus tard, les yeux de Letty s'ouvrirent grand à la vue du bleu sur le bras et l'épaule de Sarah.

Letty prit son bras dans ses mains et l'inspecta dans tous les sens, un peu comme Sarah ce soir-là, quand Letty était rentrée avec un œil au beurre noir.

Sarah sourit très légèrement.

— Les portes d'une Honda Civic sont bien dures. Avant que Letty ne puisse redemander son nom pour aller le corriger, Sarah ajouta : ouais, il m'a jeté un peu fort pour que je sorte, mais je n'ai vraiment plus envie d'en parler. Je ne vais jamais le revoir, de toute façon. Il était juste énervé. Et je ne peux pas lui en vouloir, je n'ai même pas pu le branler. Qu'est-ce qui ne va pas chez moi ?

Beaucoup trop de questions pour que Letty puisse répondre. Effectivement, elle désirait savoir de qui il s'agissait pour pouvoir aller lui rendre une visite musclée, accompagnée de Ricky. Elle voulait également secouer Sarah afin qu'elle arrête d'excuser le comportement du jeune homme. Sarah aurait pu le lâcher en plein milieu de l'acte sexuel même, que ça ne justifierait toujours pas de laisser une jeune femme seule au milieu de nulle part, en proie à tous les pervers et autres dangers.

Elle souhaitait lui dire tant de choses, pourtant aucun mot ne sortit. Elle continuait simplement de caresser délicatement la joue de Sarah. Sa complainte et sa confusion emplissaient l'esprit de Letty. Elle ne le supportait pas. Elle prit Sarah dans ses bras.

— Absolument rien, rien ne cloche chez toi, Sarah. J'aimerais tant que tu le comprennes.

Letty sentit Sarah trembler. Elle attira Sarah avec elle, passa sa main autour de ses épaules et les installa plus confortablement contre le dossier du canapé, puis elle alluma la télévision, baissant le son proche du néant, juste un léger murmure. Un fond sonore pour éteindre les pensées chaotiques de Sarah. Elle la garda un long moment avant de constater que Sarah s'était assoupie. Elle sourit et, doucement, s'allongea avec Sarah sur le canapé, chacune sur un côté. Une partie d'elle-même se disait qu'elle devrait laisser Sarah dormir ainsi, la couvrir et s'en aller dans sa propre chambre. Mais la plus grande partie d'elle-même voulait juste la tenir fort contre elle. Là au moins, elle était en sécurité. Letty la contempla un moment, avant de s'endormir également.

Sarah se réveilla la première. Elle fut surprise de se retrouver entremêlée avec le corps chaud de Letty. Elle ne bougea pas. Elle ferma les yeux et se blottit plus fort dans son étreinte. Juste un petit peu plus longtemps. Elle avait le droit de se sentir bien quelques minutes supplémentaires. Elle n'avait pas à songer à la nuit passée ni à pourquoi elle se sentait si bien à ce moment-là. Elle se sentait bien, point final. Elle pourrait reprendre plus tard ses prises de tête constantes entre son esprit, son cœur et sa raison.

Au réveil, elles échangèrent un pacte visuel et silencieux. Elles n'en parlèrent pas. Letty ne posa pas davantage de questions, néanmoins elle voyait les traits bien plus détendus sur le visage de Sarah. L'étudiante lui demanda ses plans pour la journée et elles la passèrent ensemble, dans les magasins, pour des vêtements et un peu de nourriture. Des petites choses de la vie courante, rien de bien transcendant, mais la journée se déroula de manière agréable. Sarah se sentait bien mieux d'avoir passé une bonne journée paisible avec Letty.

Letty avait raison. Il était temps d'arrêter de s'infliger des évènements tels que la nuit passée. Elle devait retrouver un peu le contrôle de sa vie. Elle n'était pas stupide, *en principe*, pensa-t-elle. Simplement parce qu'elle souhaitait ne pas aller dans une certaine direction ne signifiait pas qu'il fallait foncer tête baissée dans l'autre. C'était aussi mal. Donc pour l'instant, elle décida de prendre les choses telles qu'elles venaient.

La semaine suivante défila sereinement. Letty passa plus de temps à la maison et Sarah soupçonnait qu'elle veillait sur elle. Sans l'avouer, Sarah aimait ça, et s'en amusait. En attendant, elle se sentait systématiquement mieux lorsque Letty était présente. Elles mangeaient, cuisinaient, discutaient tranquillement tous les soirs et parfois le matin aussi. Elle n'avait pas besoin d'aborder des sujets personnels, mais la conversation venait toujours facilement entre elles. Il n'y avait rien de mal à ça, n'est-ce pas ?

Chapitre Six

Sarah sentait sa peau brûler. Elle ouvrit les yeux, elle serait rouge ce soir en rentrant. Elle ferait bien d'aller à l'eau, pensa-t-elle. Elle avait besoin de se rafraichir. Se retourner toutes les dix minutes sur sa serviette de bain ne suffisait plus. Elle referma les yeux rapidement. Même avec les lunettes de soleil, celui-ci l'aveuglait. Elle s'assit et laissa ses yeux s'ajuster à la lumière.

Un froncement de sourcils apparut sur son visage, tandis qu'elle ne trouvait pas Letty parmi les quelques baigneurs. Elle regardait à gauche, à droite, devant, s'étirant pour tenter d'apercevoir la bombe latine. Cela lui permettait au moins de garder ses yeux ouverts ; Letty dans son bikini beige était une telle vision. Sarah secoua la tête avec un soupir, frustrée ; elle n'arrivait pas à penser à autre chose. Ricky avec ses beaux abdominaux et biceps musclés offrait lui aussi une vision de rêve. Elle avait essayé de se concentrer sur lui pendant la première partie de l'après-midi, afin de ne pas admirer le corps de Letty. Pourquoi était-ce si difficile ? Après le départ de Ricky, elle s'était réfugiée dans un livre, utilisant toutes les excuses possibles pour refuser les nombreuses tentatives de Letty de l'entrainer à l'eau.

Et si elle était partie ? Sarah regarda de nouveau à gauche et à droite, mais pas de Letty en vue. Sarah avait eu du mal, néanmoins, était parvenue à l'ignorer autant que possible. Letty avait tous les droits d'être énervée et de rentrer à la maison. Et si elle ne lui parlait plus jamais ?

Sarah se leva et grimaça.

— Tu vas arrêter tes enfantillages ?

Elle devenait paranoïaque, et stupide, à son grand désespoir. Letty était probablement partie aux toilettes ou se promener sur la plage, ou aller chercher une boisson. Et si elle avait rencontré quelqu'un en route ?

Sarah serra les dents, pourquoi son esprit ne cessait-il pas deux minutes de cogiter sur tout et rien et lui donner des sueurs froides ?

Elle inspira fortement. Elle n'avait qu'à saisir cette opportunité d'aller se baigner, sans Letty près d'elle. Et dès que Letty arriverait, elle replongerait son nez dans son livre. Elle hocha la tête. Son plan de survie avait fonctionné jusque-là, pourquoi ne fonctionnerait-il plus d'un coup ?

Elle marcha d'un pas solide jusqu'à l'océan.

Letty revint vers leurs serviettes à temps pour voir Sarah s'avancer dans l'eau. Elle termina sa limonade, admirant la belle blonde de loin. Elle se mordit la lèvre. Elle regarda sa serviette ; elle devrait s'asseoir, attendre et profiter de la vue… Sarah, semble-t-il, perdue dans ses pensées, dans l'eau jusqu'aux hanches, souleva ses cheveux. Letty expira longuement avant de poser sa limonade et le coca qu'elle avait pris pour Sarah. Elle se dirigea vers l'océan.

Sarah se tenait toujours au même endroit, effectivement songeuse. Elle sursauta quand elle sentit la main de Letty dans le bas de son dos.

Sarah sourit en retour de celui, charmeur, de Letty.

— C'est impressionnant, tu sais.

Sarah sourcilla.

— La façon dont tu peux te perdre dans ta tête. Je n'ai jamais rencontré quelqu'un comme toi.

Sarah haussa simplement les épaules, trop captivée par le regard de Letty pour s'exprimer. Elle craignait même les mots qui pourraient sortir de sa bouche à cet instant.

Letty s'avança plus profondément dans l'eau et se tourna.

— Tu viens ?

Sarah haussa de nouveau les épaules, observant par-dessus Letty, afin de s'ancrer dans l'océan.

— Euh non… je ne suis pas sûre.

Letty s'approcha, les mains campées sur ses hanches.

— Je pue ou quoi ?

— Pardon ? Non, bien sûr que non.

Sarah posa sa main sur son front. Le ton plaisantin de Letty et son sourire indiquait qu'elle n'était pas le moins du monde contrariée.

Letty se laissa tomber à la renverse et sous l'eau. Tandis qu'elle refit surface, elle se rapprocha de Sarah.

— J'ai toujours pensé que j'étais une naïade, tu vois. Mais tu me donnes plutôt l'impression d'être le monstre du loch Ness.

— Oh, tu es carrément une naïade. Je n'ai jamais vu quelqu'un aimer autant l'eau. Et tu ne ressembles pas du tout à Nessie.

— Tu trouves ?

Le murmure sexy de Letty fit trembler Sarah.

— Tu t'y crois trop, Letty. Non, je ne serais pas la énième personne à te dire que tu as l'air sublime. Tu aimes trop ça.

Letty rit de ce rire guttural que Sarah aimait tant, elle ne put s'empêcher de rire également.

— Bon, tu viens ou pas ?

Letty secoua la tête impatiemment. Sarah observa derrière elle, vers leurs serviettes. Un sourire s'afficha sur ses lèvres en voyant la canette de coca sur la sienne. Malgré son aversion pour ce *poison chimique*, Letty n'avait pas hésité à lui prendre sa boisson préférée. Sarah se retourna vers Letty. Non, ce n'était pas le plus sûr, surtout considérant le mal qu'elle éprouva pour lever les yeux du décolleté de Letty, mais cette attention la réchauffait.

— Et donc ?

Letty tendit une main que Sarah saisit.

Elles allèrent vite sous l'eau et nagèrent pendant un bon moment, jusqu'aux bouées de marquage avant de revenir plus près du rivage. Leurs pieds touchaient à peine le sable que Letty instigua une bataille d'eau. Pendant deux minutes, elles se lancèrent de l'eau jusqu'à ce que Sarah commence à tousser fortement, autant d'avoir ri que d'avoir avalé de l'eau de travers. Letty riait aux éclats, mais cessa de lui jeter de l'eau. Sarah riait bien longtemps après que Letty ait stoppé.

Letty s'avança vers elle. À la base, elle souhaitait simplement décoller quelques mèches de cheveux du visage de Sarah, toutefois elle ne résista pas à l'envie de lui caresser le visage.

— Bon sang, ce que t'es belle !

Les mots sortirent avant qu'elle ait le temps d'y penser. Sarah s'arrêta de rire instantanément. Elle croisa les bras sur sa poitrine comme pour se cacher.

— Ne fais pas ça.

Letty soupira quand Sarah regarda de côté.

— Qu'est-ce que je fais, Sarah ?

— Il est tard. On devrait rentrer.

Letty attrapa le bras de Sarah avant qu'elle ne puisse partir.

— Pourquoi t'infliges-tu cela, Sarah ?

— Je ne m'inflige rien… C'est toi, tu continues de me presser. Tu ne peux pas lâcher l'affaire ?

— Je ne comprends pas pourquoi c'est si dur pour toi d'admettre que tu aimes les femmes.

Sarah trembla comme si les mots l'avaient frappée.

— Je ne suis pas attirée par les femmes. Je… Bon sang, arrête avec ça !

Elle se libéra de l'emprise de Letty et nagea rapidement pour retourner vers leurs serviettes. Letty resta une minute de plus dans l'eau.

Effectivement, pourquoi la poussait-elle si fort vers un coming-out ? Pourquoi était-ce si dur pour elle de garder ses pensées, et ses mains, loin de Sarah ? Elles étaient amies. Voilà le plan, un plan qui deviendrait un terrible plan si Sarah succombait aux tentatives de Letty de la faire *sortir du placard*.

Letty garda la tête sous l'eau plusieurs secondes pour noyer ses pensées, et son attirance pour Sarah. Honnêtement, Sarah ressemblait de moins en moins à un plan.

Bon sang, elle devait se ressaisir. Tiens-t'en au plan, se sermonna-t-elle. Elle avait une mission. Ils dépendaient d'elle. Ils étaient le vrai deal. Letty ne put s'empêcher de soupirer en regagnant à sa serviette. Sarah était déjà en train de plier bagage. Le retour s'effectua en silence. Elles avaient pris les transports en commun pour venir afin d'éviter la circulation chargée près des plages le week-end, et les problèmes de parkings. Les discussions et le brouhaha des autres passagers fournirent une bonne distraction et elles restèrent chacune dans leurs pensées.

***

Aussitôt le pas de leur porte franchi, Sarah posa son sac de plage au sol comme s'il pesait des tonnes. Elle le poussa avec ses pieds. Letty l'observa, Sarah semblait abattue. Elle était aussi très rouge.

115

— Je crois que ta crème antisolaire n'a pas bien fonctionné, Sar, déclara-t-elle afin d'égayer l'atmosphère tendue qui régnait depuis la plage.

Sarah frissonna à son petit nom, ou sans doute était-ce dû à l'énorme coup de soleil qu'elle avait pris. Elle avait chaud et froid en même temps, et se sentait très fatiguée. Épuisée même, de toujours surpenser les choses, suranalyser et faire tout sauf ce qu'elle désirait. Elle s'était cachée pendant si longtemps qu'elle ne savait même plus ce qu'elle fuyait.

— Ouais, répondit-elle avec un léger sourire qui parlait pour elle, s'excusant quelque peu.

Tout comme le ton joueur de Letty et la façon dont elle se tordait les doigts, indiquaient qu'elle était désolée elle aussi.

— Je ne m'étale pas comme ça d'ordinaire. Je brûle vite. C'est maintenant que je dis ça.

— Tu as une peau si claire. Letty se retint de toucher Sarah et ajouta : il faut que tu l'hydrates rapidement.

— Oui, ça commence à gonfler.

— Tu vas mal dormir cette nuit. Sérieux, tu deviens plus rouge de seconde en seconde.

Elles se regardèrent.

— Je vais prendre une douche froide pour me rafraichir.

— Ça ne suffira pas. J'ai un super produit qui vient de la coop. Je peux t'aider–

— Non, c'est bon. Je vais descendre à Wallgreens[23] à l'angle de la rue.

— Ne sois pas bête, je l'ai ici, dans ma chambre, indiqua Letty en s'y dirigeant, tout en tirant sur la ficelle de son bikini pour le défaire.

— Laisse-moi juste me changer et je te l'amène.

Le haut du bikini tomba au sol.

— J'ai trop envie de quitter ce truc. J'ai du sable très mal placé.

— Non, c'est bon !

Letty se tourna, surprise du ton de Sarah. La bouche de Sarah s'ouvrit et elle détourna le regard des seins fermes de Letty, ses mamelons durcis par la friction avec le bikini maintenant au sol.

Letty soupira.

— Sarah ? Allez, Sarah. Regarde-moi.

— Tu as dit que tu ne ferais plus ça.

— Faire quoi, Sarah ? Letty haussa la voix et se rapprocha : tu n'as pas cinq ans, Sar. C'est juste une paire de seins. Tu as la même sur toi. Plus claire et un tantinet plus petite, c'est tout.

Elle ne pouvait pas rester fâchée après Sarah, et sa bonne nature était déjà revenue. Elle ne voulait pas être en colère, la rabrouer. Elle souhaitait que Sarah lui fasse face, et se fasse face à elle-même.

---

[23] Société américaine qui exploite la deuxième plus grande chaîne de pharmacies aux États-Unis, derrière CVS Health.

— Ce n'est pas à cause de tes seins. Mais tu pourrais attendre d'être dans ta chambre pour te déshabiller, c'est tout.

Avec un froncement borné, Sarah refusait toujours l'échange visuel.

Letty soupira.

— Eh bien OK !

Letty était de nouveau un peu en colère. Elle ne voulait pas que le regard de chien battu de Sarah ne la désarme une fois de plus.

— Je me casse.

— Letty, ce n'est pas–

— Peut-être qu'une collocation n'était pas une bonne idée en fin de compte.

Les épaules de Sarah s'affaissèrent sous le poids qui l'accabla soudainement quand Letty claqua la porte de sa chambre.

Letty inspira fort. Que lui arrivait-il ? Comment pouvait-elle engueuler Sarah vu qu'elle était en train de… la trahir ? Non, non, se répéta Letty en secouant la tête. Elle ne la trahissait pas. Sarah était son amie, elle ne jouait pas du tout dans son contact avec elle. Elle s'inquiétait sincèrement pour elle. La confusion de Sarah la blessait réellement.

Letty passa en revue les nombreux posters de la PETA[24], de Sea Shepherd[25], d'IFAW[26]. Des regards innocents, parfois pleins de détresse, la fixaient. Elle les observa un long moment. C'était le bon choix. Quelqu'un devait agir. *Ils* étaient les vrais innocents dans ce monde. Il fallait le faire, elle ne pouvait en douter.

Mais elle n'était pas censée ressentir ce qu'elle ressentait à ce moment-là. Ça n'avait pas le même goût qu'au départ, pas le même ton que leurs premières discussions avec Larry. Durant l'organisation, tout avait paru simple. Il y avait un plan et des choses à réaliser.

Letty fixa ses posters un bon moment pour se donner la force de combattre et de suivre le plan. Pire, suivre *son* plan.

Cependant, le plan n'était pas censé posséder un regard bleu profond et confus qui la pénétrait au plus profond de son âme, chaque fois, comme celui des animaux en souffrance. Cela n'aurait pas dû arriver. Elle n'était pas censée craquer pour Sarah.

— Putain. Fais chier, murmura-t-elle en agrippant sa chaise d'ordinateur. Elle prit plusieurs inspirations longues et appuyées pour se calmer. Elle s'assit sur son lit pour se ressaisir.

Dans le salon, Sarah se battait pour retenir ses larmes. Le pensait-elle ? Letty allait-elle quitter l'appartement ? Sarah prit sa tête entre ses mains. Elle éprouvait presque le besoin de planter ses ongles dans son crâne. Elle détestait

---

[24] People for the Ethical Treatment of Animals est une association à but non lucratif dont l'objet est de défendre les droits des animaux. (1980)

[25] La Sea Shepherd Conservation Society (SSCS) est une organisation non gouvernementale internationale maritime à but non lucratif, vouée à la protection des écosystèmes marins et de la biodiversité. (1977)

[26] Le Fonds international pour la protection des animaux est une organisation non gouvernementale de protection animale dotée du statut consultatif spécial auprès du Conseil économique et social des Nations unies. (1969) (Internation Fund for Animal Welfare)

se sentir ainsi. Elle ne voulait pas que Letty s'en aille, et pourtant elle la gardait systématiquement à distance. Elle ne pouvait pas la laisser s'approcher davantage.

Sarah grogna de frustration, puis de douleur. Son corps entier lui faisait mal. Elle entra dans la salle de bain sans fermer à clé. Elle se regarda dans le miroir. Son visage était rouge, comme son cou et une grande partie de son estomac. Ses jambes un peu moins. Elle se tourna pour voir le résultat dans son dos et soupira.

— Stupide.

Elle secoua les bras pour se redonner un peu d'entrain. Non, effectivement, elle n'avait pas cinq ans. Elle n'allait pas pleurer pour quelque chose qu'elle ne pouvait même pas nommer. Et si Letty souhaitait partir, et bien soit. Elle ne la supplierait pas de rester. Oui, elles étaient amies et Sarah aimait vraiment ce sentiment-là. Elle n'avait jamais eu de vraie amie depuis Anita. Elle haussa les épaules en se rappelant la fin de cette histoire-là. Elle avait quitté sa maison, UCLA, la Californie, pour refaire le chemin inverse trois ans plus tard lorsqu'une autre *amie*, Evelyn, en eut assez de ce jeu de va-et-vient que Sarah semblait jouer à la perfection.

Sarah entra dans la douche, elle poussa une légère expiration quand l'eau froide toucha sa peau. Sa peau enflammée appréciait. Ses seins durcirent. Elle visualisa immédiatement les beaux seins de Letty. Dieu que Letty avait un corps magnifique. Elle avait tout ce qu'il fallait, au bon endroit. Sarah savait qu'elle-même avait un beau corps, mais elle était plutôt fine. Elle aimait ses seins, ils tenaient parfaitement dans la paume de sa main chaque fois qu'elle se masturbait. À cette pensée, elle promena sa main sur un sein. Le corps de Letty… de belles hanches, quelles courbes, chacune de ses courbes étaient un bijou pour les yeux !

Sarah inspira profondément pour tenter de calmer sa respiration qui devenait chaotique, autant que ses pensées. Elle toucha sa joue, là où Letty l'avait effleurée dans l'océan. Sarah ferma les yeux et pouvait sentir la caresse sur sa peau sensible. Elle arrivait à voir chaque goutte d'eau qui glissait sur le visage de Letty, de sa subtile pommette pour descendre le long de son cou et se perdre entre ses seins. L'image de la poitrine de Letty lui revint en tête. Sarah expira quand elle se pinça un mamelon. Elle posa sa main sur son autre sein et commença à le caresser. Ses yeux restèrent fermés. Elle gémit doucement. Le carrelage autour d'elle n'existait plus, remplacé par le ciel bleu de cet après-midi et elle était allongée sur sa serviette, la bouche de Letty sur son téton.

Sarah gémit plus fort tandis qu'une vague de désir la submergea. Une de ses mains se promena le long de son corps. Ce n'était pas son bras tout rougi, mais le bras mat de Letty qui descendait, allumant des feux sur le corps de Sarah jusqu'à sa destination. Sarah couina quand ses doigts s'insinuèrent entre ses boucles. Elle se trouvait dans l'eau à présent, l'océan les entourait, et Letty glissa en elle, l'embrassant dans le cou. La respiration de Sarah s'accentua alors qu'elle se pénétrait. Elle retira son doigt et coinça son clitoris entre ses deux doigts du milieu. Puis elle les replongea en elle. Elle entendait le souffle saccadé de Letty dans son cou tandis que la belle latine la doigtait. Sarah accéléra le mouvement, la pression de sa paume contre son clitoris augmentait avec chaque pénétration, la rapprochant plus près de l'orgasme, seconde après seconde. Elle serra son sein quand elle jouit enfin avec le regard profond de Letty en tête.

Après quelques instants, Sarah ouvrit les yeux. Il lui fallut un petit moment pour se rappeler où elle était et cela n'améliora pas ses états d'âme. Elle se trouvait dans sa douche, sur les tibias, jambes écartées avec deux doigts, les siens, dans son vagin. Elle détestait ce moment. Elle aimait tant tous les préliminaires de ses fantasmes, avant, et pendant qu'elle se touchait. Dans son esprit, elle était libre d'être avec qui elle souhaitait. Mais dès qu'elle se *réveillait*, la chute était brutale.

Elle se releva, les jambes tremblantes. Son corps entier la brûlait. Elle posa ses mains contre le carrelage de la douche et prit de profondes inspirations pour ne pas pleurer. Elle se sentait si vide à cet instant. Elle ne s'était jamais sentie aussi vide. Elle avait l'habitude d'une pointe de déception après chaque orgasme. Comment ne le pouvait-elle pas ? Elle était devenue tellement experte dans cet art qu'elle doutait que quiconque puisse lui procurer autant de bien, physiquement parlant. Et pour la première fois de sa vie, ce fait la rendait triste.

Avant, ça lui allait et l'encourageait à croire qu'elle n'avait besoin de personne. Où qu'elle pouvait attendre avant de rencontrer quelqu'un qui lui fasse cet effet-là. C'était OK si Anita, puis Evelyn n'étaient que des tentations qu'elle pouvait combattre. Qu'elle avait combattu d'ailleurs. Malheureusement, c'était de retour, et encore plus fort. Comment pouvait-elle combattre un tel désir, avoir autant envie d'une personne ? Comment pouvait-elle trouver la force de résister ?

Avant qu'elle ne puisse se ressaisir, elle se mit à pleurer abondamment.

Elle fut surprise de sentir une matière fraiche sur son dos enflammé. Elle se retourna en vitesse et couina de douleur. Son corps lui en voulait terriblement. Letty souhaitait la prendre dans ses bras, mais ça la blesserait plus qu'autre chose.

Sarah voulut parler, lui demander ce qu'elle faisait là, mais les mots moururent sur ses lèvres.

— Ssh.

Letty finit de l'envelopper dans une de ses robes de chambre soyeuses. Sans doute le seul matériau qui pourrait ne pas lui faire *trop* mal, avait-elle pensé. La sécher avec une serviette était hors de question. De ce fait, elle mit simplement la robe de chambre autour de la peau sensible de Sarah, sans la sécher. Elle la guida vers sa chambre, et Sarah s'assit sur son lit. Elle restait silencieuse. Elle ferma les yeux quand Letty sortit de la chambre.

Elle revint rapidement avec un large verre rempli d'eau, et quelques tubes qu'elle disposa sur la table de chevet de Sarah.

— Tiens. Bois ça, il faut que tu t'hydrates.

Sarah hocha la tête et prit le verre. Elle but une grosse gorgée puis expira fortement.

— Merci.

Letty haussa les épaules et saisit l'un des tubes.

— Donne-moi tes bras.

Sarah avala sa salive, ses yeux rivés dans le regard inquiet de Letty.

— Je vais bien, tu sais.

Letty hocha la tête très légèrement.

— Donne-moi quand même tes bras.

Sarah pressa timidement la robe de chambre contre sa poitrine d'un bras tout en tendant le second.

Sa poitrine se souleva quand Letty commença à lui caresser le bras avec le produit inconnu, et frais, sur sa peau brûlante.

— Ça fait du bien. C'est quoi ?

— Skin Again. Ça contient surtout de l'aloe vera. Il faudra en mettre au moins quatre fois par jour, mais ça aidera. L'autre.

Sans savoir pourquoi, Sarah sourit et tendit son autre bras. Elle tenait toujours la robe de chambre contre elle. Comme elle n'avait pas enfilé les bras, elle ne pouvait pas la lâcher.

Letty se leva et contourna le lit. Elle s'agenouilla et s'avança dans le dos de Sarah qui trembla.

— Tu peux…

Un nouveau frisson parcourut le corps de Sarah tandis qu'elle laissa tomber la robe de chambre. Letty commença à étaler la crème dans le dos de Sarah. L'étudiante frémit plusieurs fois. Elle entendait les profondes inspirations que prenait Letty. Letty lui signifia ensuite qu'elle avait terminé pour que Sarah puisse remonter la robe de chambre avant que Letty ne revienne en face d'elle.

— Je peux faire tes jambes si tu veux, assura Letty d'une voix étrangement timide.

— Merci, ça ira. C'est vraiment gentil de ta part. Mes bras vont déjà mieux. Je vais m'occuper du reste maintenant.

— OK. Non, attends. Je n'ai pas fini. Il y a Eau de Rose.

Letty saisit un autre tube de la table de chevet.

— Je l'importe de France pour le vendre à la coop. Je l'ai découvert lors de mon été en France et je suis tombée amoureuse de ce produit. C'est pour le visage. Tu verras, ça va te rafraichir et t'hydrater. Tu arriveras peut-être même à dormir ce soir.

— OK.

Sarah souhaita le prendre, mais Letty en déposa sur ses doigts.

— Laisse-moi faire. Tu ne verras pas les endroits les plus rouges. Et il t'en faut vraiment, Sar. On ne voudrait pas que tu gardes ce rouge sur un si joli visage.

— Tu parles, tu es jalouse car mon bronzage sera plus beau que le tien... pour quelques heures.

Letty sourit.

— Exactement. Les peaux claires comme la tienne rougissent comme une tomate, puis plus rien.

Sarah le confirmait amplement. Elle expira, se laissant apaiser par le sentiment de bien-être créé par la présence de Letty, si près d'elle, avec toute sa gentillesse, sa bonne nature, et son regard bienveillant. Elle ferma les yeux aux premières caresses de Letty sur son visage. Elle apprécia le frais sur sa peau. Quel contraste avec la chaleur qu'elle ressentait intérieurement ! Elle garda les yeux fermés pendant tout le temps ou Letty lui passa la crème sur le visage, le cou et la nuque. Elle l'étala également plus bas jusqu'au-dessus de ses seins. Sarah ne put retenir un petit gémissement. Elle ouvrit grands les yeux.

— Je–je suis désolée.

Elle baissa les yeux.

— Sarah.

Quand Sarah ne répondit pas, Letty glissa deux doigts sous son menton pour qu'elle la regarde.

— Sarah ?

— S'il te plait. Non. Je ne suis... Je ne peux pas... parler.

Letty inspira en laissant le visage de Sarah. Elles s'observèrent. Letty hésita, une chose tout de même lui restait en tête. Elle devait savoir, car si elle avait raison, elle se devait encore plus de garder ses distances avec Sarah, romantiquement parlant. Elle ne pouvait pas la blesser de cette manière.

— Est-ce que tu peux juste me dire un truc, s'il te plait ?

Sarah passa sa langue sur ses lèvres desséchées. Elle hocha la tête d'une manière qui pouvait autant dire oui que non. Letty choisit de poser sa question de toute manière.

— Dis-moi honnêtement. As-tu déjà couché avec une femme ?

Les yeux de Sarah se mirent à briller de larmes. Elle luttait fort pour ne pas les laisser tomber. Après quelques instants, elle fit un petit geste négatif de la tête puis baissa les yeux.

Letty expira et regarda le plafond. Elle aussi tâchait de repousser ses larmes. Elle était quasiment certaine que Sarah n'avait jamais couché avec un homme non plus. Elle avait vingt-et-un ans et était vierge. Qu'est-ce que ça indiquait sur elle ? Pire, qu'est-ce que cela voudrait dire de Letty si elle laissait quelque chose se passer entre elles alors qu'elle lui mentait ? Ça détruirait Sarah. Elle avait attendu si longtemps par peur de la signification pour elle, pour sa vie. Si Sarah se laissait enfin aller avec Letty après toutes ces années, simplement pour réaliser...

Letty en eut presque mal au cœur. Elle dut se retenir de ne pas s'enfuir de cette chambre le plus vite possible. C'était tellement dur d'être si près de Sarah et ne pas se sentir attirée par elle. Quand elle pensait à Sarah, elle ne lui mentait pas, en tout cas pas dans la façon dont elle tenait à elle. Leur connexion, tout ceci était vrai. Mais Sarah n'y croirait pas si elle venait à savoir…

Elle ne lui pardonnerait jamais. Cette pensée allait au-delà de celle de s'en tenir au plan de parler pour les animaux, les sans-voix. Pendant un court instant, Letty voulut tout lâcher et avoir une vraie chance avec Sarah. Pendant ce court instant, elle aurait souhaité ne plus savoir tout ce qu'elle savait et qui la hantait tous les jours sur la condition animale. Oui, faire comme le reste du monde et l'ignorer.

Elle détourna le regard. Sarah la fixait, pas sûre de trouver quels mots employer. Pas sûr non plus de saisir le fil d'émotions qui défilait sur le visage de Letty.

Letty lui sourit et caressa le côté de son visage. Elle était plus sérieuse désormais. Sarah avait besoin de s'ouvrir sur le sujet, même si elle ne l'avouait pas.

— Mais tu l'as déjà voulu.

Ce n'était pas une question. Sarah regarda ses mains.

— Pourquoi est-ce si dur pour toi d'en parler ?

— Je n'ai pas grandi dans une famille où l'on discutait de ces choses-là librement.

— C'est ta mère, c'est ça ?

— Non, c'est… S'il te plait, Letty. Sarah inspira fortement et ajouta honnêtement : je ne te ferme pas la porte, mais s'il te plait. Ce n'est pas ce que tu crois. Je ne suis pas ga–

Letty retint son souffle, de peur que Sarah n'ose terminer. Toutefois, Sarah s'interrompit d'elle-même.

— Je suis vraiment soulagée que tu n'aies pas fini cette phrase, Sar.

Mentir aux gens était une chose, se mentir à soi-même en était une autre.

Sarah lui sourit légèrement.

— Je ne suis juste… pas prête.

Letty hocha la tête. Elle serra la main de Sarah. Elle se leva sous le regard presque apeuré de Sarah.

— Tu n'es pas obligé de partir. Je suis désolée, je–

— Ssh, la rassura Letty, suivi d'un petit rire.

— Je vais juste au studio. On devait répéter ce soir normalement.

— Oh, OK. Oui, vous en avez parlé cette après-midi.

— De plus, il faut que tu te badigeonnes le reste du corps.

Letty leva les sourcils aux images qui défilèrent dans sa tête. L'imaginaire était une telle merveille.

— Tu as raison. J'ai déjà du mal à rester assise.

— Aïe.

Elles échangèrent un doux rire et se fixèrent droit dans les yeux. Letty se mordit la lèvre et se dirigea vers la porte. Avant de la refermer, elle se retourna et annonça :

— Prends ton temps, Sarah. Mais ne confond pas ne pas être prête avec avoir peur.

Letty quitta la pièce après un clin d'œil, laissant Sarah songeuse.

***

Letty conduisit sa voiture en pilote automatique. Elle arriva au boulevard Reseda en un clin d'œil. En tout cas, c'est l'impression qu'elle ressentit une fois sur le boulevard. Elle était tellement perdue dans ses pensées. Elle se repassait la journée entière. De son appel à Ricky ce matin-là, lui disant que ce serait bien si Sarah les voyait ensemble, car elle ne l'avait pas revue depuis ce jour-là, à la cafeteria. L'apparition non prévue de Sarah au studio ce jour-là ne comptait pas, ou alors dans le mauvais sens dans la mesure où il ne lui avait pas exactement déroulé le tapis rouge. Ricky était le meilleur ami de Letty, Sarah, en tant que colocataire devrait donc, en théorie, le voir un peu plus souvent que jamais, avait-elle souligné, au risque de paraitre suspicieux sinon.

Letty avait beau assurer qu'elle le voyait bien assez entre le magasin, les répètes et le refuge, tout de même, de meilleurs amis se voyaient hors de leurs *obligations* et se présentaient leurs autres amis.

Letty savait que ce n'était qu'une des raisons pour laquelle elle avait invité Ricky. Elle se sentait au bord du précipice avec Sarah, ses sentiments altérant son jugement. Elle avait, en réalité, pris peur à l'idée de passer cette journée avec Sarah à moitié vêtue. Voilà pourquoi elle avait appelé Ricky. Pour être honnête, cette partie de la journée restait un mauvais souvenir. Sarah lui avait à peine adressé la parole, les yeux rivés sur Ricky, rendant Letty jalouse. Elle avait réussi à le dissimuler en passant la majeure partie de la journée dans l'eau.

Cela dit, elle connaissait suffisamment Sarah pour reconnaitre ses regards. Elle voyait la différence entre la façon dont elle contemplait Ricky, et les coups d'œil furtifs qu'elle lui avait lancés. Elles les avaient décelés plus aisément après le départ de Ricky.

Letty expira profondément. Elle sentait que Sarah était arrivée au point de non-retour. Mais Letty ne pouvait être cette personne pour elle. N'est-ce pas ?

Le reste de la journée lui revint en mémoire, surtout leur moment passé dans l'eau. Elle avait été à deux doigts de l'embrasser en la touchant. Puis le regard confus, et si triste de Sarah une fois à la maison. Le son des larmes dans la douche après que Letty ait décidé de s'éloigner. Ses sanglots avaient broyé sa volonté de prendre du recul justement. La consoler, et physiquement, et mentalement lui avait fait tellement de bien. Savoir que Sarah arrivait doucement à se délier de ses sentiments conflictuels et était sur la voie de

123

l'acceptation, même si le chemin était encore long. Il le fallait de toute façon, elle-même se rendait compte qu'elle ne pouvait plus continuer ainsi.

Mais la question se posait toujours ; Letty avait-elle le droit d'être la personne qui amène Sarah à se trouver, à s'accepter ?

Elle se gara sur la première place libre même s'il lui restait au moins sept cents mètres à pied. Marcher la détendrait. Elle devait s'aérer l'esprit. Son téléphone portable vibra. Elle regarda l'écran ; un autre message de Ricky. Il lui en avait déjà envoyé un quand elle se trouvait dans les transports en commun en rentrant de la plage. Elle ne lui avait pas répondu.

Le SMS lisait : *maldición, ¿dónde estás ?*[27]

Elle soupira. Non, elle n'avait pas le droit d'être cette personne pour Sarah. Elle ne pouvait pas le faire. Elle sortit de la voiture et se mit en route.

***

Letty se trouvait dans le couloir qui menait au *studio*, surprise d'entendre de la musique, c'est dire. Ils n'avaient pas joué ensemble depuis plusieurs semaines.

— La vache, vous devriez répéter plus souvent. Ça ne sonnait pas top, plaisanta-t-elle en entrant.

Elle ferma la porte derrière elle.

Ricky posa sa guitare et se leva en une seconde.

— Bon sang, où étais-tu ? Je n'étais pas loin d'appeler les flics, là ?

Sally, Peter, et Alex rangèrent leurs instruments et se regroupèrent vers la table d'opération, autour de laquelle Phil et Céline patientaient. Ricky s'approcha de Letty. Il attendait bien évidemment une réponse.

— J'étais à la plage, tu le sais bien, tu aurais pu rester plus longtemps, d'ailleurs.

— Ouais, bah désolé, j'avais des choses plus importantes à faire que trainer avec elle.

— Allez Ricky, elle est super cette fille, tu l'as bien vue.

— Écoute, j'étais là. J'ai joué mon rôle. Ne m'en demande pas plus, c'est ton job. Quelques heures à prétendre, ça me suffit.

— Je ne prétends pas… Enfin, je veux dire. C'était sympa, non ?

Letty détestait l'espoir qu'elle entendait dans sa voix.

— Peu importe. Allez, viens, on a des trucs à vérifier. Tout se profile parfaitement. J'ai récupéré les équipements cet aprèm. Tu vois, j'avais de bien meilleures choses à faire que de trainer avec l'ennemi, déclara-t-il avec un sourire qu'elle ne lui rendit pas.

— Elle n'est pas l'ennemie.

Tous la fixèrent, perplexes.

Ricky l'attira vers les instruments, l'éloignant de leurs amis.

---

[27] ESP : Putain, t'es où ?

124

— Qu'est-ce qui t'arrive ? Tu agis bizarrement en ce moment.

— C'est juste… Ricky. Je… je ne pense pas pouvoir le faire.

— Que veux-tu dire ?

— À ton avis ?

— Tu n'es pas sérieuse là ? *Ça*, indiqua-t-il en pointant du doigt les papiers sur la table du fond : c'était *ton* idée.

Elle se frotta le front. Elle n'avait pas besoin qu'on le lui rappelle.

— Écoute, tu as juste un peu la frousse parce qu'on touche au but. Tu sais ce que ça signifie. C'est ce qu'on a toujours désiré. Tu sais aussi à quel point tu te sentiras bien quand ils seront dehors. Ne veux-tu pas les libérer plus que tout au monde ?

— Bien sûr que si.

— Parce que c'est toi qui nous as entrainés là-dedans, c'est toi qui voulais en faire plus. Et tu avais raison. Avant qu'elle ne puisse dire quoi que ce soit, il ajouta :

— Tu avais raison, Letty. Ils ont besoin de nous.

— C'est juste… il doit y avoir un autre moyen.

— Il n'y a pas d'autre moyen ! Il faut finir ce que tu as commencé, et tu dois le faire rapidement. J'ai eu Larry au téléphone aujourd'hui.

Les pupilles de Letty se dilatèrent, autant par anticipation et attentes que par frayeur.

— Qu'a-t-il dit ?

— Que tout est en place ! Le réseau externe est prêt pour récupérer *le paquet*. Son gars a fait le premier pas la nuit dernière.

Letty inspira fort. Elle savait ce que cela signifiait ; une des personnes de l'entourage de Larry, probablement Carl, s'était introduite dans la résidence des Weisman cette nuit. Elle cligna des yeux et se concentra sur Ricky.

— On ne peut plus attendre. Carl est bien en place. Il faut accélérer maintenant. Je t'ai tendu la perche tout à l'heure quand elle parlait de la tarte aux pommes que sa mère fait pour elle tous les vendredis. Je n'ai fait que répéter à quel point tu les aimais les tartes.

— Je n'ai pas compris.

— Mouais, on dirait que tu essaies de… je ne sais pas, gagner du temps ?

— N'importe quoi.

Letty regarda en direction du groupe et voulut les rejoindre, mais il la rattrapa par le bras.

— On se connait depuis plus de dix ans, Letty. On a vécu ensemble, on a manifesté, on s'est fait battre, cracher dessus, insulter. Et on n'a remporté que peu de victoires, sauvé aucun animal. OK, on a convaincu quelques personnes d'être végan, au moins végé. Mais on n'a sauvé que peu d'animaux. Et on n'y arrivera pas si on ne passe pas à l'action. C'était ton speech, tu t'en souviens ?

Elle hocha la tête et se frotta la nuque alors qu'il poursuivit :

— Et j'étais un *cobarde*[28]. Toutes ces années, tu avais raison.

— Non, Ricky. Je n'aurais jamais dû dire ça.

— Mais *j'étais* une poule mouillée, c'est vrai. Quand Larry est venu, tout a pris un sens. Et ce que tu nous as dit aussi. Il nous a montré la voie. On peut y arriver. On peut rendre les choses meilleures.

Ricky frotta gentiment les épaules de Letty.

— Je comprends, Letty. Et oui, sans doute n'est-elle pas si mal comme personne, j'avoue. J'aimerais t'aider en disant que c'est toi qui as le pire boulot dans tout ça, mais ce n'est pas vrai. Le pire c'est ce qu'*eux* vivent. Tous les jours. Et ça tu le sais, non ?

Elle hocha la tête et il lui sourit.

— C'est presque terminé. Plus vite tu iras dans cette maison, plus vite tout sera fini et tu pourras arrêter de faire semblant.

Et si... je ne faisais pas semblant...

Pour la première fois de sa vie, elle ne retrouvait absolument pas cette connexion avec son ami, alors que c'était si facile et inné entre eux auparavant. C'était comme si un grain de sable s'était glissé dans la machine. Ça ne tournait plus rond. Il ne la comprenait pas, ou plutôt il ne saisissait pas les sentiments qu'elle éprouvait pour Sarah, que ce soit romantique, ou simplement à l'échelle d'un être humain par rapport à un autre être humain. Et pour la première fois de sa vie, elle ne voulait pas du tout lui dire ce qu'elle ressentait réellement.

— Tu as raison. Vas-y, montre-moi vite ce que tu as ramené aujourd'hui.

Le sourire de Ricky s'élargit et ils marchèrent vers la table.

— Tu verras. On a l'air de vrais pros maintenant.

***

Letty tâcha de ne pas faire de bruit en rentrant à une heure trente du matin. Elle ôta ses bottines, posa son sac à main sur le meuble à chaussures et marcha discrètement jusqu'au réfrigérateur. Elle prit une bouteille d'eau et se dirigeait vers sa chambre, quand elle distingua la lumière dans la chambre de Sarah, sa porte étant, comme d'ordinaire, légèrement ouverte. Elle hésita un instant, allait finalement entrer dans sa propre chambre, puis changea de direction ; c'était plus fort qu'elle.

Sarah s'était probablement endormie en lisant un livre. Elle y allait simplement pour éteindre la lumière.

Ouais, c'est ça.

Elle se répéta qu'il ne pouvait en être autrement, de toute manière. Le meeting de ce soir avec ses amis avait conforté cette notion. Elle ne pouvait pas perdre de vue le but ultime. La mission importait avant tout.

---

[28] ESP : Poule mouillée, mauviette.

Mais comment faire pour que son cœur arrête de battre si fort tandis qu'elle atteignait la porte de Sarah ? Comment taire les papillons qui tourbillonnaient dans son ventre à l'idée de la voir ? Comment se convaincre réellement de passer outre ce sentiment ?

Elle agita la tête, se sermonnant ; ce n'était qu'un simple coup de cœur. Sarah était belle, c'est tout, mais ne valait pas de s'écarter de sa mission.

Elle marqua un temps d'arrêt devant la porte. Elle devrait sans doute frapper. Sarah, vu l'état de son corps, avait peut-être choisi de dormir nue. Tomber sur une Sarah nue ruinerait toutes ses résolutions. En revanche, si Sarah s'était endormie, elle la réveillerait en frappant.

Letty baissa le poing. Elle entendit un léger bruit et se décida à avancer. Elle ouvrit la porte un tantinet.

Sarah était assise sur son lit, portant une robe de chambre très fine. Plus s'avérait trop douloureux. Elle tenait un livre dans ses mains. Elle regarda Letty et sourit.

Letty se demandait comment un simple sourire parvenait à faire voler en éclats tout ce qu'elle venait de se dire. Elle entra dans la pièce comme si son corps ne lui appartenait plus.

— Je t'ai réveillée ? Quelle question stupide !

Sarah ne semblait pas avoir dormi du tout. Malgré les rougeurs, son visage avait meilleure mine qu'au départ de Letty. Letty sourit intérieurement de voir que les deux tubes sur la table basse avaient déjà bien servis. Son sourire s'estompa dès qu'elle comprit que Sarah avait pleuré.

— Je vais bien, je t'assure, murmura Sarah, comme si elle lisait dans les pensées de Letty.

— Je ne voulais pas te secouer comme ça, tout à l'heure.

Letty s'approcha encore.

— Je suis désolée si–

Letty stoppa quand elle remarqua ce que Sarah contemplait à l'intérieur du livre.

La fameuse photo d'Evelyn et elle que Letty avait ramassée ce jour au petit-déjeuner. L'avait-elle regardée toute la nuit ? Letty avait raison, Sarah arrivait vraiment au point de non-retour. Il lui fallait franchir le pas et s'accepter. En voyant la photo, Letty hésita. Sans doute ferait-elle mieux de regagner sa chambre et laisser Sarah seule dans ses pensées. Quelque part, le fait que Sarah ne cherche pas à dissimuler le cliché l'invitait à rester.

Elle s'assit sur le lit, à côté de Sarah qui la remercia par un sourire timide. L'étudiante fixa une fois encore la photo. Après quelques secondes supplémentaires, elle s'exprima :

— C'était il y a un an et demi, le 11 décembre, pour mon vingtième anniversaire.

Letty resta silencieuse tandis que Sarah observait de nouveau la photographie. Elle lui laissa le temps de dévoiler ce qu'elle pouvait. Il ne lui fallait aucune pression, ça devait venir naturellement.

— Cette nuit-là, quand on est rentré dans notre chambre au dortoir…

Sarah inspira profondément.

— Elle m'a embrassée pour la première fois.

Sarah baissa légèrement la tête. Tant de questions se formaient dans l'esprit de Letty qu'elle ne parvint pas à garder le silence.

— C'était la première fois que tu embrassais une femme ?

Sarah opina.

— Et Anita ?

Letty eut peur de l'avoir trop poussé, toutefois, le sourire de Sarah la rassura. Elle paraissait encline à plus de révélations.

— J'étais tellement accro à Anita. Si proches, toutes ces années, j'ai cru que… enfin, j'ai mis ça sur le fait que je n'avais pas franchement d'amies à part elle. Et puis qu'en grandissant, les hormones se jouaient de moi. En tout cas, je m'en étais volontiers convaincue. Et quand le mensonge était devenu trop gros, j'ai fui.

— Je comprends mieux maintenant pourquoi tu n'as pas intégré l'UCLA à ce moment. Je n'arrivais pas à le comprendre, tu en parles avec tellement de ferveur.

Sarah hocha la tête et sourit amèrement.

— Je voulais que ces sentiments disparaissent encore plus que je voulais l'UCLA. Partager ma chambre au dortoir avec Anita… J'avais juste trop peur de ce qu'il pourrait se passer. J'ai fui.

Letty essayait de comprendre cette panique. Elle avait toujours angoissé en pensant à sa famille, sachant parfaitement comment ils réagiraient en le découvrant, ça la terrifiait même, mais à aucun moment n'avait-elle souhaité être différente de ce qu'elle était. À aucun moment, elle ne s'était détestée. Sarah, elle, ne s'était jamais autorisée à être elle-même.

— Et Evelyn ? Vous êtes sorties combien de temps ensemble ?

— On n'est pas sorties ensemble. Elle m'a embrassée. J'ai paniqué. Elle était tellement, *tellement*, patiente avec moi.

Sarah grimaça.

— Au début en tout cas.

Elle haussa les épaules.

— Elle était très attirée par moi, et j'avais beau le maudire, j'étais attirée par elle. Elle a accepté les choses lentement, une à une. Quelques baisers ici et là. Elle était *out*, et à cause de moi, elle se retrouvait dans le placard. C'était dur pour elle. Je ne peux pas dire qu'on avait une relation romantique. Je ne sais pas, en fait. On s'embrassait de temps en temps, on se caressait par-dessus nos vêtements, mais chaque fois que ses mains glissaient dessous, je nous stoppais.

Sarah se réinstalla correctement sur le lit. Elle prit une petite veste pour couvrir ses jambes nues. Elle inspira profondément avant de poursuivre :

— Au début, ça lui allait. Puis, elle s'agaçait un peu parfois. Et au bout d'un moment, elle ne voulait même plus me toucher, puisque j'allais de toute façon rejeter ses tentatives.

— Elle a lâché l'affaire ?

Sarah haussa les épaules.

— Pas tout à fait. On s'embrassait de temps à autre, mais je savais qu'elle voyait d'autres filles. Elle était honnête là-dessus.

Sarah fixa la photo. Elle se remémorera les doigts d'Evelyn qui glissaient sur sa peau, jusqu'à l'élastique de sa culotte avant que Sarah ne la stoppe. Elle se souvint du regard d'Evelyn comme si elle se tenait devant elle.

'Écoute, Sarah, je ne peux pas continuer comme ça. Je t'aime vraiment beaucoup. Je vais avoir l'air d'une connasse, mais si ça n'évolue pas entre nous, ça ne marchera pas pour moi'. Evelyn avait remis ses vêtements, quitté leur chambre et dormi chez une amie.

— J'ai été nulle, déclara Sarah, revenant à la réalité et au regard apaisant de Letty.

— Ce n'est pas toujours facile de *sortir du placard.*

— Je ne peux même pas dire le mot. Je ne pense pas y arriver, Letty. J'ai fait beaucoup de mal à Evelyn.

— Je suis sûre qu'elle s'en est remise.

— Ça ne s'est pas terminé ainsi entre nous. Je lui ai demandé d'être juste un tout petit peu plus patiente avec moi. Je la sentais s'éloigner et je ne le supportais pas, mais je ne pouvais pas lui donner ce qu'elle voulait. Je l'ai presque fait… simplement pour la garder. Je lâchais prise petit à petit, par exemple je n'ôtais plus ses mains quand elle décrochait mon soutif, je la laissais faire.

Sarah trembla au souvenir.

— Je l'ai laissé embrasser mes seins avant de la stopper, demandant encore un peu de temps. En réalité, je me sentais au ras des pâquerettes. Je ne voulais même plus qu'elle me touche. C'était juste pour la garder, je n'avais plus de désir, contrairement au début. Je ne savais plus où j'en étais ni ce que je voulais. J'étais si confuse ces jours-là, entre le jour où je lui ai dit que j'avais besoin de plus de temps et l'évènement qui a conclu notre histoire.

— Comment ça s'est terminé ?

— Durant notre dernière *session* sur mon lit. Elle était en soutif et short en coton. Moi j'étais en culotte. Je me concentrais seulement à me laisser aller, et la laisser faire ce qu'elle souhaitait. Je ne dis pas que je ne le désirais pas. Tous ces mois, je l'avais voulu intérieurement, mais à ce moment-là, je n'avais plus aucun contrôle.

Sarah se frotta le front.

— Puis quelqu'un a frappé. *'Chérie, es-tu là ?'*

— Oh putain, ta mère ?

— Oui. Elle participait à une manifestation pour les migrants bloqués je ne sais où, le lendemain. Elle en avait profité pour venir me rendre visite. J'ai eu à peine le temps de mettre mon soutif et de me lever du lit avant que sa curiosité face à mon *'Maman ?'* complètement paniqué ne prenne le dessus et qu'elle n'ouvre la porte.

— Ouah. Qu'est-ce qu'elle a dit ?

— Ce n'est pas vraiment ces mots, c'est son regard qui allait d'Evelyn à moi. *'Que se passe-t-il, Sarah ?'*

— Que lui as-tu dit ?

Sarah resta silencieuse. Letty désirait tellement savoir, néanmoins, le regard de Sarah calma son besoin de réponses. Sarah avait l'air défaite.

— C'est là que j'ai été la plus nulle par rapport à Evelyn, sinon ma prestation m'aurait valu un oscar, je t'assure. Le sourire qu'elle offrit à Letty ne soulevait pas ses lèvres tandis qu'elle détailla : j'ai enlacé ma mère comme si de rien n'était. J'ai dit à Evelyn de mettre le bleu, qui faisait mieux ressortir ses yeux. Je suis allée vers mon placard et annoncée que je prendrais le premier qui me vient en main, parce que j'en avais marre d'essayer des tenues. J'ai fait un clin d'œil à ma mère et lui ai expliqué qu'on sortait en couple ce soir avec deux beaux gosses. *'Tu te souviens de Danny, maman ; le mec en master d'histoire ? Je t'en ai parlé au téléphone'.*

Sarah baissa la tête une fois la scène passée dans son esprit.

— Je n'ai même pas sourcillé, Letty.

Letty, en revanche, fronça les sourcils.

— Mais Evelyn a marché là-dedans ?

Letty croyait que Sarah allait fondre en larmes devant elle.

— Evelyn me regardait. La bile m'est remontée tant son regard était… Je savais, je savais que je l'avais perdue. Sarah inspira profondément.

— Elle s'est présentée à ma mère. *'J'ai tellement entendu parler de vous, madame Weisman. Il faut que vous rencontriez son Danny. Il est canon, c'est bien vrai.'* Et elle m'a fixée. Donc oui, elle a joué le jeu, mais ne m'a jamais reparlé ensuite.

Une larme tomba du coin de son œil. Cette fin d'année devint ensuite une pure torture. Partager sa chambre avec Evelyn et ne pas pouvoir l'appeler, lui parler, l'embrasser, la toucher. Ce n'était rien comparée à celle de marcher dans les couloirs et la voir donner la main à une autre fille, ou pire, lorsque sa petite-amie passa quelques nuits avec elle. Les entendre faire l'amour donnait envie à Sarah de crier. À certains moments, elle se demandait si c'était vraiment de la jalousie vis-à-vis d'Evelyn, ou simplement de les savoir si libres. Sarah était partie peu après, dès qu'elle avait obtenu suffisamment de crédits pour valider son année. Elle avait bien avant cela entrepris les démarches pour reprendre à l'UCLA en septembre. Elle ne se sentait pas en mesure de poursuivre là-bas l'année suivante.

Sarah revint au présent quand les doigts de Letty effleurèrent son visage pour essuyer une larme. Le sourire de la brunette la réchauffa.

Des pensées que Letty avait fréquemment à l'esprit ressurgirent. Elle parut songeuse quelques secondes. Elle se remémorait toutes ses conversations avec

Sarah. Il n'y avait qu'un seul moyen d'en être sûre avant de se s'interroger davantage.

— Est-ce que ça veut dire que… euh, tu es vierge, n'est-ce pas ?

Sarah hocha la tête en soupirant.

— C'est pathétique, non ?

— Pas du tout, Sarah. Je m'étais juste souvent posé des questions sur tes petits copains et jusqu'où vous étiez allé.

— Pas très loin. C'était encore pire que tout. Je voulais le faire. Je pensais que ça aiderait, que je sentirais quelque chose qui me garderait sur la *bonne voie*. Mais je les ai toujours stoppés assez rapidement. Avant ce connard à Point Dume, le seul qui m'avait touché les seins était mon premier petit ami, et uniquement par-dessus mon soutif.

Sarah se gratta les mains, se sentant soudainement très vulnérable et nue sous le regard de Letty. Elle venait de lui confier ses secrets les plus intimes.

Letty essuya une nouvelle larme du visage de Sarah qui se frotta les yeux.

— Bon Dieu, il faut que j'arrête de pleurer ainsi, j'ai eu ce que je méritais.

— S'il te plait, ne dis pas ça. Tu ne mérites pas d'être malheureuse et de pleurer. Et je ne supporte pas de te voir pleurer, d'abord.

Letty lui caressa le côté du visage. Se pencher et l'embrasser serait si facile. Elle le désirait tant. Sans doute que Sarah le vit dans le regard de Letty, car elle se recula un peu et admit :

— Je suis tellement perdue en ce moment, Letty. Je ne veux pas te faire de mal comme à Evelyn.

Sarah ne saisit pas le bref rire nerveux que lâcha Letty. Letty posa sa main sur son front.

Dis-lui, dis-lui, lui répétait une petite voix dans sa tête. Dis-lui, Letty, dis-lui que c'est toi qui vas la blesser.

Letty se recula d'un coup, et ôta sa main de celle de Sarah comme si elle l'avait brûlée. Elle inspira longuement. Sarah avait l'air inquiète de la voir ainsi.

Letty resta calme, rassemblant ses pensées et retrouvant ses esprits assez rapidement. Elle toucha le visage de Sarah pour repousser une mèche de devant.

— Tu devrais te coucher maintenant, Sar. Il est vraiment tard, indiqua-t-elle, sa main toujours sur le côté du visage de Sarah.

— Ça va aller, tu verras. Tout se mettra en place. Ne pense à personne d'autre, ni moi ni personne. Sois juste toi-même. Ça va aller.

Letty se pencha et déposa un doux baiser sur le front de Sarah. Elle se leva et se dirigea vers la porte.

— Tu seras toujours là demain, n'est-ce pas ?

Letty rit légèrement et Sarah sourit.

— S'enfuir c'était ton truc, Sar. Mais là, je pense que tu as fini de courir. Donc tu mangeras encore de bons petits plats végans pour un long moment, j'ai bien peur. Elle lui offrit un clin d'œil, ravie d'avoir obtenu un vrai sourire de Sarah.

Letty ne s'arrêta pas jusqu'à ce qu'elle atteigne sa chambre. Une fois à l'intérieur, elle prit plusieurs inspirations profondes. Elle était à la limite de la crise d'angoisse. Elle faillit appeler Sarah quand ça lui serra la poitrine. Elle s'allongea sur son lit et respira bien fortement le temps que ça passe. Elle ne put s'endormir cette nuit-là, incapable d'oublier sa conversation avec Sarah, ou ses sentiments pour la jeune femme.

Plus les raisons de s'éloigner d'elle s'empilaient, plus elle désirait se rapprocher d'elle. C'était inouï. Elle ne pouvait pas être plus près que cela, ou si, mais ça, c'était impossible. Ce qui allait suivre les éloignerait d'office, donc elle ne pouvait pas faire une chose pareille à Sarah. Elle était toujours vierge, bon sang ! Letty savait pertinemment qu'elle ne pouvait pas franchir cette ligne-là. Pourtant, combien de fois s'était-elle répété ça ?

Elle secoua la tête et s'assit sur son lit pour regarder ses posters. Comment pouvait-elle être en train de penser à de telles choses ? Comment ses petits tracas sentimentaux pouvaient-ils compter alors que tant de vies étaient en jeu ?

— Putain, lâcha-t-elle en se prenant la tête dans les mains.

Pour la première fois depuis qu'elle avait rencontré Sarah, elle se demandait bien laquelle des deux était la plus confuse, en fin de compte.

Chapitre Sept

Letty éprouva beaucoup de difficulté à se lever. Elle avait l'impression de peser trois tonnes. Oui, elle se sentait lourde. En y réfléchissant bien, elle se sentait toujours un peu ainsi. Chaque jour, elle se réveillait, pensant à tout ce qui n'allait pas dans ce monde, ou plus précisément ce qui n'allait pas dans le traitement des animaux.

Plus elle s'était impliquée dans la cause animale, plus elle avait cru que cela changerait. Sa vie ces huit dernières années, depuis sa première manifestation, avait été telles les montagnes russes. Agir lui faisait du bien, pourtant elle se levait chaque jour avec ce poids sur le cœur, sachant que quoi qu'elle fasse, des millions d'animaux seraient torturés ou tués ce jour-là. Parfois, sourire s'avérait difficile, alors elle se concentrait sur eux, s'impliquant toujours plus, cherchant ces petits moments de bonheur, ces petites actions qui apportaient un peu de satisfaction et soulagement. Elle en cherchait de plus en plus pour continuer à affronter ce monde.

Sa rencontre avec Larry lors d'un colloque sur le véganisme avait tout changé. Ils ne l'appelaient que par son prénom. Elle allait enfin agir concrètement et sauver des animaux. Elle avait été si enthousiaste en lui présentant son plan. Elle pensait ne pas ressentir cette lourdeur, au moins une journée. Elle avait entrainé tous ses amis, Ricky et les autres. Le plan avait été élaboré en détail ensemble par téléphone prépayé pour les échanges avec Larry. Tout leur avait paru si aisé. Tout le monde avait l'air de planer à l'idée d'une action d'envergure qui changerait quelque chose, pour une fois. Pas simplement manifester ou distribuer des tracts dans l'espoir qu'une ou deux personnes prennent conscience de certaines choses.

Puis le plan débuta avec un mélange d'anticipation, d'envie et de peur. Et toujours cette voie qui paraissait tellement évidente. Si évidente que toute autre option fût écartée à des lieues de leur vision figée. Il n'y avait qu'une voie pour eux.

Et puis Sarah… Et Letty se voyait sourire parfois sans raison, et surtout sans rapport avec la PA. Ce fait confus, et carrément inattendu, la désarçonnait. Elle n'avait pas compris d'où cela venait. Maintenant qu'elle le savait, elle souhaiterait ne pas le savoir justement. Ça lui faisait du bien, mais c'était un mur, mur infranchissable qui s'effondrerait bientôt sur elle.

Une légère odeur de bacon végan emplit ses narines et elle sourit. Savoir que Sarah était debout, en train de cuisiner le petit-déjeuner dessinait un sourire idiot sur ses lèvres. Pourtant, elle resta au lit. Elle avait peur de voir Sarah. Peur de sombrer dans ce bleu océan toujours rempli d'étoiles quand Sarah la regardait. Sarah semblait vivre dans son propre monde. C'était une femme douce, gentille et oui, un peu naïve. Letty n'aurait jamais pensé que cette combinaison, qui plus est dans un corps de rêve, parvienne à la briser de cette manière. Car elle se sentait à genoux. Elle ne savait même pas comment elle avait tenu jusque-là. Elle n'avait plus la main, trop faible en présence de Sarah.

Finalement, Sarah était la plus forte des deux.

***

Sarah avait déjà mangé quand Letty quitta sa chambre, portant son habituelle tenue nocturne, short en coton et brassière de sport. Sarah, assise dans le canapé, la suivit du regard.

Elle se mordit la lèvre et se reconcentra sur son livre. Malheureusement, les mots n'avaient soudainement plus aucun sens, flouté par l'image de Letty si légèrement vêtue, sans compter sa présence tout près, quand elle s'installa à côté d'elle.

— Comment vont les brûlures ?

— Mieux. Enfin, mieux que ça le serait sans tes crèmes magiques. Encore merci.

— Pas de quoi.

Le regard de Sarah descendit sur les lèvres de Letty avant de plonger sur son ventre. Elle feuilleta de nouveau son livre.

— Ah merde, désolée, s'excusa Letty qui se leva et récupéra un grand T-shirt dans sa chambre. Elle se dirigea vers la cuisine en revenant dans la pièce.

— Je te croyais dans ta chambre, c'était si calme.

Sarah posa son livre à côté d'elle.

— Étonnement, j'en ai eu marre d'y être enfermée.

Letty hocha la tête.

— Tu n'étais pas obligée, tu sais, déclara Sarah.

Letty fronça les sourcils et Sarah pointa du doigt son T-shirt.

Letty sourit avec un clin d'œil. Elle se servit son lait de riz et mit le bol au micro-ondes, ainsi que plusieurs tranches de bacon végan pour les réchauffer.

— Merci pour le bacon. Désolée de ne pas m'être levée plus tôt.

— Ce n'est pas comme si ça allait se perdre.

— Exactement. Mais quand même, ç'aurait été sympa de manger ensemble vu que tu avais cuisiné.

— Je m'en suis sorti, donc à l'évidence, ce n'était pas si difficile. Et ça m'a changé de mon café et mon bol de céréales. Ça donnait plus l'impression d'un petit-déj de dimanche à flemmarder.

Letty installa son petit-déjeuner sur un plateau et vint s'asseoir à côté de Sarah.

Letty l'observa.

— Je me disais qu'on aurait bien besoin d'un peu de fun. C'est dimanche, le soleil brille, tu dois sortir un peu de ta chambre, tu l'as dit toi-même. Que dirais-tu de descendre sur Orange County pour une journée à Disneyland ?

— Eh bien…

Sarah n'eut pas besoin d'en dire davantage.

134

— OK. Peut-être pas Disney, mais Venice Beach, par exemple. Marcher le long de la promenade ou quelque chose qui te remonte le moral. N'importe quoi qui te fasse envie, je t'emmène.

La poitrine de Sarah se souleva face à cette délicate attention.

— Tu es vraiment adorable avec moi.

— Je veux juste te voir sourire, Sar.

— Je vais bien. De toute façon, je ne crois pas que ma peau supporterait plus de soleil.

— Mince, je n'y avais pas pensé.

— Mais je t'assure, ça va. Je me sens plutôt d'humeur pantouflarde. Un dimanche à paresser me va parfaitement. Je crois même que je ne ferais pas mon lit !

— Toi, t'es une rebelle.

Elles rirent.

— Mais, fais selon ton envie. C'est vrai que c'est une belle journée, indiqua Sarah en observant le soleil qui perçait par la fenêtre.

— Sors, va prendre l'air, Letty. Je sais que tu aimes ça.

— Mouais, non. Pas aujourd'hui. Je me sens gagnée par ton humeur du jour, un dimanche à flemmarder me parait une très bonne idée. Si ça ne te dérange pas, bien sûr. Je resterais dans ma chambre et te laisserais tranqui–

— Tu ne me déranges pas. Au contraire, j'aime bien quand tu es là.

Le sourire de Letty illuminait la pièce autant que le soleil. Sarah inspira profondément, c'est vrai, elle se sentait si bien quand Letty était proche. Une nouvelle journée tranquille à deux était le programme parfait. Un mois en arrière, l'idée de passer une journée si près de Letty l'aurait terrifié, comme hier avant d'aller à la plage. Mais tout était différent, les cartes étaient sur la table. Elle se sentait plus légère, vu que Letty savait tout. Elle pouvait être elle-même, même si elle avait encore du mal à le définir réellement. Letty ne le lui demandait pas, d'ailleurs, néanmoins Sarah n'avait pas à se cacher, ou prétendre l'inverse. Ça, elle en était fatiguée. Par conséquent, le plan d'aujourd'hui lui allait à merveille.

— Des cartes, ça te dit ? J'en ai dans ma chambre.

— Tant que ce n'est pas du strip-poker, je veux bien, répondit Sarah.

Letty sourit en se levant.

— C'est dommage, Sarah, car tu gagnerais probablement vu que je suis déjà à moitié nue, lança-t-elle avec un clin d'œil.

Sarah rit comme une enfant. Letty alla chercher ses jeux de cartes, en passant au préalable par la salle de bain pour se laver et s'habiller. Elles effectuèrent quelques parties de Rami et de Bataille notamment, et discutèrent un peu, d'Anita d'abord puis Letty lui parla de l'époque où elle avait vécu chez Ricky. Les parents du jeune homme aimaient bien Letty, seule son homosexualité leur posait problème. Elle ne devait pas le mentionner chez eux et encore moins ramener de filles avec elle, autrement, ils ne disaient rien. Elle expliqua que la situation avait empiré, quand Ricky et elle avaient commencé à vraiment s'impliquer dans la PA. Ils ne parlaient que de ça et refusaient tout compromis. La relation de Ricky avec ses parents s'était dégradée.

À dix-neuf et dix-huit ans respectivement, Ricky et Letty vivaient dans la rue. Leurs amis les hébergeaient quelquefois. Peter, l'un des membres du groupe trouva à Letty un emploi dans un magasin de produits biologiques et elle s'épanouit, professionnellement parlant. Le propriétaire, d'un âge avancé, était très satisfait du travail de Letty. Ricky rejoignit la boutique après le départ en retraite du propriétaire. Ils s'étaient mis d'accord avec lui pour créer une coopérative, et ils purent acheter cinquante pour cent du magasin, et acquérir par versement mensuel les cinquante autres pour cent sur plusieurs années. Ils avaient progressivement transformé tout le commerce en une coopérative bio et végan, et avaient pu impliquer nombre de leurs amis de la PA. La coopérative leur appartenait entièrement désormais, Ricky et Letty possédant soixante-quinze pour cent des parts à eux deux.

Sarah était très impressionnée par la façon dont Letty avait tout organisé à un si jeune âge, sans même avoir terminé le lycée. Même si elle mentionnait toujours ses amis, c'est tout de même sous son impulsion et ses idées que le magasin avait décollé et tournait très bien à présent. Les autres l'avaient juste suivie, comme souvent. C'est ce qu'inspirait Letty.

Elles regardèrent un film tout en papotant. Au fur et à mesure que le film défilait, le silence s'installa. Sarah s'endormit, la tête sur l'épaule de Letty. Les lèvres de Letty semblaient figées en un sourire permanent. Sentir le corps, et le souffle de Sarah tout contre sa peau lui procurait tout un tas de frissons. Elle n'osait pas la regarder en revanche. Elle savait qu'elle aurait l'air d'un ange avec ces yeux bleus. Même fermée, Letty les voyait. Et ces cheveux blonds qui ajoutaient à l'air innocent que l'on affiche en dormant. Avec Sarah, c'était encore plus flagrant. Et Letty fondait complètement.

Elle s'autorisa enfin à la regarder en l'allongeant sur le côté, sur le canapé. Sarah marmonna de façon inaudible, mais ne se réveilla pas. Letty s'était dit qu'elle finirait le film puis irait dormir dans sa chambre. Mais quand le film se termina, elle ne put se résoudre à s'éloigner de Sarah. Encore moins avec les mains de Sarah accrochées à ses cuisses. Elle avait beau se répéter toutes les raisons pour lesquelles elle devait se lever et partir dans sa chambre, elle se coucha finalement le long du canapé, Sarah dans ses bras. Leur corps s'emboitant parfaitement. Le bras de Letty serra un peu plus la taille de Sarah.

Maintenant que la télévision était éteinte, seul l'éclairage des lampadaires de la rue laissait une légère lumière dans l'appartement. Letty devinait la forme des oreilles et de la nuque de Sarah. Elle resta éveillée un moment puis, lentement, elle se pencha pour placer un doux baiser dans son cou, près de son épaule. Un baiser délicat, ses lèvres l'effleurant et pourtant elle sentit Sarah trembler dans ses bras. Était-elle réveillée ? Un petit moment de panique saisit Letty jusqu'à ce que les doigts fins de Sarah serrent la main qui se trouvait sur sa taille. Letty sourit et l'étreignit plus fort. Elle ferma les yeux et s'endormit rapidement.

***

Sarah se sentait si bien, elle avait chaud, et se serait presque demandé si Letty n'avait pas remis le chauffage. C'est alors qu'elle réalisa : Letty, voilà la source de chaleur qui enveloppait son corps, car elles étaient toujours enchevêtrées l'une dans l'autre sur le canapé. Le bras de Letty entourait de manière possessive la taille de Sarah. Son visage était, lui, bien au chaud contre la nuque de Sarah.

Sarah trembla quand la respiration brûlante de Letty se posa sur sa peau sensible. Comment cela pouvait-il être si bon ? Et comment était-ce possible qu'elle n'ait pas encore paniqué ? Elle avait paniqué pour moins que ça avec Evelyn. Peut-être se faisait-elle tout doucement à ses sentiments ?

Son téléphone vibra et elle se souvint qu'elle n'avait pas rappelé sa mère qui lui avait laissé un message la veille.

Sa mère…

Sarah inspira profondément. Elle ne pourrait jamais lui faire face. Elle ne pourrait jamais être *comme ça* et la perdre. Et puis, que lui dirait-elle ? Elle était encore si confuse. Elle avait passé tant de temps à s'ignorer qu'elle ne savait plus qui elle était. Elle ne savait pas du tout comment réagirait sa mère, plutôt ouverte d'esprit en général, quand il s'agissait des autres en tout cas. Elle n'avait jamais tenu de discours haineux ou homophobe pour autant qu'elle le sache. Néanmoins, elle était une femme d'église. Elle croyait fort qu'un homme et une femme étaient la bonne voie jusqu'au seigneur. Pas deux femmes ou deux hommes ensemble. Ça, Sarah en était sûre. Sarah l'avait cru aussi pendant si longtemps, encore plus fortement quand ses sentiments avaient surgi progressivement avec Anita. Elle s'était convaincue que c'était mal. Elle avait voulu que ce soit mal pour s'en éloigner. Mais au fil des années, ces sentiments-là étaient restés, s'étaient transformés, approfondis et elle les avait encore plus haïs. Ce n'est que maintenant qu'elle réalisait à quel point elle s'était détestée elle-même en agissant de la sorte.

Mais là, bien au chaud contre Letty, elle ne voyait absolument rien de mal dans ce tableau. Ni même dans cette sensation de bonheur qui l'envahit quand Letty resserra son étreinte, tandis qu'elle s'éveillait doucement.

Comment quelque chose de si bon pouvait-il être mal ? Elle ne savait plus. Elle se tourna dans les bras de Letty.

Letty ouvrit les yeux. Un regard bleu océan l'accueillit, et, pour une seconde, elle crut se trouver au paradis. La dure réalité la frappa quand Sarah promena le bout de son doigt sur la tempe de Letty, écartant une mèche de cheveux derrière ses oreilles. Ainsi, rien ne gênait sa contemplation du regard profond de Letty. Letty désirait tellement l'embrasser, toutefois la réalité amère revint à elle ; elle ne pouvait pas. Elle n'était pas dans les bras de sa chérie, appréciant un matin de câlineries.

Le pire, et Letty le savait, si elle embrassait Sarah maintenant, Sarah ne la repousserait pas.

Or, Sarah n'était pas sa petite amie, Letty n'était pas là pour qu'elle le devienne. C'était quelque chose qui ne pouvait *pas* arriver.

— Qu'est-ce qui ne va pas ? murmura Sarah, son doigt à présent sous le menton de Letty.

Letty avait du mal garder ses yeux sur elle.

Il fallait que ça cesse, cela devenait une pure torture. Letty inspira fort. Elle n'utilisait ce mot qu'en rapport avec les animaux d'ordinaire. La torture était ce que ces lapins angoras enduraient toute leur vie, criant de douleur alors qu'on leur arrache leur fourrure, conscients, laissant leur peau aussi rouge que le visage de Sarah la veille. Une pure agonie qui se répétait dès que leurs poils avaient repoussé quelques mois plus tard. La torture était ce que la minette rouquine Double Trouble avait subi à l'université du Wisconsin, rendue sourde, des vis enfoncées dans le crâne jusqu'à l'infection, et que, ajoutée à la dépression, elle en meurt. Puis elle fut découpée en morceaux pour que les scientifiques tentent de trouver où ils s'étaient trompés, pourquoi ils avaient fait souffrir un chat pendant des mois pour ce résultat.

— Ça va ?

Letty essaya de chasser tout ceci de son esprit sans succès. Face au regard de Sarah, elle ne put qu'enfouir sa tête dans le cou de l'étudiante. Se cacher dans le confort de Sarah et oublier le reste du monde était la seule chose dont elle avait envie.

Malheureusement, cela ne pouvait durer que quelques secondes. Si Sarah savait, elle la virerait à coup de pied aux fesses. Et elle aurait raison. Pourtant, ceci n'arrêterait pas Letty. Elle ne pouvait pas ignorer toutes ces horreurs. C'était sa vie. Elle avait choisi de la dédier au bien-être animalier, de donner sa voix à ceux qui n'en avaient pas. Pendant si longtemps, elle n'avait rien envisagé d'autre dans sa vie. Rien d'autre n'avait un sens si elle n'essayait pas d'améliorer ces choses. Rien d'autre ne lui procurait de bonheur… avant.

Letty se recula.

— Je suis désolée, glissa-t-elle en se détachant de Sarah.

— OK, mais tu peux me parler, si tu en as besoin. Ça va dans les deux sens, tu sais.

Letty hocha la tête. Sarah s'assit sur le canapé, un léger froncement de sourcils vis-à-vis de l'attitude de Letty.

— Je vais nous préparer le petit-déj et tu me racontes, OK ?

— Non, ce n'est rien. Je me sens juste un peu émotive ce matin.

— Ça, je connais.

Le demi-sourire de Letty ne rassura pas Sarah. Avant qu'elle ne puisse dire quoi que ce soit, Letty se leva.

— Je mangerais un bout au magasin. Je dois y aller ou je vais être en retard. Et toi, tu n'as pas ton cours de littérature européenne bientôt ?

Sarah vérifia l'heure sur son téléphone portable.

— J'ai encore un peu de temps. Quoique, c'est à l'est du campus.

— Tu vois.

— Mmm, ouais.

Sarah sourit et se réjouit que le sourire de Letty ait retrouvé des couleurs.

Après un rapide tour à la salle de bain, Letty prit son sac à main.

— Je te vois plus tard. Amuse-toi bien en cours.

— Oui, toi aussi, passe un bon… Sarah stoppa étant donné que Letty avait déjà fermé la porte derrière elle.

Ce n'était pas l'attitude habituelle de Letty, quelque chose clochait. Sarah l'avait déjà vu se refermer de cette manière dans le passé. Cela avait chaque fois un rapport avec les animaux, si elle avait eu de mauvaises nouvelles, ou un sauvetage qui s'était mal terminé, ou une pétition qui n'atteignait pas son but, etc. Elle avait remarqué que Letty le ressentait comme un échec personnel, comme si c'était de sa faute.

Sarah se rendait compte qu'elle ignorait encore beaucoup de choses sur Letty. Elle était ultra-sensible, ça, elle l'avait très vite saisi. La compassion qu'elle éprouvait pour les animaux lui revenait parfois en pleine figure quand ça n'allait pas. Sarah avait compris tout ceci en la regardant. Elle doutait que Letty le sache, mais Sarah l'avait bien observée. Sarah savait à quel point Letty souffrait de voir où de savoir un animal en peine. Cependant, elle avait également vu ses épaules s'affaisser et son regard embué de larmes en découvrant une catastrophe aux informations ; un tremblement de terre, un avion qui s'écrase, un tsunami laissant dans la misère des milliers de personnes et en tuant des milliers d'autres. Letty pouvait clamer le contraire, mais elle souffrait aussi pour les êtres humains. Une sensibilité comme la sienne ne s'arrêtait pas qu'à une espèce. Un être vivant dans la détresse l'accablait, qu'il soit à quatre ou deux pattes.

Sarah se leva et alla à la cuisine. Elle se demanda si ce n'était pas ce qui l'avait touchée chez Letty. La raison pour laquelle elle s'était enfin confiée à elle. Cette attention, cette empathie.

Ce matin, elle avait vraiment cru que Letty allait l'embrasser. Et honnêtement, elle aurait voulu qu'elle le fasse. Quand Letty avait ouvert les yeux, Sarah avait retenu son souffle. Elle avait senti Letty si près de l'embrasser, et à ce moment-là, Sarah avait décidé qu'elle le désirait aussi. Puis, comme un interrupteur, le regard de Letty s'était obscurci. Sarah l'avait reconnu et n'en était pas blessée.

Sarah soupira, à la fois soulagée, frustrée et un peu triste. Soulagée, puisque cela lui donnait plus de temps pour faire face à ses sentiments. Frustrée, car elle avait réellement envie de ce baiser, son corps entier l'attendait. Et de la tristesse vis-à-vis du voile qui avait assombri le regard si pétillant de Letty. Elle aurait bien aimé que Letty se confie à elle. Cette douleur qu'elle apercevait quelquefois dans ses yeux, Letty la gardait pour elle, en elle. Oui, elle en parlait dans les grandes lignes, et Sarah y pensait régulièrement et prêtait plus d'attention à ces gestes de tous les jours. Elle avait écouté et appris beaucoup de choses. Mais Letty ne s'était jamais livrée sur ce qu'elle ressentait, elle, vis-à-vis de tout ça. Comment parvenait-elle à gérer toutes ces connaissances ? Et maintenant, Sarah se trouvait fortement intriguée. Letty tâchait de l'aider, mais qui aidait Letty ?

Un sourire se forma sur les lèvres de Sarah. Peut-être qu'elle pouvait être cette personne pour elle ? Peut-être qu'elle se sentirait également plus en contrôle de ses propres sentiments pour Letty, et de sa vie en général.

***

Elles ne passèrent pas beaucoup de temps ensemble les jours suivants, se voyant à peine le mardi soir avant que Letty ne reparte pour le refuge. Letty avait volontairement planifié plus de présence au magasin pour mettre un peu de distance entre Sarah et elle, alors qu'elle mourait d'envie de savoir comment Sarah allait.

Sarah demeurait assez pensive, cherchant des réponses et comprendre ce qu'elle voulait vraiment.

Ce soir, Sarah était assise au comptoir de la cuisine, passant un Stabilo sur les extraits qui lui semblaient les plus importants à retenir. Elle étira son cou et sourcilla soudainement en fixant ses notes ; peu de phrases n'étaient pas surlignées. Elle soupira et posa son Stabilo, elle n'était absolument pas concentrée. Un sourire se forma sur ses lèvres quand elle entendit la clé dans la porte.

— Salut.

— Salut, répondit Letty avant de s'asseoir directement à côté d'elle, laissant son sac au sol.

— Tu fais quoi ?

Sarah s'étonna, et se réjouit de l'attention de Letty, qui lui avait manqué.

— J'essaie de retenir ce bout d'histoire, mais mon esprit refuse de coopérer.

Letty posa sa main sur celle de Sarah et lui sourit.

— Comment te sens-tu ?

Sarah ne put dissimuler le léger frisson qui lui parcourut le corps. Ce simple toucher, et la bienveillance dans le regard de Letty, la réchauffait comme un soleil d'été.

— Je vais bien, ne t'inquiète pas. Enfin, j'essaie toujours de gérer toutes ces émotions… mais je me sens bien. Et toi ? Tu bosses dur en ce moment.

— Oui. J'ai eu tellement de trucs à faire. J'ai l'impression de t'avoir abandonné, mais le boulot a ét–

— Hey, c'est ton boulot. Et il y a le refuge, c'est important aussi. Je n'ai pas besoin de baby-sitter, tu sais.

Sans s'en rendre compte, Letty leva la main pour repousser une mèche rebelle du visage de Sarah. Sa caresse le long de sa joue créa un nouveau frisson. Elles se regardèrent.

140

— Bien noté, madame, répondit Letty avec un sourire.

Elle se redressa ensuite et se dirigea de l'autre côté du comptoir. Elle ouvrit le réfrigérateur.

— As-tu mangé au moins ?

Sarah jeta un coup d'œil à son portable pour voir l'heure. Letty ne put s'empêcher de rire.

— Laisse-moi deviner ; tu as *oublié* de manger.

Sarah haussa les épaules timidement et Letty secoua la tête.

— Donne-moi dix minutes et je nous mitonne un bon repas.

— Tu restes ce soir finalement ? Enfin, je veux dire, c'est OK si tu dois repartir. Je ne voulais pas dir–

— Tu m'as manquée aussi, Sar, déclara simplement Letty et Sarah sourit.

Letty se focalisa sur les aliments qu'elles cherchaient plutôt que sur la véracité de ses propos. Sarah lui avait énormément manqué, elle ne pouvait pas se mentir à elle-même. Elle ne pouvait pas lutter contre cela, pas pour l'instant en tout cas, par conséquent, réfléchir au repas paraissait un bon compromis. Elle laissa Sarah se concentrer de nouveau sur ses notes.

Elles mangèrent côte à côte, dans un silence relatif. Letty s'enquit ensuite des lectures actuelles de Sarah qui lui expliqua son cours du jour sur le poète de la renaissance Milton. Sa poésie n'était pas le seul point d'intérêt, vu qu'il était également engagé dans la révolution anglaise. Elle étudiait donc ses travaux phares sur la défense d'une presse libre. Letty trouvait ça fascinant, car Sarah semblait s'animer quand elle parlait de ses cours. Letty aimait cette brillance dans son regard. Quant à Sarah, en discuter avec Letty s'avéra le bon remède pour la remettre dans le sens de la marche. Elle délaissa le Stabilo.

Le jour suivant en revanche, Letty s'arrêta à peine, l'esquisse d'un sourire aux lèvres, récupérant quelque chose dans sa chambre avant de repartir aussitôt pour une nuit au refuge.

Cela donnait l'impression qu'elles dansaient autour de l'une et l'autre, mais sur un rythme différent. Cette atmosphère ne convenait à aucune d'elles. L'aise que Sarah ressentait d'ordinaire avec Letty lui manquait. La Letty qu'elle connaissant lui manquait. Cette version était plus sombre, toutefois, Sarah imaginait facilement les réserves que pouvait émettre Letty quant à une éventuelle relation avec Sarah. Sarah était si peu sûre d'elle-même, il était bien normal que Letty reste un peu en retrait.

La seule chose dont Sarah était certaine était qu'elle ne voulait pas que Letty s'éloigne d'elle. Comme elle était censée passer chez ses parents pour manger la traditionnelle tarte aux pommes de sa mère, elle invita Letty à se joindre à eux ce vendredi.

Letty voulut dire non, bien que ce soit ce qu'elle attendait depuis longtemps, et elle s'entendit dire oui. Qui pourrait refuser quoi que ce soit à ces yeux bleus étincelants et ce sourire plein d'espoir ? Personne ne résisterait à un tel mélange.

Je suis une cause perdue, pensa Letty.

***

— Peut-on vous aider pour quoi que ce soit, madame Weisman ?

Letty se tordait les doigts involontairement sous la table de la cuisine autour de laquelle les trois femmes se trouvaient.

— S'il te plait, appelle-moi Annie. Et reste assise, Sarah amène les verres.

Sarah posa les assiettes à gâteaux sur la table ainsi que les couteaux et les verres. Elle jeta un coup d'œil à Letty pour la énième fois. Chaque fois que leurs regards se croisaient, Letty observait de biais, et vice versa quand Letty levait les yeux sur elle. Elles sourirent et Sarah se mordit la lèvre quand leurs regards se fixèrent l'un dans l'autre plus d'une demi-seconde.

Sarah se tourna pour prendre la limonade. Elle servit les trois verres. Annie coupa avec entrain dans sa tarte sous deux paires d'yeux attentifs. Enfin, attentifs était sans doute un peu fort, car Annie n'avait rien manqué de l'échange visuel entre les deux jeunes femmes. La colocataire de sa fille l'intriguait. Elle paraissait plutôt une amie désormais. Annie demandait à sa fille de la leur présenter depuis un moment. Sarah restait vague dans ses excuses et ses descriptions de Letty. Annie savait qu'elles passaient beaucoup de temps ensemble, plus que nécessaire à toute collocation.

Annie essayait de comprendre honnêtement son propre ressenti là-dessus. Était-ce de la simple curiosité naturelle ou s'inquiétait-elle comme à l'époque où Sarah était si proche de son amie Anita ? Elle s'était posé énormément de questions lors de la dernière année de lycée de Sarah. Sa fille s'était vraiment refermée sur elle-même, plus que sa personnalité réservée ne le demandait. Elle ne parlait que d'Anita, sans cesse. Anita avait toujours été sa seule amie, certes, mais Annie connaissait bien sa fille ; elle n'avait pas eu une enfance triste. C'était simplement son tempérament, comme celle de son père qui avait besoin de souvent s'isoler. Toutefois, sur cette dernière année de lycée, Sarah avait paru mélancolique, renfermée, confuse et parfois énervée.

Annie avait eu trop peur de poser les vraies questions. Puis Sarah s'était envolée pour l'Illinois et plus d'Anita. Plus de… doutes ? Annie regrettait de ne jamais l'avoir questionné, mais elle se dit que peut-être elle aurait de nouveau une chance de demander à sa fille son opinion… sur l'amour.

Annie inspira profondément, et reprit immédiatement sa constance avant que les deux jeunes femmes ne s'en aperçoivent. Était-elle prête pour la réponse de sa fille ? Ceci demeurait un gros point d'interrogation.

— Tiens, goûte-moi ça. C'est complètement végan, tu peux y aller, assura Annie avec fierté en servant Letty.

Annie déposa une part dans l'assiette de Letty puis dans celle de sa fille. Letty croqua dans la tarte et ferma les yeux un bref instant.

— Bon Dieu.

Sarah rit aux sourcils dressés sur le visage de sa mère. Letty couvrit sa bouche des deux mains, telle une enfant.

142

— Pardon.

Annie sourit.

— Ce n'est rien. Moi aussi je pense que notre seigneur verse un peu de sa magie dans cette tarte.

Elle la goûta enfin.

— Je suis bien d'accord, confirma Letty en avalant une seconde bouchée.

Sarah sourit en l'observant puis attaqua sa part. Elles dégustèrent en silence pendant une minute.

— Il nous faut la recette et en vendre à la coop.

Annie lui coupait déjà une deuxième part, voyant qu'elle avait presque terminé la première.

— Malheureusement, je ne peux pas la donner, c'est une recette de famille spéciale. Quatre générations se la sont passée.

— Qui a eu l'idée des noix de cette manière ?

— La seconde génération, je crois. Les graines de vanille, par contre, viennent de moi.

Letty observa Annie. C'était une belle femme de quarante-quatre ans. Une femme moderne telle qu'elle se l'était imaginé, sachant qu'elle travaillait pour l'église et était pieuse. Letty admettait avoir ressenti plus de stress à l'idée de rencontrer Annie que le père de Sarah. Elle savait à quel point l'opinion de sa mère comptait pour Sarah. Elle avait renoncé à son propre bonheur pour ne pas lui déplaire, après tout. Elle n'avait pas renoncé à son éducation ni son université de cœur pour satisfaire son père. Mais elle avait sacrifié qui elle était pour ne pas décevoir et risquer de perdre l'amour de sa mère.

Letty avait le sentiment qu'Annie était plus complexe. Elle avait du mal à la voir comme une religieuse fanatique qui enverrait les gays et lesbiennes au pilori d'un claquement de doigts. Sarah n'avait jamais rien dit de sa mère qui puisse indiquer qu'elle pensait ainsi. Letty ne savait pas vraiment si Sarah et sa mère avaient même abordé le sujet. Sarah avait tellement tendance à se refermer quand les discussions approchaient ces thèmes.

Ses confidences à Letty étaient récentes et pas encore évidentes à gérer pour Sarah. Un jour, Letty lui demanderait si elle avait abordé le sujet avec sa mère.

Letty sentait que c'était une conversation, entre mère et fille, qui arriverait très prochainement. Elle espérait avoir le bon feeling avec Annie. Elle savait que ce ne serait pas facile, néanmoins elle croyait fermement que les choses se passeraient bien entre les deux femmes. Quoi qu'il en soit, elle ne pousserait pas Sarah à lui parler, car elle savait par expérience que même des personnes, semble-t-il, raisonnables, avaient très mal réagi lors du coming-out de leur enfant. Donc elle ne voulait pas porter cette responsabilité.

Letty observait mère et fille. Sarah avait vraiment les yeux de son père. Mais elle avait le visage fin de sa mère, et ses lèvres si bien dessinées. Letty se mordit la lèvre inférieure quand son regard s'égara quelques instants sur ces lèvres qui ne demandaient qu'à être embrassées.

— Tiens, une part de plus.

— Oh merci, mais ça va aller.

— Tu as l'air… affamée, déclara Annie avec un sourire que Letty ne put interpréter.

Une certaine panique s'empara d'elle quand elle comprit qu'Annie l'avait vue se perdre en Sarah. Letty parut s'enfoncer dans sa chaise. Quelque chose dans le regard d'Annie convainquait Letty qu'elle n'était pas si ignorante au sujet de sa fille. Elle ne parvenait pas à déchiffrer la curiosité dans les yeux d'Annie. Cela la dérangeait-il réellement, où se demandait-elle simplement si Letty et sa fille couchaient ensemble ?

Letty secoua la tête.

— Ça va ? s'enquit Sarah avec un léger froncement de sourcils.

— Pardon ? Oh euh oui. Non, mais sérieusement cette tarte est une tuerie, indiqua-t-elle en acceptant finalement le morceau offert.

Bon sang, sa rencontre avec le père de Sarah ne l'avait pas rendue si fébrile, alors qu'elle avait bien plus de raison de l'être. Pourtant non, aucune nervosité, ou presque, bien moins que maintenant en tout cas. Sans doute était-ce dû au fait qu'elle rencontrait la mère de Sarah, et non un pion dans un jeu, pas une réunion répétée, pas quelque chose de fait exprès.

Letty put difficilement masquer le voile sombre qui parcourut son visage. Cette épée de Damoclès restait perchée au-dessus de sa tête à propos de Sarah ou sa famille.

Non, elle n'était pas là en tant qu'amie de Sarah. Elle avait un but. Elle était dans cette maison pour une seule raison. Il fallait qu'elle mette ses sentiments de côté, elle n'était pas nerveuse, se répéta-t-elle. Elle n'était pas là pour plaire à quiconque. Elle était en mission. Cette visite ici, aujourd'hui, était prévue dans le plan initial.

Dans ce cas-là, pourquoi son esprit était-il encore fixé sur les lèvres de Sarah qu'elle imaginait pressées contre les siennes ? Elle devrait déjà être à la recherche du bureau de Fredrik Weisman.

— Ça va, jeune fille ?

La bienveillance dans le ton d'Annie sortit Letty de sa torpeur.

— Euh, oui. Je suis désolée. Je suis un peu fatiguée.

Sarah opina.

— Elle est rentrée à… quelle heure déjà ? Pas loin d'une heure et demie, non ?

Letty hocha la tête.

— Désolée, Sar. Je ne pensais pas que tu m'avais entendue.

— Je ne dormais pas, la rassura Sarah avec un doux sourire.

Annie ne manqua aucun mot ni aucun sourire entre les deux jeunes femmes.

— Elle a bossé au magasin jusqu'à vingt et une heures trente puis est partie au refuge animalier.

— Effectivement. Sarah m'a parlé de toutes vos activités. Le volontariat est une telle source de bienfait. C'est admirable, que ce soit pour les humains ou les animaux. C'est une grande satisfaction.

Letty hocha la tête. Elle savait par Sarah qu'Annie donnait beaucoup de son temps également pour diverses œuvres de charité. Son église avait même une branche dans la vallée qui fournissait des repas aux sans-abris.

— Elle m'a aussi parlé de votre commerce. Quelle merveilleuse idée, cette coopérative ! J'adore quand nos jeunes prennent cette crise financière à bras le corps. Je savais bien que cette génération avait des ressources, des idées et de la volonté. Votre magasin le prouve.

— Merci.

Letty se sentait gênée.

— Je viendrais le voir dès que possible.

— Merci. Mais vous savez, nous sommes dans la vallée.

Annie rit très légèrement.

— Tu le dis comme si c'était la Sibérie.

Letty sourit aussi.

— Oui, c'est vrai. C'est juste que parfois, c'est un peu la zone.

— Je n'aurai aucun souci, ne t'inquiète pas. D'ailleurs, notre branche d'aide aux sans-abris se trouve dans la vallée. Enfin, à moins d'un kilomètre de ce qui est considéré comme frontière entre notre Los Angeles et le vôtre, déclara-t-elle, amusée avant de lever les yeux au ciel.

Sarah et Letty sourirent.

— Dans ce cas, je vous ferais visiter avec grand plaisir.

Annie hocha la tête.

— En parlant de ça, annonça Sarah en se levant.

Letty tâcha de garder le sourire même s'il était bref. Elle aurait voulu que Sarah suggère qu'elles s'en aillent, qu'elle prétexte devoir partir rapidement pour une quelconque conférence ou lecture de professeur renommé. Tout, tout, mais pas le tour de la maison. Tout, sauf lui donner l'opportunité qu'elle cherchait depuis des semaines. Pendant quelques secondes, Letty souhaitait rentrer bredouille.

Elle se leva, un sourire impatient sur les lèvres désormais. La seconde était passée, elle avait des choses à faire, des animaux à sauver. Rien ne la stopperait.

Sarah lui montra le salon, elles y restèrent un moment, admirant l'immense collection de livres. Ensuite vint la pièce qui servait anciennement de bureau au docteur Weisman. Celui de sa femme dorénavant. Par conséquent, Letty en profita pour demander où se situait l'office de son père. Sarah la mena au premier étage. Elles passèrent devant la chambre parentale sans y entrer. La salle de bain était quasiment aussi grande que l'appartement où vivaient les deux jeunes femmes. La chambre de Sarah se trouvait un peu plus loin. Sarah s'arrêta devant une porte.

— Nous y voilà. Le bureau du maitre. Quand il y est, on ne doit pas le déranger. Il peut y passer des heures. Pas que je le critique, moi je passais bien des heures à lire, enfermée dans ma chambre, ou dans le jardin. On se ressemble beaucoup lui et moi sur ce point-là.

Letty admira les étagères en vrai bois, remplies de journaux médicaux, de revues scientifiques. Elle contempla les différentes distinctions accrochées fièrement aux murs. À droite se trouvaient le bureau et l'ordinateur de Fredrik Weisman. Des papiers et des journaux étaient étalés dessus. Letty s'attendait à un environnement bien plus stérile, plus froid également que ce bureau, somme toute mal rangé. On pourrait même aller jusqu'à *bordélique*, pensa-t-elle.

— Alors c'est ici qu'il écrit tous ses articles, ses découvertes et ses thèses. Toutes ses grandes publications qui lui ont valu autant de récompenses.

— Oui, c'est là, pour la plupart. Il garde ses études les plus importantes à l'université, mais il est très inspiré quand il est ici, seul. Ses livres et ses journaux scientifiques sont ici, ainsi que les codes du labo. Il emporte toutes ses recherches et les autres documents importants au travail. Il ne fait jamais de recherche pratique ici, bien évidemment, uniquement de la théorie. Il dit que ce n'est pas prudent. Il est toujours à cheval sur la sécurité.

— Il a raison. Mieux vaut ne rien garder ici. En plus, les universités ont généralement des coffres spéciaux pour les œuvres ou découvertes sensibles au vol ou l'espionnage, pas que j'y connaisse grand-chose.

— Bah vaut mieux qu'il garde tout là-bas, car il est pointu sur la sécurité de ses recherches au labo, mais alors à la maison, il laisse tout trainer, admit Sarah en fermant la porte du bureau.

Elles continuèrent de marcher.

— Que veux-tu dire ? s'enquit Letty en observant le plafond comme si de rien n'était.

Sarah rit.

— Oh non, ce n'est rien. C'est une blague entre nous. Il parle d'avoir un coffre-fort ici pour les codes du labo, tu sais. Depuis des années. À l'USC, il les met sans faute au coffre dès qu'ils changent en début de mois, ici, il les laisse trainer dans son tiroir, ferme à clé et met la clé dans le tiroir d'à côté.

C'est avec un léger rire qu'elle termina :

— Je te jure, plus ils ont de cervelle, moins ils ont de jugeote.

Sarah ne vit pas le petit mouvement de tête de Letty qui regarda brièvement en l'air en fermant les yeux. Elle agita la tête, là aussi succinctement, souhaitant l'espace d'une seconde que Sarah ne vienne pas de prononcer ces mots-là.

Elle expira et se reprit.

— Mais il devrait mettre un coffre. Tu ne m'as pas dit qu'il y avait eu une intrusion il y a quelques jours ?

Sarah hocha la tête.

— Oui. La semaine dernière. Quelqu'un avec un sweater à capuche s'est infiltré, mais il n'y a pas d'images de lui à l'intérieur. Il ne manquait rien du tout à la maison. Mon père pense qu'il s'agit sûrement d'un challenge de gamins. Je n'ai pas vu les images. Mince, j'ai oublié de demander à ma mère d'ailleurs, ça l'a un peu secouée sur le coup.

Sarah s'arrêta. Elles se rapprochaient de sa chambre à coucher. Elle se sentait curieusement anxieuse.

— Je ferais bien d'aller lui demander maintenant.

— Euh oui.

Letty prétendit regarder tout autour.

— Je peux utiliser vos toilettes ?

— Oui bien sûr. Avant le bureau de mon père, sur la gauche, tu te souviens ? On se retrouve en bas, OK ?

Sarah était trop impatiente d'éviter sa chambre qu'elle manqua le voile de regret passant dans les yeux de Letty.

Reste, reste avec moi, ne me laisse pas faire ça, Letty s'entendit dire. Seulement, c'était dans sa tête. Aucun son ne sortit tandis que Sarah s'éloignait. Letty agita les bras et se dirigea vers le bureau de Fredrik Weisman.

Sarah s'arrêta par le salon pour récupérer un livre qu'elle souhaitait relire. Elle arriva à la cuisine avec cinq volumes dans les mains. Elle haussa les épaules. Et alors ? Elle lisait beaucoup, ce n'était pas nouveau. Elle ne pouvait pas être dans une pièce remplie de livres et n'en choisir qu'un. Lui demander cela était tout simplement irréaliste.

Elle posa les livres sur le comptoir et se retourna vers la table de la cuisine, dans l'espoir de se couper une nouvelle part de tarte.

— Bas les mains ! lança sa mère qui entrait dans la cuisine avec un rouleau de film étirable.

— C'est le dernier rouleau. Il faut que je le mette sur ma liste de courses sinon je vais l'oublier.

Sarah hocha la tête de manière absente, regardant sa mère emballer le reste de la tarte.

— De cette façon, vous en aurez en dessert ce soir.

Sarah acquiesça une fois de plus de la tête.

— Vous mangez bien ensemble ce soir… n'est-ce pas ?

Sarah bougea dans sa chaise, mal à l'aise par la question sous-jacente.

— Mm-mmm. Enfin sûrement. Je ne sais pas. Peut-être qu'elle a déjà un truc de prévu.

— Avec, euh, Ricky, c'est bien ça ?

— Pardon ? Ricky ?

— Oui, tu as parlé quelquefois de son ami Ricky. Est-il son petit ami ?

Là encore, Sarah entendait une autre question, et sentait parfaitement la direction dans laquelle sa mère menait la discussion.

Elle se tourna vers ses livres, les prit et les amena sur la table en précisant :

— Non, ils sont juste amis.

— Oh, très bien. Tu m'avais dit qu'ils passaient tout leur temps ensemble, c'est pour ça.

Sarah admettait qu'au début c'était vrai, Ricky et Letty passaient le plus clair de leur temps ensemble, entre la coopérative, le groupe de musique et bien sûr le refuge, mais ça avait changé au fil des semaines. Letty passait maintenant la plupart de son temps libre avec Sarah.

Sarah haussa les épaules.

— C'est son meilleur ami.

— Bien. C'est bien d'avoir des amis. J'aime bien cette fille. Elle m'a l'air intéressante. C'est bien de te voir sortir avec des amis.

— Maman.

— Quoi ? Qu'ai-je fait ?

Sarah fixa ses livres. Annie l'observait.

— Tout va bien à la maison quand elle n'est pas seule ?

Sarah cligna des yeux.

— Elle a certainement un petit ami. Elle est très belle et parait plus extravertie que toi, alors je suppose qu'elle doit voir du monde. Je souhaitais simplement m'assurer que tout allait bien, point de vue de la cohabitation quand son petit ami est là ?

— Non, maman, c'est, elle ne ramène personne à la maison, elle n'est pas… Elle est célibataire.

Sarah se leva. Avant que sa mère ne puisse dire quoi que ce soit, elle ajouta rapidement :

— Je ferais bien d'aller voir si elle ne s'est pas perdue.

— Vas-y ma chérie, répondit Annie tandis que Sarah s'éloignait déjà.

Annie continuait d'emballer la tarte, perdue dans ses pensées. Si Sarah n'était pas prête à en parler, Annie n'était assurément pas prête à l'entendre.

***

Sarah vérifia la salle de bain, mais elle était vide. Elle sourit quand elle vit Letty qui se tenait devant son ancienne chambre.

— Je croyais que tu t'étais perdue.

Sarah avança jusqu'à elle. La porte était entrouverte, comme d'habitude. Elle appréciait que Letty n'y soit pas entrée.

— Disons que je suis partie vers les escaliers et j'ai réalisé qu'ils menaient au deuxième étage. Qui a eu une idée pareille d'avoir un escalier qui monte au premier d'un côté de la maison, et qui redescende de l'autre côté ?

— Des architectes camés à l'acide ?

Letty sourit et regarda devant elle. Sarah inspira fort.

— Oui, j'ai un peu écourté la visite tout à l'heure.

Elle ouvrit la porte en grand. Letty distinguait la tapisserie couleur azur. Des portraits de paysages recouvraient les murs ; forêt, montagnes, rivières,

148

chevaux sauvages. Sur la gauche, elle apercevait un bout du lit king size de Sarah.

Sarah lui signala d'entrer. Letty prit la mesure de la chambre de Sarah. Elle voyait le lit en entier, il paraissait presque petit par rapport à la taille de la pièce. Une couette violet-rose l'enveloppait. Une grosse peluche de lion, ayant bien vécu, trônait dessus.

Letty n'en croyait pas ses yeux, leur pièce de vie rentrait dans cette chambre. Elle distingua le meuble sur lequel était sans doute posée la télévision maintenant fixée au mur de leur appartement. L'ordinateur de maison de Sarah, un large iMac demeurait sur son bureau puisque Sarah n'avait pris que son Mac Book afin d'économiser de l'espace.

— Ouah. Maintenant, je comprends pourquoi tu as mis si longtemps à déménager.

Sarah rit.

— Et je t'admire. C'est pratiquement aussi grand que l'appart, Sar, déclara-t-elle sur un ton demandant presque si elle ne regrettait pas sa décision.

— Quand même pas. Et l'appartement me va très bien. Il a tout ce dont j'ai besoin.

Letty la regarda dans les yeux et Sarah observa timidement son bureau pour couper l'échange visuel.

— Enfin, je voulais dire, euh, la nourriture, un lit, une bonne lumière naturelle pour lire, le calme pour étudier, le campus à quelques minutes de marche. Et, OK, la coloc n'est pas trop mal non plus.

Letty lui poussa doucement l'épaule puis se tourna pour voir ce qu'elle avait touché avec son épaule ; un presse-papier en cristal.

— C'est ta cousine qui l'a fait ?

Sarah acquiesça.

— C'est vraiment super beau. J'adore les couleurs.

Letty voulut le saisir quand ses doigts effleurèrent une toile d'araignée située entre le presse-papier, le mur et un cadre photo. Elle cria et bondit en arrière en apercevant la grosse araignée qui s'y trouvait. Elle se retourna ensuite pour voir la réaction de Sarah qui riait aux éclats.

— J'ai été surprise.

— Oh mon dieu ! T'as crié comme une fille !

Sarah riait encore plus de l'embarras sur le visage de Letty.

Letty haussa les épaules.

— Je *suis* une fille, indiqua-t-elle avec toute l'offense qu'elle ressentait de s'être fait prendre avec cette réaction naturelle, mais instinctive.

— Oh, la vache. C'était trop drôle. Tu aurais vu ta tête. Qu'est-il advenu de ma grande héroïne des animaux, amoureuse de toutes les créatures sur terre ?

— Vas-y, marre-toi.

Sarah ne s'en privait pas, effectivement, encore davantage face à la moue boudeuse de Letty qui tenta de se justifier :

— Tout le monde craint les araignées, OK ? Ça ne veut pas dire que je ne les aime pas. T'aurais crié toi aussi si t'avais été à ma place.

Sarah continuait de rire, néanmoins plus discrètement, elle appréciait d'être en mesure de titiller Letty pour une fois.

— OK. C'est vrai. Je n'aime pas les araignées.

Sarah s'approcha de la toile et Letty posa sa main sur le bras de la jeune femme.

— Non, non, ne la tue pas, s'il te plait. Je ne les aime pas, mais je ne les tue pas.

Sarah sourit encore plus.

— Je ne vais pas la tuer. C'est ma mère l'experte. Enfin, experte à les prendre et les foutre par la fenêtre. On ne les tue jamais, sauf accident.

Sarah lui fit un clin d'œil en allant dans le couloir.

— Maman !

Elle regarda vers l'escalier.

— Je ne suis pas sûre qu'elle m'entende.

Letty la suivit dans le couloir et Sarah ne put contenir un petit rire.

— Sérieux, c'était hilarant. J'aurais bien aimé t'avoir filmée, et le montrer à tous tes amis de la PA. J'aurais pu te faire chanter, tiens, annonça-t-elle en s'arrêtant enfin de rire.

Remise de son embarras, son sourire séducteur redessinait les lèvres de Letty qui s'avança vers Sarah.

— Et en échange de quoi m'aurais-tu fait chanter ? Qu'est-ce qui pourrait bien te *satisfaire* ?

Le dos de Sarah toucha le mur, car elle recula. Son cœur battait fort dans sa poitrine, mais elle n'avait pas peur alors que Letty, elle, s'avança encore.

— Il faudra que j'y réfléchisse, murmura l'étudiante.

Letty sourcilla.

— C'est dommage que tu ne l'aies pas cette vidéo. Personne ne le saura jamais.

— Quelle poule mouillée tu es ? Sarah sourit en coin, sourcils dressés effrontément.

— Moi, je le sais, n'empêche. La grande dure à cuire Letty est en réalité une dégonflée comme nous tous.

Le corps de Letty se trouvait pressé contre celui de Sarah.

— Je vais te montrer la poule mouillée.

Sarah aurait presque eu mal dans la poitrine tant son cœur battait la chamade quand Letty posa une main sur son visage. Elle ouvrit légèrement ses lèvres pour le baiser qui allait suivre. Il n'y avait aucun moyen, ni envie, de l'empêcher. Elle ferma les yeux lorsqu'elle sentit le souffle de Letty contre sa bouche. Elle rouvrit les yeux pour plonger dans ce regard quasiment noir, et si intense. La respiration de Letty, pratiquement humide tant sa bouche était près de celle de Sarah. Sarah sentit à peine les lèvres de Letty sur les siennes avant que Letty ne s'éloigne brutalement quand Annie appela Sarah.

La mère de famille apparut en haut des escaliers.

— Tu m'as appelée, ma chérie ? J'ai cru entendre crier, non ?

Sarah était rouge et sembla incapable de dire le moindre mot.

— Désolée, madame Weisman. C'était moi. Il y a une araignée et j'ai été surprise.

— Oh, très bien. Je vais m'en occuper. Où est-elle ?

— Juste là.

Letty lui montra derrière elle.

— Sur la commode, derrière le presse-papier.

Letty guettait la réaction de Sarah, mais cette dernière s'écarta du mur et sortit de sa stupeur.

— Je vais t'aider, maman.

— Ça va aller. Oh tu es là, petite araignée.

— Tu sais quoi, maman, laisse là. Après tout, ma chambre est sa maison à présent. Elle n'embête personne. Laisse là où elle est. Il faut qu'on y aille maintenant, je dois bosser un exposé.

— Comme tu veux, ma chérie.

Annie fronça les sourcils, dans la mesure où sa fille était déjà en route pour les escaliers.

En bas, Sarah embrassa sa mère puis elles lui dire au revoir. Annie signala à Letty qu'elle était la bienvenue à n'importe quel moment.

***

Le chemin du retour s'effectua dans le calme, sans mal être en revanche. Sarah ne se sentait plus mal à l'aise avec Letty désormais, elle restait néanmoins très songeuse et, a priori, c'était la même chose pour la belle Latine.

Sarah se remémora le léger contact entre leurs lèvres, et éprouva presque le réflexe de les toucher. Elle inspira profondément à ce souvenir. Elles avaient été si près de ce premier baiser. Elle sentait le souffle humide de Letty sur son visage, comme si elle le respirait à cet instant même. Les épaules de Sarah s'avancèrent tandis qu'elle frissonna, son cou se raidit et ses mamelons durcissent.

— As-tu froid ?

— Non.

La réponse de Sarah n'était guère plus qu'un murmure.

Letty expira légèrement pour se détendre. Elle savait parfaitement à quoi pensait Sarah, vu qu'elle y pensait également. Elle avait même peur de rentrer à la maison. Elles seraient seules, qu'est-ce qui pourrait l'empêcher d'embrasser Sarah ? Son attirance pour elle était trop puissante, elle n'avait pas les armes pour la combattre. Elle avait épuisé toutes les forces qu'elle ait eues de rester loin d'elle, intimement parlant.

151

Elle mit de la musique pour éviter de songer à Sarah, même pour une minute. Il lui fallait un plan, un *autre* plan. Le meilleur qu'elle puisse élaborer était d'aller très vite à la salle de bain, prendre une douche froide puis s'enfermer dans sa chambre et jeter la clé par la fenêtre pour le reste de la nuit. Letty hocha la tête, c'était un bon plan. Elle souffla fortement.

— Tout va bien ?

Letty opina. Sarah n'en demanda pas davantage.

Sarah aussi craignait le retour à la maison. Ce qu'elle voulait, ce qui la prenait au ventre à ce moment-là changerait tout, elle le savait, pourtant elle ne pouvait s'empêcher de le désirer plus fort que tout. Elle ne pourrait pas repartir en arrière. L'image de sa mère défila devant ses yeux.

Elle regarda par la fenêtre. Comment pourrait-elle être prête à perdre autant ? La question s'avérait plutôt de savoir *quand* elle était prête à possiblement perdre autant, car Letty et elle, ça arriverait forcément. Était-elle prête, tout court ?

Elles n'échangèrent pas d'autres mots. Letty se gara près du condominium et elles montèrent au troisième étage. Elles posèrent leur sac à main sur le meuble à chaussures, comme souvent. Maintenant, le silence commençait à devenir pesant.

— Je vais aller dans ma chambre, annonça simplement Sarah.

— Ouais moi aussi. Enfin, je veux dire, dans ma chambre à moi, précisa Letty en pointant carrément du doigt sa chambre, secouant légèrement la tête.

Le regard de Sarah s'abandonna dans celui de sa *colocataire*. Le battement de cœur de Letty s'emballa. Une brève vision d'elle-même, s'avançant, comblant l'écart entre elles et embrassant Sarah lui traversa l'esprit. Toutefois, la photo prise sur son téléphone prépayé, rangé dans la poche arrière de son jean, la bloquait complètement. C'était pire qu'une douche froide.

Sarah ne le savait pas, mais Letty si. Voilà pourquoi rien ne pouvait se passer entre elles.

— OK et bien, bonne nuit alors.

Sarah alla dans sa chambre sans fermer la porte.

Perdue dans ses pensées, Letty se tenait toujours dans la pièce quand Sarah sortit peu après, son sac de toilettes à la main. Sarah lui offrit un sourire timide, comme si elle n'avait pas plus de mots que Letty pour le moment. Sarah s'enferma dans la salle de bain.

Letty relâcha sa respiration. Elle rangea les parts de tartes au réfrigérateur puis s'assit dans le canapé, essayant de regrouper ses pensées. Elle inspira aussi profondément que possible quand Sarah sortit quelque temps plus tard, vêtue d'une courte nuisette de soie.

Le regard de Letty exprimait beaucoup. Sarah rougit instantanément.

— Désolée, je pensais que tu serais dans ta chambre.

— Na-umm.

Letty n'en dit pas davantage avant de se lever et d'aller directement à la cuisine, détournant son regard de Sarah.

— J'allais me faire un thé, en fait, indiqua-t-elle, reprenant de la contenance.

— OK. J'ai vraiment passé une super soirée.

— Moi aussi.

Leurs regards se croisèrent enfin. Sarah tenait sa serviette de toilette bien devant elle, se cachant un peu de ce désir dans le regard de Letty.

— Passe une bonne nuit, Letty.

— Toi aussi, Sar.

Sarah retourna dans sa chambre, laissant une nouvelle fois la porte ouverte de quelques centimètres.

— La vache, lâcha Letty, en baissant la tête, ses mains étalées sur le comptoir. Elle sortit le portable prépayé de sa poche arrière, entra un numéro et se prépara à transmettre la photo des codes. Son pouce hésita sur le bouton envoyer. Elle réfléchit à toutes les raisons pour lesquelles elle devait le faire. Elle regarda en direction de la chambre de Sarah, et appuya finalement sur l'envoi.

Elle s'avança près de sa porte, fixant la lumière qui filtrait de la chambre de Sarah. Elle le faisait pour elle aussi. Elle devait lui faire cette horrible chose, ainsi elle érigeait l'ultime barrière entre elles. Elle ne pourrait pas la franchir, n'est-ce pas ? C'était la seule chose qui la retenait d'ouvrir cette porte et de faire l'amour à Sarah toute la nuit.

Message transmis. C'était fait. Trop tard pour faire marche arrière. Elle ne ferait plus de mal à Sarah après cela, en tout cas, elle en était fermement convaincue. Pourtant, tout ce qu'elle ressentit d'envoyer ce message était une profonde envie de vomir. Elle se dirigea vers le réfrigérateur pour sortir la première bouteille d'eau qu'elle trouva. Elle posa le téléphone sur le comptoir comme s'il lui brûlait les mains. Tout semblait la brûler, d'une manière très désagréable.

C'était trop. Elle retourna dans sa chambre, quitta son jean. Elle avait absolument besoin de cette douche froide maintenant, comme si un virus inconnu s'insinuait sous sa peau. Ça la démangeait et elle ne savait comment l'expulser. Il ne lui restait que cette douche pour se sentir mieux. En aucun cas elle n'irait se réfugier dans la douceur de Sarah pour cela.

Elle commença à défaire les boutons de sa chemise dans la pièce à vivre. Elle fronça les sourcils quand elle vit que le sac de toilettes de Sarah se trouvait encore dans a salle d'eau. Letty ressortit pour voir si la lumière filtrait toujours de la chambre de Sarah. C'était le cas. Peut-être Sarah n'avait-elle pas terminé avec la salle de bain ? Sans y penser, Letty se dirigea vers la chambre de Sarah. Elle ouvrit la porte un peu plus et se montra en demandant :

— T'as fini avec la salle de bain ?

Sarah était assise sur le bord de son lit et regardait les photos d'Evelyn et elle, s'interrogeant sur les garder ou pas. Son esprit tournait si vite. Elle n'avait plus besoin d'aller à la salle de bain, mais elle était tellement perdue dans ses pensées qu'elle avait simplement oublié son sac de toilettes. Elle observa Letty et, au lieu de répondre, elle rit très légèrement. Elle fixa devant elle avec un petit hochement de tête.

— Tu ne peux juste pas t'en empêcher, déclara-t-elle, le sourire aux lèvres.

Letty fronça les sourcils avant de se rendre compte de sa *tenue* ; culotte, la moitié des boutons de sa chemise défaits, laissant bien entrevoir sa brassière de sport rouge.

—Oops.

D'abord amusée également, Letty devint plus sérieuse quand ses yeux tombèrent sur les jambes nues de Sarah. Son regard remonta le long de ses cuisses à la nuisette qui recouvrait le corps fin de Sarah. Elle inspira profondément. Sarah sentit ses tétons durcir sous le regard pénétrant de Letty qui fixa ensuite la poitrine et le cou de Sarah avant de fondre dans ses yeux. Elle se lécha la lèvre inférieure.

— Tu es si belle, glissa Sarah d'un souffle.

Letty réalisa que le regard de Sarah sur son corps reflétait le sien sur celui de l'étudiante.

— Tellement belle.

La raison, ou toute autre partie du cerveau de Letty, sembla se fermer tandis qu'elle s'avança vers Sarah jusqu'à se tenir en face d'elle, contre ses genoux.

Sarah inspira lentement et posa sa main sur le ventre nue de Letty, sous la chemise ouverte. Letty ferma les yeux. Elle sentit les doigts tremblants de Sarah dessiner les traits de ses abdos. Sarah retira sa main. Letty se recula et s'agenouilla en face d'elle.

Elle regarda de côté à la photo que Sarah contemplait à son arrivée dans la chambre. Elle fixa de nouveau Sarah et posa une main sur son visage et l'autre sur le genou de Sarah, la bougeant imperceptiblement vers sa cuisse. La poitrine de Sarah se souleva.

— Dis-moi, Sarah… murmura Letty, se penchant jusqu'à ce que Sarah sente la chaleur de son souffle sur son visage.

— Que ressentais-tu, intérieurement, quand elle t'embrassait ?

La respiration de Sarah augmenta quand la main de Letty glissa sur l'intérieur de sa cuisse.

— Je ne me souviens pas, répondit Sarah d'un léger soupir.

Heureusement que Letty se tenait si près d'elle, car elle n'aurait pas entendu la réponse sinon.

— Oh, c'est vrai ? s'amusa-t-elle, tandis que sa main descendait toujours plus près de l'entrejambe de Sarah. Comme si elles pensaient par elle-même, les jambes de Sarah s'écartèrent sensiblement pour lui laisser libre accès. Letty se rapprocha encore, sa bouche à quelques centimètres de celle de Sarah qui murmura :

— C'était une autre époque, tu sais. C'est comme un brouillard maintenant, souligna-t-elle en regardant Letty droit dans les yeux, le ton de sa voix aussi joueur que celui de Letty.

Letty se mouilla les lèvres et sourit en susurrant contre la bouche de Sarah, tandis que sa main glissait plus bas.

— Il faut que je te le remémore, dans ce cas.

Sarah se raidit avant même que Letty ne la touche *là*. Letty captura ses lèvres dans un baiser subtil. Sarah se sentit chavirer par ce baiser. Elle dut le rompre en revanche quand le pouce de Letty s'insinua entre ses lèvres intimes. Elle posa son front sur celui de Letty.

— Ssh, souffla Letty à voix basse.

— Tout va bien.

— Letty, murmura Sarah quand le pouce de Letty remonta jusqu'à son clitoris qu'elle effleura.

Les ongles de Sarah s'encrèrent dans la peau de Letty.

— Tout va bien, répéta Letty avant de l'embrasser de nouveau, plus profondément cette fois. Elle goûta la bouche de Sarah et gémit de plaisir quand Sarah retourna cette même ferveur. Letty l'embrassa avec une passion qu'elle n'avait jamais connue pour autre chose que ses animaux. Letty délaissa sa bouche pour le cou de Sarah. Sarah laissa tomber sa tête en arrière, de désir et d'envie que Letty la dévore. Elle voulait se donner à Letty comme elle n'avait jamais rien désiré auparavant.

Les mains de Sarah sur les bras et les épaules de Letty devenaient de plus en plus curieuses de dévoiler plus de peau. Elle avait besoin de la sentir. Elle défit les derniers boutons de la chemise de Letty. Letty la stoppa juste pour se relever. Elle jeta chemise et culotte au sol.

Si belle, pensa Sarah sans pouvoir prononcer un seul mot.

Ses pupilles dilatées parlaient pour elle. Letty remonta sur le lit, emmenant Sarah. Elles s'embrassèrent, agenouillées face à face sur le lit. Letty souleva la petite nuisette de Sarah qui atterrit aussitôt au sol. Elle s'avança sur Sarah jusqu'à ce que l'étudiante soit allongée sur le dos, Letty entre ses jambes. Letty l'embrassa tout en pressant son bassin sur l'entrejambe de Sarah. Elles gémirent. Mais, tandis que Letty l'embrassait dans le cou, Sarah était bien trop curieuse, elle désirait bien trop caresser ce corps qui l'avait tant fait fantasmer. Elle voulait toucher. Elle *pouvait* toucher. Elle glissa ses doigts le long du dos de Letty jusqu'à ses fesses qu'elle serra fort, provoquant un autre soupir de Letty qui la regarda, sourcil dressé.

— Sado-maso ?

Sarah aurait ri si elle n'avait pas éprouvé tant de mal à respirer. Elle sourit, ses yeux bleu océan rivés dans le brun foncé de Letty. Elle promena ses mains dans les cheveux de la latine, des deux côtés de sa tête.

— Je te veux tellement, Letty.

Letty inspira longuement. Il y avait quelque chose dans les yeux de Sarah qu'elle n'avait vue chez personne d'autre. Une telle faim, un tel besoin d'elle. Toutes pensées de ce qu'elle désirait faire à Sarah s'envolèrent quand les mains de Sarah se posèrent sur sa poitrine. Letty ôta sa brassière. Rien ni personne ne stopperait Sarah à ce moment-là. Letty se sentait tellement privilégiée par la façon dont Sarah la regardait, la touchait. Ça allait bien au-delà du contact physique. Letty en perdit presque le souffle, peur d'être face à une nouvelle crise d'angoisse, mais il n'en était rien. Les mains de Sarah sur ses seins, titillant ses mamelons durcis, la ramenèrent à la réalité. Cette réalité de rêve entre Sarah et elle, ici, maintenant, dans cette chambre. Rien d'autre ne comptait.

Sarah se leva légèrement pour prendre un téton dans sa bouche tout en continuant de caresser l'autre sein. Letty expira et se tint sur un bras tandis que l'autre soutenait le corps de Sarah, et l'attira plus près d'elle. Elle ronronna quand la main de Sarah descendit le long de son corps. Elle décala sa jambe droite à l'extérieur de la jambe gauche de Sarah pour laisser place à la main baladeuse de Sarah.

— Bon Dieu, Sarah.

La bouche de Sarah délaissa le sein gauche de Letty, trop submergée par la sensation de la moiteur qu'elle sentait sur son doigt, entre les jambes de Letty. Letty captura une nouvelle fois les lèvres de Sarah dans un baiser fougueux. Sarah se rallongea sur le dos. Elles s'embrassèrent comme si le monde explosait autour d'elle et qu'il ne leur restait que cela. Letty grogna quand Sarah saisit son nerf si sensible entre deux doigts.

— Sarah, souffla-t-elle, dissimulant sa tête dans le cou de Sarah avant d'embrasser la tendre peau qui se trouvait là. Elle bougea son autre jambe à l'extérieur pour avoir les jambes écartées sur Sarah.

— Sarah, s'il te plait. J'ai besoin… s'il te plait. Sarah.

Sarah attira Letty à elle pour l'embrasser. Letty ne rompit ce baiser que pour respirer quand Sarah glissa en elle. Elle la regarda.

— Sarah.

Sarah la pénétra doucement quelquefois.

— C'est bon là ?

— Oui. Sarah.

— Comme ça ? demanda Sarah, insérant un deuxième doigt avec hésitation tout en frottant le clitoris de Letty avec son pouce.

— Oui, oui, un peu plus à gauche. Oh oui, oui, Sarah !

Letty agrippa les draps dans ses mains.

— Comme ça, oui, mmm, Sarah.

Letty bougeait amplement son bassin. Sarah restait en admiration du mouvement de Letty sur sa main. Elle sentait les muscles internes de Letty se serrer de plus en plus autour de ses doigts, ainsi que la moiteur qui s'écoulait sur sa main tandis que Letty approchait de l'orgasme.

Letty embrassa Sarah si fort qu'elle laissa une trace sur ses lèvres. Son corps se raidit quelques secondes avant de se laisser tomber sur Sarah.

Letty était à bout de souffle. Sarah la caressait d'une main tandis que l'autre était encore en Letty. Ses doigts toujours captifs des derniers spasmes de l'orgasme de Letty.

Elle se sentait étrange soudainement. Elle s'était si souvent interrogée sur les sensations que provoquerait de faire l'amour avec une femme, de jouir sous ses caresses. Elle avait rêvé des touchers et des baisers de Letty. À cet instant, elle réalisa qu'elle avait eu tout faux, elle ne vivrait jamais quelque chose d'aussi fort que de sentir une femme jouir sous *son* toucher.

Elle sentait ses larmes aux fonds des yeux, puis la sensation unique des doigts de Letty sur sa peau, son cou et la ligne de sa joue et sa bouche. Letty déposa un doux baiser sur ses lèvres. Elle l'embrassa tendrement pendant de longues minutes en reprenant sa place entre les jambes de Sarah. Les doigts de Sarah glissèrent hors d'elle. Elle laissa sa main sur le côté.

Letty lui sourit puis attrapa délicatement le poignet de Sarah et l'amena à sa bouche. Les mamelons de Sarah durcir aussitôt à la vue, et la sensation, de Letty léchant ses doigts couverts de son plaisir. Dès qu'elle eût fini, Letty embrassa Sarah, laissant l'étudiante goûter sa saveur tandis qu'elles s'embrassaient.

Sarah gémit, incapable de comprendre comment ce geste pouvait lui donner encore plus d'envie, elle était déjà tellement prête. Les ongles de Sarah s'enfoncèrent dans le dos de la brunette quand celle-ci pressa leurs entrejambes. Les baisers de Letty s'enflammèrent de nouveau en descendant le long du corps de Sarah, son cou, ses seins dont elle s'occupa un moment, prenant un téton entre ses dents et l'autre entre deux doigts.

Sarah posa sa main dans les cheveux de Letty. Letty massa ses seins, l'un après l'autre. Elle la titilla un long moment et s'abaissa encore.

Letty embrassa l'intérieur de la cuisse de Sarah, Sarah crut qu'elle allait mourir. Ça lui faisait mal au creux du ventre tant elle avait besoin de Letty sur elle. Elle n'eut pas à attendre longtemps. Sarah couina à la première sensation de la bouche de Letty sur elle. Letty lécha son clitoris plusieurs fois avant de prendre le petit bout de nerf entre ses dents. Sarah cria à nouveau. Elle était déjà si près de l'orgasme. Letty glissa juste un doigt en elle et continua de la sucer. Quelques minutes suffirent à Sarah pour jouir. Letty ne s'arrêta pas et Sarah émit de petits gémissements. Elle s'accrocha fort dans la chevelure de Letty, si fort que Letty dut se reculer. Elle sourit avec satisfaction en voyant les traces d'ongles que Sarah avait laissées sur sa peau, adorant le plaisir qu'elle lui procurait. Elle monta sur Sarah. Sarah arqua le dos quand Letty la pénétra de nouveau, avec deux doigts cette fois. Letty l'embrassa de façon possessive en l'emplissant fortement, utilisant ses hanches pour appuyer plus fort chaque fois que Sarah criait. Les jambes de Sarah bougeaient de manière frénétique sur le matelas. Elle les cala sur les fesses de Letty, les écartant encore davantage, ses talons s'encrant en Letty. Letty aurait voulu la pénétrer à tout jamais, elle aurait pu continuer des heures, mais Sarah jouit une nouvelle fois, son orgasme la secouant de la tête au pied. Letty grogna presque de bonheur en sentant les muscles de Sarah se serrer autour de ses doigts.

Avait-elle une fois dans sa vie goûté à tant de volupté ?

Elle l'emplit deux, trois fois, plus lentement. Elle l'embrassa avec douceur. Les paupières de Sarah étaient fermées. Quand elle ouvrit les yeux, Letty porta ses doigts à hauteur de leurs visages et glissa ses deux doigts dans la bouche de Sarah qui se laissa faire. Comme précédemment, Letty embrassa Sarah et partageait sa texture dont elle raffolait déjà.

Letty gémit doucement et plaça une jambe entre celles de Sarah, se frottant sur elle. Sarah appuya ses fesses contre elle. Au bout d'un long moment, Letty jouit une deuxième fois également.

Elles restèrent silencieuses une longue minute. Letty effleura son visage. Elle embrassa la larme qui coulait le long de sa joue et elles se couchèrent sur le côté, face à face. Leurs regards ne se quittant pas.

— Est-ce que ça va ? s'enquit Letty, frottant délicatement son pouce sur le visage de Sarah.

Oui. Non. Bien sûr. Je ne sais même pas ce que cela veut dire. Était-ce réel ? Tu m'as parlé ? On peut recommencer ?

Autant de réponses et de questions se bousculaient dans l'esprit de Sarah, et dans son cœur, qu'elle ne dit rien. Mais elle sourit. Letty le lui rendit et l'embrassa. Elles s'embrassèrent langoureusement pendant de longues minutes, leurs mains glissant sur le haut du corps de chacune avant de simplement se regarder. Sarah dissimula sa tête sur la poitrine et le cou de Letty. Letty lui caressa la nuque pendant un moment, longtemps après que Sarah se soit endormie du plus paisible des sommeils.

Letty, au contraire, se demanda si elle pourrait un jour retrouver le sommeil.

Chapitre Huit

Letty regarda le radio-réveil pour la énième fois. Il était presque cinq heures du matin. Elle n'avait pas réussi à s'endormir, ne bougeant que lorsque sa position lui donnait des fourmillements. Elle avait admiré Sarah toute la nuit.

Ses cheveux blond sable lui couvraient une partie du visage. Sa peau si pâle, bien qu'il y ait quelques endroits plus bruns là où elle n'avait pas totalement brûlé, mais bronzée, lors de leur après-midi plage il y a une semaine exactement. Letty promena son regard sur le corps nu de Sarah, ses courbes fines, peu de hanches comme la version préadolescente d'une femme. Ces pensées ramenaient Letty au fait que cette nuit avait été la première fois de Sarah. Il y aurait forcément beaucoup d'attentes de sa part. Des attentes que Letty ne pourrait pas combler.

Letty posa sa main sur son front. Comment avait-elle sombré de la sorte ? Elle avait été incapable de combattre son attirance pour Sarah. Cette jeune femme évoquait en elle des sentiments qui ne pouvaient exister. Dans son monde en tout cas, ils n'existaient pas… avant.

L'esprit de Letty tournait si vite qu'elle voyait double. Trop de pensées et de sentiments se bousculaient en elle. Regarder l'image angélique de Sarah dormir l'avait apaisé pendant un bon moment, maintenant cela produisait l'effet inverse. Soudainement, elle ne pouvait plus supporter cette vue. Elle s'assit au bord du lit, posant sa main sur sa poitrine. Elle avait du mal à respirer.

Bon sang, que m'arrive-t-il ?

C'était la seule pensée cohérente dans sa tête tandis qu'elle se leva. Elle alla dans la pièce à vivre, ne fermant pas la porte, elle se dirigea vers la fenêtre pour l'ouvrir et tenter de respirer. Chaque inspiration lui faisait mal. C'était une autre crise d'angoisse, elle le savait. Ça allait passer. Elle se concentra sur sa respiration et tâcha de bloquer tout le reste jusqu'à ce que sa respiration redevienne normale. Elle retourna dans la chambre et contempla Sarah.

— Oh, mon dieu ; on dirait un ange, murmura-t-elle, s'adressant à sa propre conscience.

Elle ferma la porte derrière elle. Regarder Sarah lui faisait trop mal. Elle commença à marcher en long et en large dans la salle à manger.

Comment ai-je pu lui faire ça ?

Non, mauvaise question, se força-t-elle à penser. La bonne était, comment pouvait-elle l'oublier ? C'est à ça qu'il fallait répondre, car elle devait l'oublier à tout prix.

Mais comment pouvait-elle y parvenir quand tout son être lui criait de retourner dans la chambre et faire l'amour à Sarah toute la journée ? Le goût de Sarah, la manière dont elle s'agrippait à elle et semblait regarder dans les tréfonds de son âme. La façon dont elle avait fondu pour elle, la manière dont

Sarah s'était glissée sous sa peau. La façon dont elle lui avait donné un aperçu de cet autre monde possible pour elle. Un monde si bon.

Letty redoubla de vitesse dans ses cent pas. Que pouvait-elle faire ? Comment pouvait-elle repartir en arrière et changer les choses ? Et que changerait-elle exactement ? Sarah lui avait quelque peu fait oublier ce monde, pourtant il était toujours là, si cruel et injuste pour les animaux. Letty réalisa que c'est elle-même qui avait changé, pas lui. Elle essaya de plonger aussi profond que possible en elle ; elle ne pouvait pas avoir autant changé ? Non, bien sûr que non. Donc, elle ne pouvait rien stopper. Ce qu'elle avait fait était nécessaire. Quelqu'un devait bien affronter le système. C'était un système malsain et les animaux, ainsi que la planète, en pâtissaient. De ce fait, l'humanité entière en pâtissait.

Ce n'était pas elle la *méchante*, réitérait-elle. Le monstre sur cette planète était l'humain et elle le combattait. Elle grogna presque tellement qu'elle se sentait mal à ce moment-là. Elle se sentait tel un *monstre*.

— Merde. Merde, se répéta-t-elle, faisant toujours les cent pas.

Son esprit était en surchauffe, essayant de trouver une solution sans savoir par où commencer. Elle avait tenté, en vain, de contenir ses sentiments pour Sarah, dès leurs apparitions. Mais elle ne pouvait changer qui elle était et ses convictions, corriger les erreurs des humains et aider autant que possible les animaux. Elle se l'était jurée et ne pouvait pas faire demi-tour. Elle ne *voulait* pas faire demi-tour.

Elle remarqua le clignotement du téléphone prépayé resté sur le comptoir de la cuisine la veille. Elle arrêta de marcher et doucement, très doucement s'approcha de lui comme d'une bombe. Elle passa un pouce tremblant sur l'écran, un petit clic sur ses messages et son cœur paru cesser de battre aux deux mots écrits. Elle lâcha le téléphone et se tint les deux mains sur le plan de travail, sa tête baissée regardant le sol.

— Putain, putain, putain, putain.

Elle aurait crié si Sarah n'avait pas été endormie.

Elle se laissa glisser le long du meuble et pleura de longues minutes, tâchant de retenir le son de ses sanglots autant que possible malgré le sentiment que le monde s'effondrait autour d'elle. Il n'y avait aucune solution, seulement le cours des choses qu'elle ne pouvait que suivre. Il n'y avait rien d'autre à faire. Elle allait perdre Sarah, néanmoins elle ne pouvait faire marche arrière. Il fallait prendre du recul, et agir pour le mieux, le plus juste. Elle prit une grande inspiration et se releva. Elle récupéra le téléphone et regarda les mots *ce soir* inscrits sur l'écran. Non, il n'y avait plus moyen de faire demi-tour, d'autant plus que c'est elle qui avait toutes les adresses, c'est bien elle qui menait la danse et devait y aller. Elle soupira pour se ressaisir. Trop d'innocents comptaient sur elle. Elle ne pouvait pas les abandonner pour des émotions bien humaines, les humains leur faisaient déjà trop de mal, il était temps de remédier à cela.

Elle partit dans sa chambre, se changea, mit le portable non traçable dans la poche intérieure de sa veste et se dirigea vers l'entrée, quand une voix endormie prononça son nom.

Sarah se tenait sur le pas de la porte de sa chambre.

Letty eut d'abord le réflexe de s'enfuir de la pièce. Comment pourrait-elle lui faire face ? Et pire, elle savait qu'une fois qu'elle plongerait son regard dans celui de Sarah, ses résolutions s'envoleraient une fois de plus, comme chaque fois.

— Letty, qu'est-ce qui ne va pas ?

Letty retint son souffle, son cœur se remit à la serrer d'entendre l'insécurité dans la voix de Sarah. Elle se tourna et, sans savoir comment, lui offrit son plus beau sourire.

— Rien, Sar. Je m'en veux de t'avoir réveillée, tu dormais si bien.

L'image de Sarah dormant comme un ange défila au fond de l'esprit de Letty. Elle en sourit tandis que Sarah s'avança, pas convaincue.

— Mais pourquoi pars-tu comme ça ? On est samedi, je pensais qu'on pourrait faire un truc ensemble.

Letty marcha vers elle et posa ses mains sur les épaules de Sarah.

— J'adorerais, Sar. Letty observa brièvement de côté avant d'ajouter : mais je dois aider Sally et Phil. Ils emménagent ensemble dans l'appartement, tu sais, celui à côté de la coop. Ils sont assez tendus en ce moment. Je leur ai promis. Je suis déjà en retard d'ailleurs. On devait commencer à l'aube à cause de la chaleur.

Letty sentit son cœur se briser à la déception qu'elle devina dans le regard de Sarah.

— Tu ne m'as pas dit que tu voulais retourner voir tes parents, de toute façon, comme ton père n'était pas là hier ?

— Oh mon Dieu ! Mes parents…

Sarah expira et recula un peu.

Letty se remit à respirer normalement, heureuse d'avoir pu changer la direction de la conversation.

— Je suppose que je ne peux éviter cette visite.

— Que veux-tu dire, Sar ? Tu vas leur parler ?

— Ce n'est pas comme si je pouvais attendre un jour de plus. Pas après la nuit dernière. Pas avec ce que j'ai ressenti, ce que je ressens, déclara-t-elle, se rapprochant de nouveau, promenant ses mains le long des bras de Letty.

— D'être avec toi.

— Ne va pas trop vite, Sarah. Je ne te demande pas de leur dire, tu sais.

— Je sais. Mais je ne veux plus vivre la vie d'une autre. Attendre des jours, des semaines et me torturer l'esprit en me demandant comment ils vont réagir ne m'avancerais pas beaucoup. Autant que j'y aille et je serais fixée.

Letty baissa légèrement les yeux, posant ses doigts sur son front. Sarah lui enleva ses mains, l'inquiétude évidente dans les yeux.

— Tu as pleuré ?

Letty secoua la tête, toutefois Sarah la força à la regarder.

— OK, là tu me fais peur, Letty. Dis-moi ce qui ne va pas.

Letty agita la tête, sentant une larme couler le long de sa joue.

— Ce n'est rien.

— Tu pleures, ce n'est pas rien.

— C'est juste… Je ne voulais pas me lever. J'aimerais pouvoir rester avec toi.

— Alors, reste, murmura Sarah, en se rapprochant.

Letty sentait son souffle contre sa bouche.

— Je… Je ne peux pas, Sarah.

Sarah inspira profondément. Ces mots portaient quelque chose qu'elle n'aurait su identifier, mais qui la blessait. Plus que ces mots, le ton de Letty était différent ce matin.

— Parfois, je me sens si proche de toi, Letty, c'est comme si tu avais toujours été là, dans mon cœur. Et d'autres fois… tu es si loin. Comme là.

— Je suis désolée.

— Est-ce moi ? Est-ce la nuit dernière ? Un truc que j'ai fait, ou pas fait ?

Encore une fois, ce ton empli d'insécurité. Comment Letty pouvait-elle lui faire ça, surtout le matin de sa première fois ?

Letty l'enlaça très fort. Elle l'embrassa quand elles se reculèrent. Elle eut du mal à rompre ce baiser.

Sarah retrouvait difficilement son souffle après ce long baiser. Letty trouva la force de lui sourire.

— C'était parfait, Sarah. Je n'ai jamais rien ressenti de si parfait. Tu es parfaite.

Sarah rougit, toutefois, son visage affichait toujours la même inquiétude. Letty ne lui laissa pas plus de temps pour réfléchir.

— C'est ça qui ne va pas avec moi aujourd'hui, Sar. J'aimerais retourner au lit et te faire l'amour toute la journée. J'aimerais que l'on retourne au lit et oublier carrément cette journée, en fait.

Avant que Sarah ne puisse l'inciter à suivre ses désirs, Letty poursuivit :

— Mais je ne peux pas, j'ai des choses à faire. Des gens, des êtres comptent sur moi. Je ne peux pas les abandonner. Espérant que les traits de Sarah s'adoucissent, elle ajouta : donc tu vas retourner au lit, puis te faire un bon petit-déjeuner, tu iras voir tes parents et moi je te vois ce soir. Je vais sans doute rentrer très tard alors ne m'attends pas. On se voit demain si tu es déjà endormie. Elle embrassa le front de Sarah avant de s'éloigner. Un ultime regard et un sourire à Sarah, puis elle ferma la porte derrière elle. Elle inspira longuement une fois à l'extérieur et se mit en route d'un pas ferme.

***

162

Sarah retourna se mettre sous la couette, toujours un peu troublée. Cependant, des visions de Letty l'embrassant, se pressant tout contre elle lui revinrent rapidement en tête. Ces souvenirs l'apaisaient.

Après tout, Rome ne s'était pas faite en un jour. Comme elle, Letty avait ses démons. Elle s'ouvrirait petit à petit avec le temps. Sarah n'était pas encore en parfait accord avec ses pensées et ses émotions. Elle devait fournir quelques efforts supplémentaires pour complètement s'accepter telle quelle. Il lui fallait s'occuper d'elle d'abord. Letty et elle continueraient de travailler sur leur relation. Tout allait prendre sa place naturellement.

Pour l'instant, la prochaine étape pour elle était ses parents. Cette pensée lui soutira un long soupir. Elle choisit de fermer les yeux et de repartir dans ses doux rêves de la nuit passée. Elle se leva vers onze heures du matin et mangea un peu. Après cela, elle s'occupa du ménage puis lut plusieurs chapitres. Quand il n'y eut plus rien pour la retarder, elle se mit en route pour Glendale en bus.

***

Sarah prit le temps de remonter l'allée qui menait à la maison de ses parents. Toutes sortes de scénarios se succédaient dans sa tête. Elle mémorisa même la beauté du jardin comme si c'était la dernière fois qu'elle le voyait. Elle les imagina la rejeter, puis secoua la tête, doutant de ce scénario. Elle le craignait, sans penser ceci réellement possible de ses parents. Mais il y avait tant d'histoires horribles de coming-out qu'elle ne pouvait s'empêcher de stresser.

Elle soupira.

— Allez, arrête de faire la poule mouillée, se motiva-t-elle.

Pour se donner du courage, elle se replongea une nouvelle fois sur la nuit dernière. Elle aussi aurait tant souhaité que Letty reste et qu'elles passent la journée au lit, oubliant tout le reste. C'est la gorge nouée qu'elle franchit la porte de la maison. Si elle désirait plus de nuits comme celle-ci, elle devait en passer par là. Elle ne voulait plus mentir, ni à elle-même ni à ses parents. Une nuit comme la nuit précédente avait débloqué cette peur d'être elle-même. Avec une bravoure qu'elle n'avait pas, elle entra dans la maison et salua ses parents.

Elle affectionnait ces samedis ou dimanches avec eux. Son père avait été si souvent absent quand elle était jeune, les week-ends comme la semaine. Il voyageait beaucoup à cette époque, donnant des conférences ici et là, effectuant des recherches dans tel ou tel laboratoire. Avec l'âge néanmoins, il avait appris à déléguer, puis avait accepté ce poste de responsable du département des sciences de l'USC. Il pouvait depuis profiter de sa famille et toujours se concentrer sur sa passion la semaine. Même s'il passait encore beaucoup de temps dans son bureau, Sarah et sa mère appréciaient bien mieux ce rythme-là.

163

Ils parlèrent des cours de Sarah. Sarah interrogea sa mère sur le bon déroulement de la cagnotte GoFundMe[29] qu'ils avaient lancé pour la réparation du toit de l'église. Elle questionna également son père sur le thème de ses recherches actuelles, bien que cela lui déplaise dorénavant. Elle repensait aux informations de Letty sur le sujet. Toutefois, elle resta silencieuse, son père n'aimait pas aborder ce sujet-là.

Ils discutèrent de choses et d'autre pendant un moment, tout en dévorant une nouvelle recette de tarte à la poire que sa mère venait de mettre au point. Sarah se demanda combien de façons de cuisiner la poire existaient. Elle accusa gentiment sa mère de lui faire prendre des kilos. Elle réalisa vite que ses parents étaient devenus quiets au fil de la conversation, tandis qu'elle continuait de parler nerveusement de sujets divers et variés. Tout y passait, du dernier magasin bâti dans l'aire de restauration de l'université, à un article qu'elle avait lu récemment comme quoi il ne fallait pas ratisser les feuilles tombées au sol, habitat de millions de micro-organismes.

Zut, pensa-t-elle quand elle vit le regard furtif qu'échangèrent ses parents. Ils savaient qu'elle avait quelque chose en tête.

Annie tenta de lancer le sujet qu'elle imaginait être la source de fébrilité de sa fille.

— Letty a-t-elle pu manger de la tarte au petit-déjeuner ce matin ?

Sarah baissa la tête, sûre du rouge qui avait assurément teint ses joues à la mention de Letty.

— Euh, non. Elle est partie aux aurores. Elle aide des amis à emménager, ils ont commencé tôt à cause de la chaleur.

— C'est plus intelligent, oui.

Ils restèrent silencieux un instant puis et Fredrik brisa à nouveau ce silence.

— Comment ça se passe dans votre petit appartement, princesse ?

— Tu sais, si tu venais me rendre visite, tu saurais qu'il n'est pas petit. Tu n'as vu que l'extérieur. On l'a bien aménagé. Tu devrais venir le voir.

— Ta mère me l'a bien assez dépeint.

Sarah jeta un coup d'œil à sa mère et sourcilla.

— Et j'ai dit qu'il me plaisait, se défendit Annie.

Fredrik haussa les épaules.

— Ce fut très rapide de décrire ces trente-cinq mètres carrés.

Sarah, mains sur les hanches, fixa sa mère.

— Je n'ai jamais dit ça, chéri, signala-t-elle à son mari. Elle se tourna vers Sarah et ajouta : j'ai simplement dit que l'appartement pourrait tenir dans ta chambre, si l'on compte ta salle de bain privative et ton dressing.

Sarah soupira.

— Il fait soixante-six mètres carrés, à ce prix-là c'est donné. Et puis j'ai vingt-et-un ans ! Je ne pouvais pas vivre ici toute ma vie.

— Je sais, ma chérie. Je veux juste ce qu'il y a de mieux pour toi.

---

[29] GoFundMe est une entreprise gérant une plate-forme de financement participatif, à l'instar de Kickstarter, Tilt ou Indiegogo.

— C'est un super appartement avec tout ce dont j'ai besoin. Un living-room confortable, une kitchenette, deux chambres, une salle de bain et je suis à côté du campus.

— Donc tout va toujours bien avec ta colocataire ? J'ai bien aimé cette fille. Elle m'a fait bonne impression, indiqua fièrement Fredrik.

Sarah se mordit la lèvre pour ne pas rire de nervosité.

— J'ai bien vu. Et euh, oui, tout va… bien.

— Et quand l'une de vous a besoin de son intimité ?

Sarah sentit ses joues se teinter de nouveau. Pourquoi sa mère en revenait-elle systématiquement là ? Sarah inspira, elle savait parfaitement pourquoi, ce qui la stressait encore davantage. Sa mère lui tendait la perche, pourquoi ne la saisissait-elle pas ? Elle était venue pour ça après tout.

— Je me souviens encore du code que l'on avait à l'université quand l'un de nous ramenait une fille dans la chambre. Je peux vous dire que mon pote de chambrée a passé beaucoup de nuits dehors, si vous voyez ce que je veux dire.

— Mais bien sûr. Tu étais un tel Don Juan, se moqua Annie, levant les yeux au ciel.

Sarah ne put s'empêcher de rire, ce qui lui permit au moins de se détendre un peu.

Fredrik haussa les épaules.

— Eh bien oui, j'avais du succès. J'étais un geek charmant… et sans lunettes. Les femmes aiment les geeks cool.

Le sourire de Sarah s'élargit, elle contempla ensuite son morceau de tarte. Pourquoi était-ce si difficile de prononcer ces quelques mots ? Elle leva la tête pour voir sa mère la regarder. Sarah observa une nouvelle fois sa part de tarte.

— Tu as l'air préoccupée, ma chérie.

Sarah la scruta avec un hochement négatif de la tête.

— Non, non, ça va.

Elle baissa les yeux sur la tarte puis releva la tête avec un soupir.

— En fait si, il faut que je vous dise un truc.

Elle ravala sa salive. Le regard de ses parents n'aidait pas. Ils écoutaient religieusement.

Fredrik sourcilla.

— Tu veux changer pour l'USC, et crains pour tes crédits déjà acquis, du fait d'être si près de la fin d'année ? Ne t'inquiète pas, je peux te faire entrer n'importe quand sans problème, ma princesse.

Même Sarah savait, au ton de sa voix, qu'il n'y croyait pas vraiment.

— Non, papa. Je ne change pas. Enterre ce rêve une bonne fois pour toutes.

— Oh, ma princesse, il y a longtemps que je l'ai enterré dans le jardin avec nos très chers Henji et Missy.

Une moue triste s'afficha sur le visage de Sarah à l'évocation de leur chien et chat décédé. Mais sa nervosité remplaça tout de suite ces pensées. L'expression sur le visage de Fredrik se durcit.

— Tu finis bien ton année, tu ne lâches pas l'université, au moins ? Ça, je ne le tolérerais pas. On n'abandonne pas chez les Weisman, tu m'entends ?

Sarah soupira, mais n'eut pas le temps de répondre que sa mère répliqua à sa place.

— Bien évidemment qu'elle termine son année et se réinscrit pour l'année prochaine, n'est-ce pas, ma chérie ? Oh, ma chérie, tu veux ce master depuis si longtemps, tu n'as pas changé d'idée, j'espère ?

— Non, maman, papa. Je n'abandonne pas. Je suis déjà inscrite pour mon master à la rentrée.

Elle fixa son père : à l'UCLA.

Elle se concentra sur eux.

— Ça n'a rien à voir avec l'université. Je m'en sors vraiment très bien. Ce n'est pas ça. C'est… personnel. C'est à mon sujet.

— Oh mon Dieu ! Fredrik se redressa dans sa chaise.

— Tu es enceinte !

Les yeux d'Annie s'ouvrirent grands.

— Non ! Je ne suis pas enceinte. Je suis, oh, Dieu, je suis gay ! Je suis lesbienne, lâcha-t-elle, se rendant compte qu'elle n'avait jamais employé ce mot, pour elle-même en tout cas.

Elle inspira fort et fixa ses parents droits dans les yeux.

— J'aime les femmes.

Son père glissa un 'huh' plein de curiosité. Sarah se focalisa sur lui pour éviter le regard de sa mère.

— Pourquoi n'y ai-je pas pensé ? Jason allait si mal avec toi. Toutes ces fois où je n'ai invité Mélinda qu'en ton absence.

Le 'huh' de Sarah en revanche n'était pas empli de curiosité, mais résumait plutôt sa confusion. Son père continua sur sa lancée.

— Elle joue dans ton équipe. J'ai rencontré sa petite-amie il y a un mois. Si j'avais su plus tôt. Jason est brillant, ne te méprends pas. Mais Mélinda… elle ira bien plus loin. Un jour, elle pourrait diriger le labo. Si seulement je te l'avais présentée avant qu'elle ne trouve une compagne. Peut-être qu'elles ne sont plus ensemble. Les couples homosexuels ne restent pas longtemps ensemble, n'est-ce pas ? J'ai aussi entendu dire qu'ils emménageaient très vite ensemble. Je lui demanderais la semaine prochaine.

Sarah laissa sa tête tomber sur la table de la cuisine. C'était également un bon moyen de continuer d'éviter la réaction de sa mère. Annie n'avait pas encore fermé la bouche. Le 'o' que ses lèvres formaient, semblait figé. Sarah inspira lentement et la regarda enfin. Le silence d'Annie devenait pesant. Annie baissa les yeux, ferma la bouche puis se leva de table pour quitter la pièce. Sarah avait la gorge nouée.

— Maman, murmura-t-elle à la silhouette s'en allant.

Elle n'était même pas sûre que sa mère l'ait entendue. Sarah prit une nouvelle inspiration profonde pour contenir ses larmes.

— Je n'ai vraiment rien vu venir. Mais c'est naturel. Tu es un esprit libre. J'ai toujours aimé ça chez toi.

— Arrête d'en parler comme si c'était une phase hippie. J'ai toujours été ainsi sauf que je m'en cachais. Autant pour ton esprit libre.

Fredrik sourit, ne portant guère d'attention à l'amertume dans la voix de sa fille.

— C'est cette fille ; la latino canon, n'est-ce pas ?

Sarah leva les sourcils et il hocha la tête.

— Si j'avais ton âge, je la trouverais canon aussi.

Sarah lui rendit son sourire.

— Oui, elle est ma… petite-amie, enfin, on n'en a pas vraiment parlé.

Sarah inspira profondément et sourit. *Sa petite-amie* sonnait bien, réalisa-t-elle.

— Tu la réinviteras, j'ai à peine eu le temps de discuter avec elle. Amène là au labo un de ces quatre puisqu'elle s'intéresse à la science. Je lui ferais faire le tour du campus. Elle te convaincra de quitter cette pseudo-université que tu aimes tant pour en rejoindre une vraie.

Le sourire de Sarah était crispé.

— Je ne suis pas sûre que ce soit une bonne idée.

— Pourquoi ? Elle ne va pas à l'UCLA. Elle ne va même pas à l'université. D'après ta mère, elle se débrouille très bien avec sa coopérative. C'est quelqu'un qui a de la ressource.

— Oui, c'est vrai. Et elle aime la science, mais n'est pas trop pour les tests sur les animaux. Alors, elle ne viendra pas visiter ton labo de sitôt.

Elle vit son père se rasseoir droit dans sa chaise.

— Chacun son opinion. Mais elle sera la première à venir nous soutenir quand l'un de ses proches choppera un cancer, et crois-moi, peu importe la façon dont on le soignera, elle s'en fichera bien. Et comment pense-t-elle que l'on va guérir le syndrome de Rett, hein ? Ces gens, je te jure…

Sarah soupira, sentant une vague de colère monter à la surface que son père se braque instantanément sur ce sujet, comme à son habitude.

— Elle m'a appris beaucoup de choses, papa. Le cancer est là depuis combien de décennies déjà ? Combien de tests ont été réalisés et il existe toujours et tue par million. On n'est pas plus près de le guérir maintenant qu'il y a cent ans.

— Va dire ça aux gens guéris grâce aux traitements que nous avons trouvés.

— Je parlais d'un moyen d'éradiquer *le* cancer au sens large. Et puis à quel prix ont guéri ces gens, papa ? Outre le traitement horrible, ils ont des tonnes de médicaments à prendre à vie. Certains avec des effets secondaires si désastreux que les patients ne veulent même plus de leur traitement. Sans compter l'épée de Damoclès au-dessus de leur tête : va-t-il revenir ? Et quand il revient, c'est fini, ils le savent.

— Elle t'a vraiment retourné l'esprit, n'est-ce pas ?

Sarah n'avait que très rarement, si ce n'est jamais, d'opinions divergentes avec son père, excepté USC/UCLA. En ce qui concernait la science, en tout cas, elle ne le contredisait jamais. À dire vrai, avant Letty, elle n'y songeait pas beaucoup. Aujourd'hui par contre, ne rien dire était impossible. Puis c'était ça ou aller affronter sa mère. Donc pour une fois, elle ferait face au regard assombri de son père.

— Je dis juste 'pense plus large'.

— À quelle largeur doit-on aller selon toi ? Le monde des bisounours dans lequel vit ta copine ?

— Crois-moi, cela ne ressemble en rien au monde des bisounours. Par exemple, il y a les tests in vitro, les cellules souches, et les volontaires humains. Il existe tant d'autres options bien plus valides plutôt que des pratiques cruelles.

— Oh, alors maintenant je suis un tortionnaire. C'est ce qu'elle t'a mis en tête ? Elle m'avait l'air plus raisonnable la dernière fois.

— Elle l'est, papa. Elle n'a jamais rien dit sur toi. Elle te respecte, t'admire même pour tes nombreuses découvertes, et ta dévotion pour la science en général. Elle a juste le droit d'avoir une opinion qui diverge de la tienne sur ce sujet précis. Et moi aussi.

— Cela ne semblait pas ton opinion il y a encore quelques mois, avant que tu ne la rencontres.

— Honnêtement, je n'y pensais tout simplement pas. Et puis on ne peut jamais débattre avec toi quand il s'agit de ça. Tu te fermes comme une huitre.

— Parce qu'il n'y a pas de débat ! Je sais comment faire mon travail. Et mon travail c'est de m'assurer que les gens vivent mieux et plus longtemps. J'ai dédié ma vie à cela et à améliorer les conditions de vie humaines.

— Je le sais bien, papa. Je sais à quel point tu t'impliques pour les gens et pour la science, donc en fait je me demande juste pourquoi tu refuses de permettre à cette même science d'avancer. J'ai beaucoup lu sur le sujet dernièrement et toute la communauté scientifique s'accorde sur le fait que les tests sur les animaux sont un échec.

— Oh. Toute la communauté scientifique ?

Sarah parut s'enfoncer dans sa chaise.

— *Doucement,* ils y arrivent, oui, ajouta-t-elle, penaude.

— Donc, cette même communauté qui m'a récompensé de tant de distinctions, qui a financé mes recherches, acclamé mes publications scientifiques pensent *maintenant* que c'est de la merde ?

— Non, papa, ce n'est pas ce que je dis. Ni ce qu'ils disent non plus.

— Si, ça l'est. En gros, tu es en train de me dire que le travail de toute une vie est un échec.

— Je n'ai jamais dit ça, et je le pense encore moins, papa. Et d'ailleurs, les tests sur les animaux ne sont qu'une infime partie de tes recherches.

Fredrik se leva.

— S'il te plait, papa, ne t'en va pas.

— Je ne vais pas rester ici te laisser insulter le dur travail et les avancées accomplis toutes ces années. De plus, tu l'as dit, les tests sur les animaux ne représentent qu'une infime partie des recherches effectuées durant ma longue carrière. Les scientifiques espèrent un résultat positif avant de tester sur les animaux. Ces tests-là sont le dernier rempart avant les essais sur les humains volontaires. Alors, peut-être que cela te déplait, mais c'est nécessaire.

Sarah hocha légèrement la tête. Son regard laissant comprendre à son père qu'elle n'était effectivement pas d'accord. Il quitta la pièce.

Elle se gratta la tête.

— Ça, c'est fait.

Elle secoua la tête négativement. Elle ne savait pas du tout d'où c'était venu. Elle n'avait jamais eu l'intention de confronter son père là-dessus. Pourtant, plus elle y pensait, plus elle sentait que là non plus elle ne pouvait pas mentir. Letty, cette nuit avec Letty, l'avait libérée plus qu'elle ne l'avait réalisé.

Elle inspira profondément. Ce n'était pas grave. Elle connaissait son père et la façon dont fonctionnait la famille. Ils se mettraient d'accord de ne pas être d'accord et s'en tiendraient là, n'en reparlant plus. Il était sûrement vexé, voire frustré, mais jamais rancunier. En tout cas, il se fichait bien de son orientation sexuelle.

— Ça en fait un au moins.

Elle se leva péniblement, comme si son corps pesait une tonne. Elle n'était pas pressée, mais alla tout de même chercher sa mère. Elle la trouva à l'arrière de la maison, près de la balancelle sur laquelle Sarah aimait tant s'amuser lorsqu'elle était enfant. Ils n'avaient jamais eu le cœur de s'en séparer.

Annie ne bougea pas quand sa fille arriva vers elle. Elle resta quelques centimètres derrière sa mère. Annie ne bougea pas.

— Je suis désolée, déclara Sarah, les larmes dans la voix.

Annie se retourna enfin. Elle tournait et retournait la croix qu'elle avait au cou entre ses doigts.

— Je suis désolée, maman. Sarah avait du mal à contenir ses sanglots et parla très vite :

— Ne me hais pas. S'il te plait, maman, ne me hais pas, répéta-t-elle avant que sa mère ne la prenne dans ses bras.

Sarah ne pouvait plus retenir ses pleurs et étreignit sa mère si fort qu'Annie pensa suffoquer l'espace d'un instant.

— Oh chérie, jamais je ne pourrais te haïr, ma puce.

Sarah s'étouffa dans ses sanglots. Annie essuya ses larmes autant que possible.

— Je suis surprise, bien que… je me sois interrogé à l'époque avec Anita. La façon dont tu parlais d'elle. Sans doute qu'une partie de moi l'a toujours su.

Sarah ravala ses larmes. Annie fronça les sourcils.

— Je ne comprends pas en revanche. Mais je n'ai aucune haine dans mon cœur pour les gays et lesbiennes, ou même les transgenres, même si je comprends cela encore moins. Je n'ai en tous les cas aucun ressentiment pour toi, ma puce chérie. Je t'aime et je t'aimerai toujours.

Sarah laissa sa mère l'enlacer une nouvelle fois.

— Le seigneur nous apprend l'amour, pas la haine. Et l'on n'aime pas les gens parce qu'ils sont comme ci, ou comme ça. On les aime car ils sont la création de Dieu. La religion nous enseigne avant tout, l'amour, la compassion et la tolérance.

Sarah hocha la tête et Annie ajouta :

— Je ne comprends pas, je ne vais pas mentir là-dessus. Et sans doute que je n'apprécie pas tant que ça, mais je ne déteste pas ce fait, et en aucun cas je ne pourrais te détester, assura Annie en essuyant une larme des joues de sa fille.

— Et je ne déteste pas Letty non plus.

Sarah redressa la tête d'un coup.

— Comment t'as su–

— Cela parait si évident maintenant. Et puis, la façon dont elle te regardait hier, et vice versa. Ça aurait dû finir de me convaincre.

— Vraiment ? Elle me regardait… comme ça. Enfin, je veux dire, c'est vrai, n'est-ce pas ?

Annie caressa la joue de sa fille avec un sourire amusé.

— Oh oui. Si elle n'est pas raide dingue de toi… dans ce cas, je ne connais rien à l'amour.

Annie, malgré ses interrogations, apprécia le rayon de soleil éclairant le visage de sa fille.

— Tu lui réitéreras qu'elle est la bienvenue ici, n'importe quand.

— Euh, je n'en suis pas trop sûre. Enfin, d'être la bienvenue, je veux dire.

Sarah pointa du doigt au-dessus d'elle, au bureau de son père.

— Ton père ? Non, il se fiche de ce genre de choses tant que tu es heureuse. T'a-t-il dit le contraire ?

— Non, ça ne le dérange pas. Mais, euh, on a eu une petite *discussion* et on n'est pas tombé d'accord, disons. Je lui ai dit que Letty était contre les tests sur les animaux, et c'est parti de là.

— Et pourquoi ça ? Moi aussi j'y suis opposée.

— C'est vrai ? Et papa le sait ?

— Bien sûr. Nous n'en parlons pas, mais il connait mon point de vue.

— Ouah, Maman, je n'en avais aucune idée.

— Pourquoi crois-tu que je sois végétarienne, ma chérie ?

— Eh bien, tu parles souvent de garder la forme et de manger équilibré, je ne t'ai jamais entendu parler des animaux. Je me rends compte que je ne savais même pas que tu étais végétarienne. Je pensais que tu mangeais tes produits bios pour la santé. Je n'ai pas fait gaffe, en fait. Ouah, je suis vraiment restée dans ma petite bulle trop longtemps.

— Je n'ai pas mangé de viande depuis bien douze ans. 'Tu ne tueras point'. C'est dans la bible. Ce n'est pas écrit 'Tu ne tueras point excepté les vaches, les poulets, les cochons, les dindes, parfois quelques agneaux, etc.'. Dieu ne les a pas mis sur terre pour être reproduits et mangés par l'homme, ou utilisés pour des vêtements ou des cosmétiques non plus. Si ton amie, petite-amie, pense ainsi, nous partageons un solide point commun. En plus de notre amour pour toi.

Sarah dut s'asseoir sur la balancelle.

— Toutes ces années, j'ai évité de venir avec toi à l'église, par peur que les gens voient à travers moi, avant même que je ne me rende coupable d'un quelconque *pêcher*. Trop effrayée d'entendre que j'allais brûler en enfer. Maintenant, je réalise que j'ai raté tant de choses avec toi. Et peut-être que j'aurais trouvé un peu de paix d'esprit bien plus tôt.

Sarah plongea dans le vert des yeux de sa mère.

— Je suis désolée, maman. C'est moi qui t'ai jugée, en fin de compte.

— Ce n'est rien, ma chérie. Tout va bien. Et tu es plus que bienvenue de m'accompagner à la messe ce dimanche. Et d'autres…

— J'aimerais beaucoup, maman.

Elle se releva.

— Ça me ferait très plaisir, confirma Annie en prenant le bras de sa fille sous le sien.

— Maintenant, tu m'essuies ses larmes. Je ne souhaite que ton bonheur, et rien d'autre.

Sarah la serra fort.

— Je t'aime, maman.

— Et personne ne t'aimera autant que ton père et moi. On ne comprendra sans doute pas toujours tes choix, mais tu auras toujours notre soutien et notre amour. Peu importe ton chemin dans la vie. Et ne t'inquiète pas pour ton père, Letty sera la bienvenue ici tant qu'elle respecte les croyances de chacun. Notre famille fonctionne parfaitement ainsi.

— Il n'y aura aucun souci là-dessus, maman. Elle n'est pas extrémiste dans ces mots. Elle m'a énormément appris, sans jamais me pousser. Et puis, elle a déjà rencontré papa. Ils ont même eu une conversation scientifique brève, mais sympa.

— Tu vois. Tout va bien se passer.

— Oui. Bon sang, je suis si heureuse. Ce poids sur mes épaules vient de s'envoler.

— Ce sourire-là, je veux le voir tous les jours sur ton visage.

Elles retournèrent à la cuisine et Annie annonça avec amusement :

— Maintenant que tu es toute *légère*, tu pourrais peut-être finir ton morceau de tarte, avant que je ne me vexe.

Sarah déposa un baiser sur la joue de sa mère.

— Je t'aime, maman.

Elle s'assit et mordit dans sa tarte à pleines dents. Elle avait très faim d'un coup. Elle ne pouvait pas se sentir mieux.

*****

Sarah regarda son portable qui affichait vingt-trois heures passées. Elle éteignit la télévision. Elle s'était d'abord installée dans le canapé avec un bon livre après avoir appelé Letty trois fois. Ne pouvant pas se concentrer sur sa lecture, elle avait allumé la télévision pour éviter de penser à ce sentiment qu'elle avait ressenti plus tôt ce matin, que quelque chose clochait. Letty n'avait répondu à aucun de ses appels. Il y avait un souci et Sarah devenait de plus en plus anxieuse.

Sarah fixa l'écran, elle regarda son livre puis composa de nouveau le numéro de Letty.

Peut-être que Letty l'avait oublié dans sa chambre, cela expliquerait pourquoi elle ne répondait pas. Bon, elle pouvait tout de même emprunter le téléphone d'un de ses amis pour la prévenir. Toutefois, ça restait une raison plausible, tâcha de se convaincre Sarah.

Elle alla dans la chambre de Letty et rappela, pour être sûre. Silence. Même si elle l'avait oublié ici, Letty aurait trouvé le moyen de l'appeler, du magasin ou du portable d'un de ses amis. Elle aurait trouvé un moyen de rassurer Sarah. L'étudiante en était persuadée.

Elles avaient passé une nuit magique… et ce matin. Letty, sa Letty l'aurait appelée pour voir si elle allait bien. Pour savoir comment s'était passée sa journée avec ses parents. Sa Letty aurait appelé.

Quelque chose n'allait pas, assurément. Sarah chercha le numéro de Ricky que Letty lui avait donné au cas où il y ait un souci un jour. Son téléphone partit directement en messagerie. Sarah avait joint la coopérative plus tôt dans la journée, mais Letty et Ricky ne s'y trouvaient pas. Sarah réalisa qu'ils étaient très probablement ensemble… à faire, *je ne sais quoi ? Où étaient-ils ?*

Pourquoi ne m'appelle-t-elle pas ? se lamenta Sarah.

Sarah s'assit sur le lit de Letty et glissa sa main sur la couverture. Elle inspira très fortement la douce odeur du parfum de Letty. Elle n'était jamais vraiment entrée dans la chambre de Letty et, à cet instant, elle comprenait pourquoi. Sa conscience l'avait volontairement stoppée. Il y avait de beaux posters d'animaux, comme ces chevaux libres qui galopaient sur la plage. Ou les magnifiques portraits de chats sur la gauche. Ces posters-là, elle pourrait les regarder tous les jours… mais le reste. Les poussins mâles broyés vivants, la vache égorgée, encore vivante, suspendue par une jambe, les images de la tête de Double Trouble avec ces vis enfoncées… toutes ces images. Elles ne pouvaient s'imaginer les fixant quotidiennement. Elle savait que c'était la raison pour laquelle elle fuyait la chambre de Letty. Elle souhaitait également, à l'époque en tout cas, éviter de croiser Letty en tenue encore plus légère. Maintenant, cela ne lui déplairait pas.

Même si leur relation avait progressé, Sarah ne s'imaginait pas pouvoir faire l'amour dans cette chambre. Oui, l'explication de Letty tenait la route ; *'si les gens ne peuvent pas regarder, dans ce cas ils ne devraient pas y contribuer'*. Sarah le saisissait, oui. Bien sûr, les choses étaient plus compliquées que ça, lui avait-elle répondu ce jour-là. Tout le monde rétorquait cela. Néanmoins, Sarah savait que c'était vrai dans un sens, et que c'était la raison pour laquelle elle ne pouvait supporter de rester dans cette chambre. Bien qu'elle ait beaucoup appris avec Letty, Rome ne s'était pas faite en un jour, n'est-ce pas ?

Sarah sourit. Letty ne lui avait jamais rien demandé. Elle l'avait informée, lui avait fait découvrir des choses, d'autres aspects de la vie des végans, notamment la nourriture et l'habillement. Elle lui avait parlé des horreurs qui se cachaient derrière l'industrie laitière et de la viande, uniquement quand Sarah l'interrogeait. Sinon, Letty ne lui avait jamais imposé ces conversations-là.

C'est la curiosité de Sarah qui avait fait s'approfondir ces discussions. Sarah ne put s'empêcher de rougir. Letty avait satisfait sa curiosité au millième la veille. Sarah tenta de chasser ces pensées-là, mais songer à autre chose s'avérerait difficile.

Son sourire disparu quand elle regarda une nouvelle fois les posters aux murs. Quelque chose n'allait pas chez Letty. Elle le comprenait à présent avec ces images. Pourquoi s'infligerait-elle cela ? Elle n'était impliquée dans aucune de ces atrocités. Elle s'efforçait au contraire de les stopper. Elle ne méritait pas de s'entourer de tant d'horreurs. Pourquoi donc s'imposer ceci jour après jour ?

Sarah se souvint maintenant que Letty ne l'avait jamais invitée dans sa chambre. Elle la fermait toujours derrière elle quand elle en sortait. C'était comme si cette porte donnait sur un autre monde. Un monde dont Sarah ne faisait pas partie. Un monde dans lequel Letty ne voulait pas d'elle ? Sarah fronça les sourcils. Il y avait tellement de choses qu'elle ignorait sur Letty, en réalité, notamment à quel point son enfance l'avait véritablement marqué. Tant de choses que Letty cachait. Sarah eut le besoin urgent de l'appeler et de lui poser toutes ces questions d'un coup, comme si leur relation en dépendait. Elle avait cette impression pesante que quelque chose lui échappait, et il lui fallait découvrir quoi. Elle quitta la chambre très rapidement, y laissant le mal-être qu'elle avait ressenti à l'intérieur.

Elle décida qu'une douche lui ferait du bien. Elle s'attendait à une longue nuit.

Elle jura quand elle sortit de la salle de bain et réalisa que son téléphone avait sonné. Elle ne reconnaissait pas le numéro, mais choisit d'écouter de suite le message. Elle frissonna des pieds à la tête en entendant la voix suave de Letty à l'autre bout. Le message fut court en revanche. Letty s'excusait de ne pas avoir appelé plus tôt. Elle affirma avoir peu de batteries, car elle n'avait pas pensé que l'emménagement prendrait tant de temps. Les choses s'étaient mal passées ; Sally et Phil s'étaient fortement disputés et paraissaient avoir rompu. Letty la prévint qu'elle restait avec Sally pour la réconforter. Elle ne pouvait pas rester longtemps au téléphone et la verra le lendemain.

Letty avait raccroché sans même un petit mot tendre. Sarah était vraiment déçue d'avoir manqué l'appel. Elle ne savait pas trop quoi penser de ce message. Il avait du sens. Letty était probablement avec ses amis et ne voulait pas se montrer intimiste devant eux, surtout s'il y avait une rupture entre deux de ses amis. De plus, elles n'en étaient pas au stade de se dire *je t'aime* à chaque petit au revoir.

Elle aurait quand même souhaité que Letty l'appelle plus tôt. Sarah se rabroua toute seule. Elle savait que les amis de Letty étaient en couple depuis de nombreuses années. Elle espérait que ce soit une simple dispute d'amoureux rendus nerveux à cause de l'emménagement. Letty se devait d'être présente pour ses amis.

Sarah se dirigea vers la cuisine et regarda ce que contenait le réfrigérateur. Principalement la nourriture végane de Letty. Sans que Letty soit là pour l'accommoder de toutes sortes d'épices et de sauces, ça lui paraissait moins appétissant. Letty lui faisait indubitablement découvrir un tas de choses à tous les niveaux. Elle lui avait ouvert la porte d'un autre monde, autre que celui des livres, de ses cours et de sa solitude. La nuit passée étant la plus belle découverte de toutes. Cette intimité entre elles, ces sentiments, ces émotions si puissantes.

Sarah ferma la porte du réfrigérateur, n'attrapant que les saucisses weenies que Letty aimait tant. Elles pouvaient se cuisiner à la poêle, à l'eau, ou se déguster *crues*. Sarah décida de les manger ainsi, elle n'avait pas envie de sortir quoi que ce soit d'autre. Elle s'assit dans le canapé et remit la télévision assez fort. Ces yeux fixaient plutôt la porte d'entrée que les publicités. Pourtant elle savait que cette porte n'allait pas s'ouvrir de sitôt. Elle espérait tout de même. Elle s'endormit devant un documentaire.

La sonnerie de son smartphone la réveilla à dix heures du matin.

— Letty ? lança-t-elle dans le vide avant de s'éveiller correctement et saisir le téléphone sur la table basse.

Ses lèvres se transformèrent en une moue boudeuse quand elle vit que l'appel venait de sa mère, elle grimaça encore plus de constater qu'elle n'avait pas d'autre message. Elle prit quand même l'appel.

— Maman, salut. … Non, j'étais juste… je lisais. … Quoi ? … Quand ? … C'est vrai ? … Merde, où est papa ? … OK. Tout le monde va bien ? … Mais qu'est-ce qu'il s'est passé ?

Et au fur et à mesure que sa mère parlait, la vision de Sarah se flouta, les mots que sa mère prononçait sonnaient coupés dans sa tête. Le labo de son père à l'USC avait été visité cette nuit, et d'une certaine manière, Sarah savait déjà ce qu'il s'était passé.

Il lui fallut un moment pour réaliser que sa mère parlait toujours à l'autre bout du fil. Sarah s'était envolée dans ses pensées.

— Euh, quoi ? … Oui, non, je suis là. Désolée. Est-ce que papa va bien ? … Ah, il est avec le directeur et la police. … Oui, j'imagine. Euh, est-ce qu'il a besoin de moi maintenant ? ... Non ? ... Bien sûr. Maman, je–je te rappelle plus tard.

Sarah raccrocha avant même que sa mère puisse dire autre chose. Elle serra le téléphone contre sa poitrine.

Ce n'était pas possible. Ce n'était tout simplement pas possible. Letty était avec ses amis et ils faisaient... quoi exactement depuis tout ce temps ? Non, non, cela ne pouvait être ça. C'était juste un mauvais rêve, cela ne pouvait pas être ce vers quoi tout pointait. Letty ne pouvait pas lui faire ça, n'est-ce pas ?

Sarah fixa la porte de la chambre de Letty. Cette chambre qu'elle craignait tant pour plus de raisons que de voir Letty nue. D'un coup, beaucoup de choses semblaient s'éclaircir dans son esprit. Toutes ces petites choses que Sarah ne savait pas sur Letty venaient assombrir tout ce qu'elle savait d'elle.

Non. Non, ce n'était pas possible.

Sarah s'enfonça dans le canapé, elle ne bougea pas pendant deux heures avant de se lever. Elle prit une nouvelle douche pour se sortir tout ceci de l'esprit puis elle attendit. Letty allait bientôt rentrer et elle saurait. Elle la regarderait droit dans les yeux et saurait, et après, après seulement pourrait-elle se mettre à pleurer... et haïr Letty.

***

Il était plus de dix-huit heures quand Letty, Ricky et deux de leurs amis rentrèrent au studio de répétitions. Ils étaient les derniers à regagner la base de leurs opérations de PA. Tout le monde les attendait et les fêta grandement. Ils étaient sept à avoir roulé une bonne partie de la nuit et la journée dans toute la Californie et aux abords dans le Nevada et l'Arizona, dans plusieurs véhicules différents. Ils avaient transporté les animaux sauvés dans leur nouveau chez eux, qu'ils avaient mis des mois à chercher et préparer. Letty était la seule à savoir où tous les animaux se trouvaient. Elle n'avait transmis à chaque conducteur les adresses où il devait se rendre qu'au dernier moment, et aucun ne connaissait la direction des autres véhicules. Moins on en savait, moins on risquait d'en dévoiler en cas d'arrestation, leur avait appris Larry. Larry et elle étaient par conséquent les seuls à tout savoir, et ils ne diraient jamais rien. Bien avant Sarah, Letty s'était préparée pour l'éventualité d'une arrestation, et jamais elle ne parlerait et n'ôterait cette nouvelle liberté à ces animaux, en plus de mettre en danger ses amis.

La plupart d'entre eux allèrent dans la salle vidéo où les attendaient boissons et gâteaux. Letty, elle, s'assit dans le canapé. Elle ferma les yeux. Elle avait été tellement soulagée lors du placement du dernier animal. Ils étaient en sécurité, des dizaines d'animaux sains et saufs et dans des maisons bien chaleureuses. Ils en avaient terminé avec les intubations, se faire ouvrir et recoudre, sortir de la cage pour des injections puis remettre à l'intérieur comme des objets. Ils étaient en paix et le devaient principalement à Letty. Alors oui, beaucoup de soulagement quand cette étape s'acheva. Mais ce

175

sentiment refusait de se diffuser dans tout son corps et elle se sentait encore tendue comme une raquette de tennis, contrairement à ses amis qui célébraient. Pourquoi ne se sentait-elle pas aussi bien qu'elle l'avait espéré ? Pourquoi est-ce que maintenant que les animaux étaient saufs, maintenant qu'ils étaient de retour et que l'adrénaline redescendait, pourquoi ne songeait-elle qu'au regard plaintif de Sarah lorsqu'elle l'avait quittée tôt le matin précédant ?

Sarah. L'étudiante était sûrement au courant à présent. Que ressentait-elle ? Que pensait-elle ?

Letty jeta un coup d'œil à son téléphone et les nombreux messages de Sarah auxquels elle n'avait pas répondu. Elle ne les écouta pas. Elle savait qu'elle entendrait de l'inquiétude, de la tristesse et de la confusion, car elle avait sans doute attendu le retour de Letty toute la nuit. Les choses auraient dû être différentes. Leur plan était solide et elle aurait dû être hors de danger, Sarah n'aurait jamais dû se douter de quoi que ce soit. Malheureusement, Letty ne s'en était pas tenue au plan. Dès le premier jour, en proposant à Sarah d'emménager avec elle, et encore moins les mois suivants. Mais curieusement, à ce moment précis, Letty ne pensait pas aux répercussions judiciaires, mais plutôt à Sarah et elle, à leur relation.

C'était fini entre elles. Leur relation était condamnée dès le début. Pourtant elle avait craqué pour elle malgré tout ce qui *devait* les séparer. Et maintenant, c'est elle qui trainait sa peine. Elle ferma les yeux et se concentra sur Bianca, le seul animal du laboratoire se trouvant encore à Los Angeles. Elle était au cabinet vétérinaire de leur ami, complice. Bianca avait besoin de quelques soins importants et la bouger aujourd'hui n'était pas une bonne idée. Letty se souvint du ronronnement du chaton tigré, pour se rassurer, quand elle la prit dans ses bras. Letty l'avait maintenue tout près d'elle, la pauvre bête tremblant comme une feuille. Bianca avait froid et mal. Letty avait distingué des cicatrices indiquant au moins deux opérations, déjà. Elle avait des sutures sur le côté du crâne, et une sur le haut de sa tête. Un léger voile altérait ses yeux normalement verts. Letty avait ouvert sa veste et l'avait gardée au chaud durant toute la route, plutôt que dans une cage. La jeune minette n'avait pas bougé. Ce moment représentait tout ce pour quoi elle se battait.

Letty inspira profondément. Ne pas regretter son action ne signifiait pas ne pas souhaiter avoir eu l'opportunité de procéder différemment. Ces pensées contradictoires la rendaient très confuse. Elle aurait voulu remonter le temps, toutefois, qu'aurait-elle pu faire d'autre ? C'est elle qui savait où placer les animaux, elle était obligée d'y aller même si elle avait eu envie de tout abandonner le matin même. Qu'aurait-elle pu faire de différent ?

Éviter de tomber amoureuse de Sarah, d'une part.

— Hey, tu viens avec nous, Letty. Phil ouvre le champagne.

— Dans une minute, Sally.

— Non, non, pas dans une minute. On regarde ALF[30]. Céline et Brett ne l'ont jamais vu, alors on se le met avant Earthling[31]. C'est notre façon de célébrer. Et on a besoin de notre leader sans peur et sans reproche, indiqua la jeune femme avec un sourire.

— Huh.

Letty se tint la tête entre les mains. Sally comprit le geste comme la tension qui redescendait. Ils avaient tous ressenti un temps de faiblesse à un moment ou un autre dans la journée.

Sally prit la main de Letty et la guida jusqu'à la salle.

— En plus, Ricky est au téléphone avec Larry, et tu sais très bien qu'il voudra te parler.

Letty se laissa *tirer* à la salle, mais elle se figea quand elle les vit tous amassés sur les chaises, à même le sol pour certains, tous avec un large sourire, leurs visages fixés sur l'écran.

Ricky la vit et sourit. Il pointa le téléphone qu'il tenait.

— Larry, lança-t-il bien qu'elle le sache déjà.

Letty ne pouvait pas effectuer un pas de plus. Elle agita la tête et quitta la pièce. Sally fronça les sourcils. Ricky informa aussitôt Larry que Letty le rappellerait et il raccrocha. Il signala à Sally de s'asseoir et de commencer le film. Il sortit pour retrouver Letty.

Elle se tenait près de leurs instruments qui prenaient la poussière. Ricky s'installa à ses côtés. Il vit la larme qui coulait le long de sa joue.

— Je sais. Pour moi aussi, c'est un jour bouleversant.

Letty secoua la tête. Oui, ça l'était, mais elle ne pleurait pas pour cette raison. Ce n'était pas pour ça qu'elle ne parvenait pas à se réjouir et retrouver tous ses amis dans la pièce d'à côté. Ce n'était pas pour cela qu'elle ne se sentait plus à sa place ici. Elle pensait ainsi depuis un petit moment. Pourtant sa place était bien là, c'était bien sa raison d'être, donc pourquoi ce sentiment gagnait tant de terrain chez elle ? Pourquoi rien ne suffisait-il jamais pour elle ? Elle se sentait épuisée.

Ricky mit ses mains dans ses poches et plaisanta :

— C'est moi qui devrais pleurer d'avoir passé la nuit avec des étudiants bourrés. Tu m'en dois une belle, Hermana.

Letty s'étouffa presque. Ça aussi, c'était son plan. Du départ, Ricky devait être vu en public, à une fête étudiante. Une rave party, si possible. Plus de gens, plus d'alcool. Il avait également plusieurs de leurs téléphones portables au cas où la police traquerait leurs positions. Ricky serait l'alibi de certains d'entre-deux. Tous les autres avaient aussi des alibis solides pour cette nuit-là. C'était capital dans le plan de Larry et elle. Larry les avait bien aidés du point de vue logistique et pour cacher leurs traces. Ricky ne s'était pas vraiment

---

[30] Film français de Jérôme Lescure, sorti en 2012. Le titre est le sigle associé à l'Animal Liberation Front, mouvement de défense des droits des animaux.

[31] Film documentaire américain de Shaun Monson sorti en 2005 dont la réalisation a nécessité cinq années de travail et d'investigation. Il montre le traitement réservé aux animaux destinés à être des animaux domestiques, à la production de nourriture, à la confection de vêtements, aux divertissements et à la recherche scientifique.

réjoui de rester derrière, mais il connaissait plus de personnes que Letty dans leur cercle d'amis hors PA. Il avait tenu ce rôle pour le bien du plan et des animaux. Il lui mit un léger coup d'épaule.

— Prends mes clés et va te reposer un peu, tu as été tellement surexposée, tu as le droit de te reposer. L'équipe comprendra.

— L'équipe, huh.

Letty avait du mal à retenir ses larmes en pointant du doigt la porte de la salle vidéo.

— Qu'est-ce qu'on est devenu, Ricky ?

— Je ne comprends pas ?

— Je suis entrée dans cette pièce et j'ai vu un culte. Un putain de culte. Regarder nos petites vidéos comme propagande.

— Comment peux-tu dire ça ? Tu sais pourquoi on les regarde : pour garder la vérité en mémoire. Ces films n'ont jamais atteint les cinés classiques, parce qu'ils exposent la réalité des abattoirs, des cirques, de toute la planète que l'on bousille. Ils montrent aux gens ce qu'ils refusent de voir en face. Mais *nous* on sait, *nous* on regarde tout ça droit dans les yeux. Et *nous* on agit contre cela. On l'a fait. Et tu es l'une des principales raisons pour lesquelles c'est devenu une réalité.

— Peut-être que j'ai eu tort.

Ricky resta calme et sourit.

— Bien sûr que non. Et tu le sais. Je sais que tu le sais, car je n'étais pas là la nuit dernière, mais je sais quel regard tu avais quand ces cages s'ouvraient les unes après les autres. Je connais par cœur l'impatience que tu avais de sortir ces animaux de là. J'ai vu ton regard avec Bianca quand on l'a déposée chez le véto, ou devrais-je dire quand on a déposé le spécimen *314*. Dis-moi que tout ça est faux et je te traite de menteuse.

Letty baissa la tête. Elle effectua quelques pas et s'assit dans le canapé. Sa tête penchée en arrière, elle passa ses mains dans ses cheveux.

— J'ai juste… Je ne sais plus ce qui est bien et mal.

— Bien sûr que si, tu le sais.

Letty hocha la tête.

— Je ne veux pas ressentir ça, Ricky.

— C'est à cause de cette fille.

— Son nom est Sarah !

Letty se leva.

— Peux-tu l'appeler par son nom bordel de merde ? C'est un être humain, elle a des sentiments, et en ce moment elle doit se sentir comme une merde.

Ricky bondit, sourcils dressés.

— Es-tu amoureuse d'elle ?

Letty rit nerveusement du regard sur le visage de son ami.

— Ouah, je n'avais pas réalisé à quel point on avait glissé tous les deux. J'ai l'impression d'être tombée amoureuse d'Hitler ou dans le genre.

— Donc c’est bien vrai. Putain, Letty. Et je n’ai pas dit ça, soit dit en passant, mais je ne comprends pas. Céline te drague depuis des mois. Elle est comme nous, avec les mêmes valeurs et tu la regardes à peine.

— Pourquoi tu me parles de Céline ?

— Parce qu’elle est comme nous. Pas besoin de faire semblant avec elle. Je comprends que jouer ton rôle t’a un peu perturbée.

— Un peu ? Et puis c’est ça le souci, je ne jouais pas un rôle. Avec Sarah, la plupart du temps j’étais moi-même. On a parlé, échangé sur beaucoup de sujets. Elle écoutait vraiment, et elle comprenait, elle me laissait cuisiner pour elle et appréciait ces moments, et moi aussi, avoua Letty avec le sourire, se remémorant tous ces petits moments entre elles.

Elles conversaient si librement, si facilement pendant que Letty cuisinait. C’était leur petit plaisir.

Le regard de Ricky se durcit.

— À quel point avez-vous discuté, Letty ?

— Elle saura de suite, répondit Letty sans détour.

Ricky pressa sa main sur son front.

— Comment as-tu pu faire ça, Letty ? Le plan était solide. Tout ce qu’il nous fallait c’était ces putains de codes le temps venu !

Il marcha en long et en large et donna un coup de pied dans un fauteuil, puis il s’approcha et posa ses mains sur les épaules de Letty.

— OK. Pas de panique. C’est sa parole contre la nôtre. Des tas de personnes nous ont vu, Brett, Céline et moi-même hier. Ton phone était là. Cette mini rave tombait à pic. Si on dit que tu étais avec nous, c’est quatre voix contre une. Ils n’auront aucun moyen de prouver que c’est toi qui as noté les codes, pas avec notre couverture du *cambriolage*.

Le regard de Letty se promena quelque part dans la pièce, partout sauf sur son ami.

— Allez !

Il la secoua légèrement.

— Montre-moi que ça ne t’est pas égal.

Quelques larmes coulèrent le long de ses joues.

— C’est rien, le rassura-t-elle.

— Tu sais qu’ils ne tireront rien de moi. Je pense qu’il vaut mieux que je ne traine pas avec vous pendant quelque temps.

— Non !

Il prit le visage de Letty dans ses mains.

— Je ne te laisserais pas aller en prison pour cette fille.

— Ça serait pour eux. Et je suis prête si ça arrive.

— Pas moi ! Ça ne me va pas du tout !

Il inspira profondément pour se calmer.

— Tu eres mi familia. Tú eres todo para mí, Letty[32].

---

[32] ESP : Tu es ma famille. Tu es tout mon moi, Letty.

Il soupira.

— Je ne peux pas te perdre. Tu dois garder la tête froide. On a un plan solide, eux n'auront aucune preuve tangible, seulement sa parole. Alors pour le moment, l'ennemi c'est elle, Letty. Je suis désolée, mais c'est ainsi.

— Ça ne devrait pas. Je crois que… j'aurais peut-être dû tout lui avouer. Elle comprenait tellement quand je lui expliquais tout ça.

— Mais bien sûr, pourquoi n'y a-t-on pas pensé plus tôt ? Pourquoi voler les codes quand on pouvait lui demander directement de nous les donner, bien gentiment ?

Letty soupira et fixa le plafond.

— Et à quel point comprend-elle quand elle mange son précieux bacon ?

— Tu n'en sais rien, ça.

— Et toi t'en sais plus, peut-être ? Elle t'a dit qu'elle n'en mangeait plus ?

— La question n'est pas de savoir qui mange de la viande, c'est d'atteindre les gens, le plus de gens possible et de leur faire comprendre les choses. Avec elle, j'ai réussi.

Ricky expira lourdement.

— On a passé cette phase-là, Letty. Il y a bien longtemps. On a essayé et ça n'a pas marché, pas assez vite en tout cas. C'est toi qui ne supportais plus la lenteur du processus. Tu ne supportais plus que les gens nous tournent le dos et refusent de voir la vérité en face. Tu sais comment l'homme est quand il s'agit de se regarder dans le miroir, de se remettre en question et changer ses petites habitudes, même pour améliorer son impact sur la planète, il refuse. Tu le sais, tu l'as vu.

— Oui, mais j'ai vu Sarah le faire. Elle a écouté et réfléchi à des choses auxquelles elle ne pensait jamais avant. Elle n'a rien ignoré, et je sais qu'elle y repense quand je n'étais pas là. Je lui ai montré…

Letty cligna des yeux, se remémorant leur dernière nuit ensemble.

— Tellement de choses.

Elle s'essuya une larme.

— Et je l'ai poignardée dans le dos, ajouta-t-elle en s'asseyant dans le canapé une fois de plus.

— Dis-moi que tu ne l'as pas fait ?

— Si, je l'ai fait.

— Putain. OK, OK, je me calme. Elle s'en remettra, tu sais. Ces animaux, eux, n'auraient pas eu de secondes chances, on ne leur en a même pas accordé une seule. Mais *nous* on l'a fait. On leur a donné une chance de vivre. Ta Sarah est probablement en train de consoler son père, et oui, sûrement qu'elle te hait en ce moment. Mais c'est eux qui faisaient le mal en premier lieu. *Toi* tu as agi pour la juste cause, c'est la différence.

— Elle ne mérite pas le mal que je lui ai fait.

— Et Bianca mérite d'avoir son cerveau percé et ouvert ainsi !

— Ne crie pas comme ça !

Letty se redressa de nouveau.

— Et ces souris, hein, ces souris mortes plutôt, et celles toujours en vie que vous avez dû laisser là-bas pour mourir comme des vermines. Elles méritaient ça peut-être ?

— Bien sûr que non !

— C'est quoi ton problème alors ?

Letty se dirigea vers la porte en déclarant :

— Rien, mais maintenant je comprends mieux l'expression 'on ne guérit pas le mal par le mal'.

— Pour moi si.

Ils se regardèrent quelques secondes, droit dans les yeux puis elle quitta la pièce pour sortir du bâtiment.

***

Letty monta les marches de l'escalier qui menait à leur appartement. Un millier d'émotions contradictoires tournait à cent à l'heure dans son esprit.

Rentre, mens, maudis-toi pour avoir oublié ton chargeur, car tu l'aurais appelée plusieurs fois sinon, ce que tu ne pouvais pas de là-bas à cause du bordel créé par Phil et Sally. Et puis, tu as dû travailler à la place de Phil qui ne se sentait pas bien. Oui, dis-lui ça.

C'était plausible, non ?

Letty hocha la tête plusieurs fois comme repensant à une dictée qu'elle devait bientôt réciter.

La jouer cool, agir comme si de rien n'était. Il n'y avait aucune preuve, sa parole contre la sienne comme le répétait si bien Ricky. Finis ce que tu as commencé, dis à *cette fille* qu'il te faut emménager avec Sally, puisqu'elle se retrouve seule avec le loyer, de plus, tu seras à côté du boulot. Cela avait plus de sens. Et éloigne-toi d'elle progressivement jusqu'à lui avouer que tu as rencontré quelqu'un d'autre. Céline, tiens. Oui, Céline qui est *comme toi*. C'est donc logique. C'était un bon plan, non ?

Letty entendait les mots de Ricky, qui étaient les siens il n'y a pas si longtemps, c'était *son* plan. Il s'était déroulé exactement comme prévu, excepté pour sa relation avec Sarah. Pourtant, ce mensonge qu'elle répétait dans sa tête ressemblait terriblement au schéma envisagé du départ en emménageant avec elle, c'était sa porte de sortie.

Letty s'arrêta. Elle se rappela avoir raconté cette idée à Ricky tout au début. Mais d'ores et déjà, son implication avec Sarah ne lui semblait pas un rôle. Elle aimait vraiment cet appartement et elle avait passé de supers moments avec Sarah, bien avant cette fameuse nuit. Elle ne pourrait jamais la regarder droit dans les yeux et lui faire avaler un truc pareil. Pas après cette nuit, justement.

Letty secoua la tête.

Menteuse.

181

Elle lui avait bien menti aisément en la quittant samedi matin. Pourquoi aujourd'hui serait-il différent ?

La vision de Letty se troubla et elle s'assit où elle se trouvait, sur les marches de l'escalier. Elle prit de profondes inspirations pour calmer la nouvelle crise d'angoisse qui se profilait.

Elle n'avait pas menti à Ricky ; Sarah saurait la minute où elle la regarderait. Elle le savait probablement déjà. Ricky n'avait en réalité aucune idée de la relation qui s'était tissée entre les deux jeunes femmes. Même s'il avait compris qu'elles avaient couché ensemble, il était loin de se douter de leur réelle intimité. Il ne savait pas du tout le lien qui les unissait. Il ne pouvait pas comprendre, mais Letty si. Elle savait parfaitement ce que Sarah pouvait ressentir et penser en ce moment.

Letty devint pâle rien qu'en s'imaginant face à elle et voir toute la misère dans laquelle elle venait de la plonger. Elle le lisait dans les yeux de Sarah sans même être en sa présence. Un seul regard lui suffirait à comprendre à quel point elle l'avait blessé. Tout comme un seul regard dans les yeux de Letty confirmerait à Sarah que c'était vrai, Letty l'avait trahie. Pire, elle s'était servie d'elle.

Pourtant ces mots ne sonnaient pas juste dans sa tête, mais comment Sarah pourrait-elle voir la chose différemment ? C'était la vérité. Letty l'avait fait. Letty inspira longuement et, après une minute, elle se releva et continua de monter à l'appartement. Une inspiration appuyée, puis une deuxième. Elle ne pouvait pas échapper à ce moment. Non, elle ne ferait pas demi-tour. Elle cherchait profondément les raisons qui l'avaient poussé à s'engager dans cette voie-là. Ceci l'aiderait. Elle ne pouvait pas avoir de regret. Pas maintenant, ni jamais. C'était trop tard pour les regrets, de toute façon.

Letty tourna la clé et ouvrit la porte. En effet, elle tomba aussitôt sur le regard de Sarah, comme s'il n'y avait qu'elle dans la pièce. Sarah était assise sur le canapé, son dos contre le dossier, ses jambes étendues sur la longueur du sofa, ses bras croisés sur sa poitrine, ni ennui ni colère dans ses yeux.

Letty réalisa que Sarah se sentait sans doute aussi vide qu'elle-même. Cependant, une fois entrée correctement dans l'appartement, rompant ainsi l'échange visuel pour une seconde, elle aperçut enfin la colère, la douleur… et le savoir.

Letty ne se déroba pas sous ce regard une fois la porte fermée. Elle pensait que Sarah allait s'exprimer, mais la jeune femme observait simplement devant elle. Letty vit le téléphone portable sur la table basse, il y avait également une bouteille d'eau, la télécommande de la télévision qui était éteinte. Elle supposa que Sarah n'avait pas vraiment dormi cette nuit, attendant son appel.

Letty inspira fort, elle prit un siège du comptoir de la cuisine, le tourna de manière à se mettre à califourchon, les avant-bras sur le dos de la chaise et elle la fixa de nouveau. Elle devrait sûrement parler, s'excuser, mais regrettait-elle réellement son action ? Comment pouvait-elle s'excuser pour quelque chose dont le résultat final lui plaisait ?

Comment s'excuser pour quelque chose de si grave de toute manière ?

Elle pourrait au moins lui dire qu'elle regrettait de l'avoir fait souffrir de la sorte. Et qu'elle n'avait jamais planifié de se rapprocher autant d'elle. Elle n'avait jamais prévu de tomber amoureuse d'elle. Letty baissa la tête, elle ne souhaitait pas s'attarder sur ces sentiments désormais perdus.

— Je suis une vraie blonde, n'est-ce pas ?

Letty la regarda. La gorge serrée, elle voulut parler sans qu'aucun son ne sorte.

— Ricky et toi avez du bien vous marrer.

Letty secoua la tête.

— Non, absolument pas.

Sarah s'assit sur le canapé.

— Je ne comprenais pas pourquoi il ne m'aimait pas, mais je sentais bien qu'il n'était pas fan. Ça ne pouvait pas être à cause de ce morceau de bacon, n'est-ce pas ? Je me suis si souvent retourné le cerveau pour savoir, simplement parce qu'il compte tant pour toi. Je suis vraiment conne.

— Non, s'il te plait, ne dis pas ça.

— Pourquoi pas ? C'est la vérité. Tout ça sous mes yeux, c'était si gros que je n'ai rien vu. Tu…

Sarah s'interrompit et contempla par la fenêtre. Elle ne voulait pas pleurer et donner cette satisfaction à Letty.

— Sarah, s'il te plait. Ne pense pas cela. Je n'ai jamais voulu te faire de mal. Ça… ça n'était pas-

— *Si* tu le voulais.

— Non. Je n'ai pas pensé… Je veux dire… Toi et moi. Ce n'était pas prévu. C'était-

— Un bonus pour un boulot bien fait ?

— Sarah, non. S'il te plait, crois-moi.

— Non !

Sarah se leva et se dirigea vers la fenêtre pour lutter contre ses larmes.

Letty se leva également.

— Sarah, je n'ai pas menti à propos de nous, à propos de toi. Chaque fois que-

— Comment as-tu pu me faire ça ?

Les bras de Letty tombèrent le long de son corps à la vulnérabilité dans la voix de Sarah et les larmes sur ses joues. Il n'y avait rien qu'elle puisse faire ou dire pour l'apaiser. Elle tenta tout de même de s'approcher d'elle. Le regard de Sarah la stoppa.

Sarah avait la gorge nouée, toutefois son visage se durcit.

— Tu t'es foutue de moi depuis le début.

Letty ne put s'empêcher de ravaler sa salive.

— Vous n'étiez pas là par hasard ce jour-là à la terrasse, n'est-ce pas ? Réponds-moi ! cria Sarah quand Letty ne réagit pas.

— Non. On y était, on avait un plan. Mais ça ne veut pas di-

— Pourquoi est-ce qu'il te devait dix dollars ?

Letty ouvrit grand les yeux et détourna le regard.

— Et ouais, mon espagnol n'est pas super, mais j'ai quand même des restes. Alors ? Dis-moi pourquoi.

Sarah s'avança d'un pas. Letty demeura silencieuse.

— Quel pari a-t-il perdu ? Vas-y tu peux me le dire au point où on en est.

Letty la fixa.

— Je lui ai parié que…

Letty se frotta le front en s'arrêtant.

— Vas-y dis le.

— Que… tu serais plus intéressée par moi que par lui.

Un sourire loin de sa candeur et sa radiance habituelle s'afficha sur le visage de Sarah.

— Donc je suppose que si j'avais été plus intéressée par lui, c'est toi qui aurais eu une course en ville, n'est-ce pas ?

Sarah recula.

— Le coup du siècle. Tu n'as vraiment peur de rien, tant que tu arrives à tes fins.

— Non, Sarah, c'est-

— Je te hais.

Letty eut le souffle coupé, comme si les mots l'avaient mis KO d'un coup de poing dans le ventre.

— Sarah.

— Va-t'en. Je ne veux plus jamais te voir.

— Sarah, s'il te plait.

Letty ne sut pas quoi dire d'autre.

— Quoi ? Que veux-tu de plus ? Tu as tout pris déjà. Il ne me reste rien.

— Je ne-

— Ne joue plus les tampons.

— Pardon ?

— Je dois dire que tu mérites vraiment un Oscar pour ta performance.

— Sarah, je te jure que je ne jouais pas quand-

— Tu m'as expliqué ça une fois, j'aurais dû m'en souvenir. Tu as fait avec moi comme avec les gens des cirques, de la corrida, de Sea World ou autres. Tu prétends les comprendre, savoir ce qu'ils vivent, et les difficultés de leur boulot et des reproches que vous leur adressez, quand en fait tu t'en fous complètement. Tu me l'avais dit. Tu es le tampon, car tu sais parfaitement mentir, n'est-ce pas ? Tant qu'on te croit, tu continues à faire ce que tu veux, pancartes, pétitions, flyers, dévaster le labo de mon père, tout ça, ce n'est rien, n'est-ce pas ?

Sarah la fixait d'un regard noir.

— Quoi ? Ne me regarde pas comme ça. Tu as tellement bien joué ton rôle, tu devrais être fière. Et tu devrais vraiment chercher un boulot à Hollywood, tu te ferais des millions en tant qu'actrice. En plus, elles ne reculent bien souvent devant rien pour percer, le job parfait pour toi.

Sarah s'interrompit pour contenir d'autres larmes qui menaçaient d'inonder son visage.

— Garde pour toi tes explications à deux balles, OK ? Tu as gagné. Maintenant, barre-toi. Je ne veux plus jamais rien entendre de toi.

Letty ne bougea pas, comme pétrifiée. Sarah lui cria de partir, alors elle s'agita. Elle récupéra quelques affaires dans sa chambre et quitta l'appartement. Elle aurait voulu dire à Sarah à quel point elle n'avait pas menti dans ses sentiments pour elle, et toutes leurs conversations, ces moments d'amitiés partagés… et cette nuit. Mais à quoi cela servirait-il ?

Elle savait que ces beaux sentiments étaient à tout jamais ternis par cet acte, et il n'y avait aucun moyen de revenir en arrière, d'autant plus qu'elle referait la même chose. L'action finale en tout cas, pas ce qui l'y avait menée. Tout ce qui concernait Sarah de toute manière était scellé, ça, elle ne serait jamais en mesure de le rectifier. C'était fini.

Elle ne pouvait plus faire face à Sarah. Elle ne pouvait plus poser les yeux sur ce qu'elle avait perdu. Tout ce à quoi elle souhaitait penser, c'était le bien qu'elle avait apporté à ces animaux. Leurs regards tandis qu'ils recevaient leurs premières caresses. Et leurs arrivées dans leurs nouvelles maisons ou appartements. Le regard de Bianca qui commença à ronronner de plaisir et pour se rassurer quand elle se détendit pendant que Letty la câlinait délicatement.

Ces sentiments et souvenirs-là étaient tout ce qu'il restait à Letty et elle s'y accrocherait. Cela devrait être assez. Ça l'était auparavant, ça le serait de nouveau.

Chapitre Neuf

Sarah était assise sur le canapé, ses bras autour de ses genoux repliés. Elle n'avait pas bougé depuis qu'elle s'était installée ainsi la nuit précédente, excepté deux fois pour aller aux toilettes. Le soleil brillait fort maintenant. Son estomac gargouilla alors qu'elle n'avait pas faim. Elle ne voulait pas bouger. Elle ne pouvait pas lire non plus. Elle n'avait envie de rien. Ni manger, ni regarder la télévision, ni aller prendre une douche. Elle avait éteint son téléphone. Elle ne cherchait à faire aucune activité qui lui permettrait de se sentir mieux, elle ne désirait pas se sentir mieux. Elle souhaitait ne rien éprouver du tout. Rester sans bouger demeurait la seule option.

Elle n'aimait pas la connotation *suicidaire*, du moins dépressive de son ressenti, car ça ne l'était pas. Voilà pourquoi elle ne bougeait pas. Elle n'allait pas se jeter par la fenêtre ou avaler des pilules. Donc elle ne bougeait pas. Peut-être que quelque chose allait se passer, quelque chose qui la sortirait de cet état, ou éventuellement elle mourrait de faim. Elle en doutait. Elle observa son téléphone et se maudit de se demander si Letty avait cherché à la joindre. Qu'y avait-il de plus à dire ?

Sarah bougea d'un coup et se dirigea vers le réfrigérateur. Peut-être que Letty avait laissé quelques bières bios de sa coopérative. Pas suicidaire, non, mais elle aimerait toutefois oublier un peu. Elle ne buvait que très rarement, par conséquent, elle savait qu'elle s'enivrerait rapidement, d'autant plus qu'elle n'avait pas mangé. Même de la bière scellerait le sort de sa journée.

Elle grogna quand elle attrapa la seule et unique bière du réfrigérateur. Elle claqua la porte en réalisant qu'elle était entamée.

— Oh, tu m'as vraiment bien niquée.

Elle se couvrit la bouche, lâcha la bouteille dans l'évier quand elle pensa au sens littéral de ces mots.

Pourquoi n'arrivait-elle pas à se défaire de cette nuit ? Ce n'était qu'un gigantesque mensonge, une façade, un moyen pour Letty de parvenir à ses fins. Sarah devait absolument passer à autre chose, oublier Letty. Pourtant elle ne pensait qu'à elle, tournant cette histoire dans tous les sens, essayant justement de trouver un autre sens, quelque chose qui lui aurait échappé et qui prouverait Letty innocente. Mais ça n'arriverait pas, Letty était coupable, elle ne s'en était même pas cachée. Il n'y avait pas à chercher midi à quatorze heures, c'était ainsi et pas autrement.

Maintenant, Sarah avait le cœur brisé et ne pouvait même pas se saouler pour oublier ne serait-ce que quelques heures. Qu'avait-elle fait pour mériter ça ? Comment pouvait-on toucher le bonheur parfait pendant vingt-quatre heures pour tomber directement en enfer juste après ? Un simple appel, mais surtout le regard de Letty et elle avait su, elle était coupable.

Sarah secoua la tête. Comment pourrait-elle bien noyer ses pensées ? Elle se posait cette question quand quelqu'un sonna à la porte. Son cœur s'arrêta de battre l'espace d'une seconde. Était-ce Letty ? Non, ça ne pouvait pas être elle ? Ou alors elle venait récupérer plus d'affaires, elle avait pris le minimum après tout, Sarah avait vérifié.

Je suis pathétique, pensa-t-elle.

La personne sonna une nouvelle fois et Sarah réalisa qu'elle n'avait pas bougé. Elle ne souhaitait pas ouvrir. Letty avait ses clés, par conséquent, ce n'était pas elle. Sarah ne voulait parler à personne. Et si c'était son père ? Qu'allait-elle lui dire ? Elle était surprise qu'il n'ait pas déjà fait le rapprochement dans la mesure où elle avait mentionné les convictions de Letty. Letty allait-elle partir en prison ? Sarah ne put s'empêcher un léger soupir à cette pensée.

Elle était coupable, non ? La prison paraitrait donc normale, *non* ? Pourquoi cela sonnait-il si mal dans l'esprit de Sarah ? Sa tête lui tournait tellement qu'elle avait déjà l'impression d'être saoule, sans avoir rien bu.

— Sarah ? Es-tu là ?

Sarah fronça les sourcils.

Elle marcha jusqu'à la porte et regarda à travers le Juda. Son sourcillement s'accentua.

— Allez, ouvre. Je sais que tu es là. J'ai besoin de ton frigo avant qu'elles ne réchauffent.

Sarah ouvrit la porte avec un '*quoi ?*' sur les lèvres.

— Vanessa ? Que fais-tu là ?

— Eh bien tu sais, ce cours que tu étais censée me donner hier matin et qui n'est jamais venue. Je suis à la ramasse totale… Alors je me suis dit, pourquoi pas maintenant ?

— Merde, je suis désolée.

Sarah mit sa main sur son front.

— Je ne t'ai jamais rappelée. Bon sang, je–

— C'est rien. Je sais ce que c'est. En plus, ta copine super canon doit te tenir bien occupée.

Vanessa dressa un sourcil à la réaction de Sarah.

— Ooo, la lune de miel est déjà terminée ?

Elle ne laissa pas le temps à Sarah de répondre et entra dans l'appartement pour se diriger vers le réfrigérateur y déposer un paquet de six bières.

— Une bonne chose que j'ai apporté ça, dans ce cas. Rien de mieux pour les bobos du cœur.

Vanessa posa un sac plastique au sol près de la table basse. Sarah haussa les épaules.

— J'étais justement en train de me dire la même chose. À dire vrai, je bois très peu, voire jamais, donc le frigo fait peine à voir.

— Plus maintenant. Tiens, en voilà une.

Sarah la prit, se sentant un peu mal à l'aise que Vanessa l'observe, assise dans son canapé.

— Viens, Sarah, l'invita Vanessa en tapotant l'espace à côté d'elle.

— Euh, écoute Vanessa, c'est super sympa d'être passée, comment as-tu su où j'habite d'ailleurs ?

— Je sais y faire.

Vanessa secoua la tête et ajouta :

— OK, j'ai peut-être filé un billet ou deux au secrétariat.

— Tu as de la ressource.

— Eh bien… je voulais vraiment te voir.

— Je suis vraiment désolée pour tes notes. Mais je ne me sens pas vraiment apte à donner des cours là. Je te promets que je vais t'aider, mais–

— Hey, ne t'inquiète pas pour ça. Je peux bien être nulle un jour de plus. Viens et bois ta bière, insista-t-elle en lui tendant de nouveau la bière.

Sarah la prit cette fois et vint s'asseoir à côté d'elle.

— De toute façon, les cours c'est juste une excuse. Comme je t'ai dit, je voulais vraiment te voir.

Elle posa une main sur la cuisse de Sarah qui ferma les yeux et but une gorgée de sa bière. Elle bougea légèrement dans le canapé pour s'éloigner sensiblement de Vanessa qui retira sa main.

— Comme tu vois, il n'y a pas grand-chose à voir aujourd'hui. Je suis en mode *éteinte.*

Vanessa rit.

— J'imagine. Avec ce qui est arrivé à ton père, je me doutais bien que tu ne serais pas en grande forme.

— Mon père ? Comment sais–

— Tout le campus le sait. C'est la fête. Tu sais comment ils sont chaque fois qu'il y a un truc de travers à l'USC, et vice versa.

— Ouais.

Sarah observa par la fenêtre en buvant une nouvelle gorgée. Elle fixa sa bière.

— Bon sang, elle est forte.

— Oh, tu n'as vraiment pas l'habitude de boire, effectivement.

Sarah releva les épaules et but une autre gorgée.

— Et donc, euh, ils racontent quoi sur le campus ? Ils ont arrêté du monde ? Ils ont une piste ? s'enquit-elle ensuite aussi nonchalamment que possible.

Vanessa parut la jauger avant de hausser les épaules.

— Je n'en sais pas davantage. Je suppose que tu as plus d'infos. Que t'a dit ton père ?

— Euh, je ne lui ai pas encore parlé. C'est ma mère qui m'a mis au courant. Il était occupé avec la police et le directeur. Je l'appellerais plus tard.

— Je trouve ça étrange. Le labo de ton père se fait saccager et tu ne l'appelles pas ?

— Je lui ai envoyé un texto. J'étais… occupée.

— Ah oui c'est vrai, la petite-amie qui n'en est peut-être plus une ? Je suis contente qu'elle ne soit pas là d'ailleurs. Elle ne va même pas à l'uni et pourtant, c'est dur de te choper seule depuis quelque temps.

— Ça ne le sera plus désormais.

Vanessa termina sa bière tout en observant Sarah.

— Vous avez rompu ? Que s'est-il passé ?

— Rien.

Sarah espérait noyer ses pensées avec la fin de sa bière qu'elle but d'un trait.

— On ne rompt pas sans raison. Sauf si le sexe est nul.

Sarah voulut rire, mais enroula ses bras autour de ses genoux, résumant la position qu'elle avait avant l'arrivée de Vanessa. Non, le sexe n'était pas nul du tout. Tout allait bien jusqu'à ce que tout aille mal.

— Vas-y, tu peux m'en parler, tu sais. Je sais écouter, proposa Vanessa en lui glissant une mèche blonde derrière l'oreille.

Sarah frissonna au sentiment que ce geste évoquait en elle, toutes les fois où Letty avait effectué ce geste, ses doigts effleurant sa peau…

Cela ne voulait-il vraiment rien dire pour Letty ? Sarah ne signifiait-elle rien pour elle ? Rien du tout ?

— Elle t'a trompé ?

— Non, ce n'est pas ça… enfin si d'une certaine manière. Je n'ai jamais été sa vraie passion. Ils passeront toujours au premier plan.

— Ils ? Vous étiez dans une relation libre ou un truc à plusieurs ?

Sarah ne put s'empêcher un petit rire bien qu'une larme coula le long de sa joue.

— Non. C'est juste compliqué.

Elle se tourna vers Vanessa.

— Et elle n'était pas ma petite-amie, tu sais.

— Sérieux ?

— Juste, enfin, ce jour-là devant Powell, on n'était pas ensemble à ce moment-là.

— Je réitère mon 'sérieux' ? On aurait vraiment dit.

Sarah poussa les genoux de Vanessa avec les siens.

— Tu m'as fait un de ces rentre-dedans ce jour-là. Elle était à côté et tu nous pensais ensemble, alors pourquoi cette attitude ?

— Ça s'appelle tâter le terrain, bébé. Il fallait que je voie si vous étiez un couple sérieux. Tu es vachement mignonne, tu sais, déclara Vanessa en caressant la joue de Sarah qui baissa la tête.

Vanessa rapporta deux autres bières et poursuivit en s'asseyant de nouveau à côté de Sarah :

— Et ouais, il fallait que je voie si elle me sautait à la gorge ou pas. Là, au moins je savais pour de bon.

Le bref rire nerveux de Sarah lui laissa un goût amer.

— Oh non, elle n'allait pas se battre pour moi. Elle ne se bat que pour une seule chose. J'aurais dû m'en douter.

— Te douter de quoi ? Et, pourquoi se bat-elle ?

Sarah regarda Vanessa et, pendant quelques secondes, Vanessa crut que Sarah allait lui répondre, mais Sarah contempla au loin. Elle allait attraper sa bière, quand Vanessa la stoppa.

— Huh huh. Je crois que tu as passé le stade des bières. J'ai quelque chose de bien mieux pour toi.

Elle saisit le sac en plastique qu'elle avait posé près de la table basse, et en sortit une bouteille de whisky et une de tequila.

Sarah ouvrit grand les yeux.

— Et tu étais venue pour étudier ?

Vanessa dressa un sourcil et sourit.

— À vrai dire, sachant ce qu'il s'était passé à l'USC samedi soir, et ne te voyant pas à ton cours favori ce matin, je me suis dit que ton week-end avait dû être vraiment merdique. Alors je voulais te remonter le moral.

— C'est vraiment gentil de ta part.

Sarah ne put retenir quelques larmes.

Vanessa les essuya et Sarah détourna le regard, les chassant avec ses manches.

— Même si je ne pensais pas que j'en aurais l'occasion, j'avoue, persuadée qu'elle serait là, avec toi. Tu peux m'en parler, tu sais. Parfois, tout lâcher soulage.

Sarah secoua la tête.

— Merci, mais… je n'ai pas envie de parler pour l'instant. J'ai juste envie de me bourrer la gueule, annonça-t-elle en prenant la bouteille de tequila.

— Très bien, mam'zelle.

***

— Oh la vache, je ne tiens plus debout !

Sarah s'écroula sur le canapé, dans les bras accueillants de Vanessa. Sarah n'essaya pas de s'éloigner de sa position plutôt maladroite contre la rouquine.

Vanessa but une gorgée de whiskey puis laissa la bouteille sur la table basse.

— Tu ne plaisantais pas quand t'as dit ne pas tenir l'alcool.

— J'ai la tête qui tourne.

Vanessa l'aida à s'asseoir droite dans le canapé. Elle approcha son visage plus près de Sarah et murmura :

— Dis-moi ce qu'il s'est passé ? Ça te fera du bien d'en parler.

— Je suis stupide, naïve et crétine, voilà ce qu'il s'est passé.

— Je n'y crois pas. Je pense que c'est elle qui a déconné. Si elle ne t'a pas trompé, je suis vraiment curieuse de savoir ce qu'elle a fait. Elle t'a volé de l'argent ? Ou à tes amis ?

190

— Je n'ai pas d'amis, indiqua Sarah qui s'avança maladroitement vers la table basse pour attraper la bouteille de tequila.

Vanessa la lui prit des mains et lui donna une bière à la place.

— On va en rester aux bières désormais. Je crois que tu es bonne pour la nuit, là, de toute façon. Euh… Elle observa le soleil briller par la fenêtre et rectifia : pour le reste de l'après-midi, on va dire. Tu vas être si malade que tu vas me haïr.

Vanessa s'approcha encore, son visage quasiment contre celui de Sarah.

— Moi je suis ton amie. Tu as des amis, Sarah. Tu m'as moi. Je suis sûre que tu te sentirais bien mieux si tu me racontais tout. En plus, je suis neutre.

Vanessa en leva les mains en l'air.

— Je promets de te dire si tu as été stupide. Mais je suis persuadée que tout est de sa faute. Vas-y, dis-moi, ça te soulagera.

Sarah parut dans un autre monde l'espace d'un instant. Vanessa prit son visage dans ses mains pour la caler un peu.

— Raconte-moi tout, Sarah, je te promets que tu te sentiras mieux.

Vanessa se lécha les lèvres quand le bleu océan des yeux de Sarah se fixa enfin dans le noisette des siens.

— Elle m'a menti.

Sarah avala sa salive comme si une boule refusait de laisser passer quoi que ce soit.

— Elle s'est servie de moi.

Vanessa avait la tête qui lui tournait légèrement aussi.

— Vas-y continue. Servie de toi comment ?

Sarah rit et sembla oublier le sujet de discussion. Ses yeux se perdirent une nouvelle fois dans un autre monde.

Vanessa soupira, gardant une main sur le visage de Sarah. Sarah riait toute seule.

— Je vois deux Vanessa. Oooh, ce n'est pas bon. Sauf que tu es bien jolie.

Vanessa sourit et laissa le visage de Sarah. La tête de Sarah retomba en arrière contre le canapé. L'autre main de Vanessa se trouvait sur le genou de Sarah. Elle la glissa plus haut le long de sa cuisse.

— Sarah ? Sarah, t'es toujours là ?

Vanessa bougea un peu plus près et déposa un léger baiser sur les lèvres de Sarah. Elle descendit sur son cou qu'elle lécha en remontant jusqu'à son oreille.

Sarah frémit.

— Je savais que ça marcherait.

— Vanessa, qu'est-ce que tu fais ? demanda Sarah quand Vanessa pressa sa main sur son entrejambe par-dessus son jogging.

— Tu ne te sens pas mieux ? murmura la rouquine en appuyant de nouveau, obtenant un faible gémissement de Sarah.

— Il n'y a pas mieux pour se remettre d'une rupture, tu sais.

— Je-Je ne peux pas, répondit Sarah en posant sa main sur celle de Vanessa.

Vanessa pressa une nouvelle fois, plus fortement cette fois.

— Bien sûr que si tu peux. Je vais te faire du bien, tu verras.

Sarah ne put s'empêcher un soupir plus distinct. Elle allait parler quand la bouche de Vanessa couvrit la sienne. Vanessa s'installa sur les cuisses de Sarah et commença à l'inonder de baisers.

— Tu es juste trop mignonne, je ne résiste pas.

Sarah gémit, et protesta à moitié quand Vanessa lui toucha les seins, mais avant qu'elle ne réagisse, Vanessa la débarrassa de son T-shirt et son soutien-gorge. La jeune femme se trouvait à genou par terre entre les jambes de Sarah, un de ses seins à la bouche et l'autre dans sa main. Sarah la regarda, sans être sûre d'être là avec elle.

— Vanessa.

Dans sa tête, Sarah exprima bien davantage. Elle avait fait l'amour pour la première fois il y a quarante-huit heures. Elle n'allait pas se mettre à coucher avec n'importe qui maintenant ? Elle n'était pas comme ça, le sexe signifiait quelque chose pour elle, c'était de l'amour.

Des larmes coulèrent le long de ses joues quand ces pensées de Letty l'envahirent. Apparemment, elle s'était bien trompée. Sexe ne rimait pas avec amour… pas du tout. En conséquence, Sarah n'essaya pas de stopper Vanessa qui baissa son jogging et sa culotte.

Vanessa lui écarta les jambes. Sarah inspira longuement quand Vanessa la goûta. Sarah fixait le plafond et tentait de le ressentir. Elle devrait pouvoir le ressentir ce sentiment miraculeux que Letty lui avait procuré cette nuit-là. Si tout était faux, ce n'était donc qu'un bon coup. Elle devrait être en mesure de le ressentir, dans ce cas. Elle attendit, et attendit encore, elle s'entendait gémir, encore plus lorsque Vanessa glissa un doigt en elle. Elle se sentit attraper la chevelure de Vanessa. Elle sentit ses muscles se tendre et son cri quand elle jouit, pourtant elle attendait toujours. Elle attendait ce sentiment, mais il ne vint pas. Elle sanglota.

Vanessa lui déposa de tendres baisers sur le ventre avant de remonter embrasser ses seins, mais Sarah se coucha sur le côté. Vanessa s'assit en soulevant les jambes de Sarah pour les mettre sur ses genoux. Elle lui caressa les jambes et le dos un petit moment.

— Tu as un goût intoxicant, Sarah. Si elle t'a dit ça, là elle n'a pas menti, je t'assure.

— Letty.

Vanessa entendit à peine le murmure de Sarah.

— Oui, Letty.

Bien que Sarah n'ait pas voulu le dire fort. Ce n'était ni une réponse ni une question.

— À propos de quoi t'a-t-elle menti ? Tu peux me le dire, je ne le répèterais pas, c'est promis.

La question de Vanessa resta sans réponse. Vanessa continuait de caresser le corps de Sarah, ses mains bougeant de plus en plus vers l'avant de Sarah, lui touchant les seins.

— Sarah ?

Aucune réponse.

— Sarah, tu es toujours avec moi ?

Vanessa sourit quand elle entendit une sorte de oui et de couinement à la fois. Peut-être était-ce seulement un gémissement, elle n'était pas sûre, néanmoins elle se réjouit et allongea Sarah sur le dos pour monter sur elle. Elle dévora les seins de Sarah une fois de plus avant d'embrasser sa bouche avec ferveur. Sarah retourna légèrement le baiser. Vanessa n'attendait que cette *autorisation* pour descendre sa main entre leurs corps. Sarah ouvrit grand les yeux à la sensation des doigts de Vanessa glissant en elle.

— Oui, c'est bon ça, susurra la rousse qui débuta un rythme doux de pénétration.

Elle accéléra la cadence en sentant Sarah au bord de l'endormissement. Vanessa releva sa jupe et quitta sa culotte pour enjamber la cuisse de Sarah et se frotter contre elle. Le rythme de sa main ralenti quand elle approcha elle-même de l'orgasme. Elle dissimula son grognement dans le cou de Sarah. Elle ne bougea plus un court instant avant de se remettre à pénétrer Sarah. Elle réalisa rapidement que Sarah était inconsciente. Même pas de faibles murmures. La beauté aux yeux bleus s'était effectivement éteinte pour la nuit.

Vanessa retira ses doigts et s'assit sur le canapé. Elle se les lécha, ferma les yeux et gémit doucement. Elle s'étira en admirant la forme nue de sa belle *partenaire* du jour. Sarah était vraiment belle, tout à fait son style ; fine, féminine et un brin innocente. Vanessa attrapa la bouteille de whisky et en but une gorgée. Elle saisit le poignet de Sarah et vérifia son pouls. Une fois rassurée, elle se leva. Elle trébucha en voulant s'éloigner du canapé. Elle réussit à s'équilibrer suffisamment pour remettre sa culotte. Elle repoussa quelques mèches auburn et secoua la tête pour tâcher de s'éclaircir les idées. Elle titubait, mais se mit en quête de quelque chose pour couvrir Sarah. Elle prit la première couverture qu'elle trouva dans un placard.

Vanessa se dirigea ensuite vers les chambres à coucher, les jambes quelque peu tremblantes. Elle aperçut les photos de Sarah sur la table de nuit et repartit en fermant la porte. Elle alla directement dans l'autre chambre. Elle hocha la tête en voyant les posters au mur. La chambre de Letty, aucun doute possible. Elle saisit deux gants en latex de sa veste qu'elle enfila. Elle ouvrit et referma tous les placards et tiroirs, tous les meubles, elle souleva même le lit sans que cela ne se voie, et lu tous les bouts de papier qu'elle dénicha, même dans la corbeille à papier. Après vingt minutes, elle se rendit à l'évidence qu'elle ne trouverait rien qui l'intéresse. Elle se leva, ramassa les bouteilles et son sac au sol. Après un dernier coup d'œil à Sarah, elle quitta l'appartement.

Elle sifflait, et titubait, en sortant de l'immeuble, et s'approcha d'une Sedan blanche. Elle monta du côté passager.

— Putain, Holtz, tu sais depuis combien temps je t'attends, là ? Il n'y a pas un brin d'ombre. J'ai dû mettre la clim à fond.

— Relax, partenaire. La clim sert à ça après tout. Je ne faisais que mon boulot.

— Avec Jack ou Daniels ?

— D'abord, c'était Johnnie Walker pour moi. Et de la tequila pour la demoiselle. Laisse-moi te dire qu'elle ne tient pas l'alcool du tout. Mais bon sang, ce qu'elle est mignonne !

Il lui lança un regard sombre.

— Oh non, ne me dis pas que tu as remis ça ?

Elle rit.

— Ce n'est pas drôle, Holtz. Tu l'as baisée ? Putain, Holtz ! Je te jure que si l'enquête foire parce que t'arrives pas à garder tes mains dans tes poches, je ne te couvre plus. Le lieutenant t'a vraiment à l'œil.

— Relax, Johnson. Je n'ai rien foiré du tout. J'ai ce qu'on voulait.

— Oh vraiment ? Que sait-elle de ce qu'il s'est passé ? Tu crois qu'elle était dans le coup ?

— Non, non. Elle n'a rien vu venir a priori, mais elle sait que sa copine est impliquée, c'est certain.

— Et elle est prête à témoigner, en plein jour, et sobre ? D'ailleurs, tu as de la chance qu'elle ait vingt-et-un ans[33], sinon je t'embarquerais moi-même.

— Écoute, on les tient là. Si je la presse un peu, elle me la livre sur un plateau. Si l'on joue bien nos cartes, plus d'enquête à la con.

— Je n'arrive toujours pas à croire que tu m'aies refait le coup. Tu as un vrai problème, Holtz. Tu ne peux pas continuer de boire ainsi.

Elle regarda par la fenêtre en secouant la tête.

— Je suis sérieux, Vanessa. Tu as besoin d'aid–

— Oh, tu veux bien oublier ça, oui ? Je vais bien. Et notre enquête aussi.

— Ouais, en tout cas je ne peux pas te ramener au poste dans cet état-là. Tu pues l'alcool. Si elle est dans le même état que toi, tu sais que tout ce que tu auras tiré d'elle aujourd'hui ne sera pas valide devant la cour ? On a besoin qu'elle témoigne. Es-tu à cent pour cent sûre qu'elle va le faire ?

Greg Johnson soupira à l'expression sur le visage de sa partenaire.

— Putain, on est dans la merde.

— Écoute, Greg, je suis aussi fatiguée que toi de cette mission à la con. Je passe six mois undercover[34] avec des bouffeurs d'herbes et quand je reviens on me donne cette enquête de merde. Je vais avoir vingt-huit ans et toi trente, combien de temps encore vont-ils nous refiler des missions à la *21 Jumpstreet*, hein ?

Il haussa les épaules et soupira à la fois. Elle s'appuya contre lui comme si elle allait lui confier le secret le plus important au monde.

---

[33] Aux États-Unis, la majorité pour boire de l'alcool est 21 ans.

[34] Traduction anglaise du terme couverture, ensemble de fausses informations destinées à masquer l'identité réelle d'un agent. (Travailler sous couverture, infiltré)

— Ils veulent Larry Austin, ils sont sur son cas depuis des années. On va le leur amener sur un plateau et plus d'enquêtes à la con.

Il la regarda et tordit ses lèvres. Elle lui sourit et lui poussa l'épaule avec la sienne.

— Allez, partenaire, lança-t-elle en levant sa main. Il finit par capituler et lui rendit son tope-là.

— On les embarque au poste dans ce cas ?

— Ouais, ce sont juste des gamins, c'est lui le vrai *guru*. Ils n'ont même pas un excès de vitesse au compteur, casier judiciaire vierge. On va les faire cracher en un temps record. On prend d'abord les chefs de file, Rodriguez et Gomez.

— Tu sais qu'on ne pourra pas les garder longtemps. On n'a pas grand-chose de concret. Notre seul lien entre eux et le labo s'est envolé, il est probablement hors du pays maintenant.

— Ouais, bah moi j'étais de garde en mission *Jumpstreet* au campus. C'est toi qui devais obtenir les photos.

— C'est l'université, Holtz. Pas franchement *Jumpstreet*. Et puis, ils étaient mieux préparés que prévu, j'avoue. L'agent de service est notre seul lien et ils ont fait bien gaffe de ne jamais être avec lui en ville ou nulle part. Leur studio doit avoir une porte de sortie à l'arrière, car je ne le voyais jamais entrer ou sortir. Je ne peux même pas dire s'il les a rencontrés. On n'a vraiment rien de solide contre eux, tout pointe vers l'agent de service introuvable.

— Pas tout. Rodriguez a commis une grosse erreur, elle a poussé trop loin le jeu avec la fille de Weisman. On sait qu'elle était chez eux la veille de l'effraction. Sacrée coïncidence, tout de même. Elle a eu accès aux codes, donc on a la possibilité, et bien sûr le motif. Je vais me les faire.

— Si seulement c'était tout ce que tu te faisais.

— Lâche-moi avec ça.

— OK, mais il faut que tu arrêtes. J'irai aux alcooliques anonymes avec toi s'il le faut.

Elle fit un geste de la main.

— Mais non, je ne suis même pas bourrée, OK ? C'est cette enquête, je me suis retrouvée dans le bain des fêtes bien arrosées tous les jours, les sororités et toute mon époque universitaire. Mais je vais bien. Ramène-moi chez moi que je prenne une douche et ça ira. Personne n'y verra rien.

Greg Johnson soupira.

— Le lieutenant m'a posé la question la semaine dernière. Je ne pourrais pas te couvrir toute ta carrière, Holtz. Alors, démerde-toi, mais fais ce qu'il faut.

Elle haussa les épaules et il démarra. Vanessa fixa par la fenêtre, tête baissée.

***

195

Sarah se réveilla en grognant. Elle eut un mal fou à ouvrir les yeux, la pénombre autour d'elle l'aida fortement. Sa tête vibrait. Une douleur lancinante semblait passer d'un neutron à un autre, comme s'ils jouaient au flipper dans sa tête. Elle posa une main sur son crâne. Elle se frotta les yeux et ne comprenait pas pourquoi il faisait nuit. Elle ne se souvenait que de bouder sur son canapé, incapable de se concentrer sur quoi que ce soit. Le soleil brillait fort à ce moment-là, c'était en milieu de matinée.

Concentre-toi, Weisman, concentre-toi, pensa-t-elle.

Ce mal de tête effroyable rendait la tâche difficile, mais elle regroupa ses pensées, se focalisant sur le reste de son corps, une partie notamment paraissait plus tendre que les autres. Elle se leva d'un bond, une très mauvaise idée, lui signifia la virulente douleur dans sa tête. Elle vomit sur le tapis et se précipita vers la salle de bain. Elle régurgita une nouvelle fois. Étrangement, elle se sentit encore plus mal. Puis les images lui revinrent à l'esprit, les bières, la tequila, la fille… Vanessa. Cette sensation sensible entre ses jambes. Tandis qu'elle s'assit en face de la cuvette des w.-c., elle pouvait même deviner la trace de la passion de Vanessa sur sa cuisse.

— Oh mon Dieu.

Elle vomit de nouveau en y pensant.

— Qu'est-ce que j'ai fait ?

Elle se releva avec difficulté et inspira profondément, se tenant au-dessus de l'évier. Elle inspira et expira pendant quelques instants, tentant de redonner un peu de sens à sa vie, parce qu'elle en perdait le contrôle. Un peu telle cette boule de flipper qui se jouait de sa tête. Elle but un peu d'eau pour atténuer le goût du vomi. Elle entra dans la douche. Il lui fallait absolument effacer les soixante-douze dernières heures de sa vie. Au moins les douze dernières. Elle n'avait nul besoin de commettre une erreur pareille et ajouter à sa détresse.

Elle laissa couler l'eau froide qui lui gifla le corps, puis elle la tiédit. Elle se tint un moment sous les jets d'eau et sanglota. Elle avait du mal à respirer sous ses pleurs anxieux.

Comment pouvait-elle passer de vierge effarouchée à une salope bourrée incapable de se rappeler avec qui elle avait couché le jour d'avant ?

— Comment as-tu pu me faire ça, Letty ?

Elle ouvrit grand les yeux comme si l'on venait de la pousser. Elle reprit le contrôle de ses larmes, prit plusieurs inspirations profondes pour se remettre.

Je ne ferai pas ça, je ne vais pas la laisser ruiner ma vie. Je ne vais pas tout foutre en l'air dorénavant et prétendre que c'est de sa faute.

Sarah connaissait parfaitement les intentions de Vanessa, saoule ou pas, et une partie d'elle le voulait, même simplement pour se venger de Letty.

Sarah soupira, réalisant que Letty s'en fichait bien.

— Exactement, affirma-t-elle de vive voix.

Letty n'avait aucun respect pour elle, donc elle ne valait pas que Sarah laisse sa vie se transformer en chaos à cause d'elle. Ça y est, c'était fini, plus de journées posées les fesses sur le canapé à se morfondre. Elle hocha vivement la tête en inspirant.

Elle prit le gel douche et se lava. Elle se rasa sous les bras, les jambes et le maillot, pour se sentir une femme nouvelle. Elle était forte, indépendante et intelligente. Oui, elle aimait les femmes, et maintenant qu'elle avait révélé officiellement son homosexualité, rien ne l'empêcherait de réussir sa vie. Letty ne ruinerait plus rien.

Elle l'oublierait, avec le temps. Et ça commençait maintenant.

Elle sortit de la douche, se sécha, avala un bon petit-déjeuner même si le jour perçait à peine à l'horizon. Elle se brossa les dents, sécha ses cheveux, enfila un jean et un petit haut et se dirigea vers le campus. Elle étudierait à Powell le temps que son premier cours débute à dix heures. L'université, c'était son truc et elle ne manquerait plus un seul jour pour elle. Et si elle voyait Vanessa, elle lui parlerait franchement. Elle l'aimait bien, cependant la journée passée demeurait brumeuse pour elle. Elle avait trop bu, Vanessa ne pourrait que le confirmer, et pour l'instant, elle préférait rester amie avec elle. Sarah était persuadée que Vanessa comprendrait. Sarah pourrait ainsi reprendre le cours de sa vie.

C'était la seule chose à faire. La chose adulte à faire. Et que Letty aille au diable !

Malheureusement, malgré sa résolution, le reste de la journée fut une pure agonie. Entre son mal de tête atroce et la peine dans son cœur, peine qui ne paraissait pas au courant que Sarah oubliait Letty, elle parvint difficilement à se concentrer. Étudier en silence à la bibliothèque ne semblait pas marcher non plus. Elle rentra directement chez elle après son dernier cours à quinze heures et se mit au lit pour une longue nuit réparatrice.

***

Letty et Ricky montaient dans la voiture de Letty en silence. Letty posa le sac en tissu qu'elle tenait très soigneusement sur ses genoux. Elle jeta un coup d'œil à l'intérieur et Ricky démarra.

— Elle va bien ?

— Oui. Un peu effrayée d'avoir été encore déplacée, peur d'y retourner, je suppose.

— Michael dit qu'elle peut faire la route jusqu'à San José[35].

Ricky ne put dissimuler son sourire à l'idée que Bianca allait retrouver sa nouvelle famille. Letty observa une fois de plus la petite boule de poil sur ses genoux. A priori rassurée, elle refermait ses yeux. Un jeune chat qui dort était l'une des plus belles choses au monde pour Letty. Elle sourit elle aussi.

— Ça me fait plaisir de voir ça.

---

[35] Ville de la côte ouest des États-Unis, située à 68 km au sud-est de San Francisco, à l'extrémité sud de la baie de San Francisco, dans l'État de Californie.

— Euh, quoi ? s'étonna Letty en tournant la tête son ami.

— Le sourire sur ton visage, cette admiration dans tes yeux.

— Je n'ai jamais dit que je n'étais pas heureuse qu'ils soient en sécurité. Bianca est la dernière placée et j'en suis plus que ravie et soulagée.

— Je commençais à me poser des questions, tu sais. Mais te voir la regarder, cette petite boule de tendresse, vaut des millions. Enfin, la sauver vaut des millions pour moi.

Letty resta silencieuse un moment.

— Je suis contente de ce qu'on a fait, Ricky. Je n'aime pas la façon dont on l'a fait, c'est tout. Et je ne veux plus me disputer à cause de ça.

— Moi non plus. C'est juste… tu es ma meilleure amie, et la seule personne assez proche de moi pour comprendre tout ça. Si je te perds, je perds la boule, Letty.

Letty aurait voulu le secouer, mais elle savait parfaitement comment cette vie pouvait être effrayante parfois et solitaire aussi, se sentir aussi incompris, et pointé du doigt. Elle avait grandi ainsi.

— Et tu crois qu'il va se passer quoi ? Que je vais me mettre à manger de la viande, à porter de la fourrure, et m'en foutre comme la plupart des gens ?

— Bien sûr que non.

— Alors de quoi as-tu peur ?

— Je n'ai pas peur. J'ai juste besoin de te sentir à cent pour cent avec moi. C'est moi d'habitude qui suis à cent pour cent derrière toi. Tu étais notre leader. Tu convainquais les gens, tous les gens au magasin, tu les as regroupés, soudés. C'est toi qui as contacté Larry. On t'a suivi, car tu avais raison. Alors, sentir que tu n'es plus à fond avec nous… ça fait peur.

— Mes croyances n'ont pas changé. Je pense simplement que, peut-être, il y a plus d'un point de vue et d'une opinion, et sûrement plus d'une façon d'effectuer les choses.

— Pour moi, ce discours est contradictoire. Comment peux-tu me dire que tu n'as pas changé ? C'est toi qui disais que nos actions étaient une perte de temps parce que tout le monde s'en foutait. Les pétitions, les manifestations pacifiques, les flyers… Les gens se foutaient de notre gueule, nous chassaient des trottoirs, on n'avait que peu de réponses. On s'est radicalisés sous *ton* impulsion, Letty. Tu as dit que l'action, la vraie, était le seul moyen de changer quelque chose pour les animaux. En tout cas, un changement visible, car tout ce qui est légal prend cent ans.

Letty détourna le regard.

— Et j'étais d'accord avec toi. Je le suis toujours, Letty. On l'est tous, mais… tu n'y crois plus.

— Ne prétends pas savoir ce que j'ai dans la tête, Ricky.

— Oh, mais je sais ce que tu as en tête. Comment as-tu pu coucher avec cette fille ?

Letty inspira profondément. Elle le regarda tout en caressant la boule de poil pour se calmer.

— C'est toi et moi depuis si longtemps, Ricky… Mais ce n'est pas de ma faute que tu te sois coupée de ta famille.

— Comment peux-tu dire ça ? Tu sais ce que c'est d'avoir des parents qui–

— Ils écoutaient, Ricky. C'est toi qui as refusé le dialogue. Ne compare pas ce qui n'est pas comparable, mes parents ne m'ont laissé aucun choix. Tes parents n'aimaient pas ton *style de vie*, comme ils l'appelaient. Ils refusaient de l'envisager pour eux-mêmes, soit, on fait face à cette réaction tous les jours. Ils n'aimaient pas ça, mais ne t'ont jamais fermé la porte. C'est toi qui l'as claquée.

Sa pomme d'Adam glissa quand il avala sa salive, et les lignes de sa mâchoire se tendirent.

— Je m'en rends compte maintenant, hermano. On ne peut pas claquer la porte à tous les gens qui ne pensent pas comme nous, peu importe qu'on sache, ou pense avoir raison. Les gens qui se tournent le dos et refusent le dialogue, c'est la raison pour laquelle cette planète part en couille.

— C'est vrai, on a qu'à tous se donner la main et prier un Dieu invisible pour qu'il arrange tout ça.

Letty soupira.

— J'abandonne. Tourne à droite sur Montana, s'il te plait, demanda-t-elle alors qu'ils passaient devant le cimetière national de Los Angeles.

— Sérieusement ?

— Oui, sérieusement.

— Écoute, il faut qu'on dépose Bianc–

— Tourne !

— Putain, murmura-t-il en quittant le boulevard Sepulveda.

Il n'avait pas besoin de plus d'indication pour savoir où elle souhaitait aller. Il se gara à quelques mètres, le long du trottoir en face de l'appartement que Letty partageait avec Sarah.

— Je n'en ai pas pour longtemps.

— Ouais.

Il ne la regarda pas tandis qu'elle ouvrit la portière. Il sourcilla quand elle saisit le petit sac en tissu.

— Qu'est-ce tu fais ?

— Je n'en ai pas pour longtemps, répéta-t-elle.

— Tu crois vraiment que ça va changer quelque chose ? Elle s'en fout, Letty.

— Non, elle ne s'en fout pas, justement.

— Si tu crois qu'elle va te pardonner parce que tu lui montres Bianca, t'es encore plus folle que je ne le pensais.

— Elle ne me pardonnera pas.

— Alors pourquoi tu perds ton temps ? Tu sais que tu pourrais tout foutre en l'air en lui amenant la seule preuve tangible qui nous lie au casse ?

Letty ferma la porte sans plus de mot et se dirigea vers l'appartement.

— ¡Joder[36], lâcha-t-il avec un soupir.

***

Letty avançait avec des pieds de plomb pour atteindre le troisième étage. Elle inspira profondément. Elle ne savait pas trop pourquoi elle était là. Pourquoi insistait-elle ? Son esprit ne voulait tout simplement pas oublier Sarah. Sa raison lui matraquait qu'il était impossible que Sarah lui pardonne. Et pourquoi le ferait-elle d'ailleurs ?

Alors, sachant cela, pourquoi donc revenait-elle ici ? Était-ce un supplice qu'elle s'imposait pour se punir ? De voir ce qu'elle avait perdu et ne pourrait plus jamais avoir en se disant que peut-être… c'était ce qu'elle avait cherché toute sa vie.

Sans doute, une partie sadomasochiste de son cerveau aimait se torturer. Tant d'années d'abus par sa famille laissaient forcément des traces, pensa-t-elle. Elle contempla la boule de poil dans son sac et ses traits se radoucirent instantanément aux petits yeux la fixant. Elle la caressa pour se détendre, et Bianca referma ses yeux.

Letty sortit ses clés, mais hésita. Techniquement, c'était toujours son appartement, néanmoins, elle n'était plus la bienvenue. Il lui faudrait récupérer le reste de ses affaires. Elle entendit la télévision et s'en étonna. Sarah était d'ordinaire si calme, en train de lire ou écouter de la musique légère. Or, Letty devinait les bruits d'un match de football ou basketball peut-être. Elle n'était pas sûre, le son était assez fort en tout cas. Letty fronça les sourcils, et si les parents de Sarah étaient là ?

Une certaine panique l'envahit, puis elle inspira longuement. S'ils étaient là, elle gèrerait. Elle devait absolument voir Sarah, c'était plus fort que toutes les petites voix qui lui murmuraient de laisser tomber. Elle prit ses clés. Elle resta dans l'entrée quand elle vit Sarah couchée dans le canapé, pas de livre en main et encore moins en train de regarder la télévision. Sarah s'assit rapidement en apercevant Letty.

Letty voulait être la première à parler, mais aucun son ne sortit.

L'expression dans le regard de Sarah changea de surprise à anticipation, puis en un regard froid et distant.

— Je me doutais que tu serais de retour, tu as laissé ton précieux documentaire *Earthling*. Ça a dû être dur de rester deux jours sans le voir.

Letty baissa les yeux brièvement. Elle ne pouvait pas s'attendre à une autre attitude, elle ne méritait rien d'autre.

Sarah se leva pour partir dans sa chambre.

— Je te laisse faire tes bagages.

— Sarah.

— Quoi ?

---

[36] ESP : Putain ; fais chier.

200

Sarah aurait souhaité que le ton de sa voix soit empreint de colère, mais sa voix, comme son corps entier, la faisait souffrir tellement elle en avait gros sur le cœur.

— Pourquoi n'as-tu pas appelé les flics ?

— Ne me tente pas.

Sarah se tourna de nouveau vers sa chambre, quand Letty la rappela.

— Qu'est-ce que tu veux encore ? Tu as eu ce que tu voulais. Je ne te dénoncerais pas, alors maintenant va-t'en, laisse-moi, va trouver une autre victime crédule. Je m'en fiche désormais.

Letty avait tant à lui dire, mais c'était trop tard. Même *je t'aime* ne changerait rien.

— Je voulais simplement te montrer quelque chose.

— Les plans pour s'infiltrer à Sea World ?

Le sourire de Letty se figea, elle jeta un coup d'œil de côté et ouvrit son sac pour sortir la petite boule de poils.

Sarah ouvrit grand les yeux et inspira profondément alors que Letty s'avança vers elle.

— Ne fais pas ça, Letty.

Letty s'arrêta de marcher.

— Je ne veux pas savoir d'où il vient. Je ne veux rien savoir. Ça ne changera rien. C'est…

Sarah stoppa net lorsque Letty tourna le chat. Sarah vit la très large cicatrice sur le dessus de son crâne qui descendait jusqu'à sa colonne vertébrale.

— Son nom est Bianca. Elle était là-bas, Sarah, au labo. C'est la dernière qui va rejoindre son vrai foyer où elle sera choyée et recevra des caresses tous les jours, dormira sur un canapé bien doux. En fait, elle dormira partout, car la maison sera à elle, c'est un chat après tout. On peut continuer de l'appeler spécimen 314, si tu préfères, mais Bianca, c'est plus joli pour une petite fille.

— Je ne veux pas savoir.

Les mots de Sarah sortirent sans une once de colère.

— Elle était là-bas, piégée, dans sa minuscule cage. Repliée en boule sur elle-même de la manière la plus réconfortante possible pour elle après qu'ils lui aient ouvert le crâne. On vient de la récupérer chez notre véto, on devait s'assurer qu'elle allait bien.

Letty voyait les millions de questions qui défilaient dans l'esprit de Sarah, preuve qu'elle ne s'en fichait absolument pas.

— Conclusion, elle est complètement sourde. Elle sera très probablement aveugle d'ici quelques années, n'atteindra pas forcément l'âge moyen de vie d'un chat qui est de quinze ans, mais ces années-là seront des années de bonheur, non de misère. Elle sera dorlotée, en sécurité.

— Tu n'as pas le droit de faire ça, Letty. C'est dégeulasse. Ne les utilise pas comme tu m'as utilisé. Et ne t'attends pas à ce que ça change quoi que ce soit. On ne guérit pas le mal par le mal.

Letty rit presque toute seule, s'entendant dire la même chose à Ricky.

***

Dans le même laps de temps, dans la voiture, le jeune homme rongeait son frein. Il soupira, regarda en direction du troisième étage, mais il était garé trop loin pour le voir.

— Merde !

Il s'abaissa quand deux véhicules de police s'arrêtèrent en face de l'entrée et plusieurs officiers en uniforme s'y engouffrèrent. Il sortit rapidement son téléphone et appela.

— Putain, Letty, allez, répond ! Contesta tu jodido teléfono[37] ! Carajo !

Il tapa ses mains sur le volant.

***

Letty laissa son téléphone sonner jusqu'à ce qu'il aille en messagerie.

— Je ne suis pas là pour que tu me pardonnes. Je sais que tu ne me pardonneras jamais. Et tu ne le devrais pas. Je suis vraiment désolée de ce que je t'ai fait, mais je ne peux m'excuser pour ça, indiqua-t-elle en levant la petite minette qui miaula.

Sarah fondit devant ce petit miaulement inhabituel de la boule de poils dans les mains de Letty, qui la prit dans ses bras pour la rassurer.

— Je ne serais jamais désolée d'avoir empêché qu'elle devienne la prochaine Double Trouble.

Sarah avala la boule au fond de sa gorge. Elle se souvenait parfaitement des photos de la minette rouquine qui avait agonisé pendant des mois.

Letty posa Bianca sur la table basse puis la replaça dans le sac à main de tissu, réarrangeant d'abord la couverture mise pour son bien-être. Soudainement, un coup fort à la porte les fit sursauter. Elle réinstalla Bianca confortablement.

— C'est probablement Ricky. Je lui avais dit d'attendre dans la voiture.

— Bien sûr, plus on est de fou, plus on rit. Entrez, lâcha Sarah.

Sarah ouvrit grand les yeux quand six officiers en uniformes entrèrent en masse et entourèrent Letty qui s'était subtilement éloignée du sac sur la table basse.

— Leticia Rodriguez ?

— C'est bien moi.

Elle croisa les bras sur sa poitrine. Sarah la vit jeter un coup d'œil en direction du sac.

— Nous allons vous demander de bien vouloir nous suivre au poste de police. Nous avons quelques questions à vous poser concernant l'effraction

---

[37] ESP : Réponds à ton putain de téléphone ! Merde !

202

commise sur le campus de l'Université de la Californie du Sud, samedi dernier. Veuillez nous suivre, mademoiselle.

Elle rit.

— Quelques questions, huh ? ironisa-t-elle tandis qu'un des officiers la menotta.

— Ne résistez pas, lança le policier qui la retourna assez brutalement.

— Est-ce que vous me voyez résister ?

— Pourquoi lui passer les menottes si c'est juste pour quelques questions ?

— Vous vivez ici, mademoiselle ?

— Oui. C'est ma coloc.

— Nous allons vous demander de bien vouloir vous écarter, s'il vous plait.

Sarah se rendit compte qu'elle s'était grandement rapprochée de Letty.

— Et nous allons devoir fouiller l'appartement.

— Vous avez besoin d'un mandat pour ça, annonça Letty.

Un des policiers sourit.

— Pas avec la loi Patriote[38].

Sarah déglutit. Elle prit le sac en bandoulière et un livre sur la table à café.

— Eh bien, je vous laisse faire. Sa chambre, c'est celle-ci, indiqua-t-elle en pointant du doigt la chambre de Letty. Elle se dirigea vers la porte d'entrée.

— Nous devrons fouiller l'appartement entier, mademoiselle.

— Pas de soucis. Fermez simplement la porte quand vous aurez fini s'il vous plait. Je dois vraiment y aller, j'ai cours dans quinze minutes.

L'officier signala son accord et elle sortit. Letty dissimula son soupir de soulagement. Deux policiers l'escortèrent hors de l'appartement et quatre autres se mirent à le fouiller sans délicatesse. Letty ne s'inquiétait pas là-dessus, il n'y avait rien de compromettant dans sa chambre, aucun code, aucun des téléphones prépayés qu'elle avait récupérés avec elle le jour où Sarah l'avait fichée à la porte. Elle ne les avait utilisés que pour contacter Larry, et Sarah le soir du casse. Ils étaient désormais calcinés dans une poubelle. Il n'y avait rien de plus dans sa chambre que des posters que l'on pouvait trouver dans n'importe quelle chambre d'amoureux des animaux et activistes *légaux*.

Ricky, toujours abaissé, même si les voitures étaient assez loin, vit Sarah sortir avec le sac. Elle regarda à gauche et à droite avant de reconnaitre la Plymouth de Letty. Les officiers sortirent à ce moment-là avec Letty, menottée.

— Merde ! Merde, lâcha-t-il en tapant son volant.

Sarah se mit en route sur son trottoir, trop intelligente pour traverser l'avenue maintenant et aller vers la Plymouth. Elle marcha doucement, cela dit, et ralentit encore davantage à la vue de Letty, et des policiers lui baissant la tête en l'installant à l'arrière d'un des véhicules. Elle attendit que la voiture démarre pour traverser en repartant en arrière, en direction de la Plymouth.

---

[38] Le USA Patriot Act est une loi anti-terroriste votée par l'administration Bush après les attentats du 11 septembre 2001. Elle vise à renforcer les pouvoirs des agences de renseignement et des agences fédérales, comme le FBI, pour éviter que ne se produisent de nouveaux attentats.

Elle ouvrit la portière passager et posa délicatement le sac, ne disant mot à Ricky et ferma la porte. Il semblait surpris, mais prit le sac pour remettre Bianca dans la cage de transport de laquelle Letty l'avait sorti plus tôt pour la rassurer. Il attacha la ceinture par-dessus pour la caler, afin qu'elle ne soit pas trop secouée en cas de gros freinage.

Sarah se dépêcha de partir en direction de l'UCLA, tâchant de tout oublier, de tout laisser derrière elle, Letty, les policiers, Bianca. Elle n'avait pas de cours en réalité, néanmoins elle se hâta de rejoindre le campus. Elle se dirigerait très probablement à la bibliothèque Powell pour se focaliser sur ses études. Elle avait toujours agi ainsi face aux difficultés, se concentrer sur l'école, le lycée, l'université. Elle n'aurait jamais dû sortir de ce chemin apaisant, pensa-t-elle.

Ricky, lui, démarra la voiture. Il ne pouvait rien faire pour Letty pour l'instant autre que d'éloigner la dernière preuve du cambriolage. C'était sa priorité, déposer le petit animal en sécurité. Il contacta tout de même leur avocat puisque Larry les avait mis en contact avec un avocat spécialisé dans ces cas-là.

***

Sarah ressentait une panique qu'elle ne pouvait s'expliquer en atteignant l'université. Elle ne parvenait pas à stopper ce sentiment, si bien qu'elle s'enferma dans les toilettes, tentant de calmer cette frayeur. Était-ce une crise d'angoisse, ou juste le contrecoup de toute cette histoire ? La seule chose de sûre, c'est que cela ne lui passait pas à dix mille mètres au-dessus de la tête comme elle l'aurait souhaité. Elle ne pourrait pas tout mettre derrière elle d'un claquement de doigts. Ils avaient arrêté Letty sous ses yeux, soi-disant pour la questionner. Avaient-ils besoin de six agents de police pour ça ? Et de la menotter ? Et fouiller tout l'appartement ? Sarah ne doutait point de le retrouver sens dessus dessous.

Elle devait agir, prendre une décision, seul moyen pour elle d'avancer et passer outre cette histoire. Letty était coupable, après tout, pourquoi Sarah devrait-elle se soucier qu'ils lui aient passé les menottes ? Pire, pourquoi ne l'avait-elle pas encore livrée aux policiers, après ce qu'elle lui avait fait, c'était inouï ? Il fallait aller voir la police et leur dire… quoi exactement ? Elle était partie d'elle-même avec la seule preuve tangible de la culpabilité de Letty.

Putain, il fallait que tu m'impliques là-dedans.

Mais en toute honnêteté, comment aurait-elle pu les laisser récupérer cette petite minette pour la remettre dans sa cage au laboratoire ?

Sarah soupira. Sa respiration avait ralenti maintenant qu'elle tâchait d'y penser rationnellement. Elle prit son portable. Elle avait des appels non lus de ses parents. Elle n'avait même pas encore contacté son père pour lui demander comment il allait, ou comment ça se déroulait.

Elle commencerait là, car après tout, elle n'était pas la seule victime. Des étudiants de son âge, des scientifiques, son père en tête, pleuraient sans doute leurs ordinateurs cassés et recherches perdues. Certains probablement choqués de cette effraction violente. Oui, elle devait s'y rendre et voir par elle-même. Cela l'aiderait dans sa décision. Sachant qu'elle n'arriverait à rien pour ses études, elle quitta les toilettes et sortit du campus pour la station de métro la plus proche.

Elle atteignit le département des sciences et stoppa la première personne en blouse blanche qu'elle croisa, lui demandant où se trouvait monsieur Weisman. L'étudiant assez jeune lui répondit que le *Dr Weisman* était avec le directeur pour l'instant, et qu'il pouvait prendre un message pour lui. Que celui-ci la rappellerait quand il aurait le temps. Sarah lui indiqua qu'elle était sa fille et les épaules du jeune homme s'affaissèrent. Il courut en l'informant qu'il allait le chercher rapidement, avant même qu'elle puisse lui dire de se détendre. Elle ne lui aurait pas dit de cette manière, à l'évidence. Elle sourit à cette pensée et se dirigea vers le laboratoire principal.

La salle était sens dessus dessous, mais beaucoup d'étudiants étaient en train de nettoyer et d'enlever les scellés de la police. Tous les ordinateurs étaient cassés. Personne ne pleurait en revanche, ils déblayaient de façon méthodique, passant de rangée en rangée, jetant tout dans de gros caddies sans un second regard.

Sarah fixa le mur sur lequel un slogan ALF était tagué. Elle sursauta quand quelqu'un arriva derrière elle.

— Salut Sarah. Je n'étais pas sûr que ce soit toi.

— Salut Jason.

Elle observa autour d'eux une fois de plus.

— Vraiment désolée pour tout ça.

Il ramassa un morceau de clavier d'ordinateur en haussant les épaules.

— Oui, ce sont des barbares. Mais on ne se laisse pas abattre, juste un peu de ménage, tu vois. Le nouvel équipement est déjà en route. Ça aide que ton père fasse partie du bureau des conseillers. Le directeur est derrière lui aussi, donc on a droit à un processus accéléré.

— OK, mais vos recherches ? J'imagine que vous avez perdu des données ou autres ?

— Certaines, oui. Mais on possède des backups sur les serveurs nationaux, alors ça ira. Et on recommencera, ça aidera les premières années à tout ingérer. On va leur faire rentrer les vieilles données, annonça-t-il avec le sourire.

— Oh, OK.

Sarah souhaitait l'interroger au sujet des animaux, sans comprendre d'où ça venait. Elle était venue là plusieurs fois étant petite et n'avait jamais posé ces questions. Elle n'avait également jamais franchi les portes métalliques d'ordinaire fermées. Elles possédaient un code différent de celui du labo, pour plus de sécurité. Ces codes changeaient tous les mois. Aujourd'hui, Sarah se sentit aspirée par cette porte entrouverte et elle se trouva en face. Sans y réfléchir, elle l'ouvrit en grand. Plus que le désordre, c'était l'inscription au mur qui la frappa : *jusqu'à ce que toutes les cages soient vides.*

Sarah avait vu cette phrase sur l'un des T-shirts de Letty durant l'une des rares soirées ou Letty avait revêtu quelque chose par-dessus sa brassière de sport pour une soirée tranquille. Maintenant qu'elle y réfléchissait, elle l'avait vu rentrer une fois avec un autre T-shirt manches longues sur lequel une personne masquée tenait un beagle dans ses bras et le symbole de l'ALF dessus. Sarah se demanda pourquoi Letty aurait pris le risque de les porter et que Sarah s'interroge là-dessus ? Elles n'avaient parlé ni animaux, ni nourriture végane ou autres ce soir-là, elles avaient juste passé une soirée paisible et confortable, l'une à lire, l'autre à regarder la télévision doucement, comme beaucoup de leurs soirées. Une soirée si agréable que Letty en aurait oublié ce qu'elle portait ? Impossible, n'est-ce pas ?

Sarah secoua la tête pour ne plus y penser. Elle scruta de nouveau la phrase. Elle avait un goût amer dont Sarah ne pouvait se défaire. Elle observa tout autour d'elle. La salle était immense. Ils n'avaient pas accompli ça avec la Plymouth de Letty ou la jeep de son ami Peter. Il leur avait fallu trois, voire quatre camionnettes, ou plus du double de voiture. Ils étaient vraiment bien organisés, pensa-t-elle amèrement. Et en même temps, comment en laisser derrière ? Elle se demanda combien d'animaux se trouvaient dans cette pièce, il y avait tellement de cages saccagées au sol. Elle en toucha une, était-ce la prison de Bianca ?

Sarah retira ses doigts comme si la cage l'avait brûlée, son propre choix de mots la choquant. En avançant un peu plus dans la salle, des petits sons l'attirèrent. Elle vit des souris dans une cage de verre. Sarah s'approcha encore et constata que cinq souris étaient mortes.

— Au moins, ces sauvages savent lire.

Elle tressaillit à la voix de son père derrière elle. Elle fronça les sourcils. Il arriva à sa hauteur et pointa du doigt le signe 'danger contamination' inscrit sous les glaces.

— Ils ont tout cassé, sauf ces vitres. Ils ont volé tous nos spécimens sans exception sauf ces souris. On teste un nouveau composant pour traiter les formes de cancers les plus agressives. C'est beaucoup de travail, on n'y est pas encore. Si seulement nous n'étions pas ralentis par ces terroristes !

Sarah sursauta légèrement à ce mot.

— Ces souris sont mortes, glissa-t-elle.

— Les autres sont en vie. Nous testons différents dosages. Il y a encore trois semaines, aucune n'était en vie le matin, répliqua-t-il avec une grande satisfaction.

Sarah avala sa salive. Elle se demandait bien ce qu'avaient ressenti Letty et ses amis de les laisser derrière eux, de savoir qu'ils ne pouvaient rien faire pour ces souris. Comment se contrôler, savoir ou s'arrêter dans leur quête de sauver tous les animaux ?

Son père était déjà passé à autre chose quand elle revint à la réalité.

— Est-ce que je peux aider ? Je suis désolée de ne pas t'avoir appelé plus tôt, je me doutais que tu serais très occupé à cause de tout ça.

— Et tu as eu raison, princesse. Entre les réunions avec le directeur, le conseil de l'université et la police, l'inventaire de toutes les pertes à dresser, je n'avais pas une minute à moi.

Il ramassa une cage dont la porte ne tenait que par un coin et la jeta dans une poubelle roulante.

— La police a pris son temps pour récolter toutes les empreintes. Ils ont enlevé les scellés ce matin seulement. Moi j'ai pu entrer avant, mais aucune autre personne de l'université, excepté le directeur. Nous ne devions rien toucher, même si, bien évidemment, mes empreintes ressortiront dans leur base de données, comme celles des étudiants. Il y a peu de chance que ces voyous n'aient pas utilisé de gants et de cagoules, mais bon, qui sait ? En tout cas, le ménage commence à peine.

Sarah hocha la tête.

— Je vais t'aider, dans ce cas.

— Oh princesse, tu as bien mieux à faire, entre ta dissertation et Letty. Et puis, comment vais-je occuper mes étudiants sinon ?

Elle lui rendit son large sourire alors qu'il ajouta :

— On essaie juste de remettre la salle de cours en ordre pour l'arrivée du matériel neuf. Cela va prendre un petit peu plus de temps pour les nouveaux spécimens.

Il soupira de frustration en y songeant, tandis que Sarah se raidit, imaginant cette pièce, et ces cages de nouveau pleines d'animaux effrayés et souffrants.

Ce n'était que de simples *spécimens,* après tout. Elle se recula et son regard tomba à nouveau sur les souris, vivantes et mortes, comme beaucoup avant elles, et beaucoup après. Des spécimens morts, et rien d'autre. Elle observa son père, si loin d'être un monstre ; elle savait bien plus que tout autre à quel point il pouvait être chaleureux. Il croyait véritablement en son travail, il désirait sincèrement trouver des solutions pour soigner les gens et rendre leur vie meilleure. Puisqu'elle savait cela, comment pouvait-elle avoir envie de le secouer et qu'il y porte plus d'attention. Ce n'était *que* des souris après tout ! Qu'est-ce qui n'allait pas chez elle ?

Sarah regarda de côté, elle avait envie de fuir désormais. Un des étudiants arriva dans la pièce pour dire à son père que la police était avec le directeur et qu'ils avaient besoin de lui sur une question.

Il soupira.

— Bientôt, ils vont me demander de résoudre l'affaire pour eux.

Il souriait malgré tout.

Sarah bougea afin qu'il puisse passer. Une image de la matinée défila dans sa tête ; l'officier appuyant sur la tête de Letty pour l'abaisser dans la voiture. Que pouvait-il bien se passer là-bas au commissariat ? Était-ce déjà fini ? Savaient-ils ? Comment pouvaient-ils le savoir d'ailleurs ?

— Je suppose qu'ils n'ont pas grand-chose si les empreintes ne donnent rien ?

— Je n'ai pas de nouvelles depuis hier. Espérons que cet officier nous éclaire un peu. Je sais qu'ils cherchent Ben. Il a disparu de la surface de la Terre. Pire encore, il n'a jamais existé. C'était probablement un faux nom.

— Ben. Oh ! L'agent de service. Mon Dieu, lâcha Sarah en se remémorant l'avoir croisé.

Carl. Son vrai nom était Carl, et non Ben. Tout ce temps, Letty lui mentait. Les doigts de Sarah se plièrent en un poing ferme. Elle ferma les yeux et se concentra sur ce que son père lui racontait.

— C'est lui qui aurait fait ça ?

— Il était si gentil. Je comprends maintenant pourquoi il m'interrogeait fréquemment sur la sécurité et les codes. Il nous disait craindre de se retrouver enfermé un de ces jours. Sans doute était-ce lui sur la vidéo à la maison, et il y était pour les codes, et vu comme je les range… Je m'en veux. Il n'était assurément pas seul, cela dit. Les caméras de vidéosurveillance de la porte de service au couloir menant au labo ont été débranchées, là encore, très certainement son œuvre, vu qu'il avait accès au sous-sol. Les policiers disent que ce sont souvent une ou deux têtes pensantes qui organisent ces choses et recrutent des petits activistes pour faire le boulot. Ils ont préparé leur coup pendant des mois, selon la police. Tu sais qu'ils m'ont même posé des questions sur ta petite-amie ?

— Pardon ? s'étonna Sarah, d'un ton des plus surpris.

— Parce qu'elle fait partie d'un groupe de ce type, opposé aux tests sur les animaux, comme on a pu en discuter toi et moi. Comme elle te connait, ils ont demandé si elle était déjà venue à la maison, puisque j'y garde également les codes.

— Quoi, non, papa, elle n'a rien fait du tout.

Sarah se rabroua intérieurement, le ton de sa voix était si convaincant, comme si elle ignorait les dessous de l'affaire. Comment pouvait-elle encore la défendre ?

— Je sais, princesse. Je leur ai bien fait comprendre, ne t'inquiète pas. Bon, à l'évidence, ce saccage ne lui déplairait pas, mais elle m'apparait comme une personne raisonnable avec qui l'on peut discuter. Elle connaissait même certaines parties de mon travail. Elle avait l'air réellement intéressée. C'est l'impression qu'elle m'a donnée en tout cas. De plus, elle était avec ta mère et toi à la maison. Elle est ta copine, point final. Je n'ai pas besoin d'en savoir davantage.

Sarah dissimula l'inspiration profonde qu'elle dut prendre, et les prochains mots qui s'échappèrent de sa bouche sortirent naturellement :

— Très bien, parce qu'on était ensemble samedi.

Il la regarda avec un sourcillement et elle détailla.

— Toute la nuit, si tu vois ce que je veux dire, termina-t-elle timidement.

— Oh. J'aime voir ce sourire sur ton visage, ma puce. Tu es vraiment amoureuse, n'est-ce pas ?

Sarah baissa la tête légèrement. Elle sentait des larmes au fond de ses yeux.

— Oui, admit-elle en toute honnêteté.

Elle ne pouvait plus le nier. Malgré cette horrible trahison et toute cette peine, ces sentiments perduraient.

Son père lui leva le menton.

— Je suis heureux de te voir heureuse, et bien dans ta peau. C'est tout ce que ta mère et moi souhaitons, tu sais.

Elle hocha la tête. Il soupira un peu plus.

— Je regrette tellement de ne pas t'avoir présenté Mélinda cet été.

Sarah ne put s'empêcher de rire. La tension qu'elle ressentit dans son corps depuis l'arrestation de Letty redescendait grandement.

Fredrik se dirigea vers la porte et ils quittèrent le laboratoire.

— Encore une fois, je suis vraiment désolée pour ton labo, papa.

— Ne t'inquiète pas pour ça. On sera opérationnels en moins de deux.

— Je sais.

Fredrik la regarda avec un brin de curiosité. Elle savait qu'il essayait de déchiffrer le ton de ces deux mots, le regret semblait le ton dominant. Il ne commenta pas, car il savait qu'elle était effectivement désolée que leur laboratoire soit un tel chantier. Peu importe les divergences d'opinions dans leur famille ; il avait son soutien, c'est tout ce qui importait. Ils s'étreignirent et elle s'en alla.

Eh bien, elle ne s'attendait pas à ça. En arrivant à l'USC, elle ne savait pas quoi faire, pourtant, durant ces quelques dizaines de minutes, elle avait pris sa décision en mentant à son père. Le plus étrange, c'est qu'elle ne le ressentait pas ainsi. Sarah expira fortement. Il ne lui restait plus qu'une chose à faire.

***

Letty étira sa jambe droite. Elle bougea dans sa chaise, elle avait mal aux fesses après être restée assise pendant sept heures. Deux détectives s'étaient succédé pour la questionner, la laissant mariner entre chaque interrogatoire. Ils espéraient qu'elle panique un peu, ou se fatigue, et finisse par se contredire, ou même avouer. Pour l'instant, hormis son nom, son âge et sa ville de naissance, elle n'avait rien déclaré d'autre.

Elle soupira, effectua un énième tour visuel de la pièce et souffla une nouvelle fois. Elle ferma les yeux et le visage de Sarah apparut dans son esprit. Elle sourit et *quitta* cette salle d'interrogatoire quelques instants. Elle pensa également à Bianca. Qu'avait fait Sarah de la petite minette ? Dans tous les cas, elle leur avait sauvé la vie à toutes les deux en l'emmenant ainsi.

Pour le moment, Letty suivait exactement la ligne de conduite de Larry, ne rien confier avant d'être sûre à deux cents pour cent qu'ils avaient des preuves valide… et même après, la plupart ne disaient rien. La police ne lui avait rien indiqué qui l'incriminait directement, seulement posée des questions sur ses allées et venues depuis samedi. Sept heures, elle commençait à trouver le temps long, ils cherchaient ainsi à l'épuiser jusqu'à ce qu'elle laisse échapper un détail qu'ils pourraient exploiter. Pour l'instant, la question 'où étiez-vous samedi soir' était restée sans réponse. Elle espérait ne pas avoir à se servir de son alibi ; la rave party avec un ami, car elle ne souhaitait pas que Ricky soit interrogé non plus. Mais au pire, ils avaient bien répété cela. Selon Larry, le moins on en disait, le moins on risquait de se découvrir, donc du moment qu'elle n'était pas obligée de répondre, elle gardait le silence.

Elle se redressa quand la porte se rouvrit et s'étonna grandement du visage qui se tenait devant elle. Elle fronça les sourcils.

— Qu'est-ce tu fais là ?

Elle ne saisissait en effet pas pourquoi Vanessa, qu'elle avait vue une fois au campus, flirtant ouvertement avec Sarah devant elle se trouvait là. Elle se souvint de la jalousie qui avait surgi en elle alors que Sarah et elles étaient de simples amies à l'époque.

Letty distingua le badge à la taille de Vanessa et n'en revint pas. Vanessa posa ses mains sur la table et se pencha vers elle.

— Alors ça, c'est fort, indiqua Letty qui se relâcha en arrière.

— Venant de toi c'est une blague, non ? Vanessa se permit la familiarité.

Letty croisa ses bras sur sa poitrine et continua de la fixer de manière stoïque, comme avec les détectives précédents.

— Ça y est, j'ai droit au silence radio, comme mes collègues ?

— Eh bien, je demanderais bien de pouvoir parler à mon avocat, mais apparemment je n'en ai pas le droit, donc j'attends.

Vanessa secoua la tête.

— Tu peux attendre longtemps. Tu crois vraiment que tu vas sortir libre du poste ? Vous, les activistes animaliers et environnementaux, vivez vraiment dans le monde des bisounours, n'est-ce pas ?

Letty l'ignora et Vanessa continua :

— Et je confirme, les terroristes n'ont pas le droit d'appeler leurs avocats.

Letty grinça des dents à ce mot.

— Pas avant qu'on l'autorise. Tu ne passes pas devant le juge avant qu'on le veuille, même après les quarante-huit heures prévues en garde à vue étendue. En fait, à ce moment précis, tu n'as aucun droit.

Vanessa lut les quelques notes qu'avait inscrites l'un de ses collègues.

— Donc, je reprends. Samedi soir, tu étais… ? Pas à la maison, de toute évidence. Je suis sûre que ta *coloc* pourrait en attester, n'est-ce pas ?

Vanessa sourit au petit changement dans le regard de Letty. Cependant, Letty l'ignora.

— Vous avez bien joué le coup, je l'avoue. Laisser vos portables allumés chez vous ou avec votre leurre qui nous échappe toujours. Pas d'idée où se trouve Ricardo Gomez, j'imagine ?

Letty la fixa, cachant sa surprise toutefois, mais Vanessa lisait en elle.

— Et oui, comme je l'ai dit, en tant que terroristes, et sous la loi Patriote, vous n'avez aucun droit, et nous, tous. Par conséquent, on a déjà couvert cette zone-là. Vous vous êtes bien démerdés pour vous protéger de la géolocalisation. Et son portable ne borne plus depuis.

— Puisque vous savez où j'étais samedi soir, je suis libre de partir, non ? déclara Letty en se levant.

Vanessa la rassit fermement. Letty serra les poings et inspira fortement pour se calmer. Vanessa s'installa sur la chaise en face d'elle.

— Tu ne vas pas y échapper, Rodriguez. Tu pensais vraiment que ce serait si facile ? Tu croyais avoir pensé à tout ? Ce que tu ne sais pas c'est qu'on était sur vous avant même que vous n'élaboriez votre plan.

Letty resta impassible. Vanessa se pencha sur elle.

— Tu te rendrais une énorme faveur, et raccourcirais sans doute ta peine en avouant tout depuis le début.

Elle poussa le porte-document et un stylo vers Letty.

Letty sourcilla et contempla derrière Vanessa comme si elle s'ennuyait.

— Intrusion, cambriolage au deuxième degré, vandalisme, vol de grande envergure et conspiration. Choisis ton poison. Tu sais que sous la loi Patriote, et même mieux, l'AETA[39], tu vas te prendre pas mal d'années en prison fédérale. Vous, animaliers et environnementaux, êtes jugés *comme des grands* dorénavant.

Vanessa s'assit correctement dans sa chaise avec un sourire en ajoutant :

— C'était un ami à toi, Marius Mason[40] ? Entre activistes, on se connait tous, non ? Il a pris combien déjà ? C'était vingt ou vingt-cinq ans ?

Vanessa ne la lâchait pas du regard, mais Letty ne laissa paraitre aucune émotion.

— Très bien, revenons-en à ta *coloc* dans ce cas.

Letty observa les murs sur le côté.

— Dr Weisman nous a indiqué que tu étais chez eux vendredi. Quelle coïncidence, tu ne trouves pas ? Tu n'as pas perdu de temps. Bravo en tout cas, tu te fais le père et la fille le même week-end.

Letty serra les poings puis les desserra, essayant de rester calme.

— Tu ne recules devant rien, dis. Mais *ça*, annonça Vanessa en pointant du doigt la salle d'interrogatoire, elle termina : c'est plus costaud que toi.

N'obtenant aucune réaction de la part de Letty, Vanessa tapa du poing sur la table. Bien que surprise par le geste, Letty ne montra rien.

— Bon sang, tu ne réalises pas le pétrin dans lequel tu t'es mise ! Vous les environnementaux et autres activistes pensez que vous pouvez changer le monde d'un grand geste. Vous vous croyez les super héros qui travaillent pour le plus grand bien de la planète. Vous planez à trois mille mètres de hauteur.

---

[39] Animal Enterprise Terrorism Act (loi contre le terrorisme envers les entreprises animalières). Votée en 2006, elle protège les entreprises utilisant des animaux, des actions illégales organisées par des activistes pour la défense des animaux, ciblant en particulier l'éco-terrorisme.

[40] Condamné à 22 ans de prison en 2009 à la suite d'actions de sabotage. Membre du Front de libération de la Terre, a été notamment poursuivi pour une attaque en 1999 contre un bâtiment de l'Université d'État du Michigan, qui a causé plus d'un million de dollars de dommages.

Letty soupira.

— Bon, vous m'arrêtez pour un truc ou pas ? Parce que je commence à avoir faim. Je suppose que vous n'avez rien de végan ici ? Je m'en doutais bien, conclut Letty face au regard froid de Vanessa.

La détective allait répliquer, quand la porte s'ouvrit et son partenaire, Greg Johnson lui signala de venir. Elle n'aimait pas du tout l'air qu'il affichait. Elle sortit de la pièce.

— Que se passe-t-il ?

— On la relâche.

— Quoi ? Elle va craquer, je te le dis.

— Non et tu le sais très bien. On n'est pas plus avancé avec elle qu'on l'était avec le petit jeunot qu'on avait ce matin.

— Avait ?

— Il est dehors déjà. Leur avocat s'est activé et c'est un ténor. Le gosse a été vu, ou du moins quelques étudiants *pensent* l'avoir vu ce soir-là, et c'est suffisant, quant à Gomez, lui, a été vu par une quinzaine de personnes, alors crois-moi qu'il nous allume le gars. Gomez était le leurre, alors même pas la peine de l'interpeler, il serait relâché dans la minute. Et elle, indiqua-t-il en pointant du doigt la pièce d'interrogatoire.

— C'est la prochaine. La seule raison qu'on a de la garder est sa présence chez les Weisman la veille, mais étant donné que c'est la petite amie de la fille de Weisman, ça a du sens. Le FBI privilégie la piste de l'agent de service. Ils sont sur le coup maintenant, on lâche l'affaire.

— Mais c'est elle ! Elle était au labo, je peux te le garantir.

— Je le sais. Tu le sais. Mais on n'a aucune preuve. Ils ont tous des alibis assez solides, et un sacré bon avocat en outre. Par conséquent, on les lâche tous avant d'avoir, nous, des problèmes. Je t'avais dit que tu avais foiré le coup avec la fille Weisman.

Vanessa secoua la tête.

— Ça va être ma faute maintenant ? Elle ne le laissa pas finir et ajouta : écoute, gagne un peu de temps. Je vais aller voir Sarah et j'obtiendrais une vraie confession. Mieux, je te la ramène ici.

— Trop tard, Holtz. Elle aurait pu être notre témoin clé dans cette affaire, donc oui, c'est de *ta* faute, car devine quoi ? Elle est juste à côté.

Vanessa ouvrit grand les yeux et chercha Sarah du regard.

— Dans la petite salle. Je lui rapporte sa déposition pour qu'elle la signe.

Vu le ton de sa voix, Vanessa comprit que Sarah avait couvert Letty.

— Elles étaient ensemble toute la nuit.

— Elle ment.

— On ne peut pas le prouver. La prochaine fois, tu gardes tes mains dans tes poches, et ta bibine à la maison.

— Ce n'est pas à cause de ça. Elle ne sait même pas qui je suis.

— Quoi qu'il se soit passé, ça n'a pas aidé. Tu étais censée devenir son amie, pas la baiser à moitié bourrée. J'en ai vraiment marre de tes conneries, Holtz.

Il la laissa et elle serra les poings.

— Fais chier.

Elle retourna dans la salle d'interrogatoire, claquant la porte derrière elle.

***

Le détective Johnson retourna dans la pièce où se trouvait Sarah. Il déposa le porte-document et le stylo devant elle.

— Relisez attentivement et, si c'est bien exact, vous pouvez signer ici, lui indiqua-t-il en lui montrant l'endroit.

— Très bien, merci.

Elle commença à lire alors qu'il marchait de long en large dans la salle, doucement, touchant son léger bouc au menton.

— Puis-je vous poser juste une question ?

Elle le regarda, retenant son souffle.

— Oui, allez-y.

Il vérifia sa montre.

— Il est plus de dix-huit heures. Votre copine est interpelée ce matin, devant vous d'ailleurs, et vous partez tout simplement pour l'université ? Vous savez qu'elle est innocente puisque, a priori, vous étiez ensemble, et vous n'êtes pas venue éclaircir cela tout de suite ? Vous avez attendu presque huit heures. Ça me turlupine un peu.

Sarah fixa le porte-document.

— Vous m'avez l'air d'une jeune femme brillante et très gentille. Je ne voudrais pas que vous commettiez une énorme erreur… pour les mauvaises personnes. Un faux témoignage peut vous envoyer en prison pour cinq ans. De plus, nous parlons tout de même du labo de votre père, ce n'est pas anodin. Pensez-y très fort. Vous pouvez encore changer votre témoignage. Je déchire celui-ci et personne n'en saura rien.

Elle fixait toujours le feuillet accroché sur le porte-document puis le regarda dans les yeux, et avec le sourire.

— Je ne souhaite pas le modifier. C'est ainsi que ça s'est passé. C'est la fin du semestre, j'ai une importante dissertation à terminer en prévision de mon master, je suis sous pression, je devais bosser dessus à la bibliothèque ce matin. Les officiers ont parlé de *quelques questions*, je pensais que ça irait vite vu qu'elle n'a rien fait, et qu'on se retrouverait à treize heures comme nous l'avions prévu. On devait ensuite aller voir si mon père avait besoin d'aide pour le nettoyage. Après avoir étudié, je suis effectivement allée voir mon père. Sachant que Letty était toujours chez vous, je lui ai demandé quelques conseils légaux. Et je souhaitais également tâter le terrain, je viens juste d'annoncer mon homosexualité à mes parents, ce samedi d'ailleurs. Alors,

213

excusez-moi de ne pas vouloir crier au monde entier, pour le moment, que j'étais dans le lit d'une autre femme. Je suis quelqu'un de très introverti et pudique. Vous pouvez le comprendre, non ?

Il hocha la tête et croisa les bras sur sa poitrine en se reculant, tandis qu'elle finit de lire et signa sans aucune hésitation.

— Voilà, c'est fait, vous pouvez la relâcher maintenant.

— Un peu de paperasse supplémentaire et elle sort. Cela ne devrait pas prendre plus d'une heure.

Sarah sortit et commença à s'en aller.

— Vous ne l'attendez pas ?

Sarah ne se retourna pas pour lui répondre.

— J'aimerais nettoyer l'appartement avant qu'elle revienne. Vos gars n'ont pas dû faire dans la dentelle.

Ses mains tremblaient, et, à ce moment-là, il lui fallait sortir du commissariat au plus tôt. Elle avait besoin de regrouper ses pensées et se rendre bien compte, à tête reposée, de ce qu'il venait de se passer, et ce qu'elle avait fait. Voir Letty, où rester plus longtemps sous le regard suspicieux du détective était dangereux. Elle avait besoin de calme.

— Passez une bonne soirée, détective.

***

Dans le même laps de temps, dans l'autre pièce d'interrogatoire.

— Je vais te donner une dernière chance, Rodriguez. Austin. Donne-moi Austin et je te promets que tu sors d'ici libre.

Letty fronça les sourcils comme si elle n'avait aucune idée de quoi parlait la détective.

— C'est lui que nous voulons. Le FBI nous a mis sur cette enquête. C'est lui qu'ils veulent. Donne-moi quelque chose pour que je puisse t'aider.

— Et après vous dites que je ne recule devant rien ?

— Je te le jure. Je *peux* t'aider. Mais c'est du donnant-donnant. Tu nous le donnes, on te lâche.

— Honnêtement, j'aimerais bien vous aider. Je vois que cela vous tient vraiment à cœur, déclara-t-elle d'un ton des plus énervant pour Vanessa.

— Mais je n'ai aucune idée de qui vous parlez.

— Tu te crois intelligente. Je le suis davantage.

Vanessa sortit trois photos de son dossier.

Letty ne bougea pas, elle ne cligna même pas des yeux quand elle reconnut Larry et elle en pleine discussion.

— Oh, vous parliez de Larry ? Austin, c'est son nom de famille ? Je ne savais pas. Maintenant que j'y pense, il l'a peut-être mentionné une fois.

— Ne te fous pas de ma gueule, Rodriguez, car je peux faire de ta vie un cauchemar vivant.

214

— Non, vous ne le pouvez pas, affirma Letty en se levant, tenant tête au regard de Vanessa.

— Vous n'avez aucune idée de ce qu'est un cauchemar vivant ; moi si.

Letty se détendit et se rassit. Elle observa les photos.

— Si je ne me trompe pas, vous avez pris ces deux photos-là en novembre dernier, à l'université de San Diego lors d'un séminaire sur le véganisme. Et celle-ci doit venir de la séance de désobéissance civile que j'ai suivie en décembre. Deux évènements parfaitement légaux, et déclarés en mairie pour ce qui est de la désobéissance civile. Je ne vois rien de mal là-dedans.

Letty contempla la photo de Larry, il portait un jean bleu clair et un T-shirt blanc. Il avait les cheveux courts et une silhouette très fine.

— Huh, c'est donc lui le type qui vous cause tant de soucis ? Il n'a pas l'air comme ça, commenta-t-elle en repoussant les clichés vers Vanessa.

Vanessa les fixa quelques secondes. Elle savait que c'était fini. Elle n'avait pas joué la carte des photographies tout de suite, car elle savait que c'était à double tranchant. Si les choses avaient tourné différemment, s'ils avaient eu plus de preuves ou étaient parvenus à ébranler un peu Letty, elle les aurait sortis pour clore l'affaire. Or, aucun de ces clichés n'était récent, aucun ne les montrait ensemble à l'extérieur de leur studio, et les trois avaient effectivement été prises lors d'évènements légaux. Et Letty le savait. Vanessa sortit de la pièce et croisa son partenaire.

Elle fronça les sourcils en voyant la porte ouverte de la petite salle d'interrogatoire.

— Merde, tu l'as laissée partir ?

— Lâche l'affaire, OK ? Elle a signé. C'est terminé. Elle ne fera pas marche arrière.

— Où est-elle ?

— Dehors, répondit-il, sans regarder sa partenaire.

Vanessa courut vers la sortie. Sarah se tenait à quelques mètres du commissariat, inspirant profondément.

Vanessa se dirigea vers elle.

— Et ouais, c'est ce que l'on ressent quand on brise la loi.

— Vanessa ?

Sarah cligna des yeux en la voyant. Elle était confuse et surprise.

— Maintenant, tu vas respirer un bon coup, reprendre tes esprits et revenir avec moi. On déchire ta déposition et tu nous dis ce qu'il s'est réellement passé.

— Quoi ? De quoi tu–

Sarah ouvrit grand les yeux quand elle aperçut le badge sur la ceinture de Vanessa.

Vanessa ne bougea pas.

— Oh mon Dieu ! Suis-je la plus grosse cruche au monde ou juste du continent ?

— Non, Sarah, glissa Vanessa en s'avançant de quelques centimètres.

Elle posa sa main sur le bras de Sarah.

— Tu n'es–

— Ne me touche pas !

Sarah retira son bras. Vanessa leva les bras en l'air.

— OK. Mais tu n'es pas une cruche. Tu es une jeune femme très sensible et chaleureuse.

— Plutôt une pauvre conne qui se fait niquer la gueule par tout le monde.

— Je n'ai jamais eu l'intention… Mais c'est vrai, tu es trop mignonne.

— T'es sérieuse, là ? Car moi j'ai viré dans la quatrième dimension.

— Je suis désolée d'avoir franchi cette ligne. Je n'aurais pas dû. J'étais un peu bourrée, j'avoue. Mais ça ne change pas le fait que tu commets une grosse erreur, et brise la loi par la même occasion. Tu ne peux pas la laisser s'en sortir ainsi. Elle t'a utilisée pour ravager le labo de ton père. Ce n'est pas rien.

— Tu peux parler ! Tu m'as saoulée pour obtenir des infos. Et tu m'as baisée alors que j'étais à moitié inconsciente.

— Hey, attends, qu'essaies-tu de dire là ?

— C'est toi la flic, tu devrais en tirer les bonnes conclusions.

— J'ai stoppé quand tu t'es vraiment endormie, je te le jure. Tu étais consciente au départ.

— Je suis sûre que ton supérieur verrait la différence. De plus, il y a une nuance entre consciente et consentante.

— Arrête-là. Je ne t'ai pas forcée.

— Tout ce que je sais, c'est que je n'aurais jamais couché avec toi si tu ne m'avais pas fait tant boire. Et je m'en veux… ou plutôt, je m'en voulais. Mais moi je sais prendre la responsabilité de mes erreurs. On ne peut pas faire porter le chapeau à un tel ou une telle chaque fois. Tu devrais en faire autant.

Elle se tourna, seulement Vanessa la rattrapa par le bras.

— Tu pourrais aller en prison, Sarah ! Quoi que tu penses, je tiens sincèrement à toi et à ce qu'il pourrait t'arriver. Tu ne mérites pas ça.

— Ça, tu l'as bien dit !

Sarah retira son bras. Vanessa lui sourit tendrement.

— Elle ne le vaut pas, Sarah. Elle t'a menti jour après jour pendant des mois pour se rapprocher de toi. Son unique but était le labo et leur action de samedi. Ne te méprends pas là-dessus. Il n'y a jamais rien eu de réel entre vous. Tu peux lui faire payer ce qu'elle a fait, à toi et ton père. N'oublie pas ton père.

— Je n'ai plus rien à te dire, Vanessa.

— S'il te plait, penses-y cinq minutes de plus. Pourquoi fais-tu cela ? Elle t'a niquée dans tous les sens du terme. Je ne te comprends vraiment pas.

Sarah rit.

— Tu le devrais pourtant ; tu as fait la même chose. Mais à la différence de toi, elle avait une raison décente. Toi, je devine que c'est une histoire d'ambition, de promotion peut-être ? Tu t'en fous de cette enquête, ou de moi. Je vois clair dans ton jeu, *maintenant* que je suis sobre.

Vanessa baissa les yeux.

— Allez au diable toutes les deux.

Sarah s'en alla, la gorge serrée.

***

Le détective Johnson entra dans la salle d'interrogatoire que Vanessa Holtz venait de quitter. Il lâcha le porte-document contenant la déposition de Letty sur la table, celui-ci claqua comme une gifle et Letty sursauta.

— Voilà, signez-là. Votre avocat vous récupère d'ici un moment, le temps de finir la paperasse.

Letty fixa sa déposition avec un sourcillement.

— Vous êtes libre, confirma-t-il.

Elle ne dit rien d'autre, saisit le calepin et commença à relire.

— Pourquoi n'avez-vous pas dit plus tôt que vous étiez avec Sarah Weisman toute la nuit ?

Elle le regarda puis baissa vite les yeux sur le porte-document, tâchant de gagner quelques secondes et réfléchir à sa réponse, sans s'incriminer, ni Sarah, vu qu'il venait de la mentionner.

Il haussa les épaules.

— Elle vient juste de partir.

Letty leva immédiatement la tête pour essayer de la voir. Elle cherchait derrière lui par la porte entrouverte.

— Elle nous a dit que vous aviez passé la nuit dans sa chambre, à faire l'amour, et dormir bien sûr.

Letty observa une nouvelle fois le porte-document.

— A-t-elle menti simplement pour vous couvrir ?

— Laisse-la tranquille, OK ?

— Si vous aviez été ensemble, vous nous l'auriez dit de façon à ce que nous puissions vérifier avec elle, et vous seriez sortie avant midi.

Elle signa sa déposition et le fixa.

— Sarah est restée dans le placard vingt et un ans et demi. Sa mère est une figure éminente de l'Église protestante. Que Sarah et moi soyons intimes est un développement assez récent, si vous voulez la vérité. La dernière chose que je souhaitais c'est faire son coming-out général pour elle.

Il prit le porte-document qu'elle lui tendit.

— Y a-t-il autre chose que vous désiriez savoir à propos de cette nuit-là ? Combien de fois nous l'avons fait, quelles positions, si je lui ai fait un cunni. Vous les mecs, vous aimez bien ce genre de détails, non ?

— N'abusez pas, Rodriguez. Vous vous en sortez bien sur ce coup, mais on vous aura tous à l'œil dorénavant. On ne vous ratera pas la prochaine fois.

— Bien, chef, répondit-elle avec un salut militaire.

Il quitta la pièce en secouant la tête.

217

Letty laissa retomber sa tête sur ses mains sur la table. Pourquoi donc Sarah avait-elle fait cela ? Letty ne se serait pas plainte si Sarah l'avait au contraire dénoncé. Ç'aurait été la misère pour elle, dans tous les sens du terme, mais elle ne se serait pas plainte, ni même n'aurait été en colère après Sarah. Au lieu de ça, elle l'avait complètement innocentée et avait pris le risque d'être, elle-même, condamnée pour faux témoignage. Letty avait la gorge nouée d'un seul coup, réalisant ce que Sarah venait de faire. Sa culpabilité, et tout ce qu'il s'était passé pesaient très lourd sur ses épaules.

Elle ne pensait qu'à retrouver Sarah à ce moment-là. Elle avait tellement hâte de sortir. Malheureusement pour elle, cela prit encore une heure à son avocat pour lui permettre de sortir, les policiers trainant des pieds.

***

Letty ne chercha pas à prendre ses clés cette fois, elle frappa d'abord à la porte de l'appartement qu'elle avait partagé pendant plus de trois mois avec Sarah.

Le sombre 'Entre' de Sarah était assez sévère. Letty réalisa qu'effectivement la porte n'était pas fermée à clé. Sarah ne la regarda pas et posa le balai dans son petit coin dans la cuisine. Letty observa la pièce, Sarah l'avait déjà nettoyée. Letty referma derrière elle. Elle restait dans la petite entrée tandis que Sarah se dirigea vers le canapé. Elle attrapa le grand sac poubelle qui se trouvait sur la table basse, le noua et le mit de côté.

Elle fixa enfin son bleu océan dans le regard profondément désolé de Letty. Le silence les enveloppa, aucune d'entre elles ne parvenait à le briser.

Letty finit quand même par s'exprimer :

— Pourquoi as-tu fait ça ?

Sarah posa ses mains sur le bas de son dos et haussa les épaules.

— C'était un bordel monstre, tu sais. Je ne savais pas si tu reviendrais ici, maintenant que tu es *libre*, souligna-t-elle avec un léger sourcillement.

— Tu sais bien que je ne parle pas du ménage. Tu aurais eu tous les droits de leur dire exactement l'opposé. Je l'aurais méritée.

— C'est ton souhait ? demanda Sarah en s'avançant d'un pas.

— Être punie ? Une martyre pour la cause ?

— Non, pas du tout. Je veux juste… comprendre.

— Dis-moi juste une chose, Letty. C'était ça ton plan ? Organiser quelque chose aussi méticuleusement pour qu'un seul… elle marqua un bref temps d'arrêt en tendant son index devant elle et ajoutant : Juste un seul témoignage foutre tout en l'air ? C'était ça le super plan ?

Letty agita la tête négativement.

— Alors c'est quoi ? On peut jouer cartes sur table, maintenant. Tu me dois bien ça.

Letty inspira profondément.

— J'étais censée devenir ton amie. Une présence dans ton entourage et saisir l'opportunité d'une fête ou d'un repas chez toi…

— Pour voler les codes.

Letty acquiesça. Sarah s'avança d'un nouveau pas vers elle.

— Que s'est-il passé dans ce cas ?

Letty sentit son cœur se soulever dans sa poitrine en regardant le bleu des yeux de Sarah. Elle baissa la tête.

— Je ne sais pas.

— Oh, je suis sûre que tu peux faire mieux que ça, Letty.

— J'ai juste… je ne sais pas, rien. Tout. Rien ne s'est passé comme prévu.

— Tu trouves ? s'étonna Sarah, les sourcils dressés.

— Tu as saccagé le labo, sauvé les animaux et t'es sortie du poste libre. Je dirais que le plan a parfaitement fonctionné.

— Avec moi. Rien ne s'est passé comme prévu… avec moi.

Sarah hocha la tête et se mordit la lèvre inférieure, de manière invisible.

— Parce que tu as failli tout foutre en l'air en poussant le jeu un peu loin avec moi ? Est-ce ça, Letty ?

Letty secoua la tête négativement et la regarda, se perdant à nouveau dans ce bleu si parfait.

— J'ai presque tout foutu en l'air en tombant amoureuse de toi.

Letty nota le hochement de tête quasi imperceptible de Sarah. Ni surprise, ni choc et pas de la colère non plus sur le visage de l'étudiante en entendant ces mots. Elle paraissait même attendre cette exacte réponse.

— Tu l'es vraiment, Letty ? Amoureuse de moi ?

— Tu n'étais pas du tout comme je l'avais pensé, Sarah.

— Désolée de te décevoir. Et tu me pensais comment ?

— Je ne sais pas, la fifille à son papa. Une étudiante fofolle qui sort et s'amuse, sans franchement se soucier de grand-chose, alors des animaux encore moins.

— Il manque 'qui s'habille en cuir, et porte des manteaux de fourrure l'hiver' à ton cliché.

— Ce n'est pas si cliché que ça. Et tu étais censée avoir des amis. Ce n'était pas censé être si intense entre nous.

— Mais ça l'était, Letty. Depuis le début.

— Je sais. Tu es si différente, je ne connais personne comme toi.

— Si tu donnais une chance aux gens, hors de ton petit cercle d'amis, Letty, tu verrais que beaucoup plus de personnes que tu ne le penses ont de l'empathie envers cette cause.

— Les gens qui ne s'en foutent pas… font quelque chose. Les autres passent à côté les yeux fermés, comme si ne pas voir ces choses les rendait inexistantes, de manière à ce qu'ils puissent continuer de vivre sans culpabilité.

— Tu as partagé plein de choses avec moi, Letty. Est-ce que j'ai fermé les yeux ? Est-ce que j'aurais sorti Bianca d'ici pour l'amener à Ricky si je m'en foutais ?

— Comme je l'ai dit, toi tu es différente. Je n'étais pas censée te raconter tant de choses, tu ne devais pas savoir à quel point j'étais impliquée dans la PA, simplement que j'étais végane. Te proposer d'habiter avec moi c'était déjà fou. Je ne sais pas ce qu'il s'est passé. Du premier jour, tu m'as… renversée.

Sarah sourit très légèrement, elle ferma ses yeux brièvement et continua sur ce même ton calme :

— Je t'ai écoutée, Letty. J'ai écouté, j'ai appris beaucoup de choses, l'humanité, ce que l'on fait à cette planète. Aujourd'hui, c'est sans doute la raison pour laquelle je t'ai couverte auprès de la police, parce qu'au fond de moi, je sais que tu as raison. Pas d'avoir saccagé le labo de mon père et certainement pas de m'avoir autant blessée, mais pour tes convictions, ta passion, ton apport sur tout ce qu'il se passe autour de nous. Je ne suis pas d'accord avec ta vision du monde, et des gens surtout. Tu as tant de compassion en toi, trop pour ton propre bien. J'aurais bien aimé que tu m'en accordes un peu.

— Je sais. Je suis tellement désolée. J'ai essayé plusieurs fois de prendre du recul. J'ai essayé, mais j'étais tellement attirée vers toi, comme un aimant. Parfois, j'arrivais à oublier tout le reste, je voulais t'embrasser et… juste tout oublier. Et je te voyais te battre avec toi même, lutter contre cette personne magnifique que tu es et je voulais tant t'aider à l'accepter. Et plus je le faisais, plus je craquais pour toi. Je sais que tu ne me croiras pas m–

— C'est ça le truc, Letty. Je te crois.

Le regard de Letty s'illumina. Elle contempla ce bleu azur qu'elle aimait tant, toutefois Sarah recula d'un pas.

— J'étais tellement blessée, et en colère que tout s'est brouillé, mais cette nuit… Sarah inspira profondément tandis que les images, et les sentiments lui revinrent en mémoire. Elle en frémit.

— Peut-être que je suis naïve, et c'était ma première fois, mais… ces caresses ne mentaient pas, l'intensité de ton regard sur moi alors que tu me faisais l'amour. Quand tu étais en moi et que tu m'embrassais et ton regard… Cela ne mentait pas.

Letty avala sa salive.

— Même avant ça. Chaque fois que tu me regardais. Et quand tu m'as couverte cette nuit-là dans la douche après la plage, et m'as passé la lotion. Ces touchers délicats, et ton souffle fébrile sur ma peau. J'en frissonne encore.

Letty ne savait pas quoi dire. Sarah expira fortement. Une larme coula le long de la joue de Letty.

Letty l'essuya avec la manche de son sweatshirt. Sarah resta silencieuse et se racla la gorge.

— On fait quoi maintenant ? l'interrogea Letty avant d'ajouter, la boule au ventre : tu veux que je plie bagage ce soir ?

— J'aimerais bien le vouloir, oui. Mais le problème c'est que moi aussi je suis amoureuse de toi. Alors, ça bloque un peu.

Sarah détourna le regard face à l'espoir qui anima le visage de Letty.

— Ouais. Au cas où tu n'aurais pas réalisé, c'est *aussi* pour ça que je ne t'ai pas dénoncée. Je ne peux pas te laisser aller en prison parce que je ne peux pas te laisser partir, tout bonnement. Et ça me fait chier, car j'aimerais vraiment te haïr, Letty, termina-t-elle en lâchant un sanglot. Elle se tourna, tentant de dissimuler ses larmes. Letty s'approcha et posa ses mains sur les épaules de Sarah.

— J'aurais aimé que tu me le dises, même à la dernière minute.

— Je le voulais. Tellement. Ce matin-là… je ne voulais plus le faire…

— Mais tu l'as fait, souligna Sarah en s'écartant hors de portée des mains de Letty.

— Tu m'en aurais empêchée.

— J'aurais essayé en tout cas, parce que c'était stupide, et dangereux. Et je ne veux pas que tu ailles en prison.

— Je ne peux pas changer qui je suis, Sarah. Je ne peux pas changer ce que je ressens à l'intérieur.

— Personne ne te le demande. Certainement pas moi. Au cas où tu n'aurais pas compris, cette passion, cette compassion, cette sensibilité, c'est tout ça qui m'a fait craquer pour toi.

— Je ne peux rien te promettre, Sarah. Je ne peux pas. Et je ne veux plus jamais te faire de mal.

— Je ne te demande pas d'arrêter de te battre pour la bonne cause, je te demande simplement de revoir tes méthodes. Tu vois tout en noir et blanc, alors qu'il y a tellement de nuances dans la vie, Letty. Ce n'est pas tout ou rien. Tu m'as touchée, moi, en étant juste toi-même. Tu m'as montré des choses que je ne peux plus ignorer. Mais ce n'est pas une façon de vivre, tu es malheureuse la plupart du temps. Je t'ai vue tous ces mois, tu ne t'accordes pas de bonheur, pas une seconde. Tu ne peux pas prendre toute la misère animalière sur tes épaules, pour contrebalancer tous ceux qui s'en foutent. Tu ne peux pas faire ça.

— Personne ne m'a jamais fait ressentir cela, Sarah. Tout ça, ce que tu viens de dire, c'est ce que tu m'as donné. Quand j'étais avec toi, j'oubliais tout, et j'étais heureuse.

Letty serra les poings.

— Je vois bien maintenant que mon enfance, mes années en foyer et dans la rue m'ont marqué plus que je ne le pensais. Plus que je ne souhaitais l'avouer en tout cas, car ce n'est qu'auprès de la PA que je me suis sentie réellement en famille, et comprise. Et les quelques femmes avec qui j'ai été… nous nous sommes rapprochées par cette compréhension et cette lutte, mais la passion qui nous unissait était liée principalement aux animaux, et non romantiquement passionnelle. Rien de comparable avec ce que toi tu me fais ressentir. Je ne connais pas vraiment l'amour. Cet amour-là.

Letty secoua la tête comme pour chasser sa confusion.

— Mais j'ai passé ma vie ainsi. J'ai dédié ma vie aux animaux. Je ne peux pas les oublier, les abandonner.

— Ne vois-tu pas que tu n'as pas à le faire ? Tu es têtue quand même !

Sarah posa ses mains sur les épaules de Letty.

— On peut même le partager. Tu veux diffuser des flyers ou des pétitions ? On le fera ensemble. Tu veux aller à une manif contre les cirques qui utilisent encore des animaux ? Je viendrai avec toi. Tu veux aller à une manif non déclarée en mairie ? Je ferais partie des street medics[41] et te mettrais du sérum physiologique dans les yeux si vous vous faites gazer. Je porterai les sacs à dos de ravitaillement. Si tu veux t'enchaîner à un camion d'élevage pour l'empêcher de conduire ces pauvres bêtes à l'abattoir, je serais là juste à côté avec la clé du cadenas. On peut partager tout ça. Mais jamais je ne cautionnerais ce que tu as fait samedi soir. Non. N'y crois pas, car je n'irais pas te voir en prison ou pire… au cimetière. Elle marqua une pause avant d'ajouter : je veux être avec toi, Letty.

Letty ne put se retenir d'étreindre Sarah. Elle avait du mal à la laisser partir.

— Tu le penses vraiment ? murmura-t-elle entre deux pleurs.

Sarah força Letty à reculer de manière à pouvoir prendre son visage dans ses mains.

— Je n'ai jamais vu quelqu'un d'aussi tiraillé que toi, Letty. Tu ne peux pas vivre ainsi pour le restant de tes jours. Tu dois, tu *peux* avoir plus, avoir quelque chose de beau. Et je crois qu'on était belles toutes les deux.

— Oui. Oui, on l'était, assura Letty entre deux reniflements, tâchant de calmer ses pleurs.

Sarah la sentait trembler sous ses mains.

— On peut l'être. Tu dois laisser les gens t'atteindre. Au moins moi. Tu t'occupes des animaux, je m'occupe de toi.

Letty ravala ses larmes.

— Je n'arrive pas à y croire. Après ce que j'ai fait… Je croyais t'avoir perdue. Il n'y avait aucun moyen que tu me pardonnes.

— Ouais, c'est sûrement pour ça que tu l'as fait. Tu aimes trop te torturer l'esprit, c'est un fait.

Le ton de Sarah était empreint d'une légère colère tandis qu'elle se recula.

— Il va falloir reconstruire la confiance en nous. Pas moi, toi surtout.

Letty rit discrètement au ton de Sarah, bien plus doux, presque amusé. Letty hocha la tête.

Sarah se sentit fondre face au regard intense de Letty, comme la première fois. Leurs lèvres se frôlèrent, avant de se retrouver dans un baiser passionné qui échappa à toute raison. Les ongles de Sarah s'encrèrent dans la peau de Letty. Letty l'attira plus près d'elle, serrant dans ses poings le bas de la

---

[41] Les street medics sont des militants qui fournissent les premiers secours dans un contexte de lutte politique, dans les manifestations comme dans les squats.

chemise de Sarah, dans son dos, tandis qu'elle l'attira encore pour l'enlacer plus fort. Elles restèrent une minute ainsi avant que Sarah ne se force à reculer de quelques centimètres. Elle avait l'air de nouveau très sérieuse.

— Juste une chose en revanche.

— Dis-moi. Je ferais tout pour me racheter à tes yeux, Sarah.

— Ne me mens plus jamais. Pas une fois, pas un petit mensonge, ni un mensonge par omission. Plus jamais, jamais.

Letty hocha la tête positivement en prenant le visage de Sarah dans ses mains.

— Jamais. Je te le promets. Je t'aime.

Elle l'attira à elle comme si elle ne supportait plus ces centimètres les séparant. Elle embrassa les joues mouillées de Sarah partout où elle pouvait avant que leurs lèvres ne se retrouvent pour un baiser apaisant. Sarah agrippa le sweatshirt de Letty tandis que les doigts de Letty se promenaient dans les cheveux de Sarah. Elle tint son visage comme sa possession la plus précieuse au monde. Letty se perdit dans ces yeux bleus qui brillaient de larmes pas encore séchées. Elle était si belle. Letty voulait le lui dire, mais elle était si belle que des mots ne suffiraient pas, ainsi elle l'embrassa une nouvelle fois, se délectant de ce sentiment si exceptionnel qu'elle croyait avoir perdu à tout jamais. Elle couvrit le cou de Sarah d'une pluie de baisers. Elle l'embrassait partout.

Sarah pencha la tête en arrière avec un soupir de désir tandis que Letty léchait son cou offert. Letty l'embrassa sur la bouche, puis son cou alors que ses mains s'occupaient déjà des boutons de la chemise de Sarah. Sarah expira à la sensation des doigts de Letty sur sa peau, sur son ventre. Sarah ferma les yeux quand ils remontèrent sur ses seins que Letty massa par-dessus le soutien-gorge.

Letty embrassa Sarah avec une telle ferveur que Sarah sentit ses genoux trembler. Letty continuait de titiller ses seins avec ses mains. Toujours en l'embrassant, l'une de ses mains délaissa ses seins pour redescendre sur son ventre. Elle se glissa ensuite de la taille au dos de Sarah. Puis elle remonta le long de la colonne vertébrale de l'étudiante, lui donnant encore plus de frissons. En un mouvement de doigts, elle dégrafa le soutien-gorge.

Letty s'arrêta de l'embrasser pour déposer un baiser sous son oreille sur cette peau si douce. Sarah quitta chemise et soutien-gorge qui tombèrent au sol.

Sarah attira le visage de Letty à elle pour l'embrasser alors que les mains de Letty retournèrent sur ses seins dont elle pouvait s'occuper pleinement. Sarah gémit dans la bouche de Letty, sans rompre le baiser, incapable de s'éloigner, elle dévorait la langue de Letty comme un festin. Letty évoquait en elle un sentiment incroyable.

Letty entama une lente descente le long du corps de Sarah, embrassant chaque centimètre de peau en chemin, commençant par son cou, léchant sa poitrine au-dessus de ses seins, puis l'espace entre ses seins. Elle enveloppa un téton dans sa bouche et Sarah couina. Une des mains de Letty s'occupait de l'autre sein. Puis elle changea, titillant les deux mamelons durcis autant que possible. Sarah inspira fortement. L'excitation grandissait en elle, essentiellement entre ses jambes. Letty s'abaissait sans précipitation, accro à cette *torture*. Maintenant à genoux, Letty défaisait les boutons du jean de Sarah.

Sarah pencha la tête en avant et trouva les yeux de Letty sur elle. Ses mains n'avaient pas besoin de carte pour descendre le pantalon de Sarah sans la quitter du regard. Sarah ne brisa pas l'échange visuel, elle la fixait avec le plus tendre des sourires que Letty n'ait jamais vus. Elle aimait cette femme d'une manière inouïe.

Les lèvres de Sarah s'ouvrirent en une légère expiration quand Letty embrassa son entrejambe sur sa culotte. Letty pressa ses lèvres plus fort, toujours par-dessus la culotte tandis que Sarah caressait l'arrière de la tête de Letty. Sarah laissa sa tête tomber en arrière alors que Letty abaissa sa culotte, les jambes de Sarah suivant le mouvement s'écartèrent légèrement une fois que le petit dessous toucha le sol.

— Letty, murmura Sarah quand Letty répéta les mêmes doux baisers, sans la barrière de la culotte.

Les seins de Letty durcirent aussitôt au son de la voix de Sarah, l'appelant comme une déité qu'elle vénérait. Et les doigts de Sarah enfoncés dans sa chevelure au plaisir qu'elle ressentait. Ses doigts qui l'attiraient toujours plus près de son intimité. Malgré tout, Letty souhaitait prendre son temps, elle embrassait l'intérieur des cuisses de Sarah tout en caressant ses jambes, levant parfois une main sur ses seins.

— Tu m'intoxiques, Sar.

L'odeur du désir de Sarah envahit les sens de Letty. Elle aurait pu oublier son propre nom. Elle la sentait planer. Et elle avait envie de se noyer en elle.

Sarah expira aux premières sensations de la langue de Letty entre ses jambes. Les mains de Sarah agrippèrent les épaules de Letty. Elle inspira fort face aux vagues de plaisirs qui la submergèrent, elle prit de profondes inspirations pour se retenir, elle voulait que ce moment dure éternellement.

Letty la suça et la lécha pendant un bon moment. Elle inséra sa langue en elle et le gémissement de Sarah devint un ronronnement.

— Doux Jésus, lâcha Letty en se reculant, comme si elle sentait son propre orgasme arriver.

Comment le simple gémissement de Sarah pouvait-il autant l'exciter ?

Les mains de Sarah se glissèrent sous le menton de Letty pour qu'elle regarde en l'air. Sarah la fixa avec ce même sourire, accompagné de ce désir immanquable qui brûlait dans ses yeux. Ses cheveux tombaient sur sa poitrine et elle souffla une de ses mèches blondes qui retomba aussitôt devant son visage.

Letty eut la sensation que son cœur cessa de battre une demi-seconde tant elle la trouvait belle, sexy, et tellement chaleureuse. Letty parcourut le corps de Sarah de ses mains une nouvelle fois jusqu'à ce qu'elles se posent sur les seins de Sarah. Le sourire de Sarah ne s'évapora que parce que son désir prit le dessus. Elle inspira profondément et il réapparut, un sourire coquin. Comme si elles étaient en couple depuis des années, et connaissaient le désir et le plaisir de l'une et l'autre, Letty leva sensiblement sa main tandis que Sarah baissa la tête. Le majeur de Letty se promena sur ses lèvres avant que Sarah ne le prenne dans sa bouche, le suçant sensuellement. Elle ne pouvait s'expliquer cette synchronicité, cette complicité, mais c'était indéniablement là. Sarah se redressa avec anticipation. Letty recommença à la lécher alors que le doigt que venait de sucer Sarah la pénétra.

Sarah attrapa les cheveux de Letty et murmura son nom. Une fois de plus, Letty crut qu'elle allait jouir avant Sarah. Elle la suça plus intensément, jouant avec sa langue sur le petit bout de nerf. Sarah couina puis expira quand Letty glissa un deuxième doigt et l'emplit plus rapidement. Sarah sentait ses genoux s'effondrer comme une glace au soleil à chacune des pénétrations, et pourtant elle continuait de bouger en rythme avec la main de Letty, lui disant même d'aller plus fort, plus vite.

— Bon Dieu, Letty ! Letty.

Sarah ouvrit les yeux et regarda sa chère Letty, ce besoin unique de la voir. Ce besoin d'elle. Elle se sentit partir quand Letty entoura ses cuisses, qu'elle se laissa tomber, en toute confiance, entre les bras de Letty. Elle jouit dans ses bras, une petite série de cris dans l'épaule de la belle latine. Elle se retrouva assise sur les cuisses de Letty. Letty, elle-même était au sol, sur ses fesses. Letty enlaça Sarah de manière plus tendre et l'embrassa. La bouche de Sarah s'ouvrit bien volontiers sous les assauts de celle de Letty.

Elles s'embrassèrent langoureusement en se caressant, dos, épaules, ventre, seins. Sarah en profita pour enlever le sweatshirt de Letty. Elles étaient calmes, se regardant et s'embrassant. Sarah embrassa Letty dans le cou puis sur ses joues. Elles n'avaient pas besoin de mots à ce moment-là. Sarah glissa sa main sous le legging que portait Letty. Letty expira quand Sarah pressa sa main sur sa culotte humide.

— La chambre ? suggéra-t-elle et Sarah hocha la tête.

Elles se levèrent, Sarah avait la tête qui tournait légèrement. Letty la soutint, avec grand plaisir.

Un pied dans la chambre de Sarah et elle s'arrêta net.

— Ah oui, c'est vrai. Je n'ai pas encore eu le temps de nettoyer les chambres, annonça Sarah d'un air amusé tandis que Letty ne pouvait que constater les dégâts de son action. La chambre était sens dessous-dessus. Tout se trouvait au sol, livres, photos, CD, vêtements, la couette, le matelas dans un coin et le duvet de l'autre. Letty ressentit un bref soulagement qu'ils aient au moins fait attention avec la licorne en cristal.

— Bon sang, Sarah. Je suis tellement désolée.

Sarah haussa les épaules.

— Oh ce n'est rien comparé à *ta* chambre, signala-t-elle d'un ton toujours amusé, espérant détendre Letty qui avait mis sa main sur sa bouche.

Comment Sarah pouvait-elle le prendre ainsi ? Comment pouvait-elle en plaisanter et ne pas être un tantinet en colère contre elle ? Tout était sa faute.

— Vraiment, Sar, Je–

— Ssh, la coupa Sarah, d'un doigt sur ses lèvres.

Elle se mit devant Letty et déposa un baiser sur cette petite moue.

— Ce n'est rien. Tout ça… ce n'est rien. On n'en a pas besoin.

Sarah attira Letty avec elle en direction du lit. L'étudiante replaça le matelas.

— *Ça*, c'est tout ce dont on a besoin, indiqua-t-elle en poussant Letty dessus.

— Plus toi, ajouta-t-elle en se penchant en avant jusqu'à ce que le dos de Letty touche le matelas.

— Et moi, conclut-elle, bouclant sa phrase par un baiser sulfureux tandis que Letty l'enveloppa de ses bras. Elle écarta les jambes pour laisser Sarah se fondre en elle.

Il n'y eut pas un endroit sur le corps de Letty que les mains de Sarah oublièrent cette nuit-là. Peut-être qu'elle était folle, peut-être qu'elle était idiote. Beaucoup de gens, s'ils savaient, le lui diraient. Une idiote pour reprendre Letty après un tel acte. Sarah sourit à cette pensée pendant que ses doigts glissèrent en Letty, et que Letty s'arquait contre elle, son corps contre le sien comme un seul.

Traitez-la donc de folle, d'idiote, trop naïve, voire tout simplement stupide, mais elle était heureuse, si heureuse qu'elle ne laisserait pas ce bonheur s'échapper.

Elle savait que Letty l'aimait, et elle aimait Letty. Elle avait besoin d'elle, et elle savait parfaitement à quel point Letty avait besoin d'elle.

Peut-être était-elle accro à ce sentiment, car Letty était sa première fois, peut-être était-ce la raison insensée pour laquelle elle ne pouvait la laisser partir. Peut-être.

Les gens diraient… effectivement, mais elle s'en fichait, ça lui était égal désormais. Elle s'était libérée de cette peur-là et le devait à Letty. Maintenant, c'était à elle de délivrer Letty de sa prison tout comme Letty avait délivré ces animaux.

Jusqu'à ce que toutes les cages soient vides. Même les humaines.

Histoire Bonus : VANESSA

Hayden entra dans le bar qu'elle avait fréquenté plusieurs fois ce mois-ci. Son portable affichait dix-huit heures. Elle n'y était jamais venue si tôt. Peut-être aurait-elle plus de chances de rencontrer quelqu'un dans une ambiance plus calme et ainsi avoir une vraie discussion. Quand le bar était plein, avoir un véritable échange avec une femme, plutôt que simplement de la drague, subtile ou non, selon l'état d'ébriété des clients s'avérait plus difficile.

À quoi s'attendait-elle ? C'était un bar, après tout. Certainement pas le meilleur endroit pour rencontrer *l'amour de sa vie,* mais elle ne savait plus vraiment comment s'y prendre pour rencontrer d'autres lesbiennes, voilà pourquoi elle s'était lancée.

Elle avait arpenté plusieurs pubs réputés de Los Angeles sans s'y sentir à l'aise. Celui-ci se situait à quelques pâtés de maisons de son appartement, elle l'avait découvert par hasard un soir et apprécié aussitôt son atmosphère intimiste avec les lumières tamisées. Il était propre, elle aimait la couleur des murs, le bar en face de l'entrée, les sofas sur les côtés et les quelques tables au milieu.

Ce soir, elle portait un jean taille haute, un petit haut rouge et une veste par-dessus, et ses bottines marrons. Rien d'extravagant, mais elle ne cherchait pas de *coup d'un soir*, par conséquent, elle préférait venir habillée le plus naturellement possible. De toute manière, comme toutes les très belles femmes, Hayden n'avait pas besoin de forcer, n'importe quelle tenue la mettait en valeur, montrant ses courbes fines, mais alléchantes. Ses longs cheveux blonds ondulés cascadaient dans son dos. Ses yeux d'un gris vert étincelant scellaient le sort de toute personne s'y abandonnant.

Effectivement, il n'y avait pas grand monde. Un groupe de cinq personnes sur les divans de droite, et un couple sur ceux de gauche.

Oh super, pensa-t-elle avec un soupir ; malgré l'heure, une cliente paraissait déjà saoule, avachie contre le bar, la tête sur ses mains à plat sur le comptoir.

Hayden haussa les épaules, ce n'était pas son problème. Elle s'avança et s'assit à gauche de cette personne, laissant un tabouret de bar entre elles. La femme ne bougea pas, fixant le verre vide devant ses mains. Hayden la détailla brièvement ; relativement grande, ses cheveux, qu'Hayden avait d'abord pensé roux, tendaient plutôt sur l'auburn.

Hayden ôta sa veste et la posa sur le tabouret à sa gauche. Elle sourit quand la barmaid s'approcha. Si elle se souvenait bien, elle s'appelait Sam.

— Vous devenez une habituée, annonça-t-elle en rangeant sur l'étagère un verre qu'elle venait d'essuyer.

Hayden haussa les épaules avec un sourire timide.

— On dirait bien.

— Rhum & coke ?

Hayden leva les sourcils.

— Oui. Vous vous rappelez des favoris de tout le monde ?

— Je fais de mon mieux. Pour les habitués en tout cas, c'est mon boulot.

— C'est cool, n'empêche.

Le regard d'Hayden se promena une nouvelle fois sur la femme à sa droite, elle n'avait toujours pas bougé, ni commandé d'autre boisson.

Hayden remercia Sam qui lui déposa son verre. Elle commença à le boire doucement, se tournant et scrutant la pièce tandis qu'un autre couple arriva et un groupe de trois personnes suivit. Elle se retourna pour fixer le bar.

De toute évidence, elle était venue un peu trop tôt. Et pourtant, les quelques conversations sympas qu'elle avait eues s'étaient déroulées quand le bar était moins rempli, c'est pourquoi elle avait tenté le coup de venir encore plus tôt. Car jusqu'à présent, cela n'avait été que de simples échanges, sympathiques en effet, mais rien de transcendant. Elle n'avait rien ressenti de plus.

Cela dit, elle se réjouissait tout de même de discuter avec d'autres lesbiennes. Quelle différence avec son travail ! Les seules femmes étaient les secrétaires personnelles de courtiers aux dents longues. Elle était l'une de ces secrétaires invisibles et, à part subir le harcèlement quotidien de leurs patrons, elles n'avaient rien en commun.

Le bar plein teintait tout de suite les conversations de séduction. Elle sentait plus de désir que d'intérêt chez son interlocutrice et ne recherchait pas cela, ce terrain lui étant trop étranger.

— Bonsoir, ma belle, glissa une femme qui s'assit sur le fauteuil entre elle et la rousse.

— Bonsoir, répondit Hayden poliment de sa voix douce.

Elle but une nouvelle gorgée de son rhum & coke. Le regard prédateur que lui lançait la femme, la déshabillant visuellement, ne lui convenait pas franchement.

— Moi c'est Lisa. Je ne t'ai jamais vu avant.

— Je ne suis venue que quelques fois.

— Je me disais aussi. Je me serais souvenue de toi.

Hayden lui sourit aimablement. Lisa était plutôt du genre butch[42] avec des cheveux très courts et une silhouette bien musculaire. Elle avait un très joli visage, néanmoins Hayden commençait à comprendre que les butch ne l'attiraient pas vraiment. Elle éprouvait encore un peu de difficulté à savoir quels types de femmes la tentaient. De ce fait, elle restait ouverte. D'ailleurs, sa meilleure conversation était avec une butch. Mais physiquement parlant, elle ne s'était pas sentie du tout attirée par elle. Malheureusement, elle n'avait pas ressenti d'étincelle non plus pour les quelques lesbiennes féminines, voire très féminines qui l'avaient abordée. Elle ne désespérait pas d'arriver à y voir clair un jour.

— Je te paie un verre ?

---

[42] Une lesbienne butch est une lesbienne utilisant des codes masculins, en particulier dans son attitude et son habillement.

— Euh, merci, mais euh… Hayden lui montra le rhum & coke entre ses mains.

— Il est presque vide.

Hayden ne commenta pas, donc Lisa lui demanda :

— Tu ne veux pas venir avec mes amis et moi. Tu passerais un bon moment.

— Euh, merci, mais je suis bien ici.

— On est sympa, tu sais. Je suis sûre que tu passerais un bon moment.

— Elle n'est pas intéressée, déclara la rousse, de nulle part.

Hayden put enfin voir son visage, de forme assez ronde… et plutôt jolie. Quelques-unes de ses mèches bien auburn lui tombaient sur les yeux. Hayden fut saisie par la douleur profonde qu'elle aperçut, l'espace d'un instant, dans ce regard noisette très clair, avant que l'inconnue ne fixe une nouvelle fois les étagères en face d'elle.

— Je t'en pose des questions ?

Lisa ne se retourna pas pour la voir et se concentra de nouveau sur Hayden.

Hayden au contraire ne parvenait pas à se focaliser sur qui que ce soit d'autre que la femme au cheveu roux et auburn.

— C'est mon annif demain, j'organise une petite fête chez moi. Tu devrais venir.

D'entendre un petit ronflement de la rouquine, Lisa se retourna pour la fixer.

— C'est quoi ton problème ?

— Aucun problème pour moi, répondit l'inconnue, la toisant elle aussi.

— Hey les filles, pas de ça dans mon bar. Lisa, retourne vers ta clique.

Lisa haussa les épaules et s'en alla. Sam secoua la tête.

— Tu n'es pas bourrée, Vanessa, et tu arrives quand même à initier une bagarre ?

— Elle m'énerve à sauter sur chaque nouvelle tête comme sur un morceau de viande. En plus, elle ne comprend pas le message quand il est pourtant limpide.

Sam sourit et continua de nettoyer des verres.

Hayden la remercia en se tournant vers elle.

— Moi, c'est Hayden, au fait.

— Ouais.

Vanessa se leva. Elle s'extirpa des tabourets avec un signe de la main à Sam, un léger regard sur Hayden en passant puis elle s'en alla.

Sam récupéra le verre de Vanessa et le reposa tel quel sur l'étagère, ce qui intrigua encore davantage Hayden.

— Euh, c'est qui ?

Sam sourit de voir Hayden suivre Vanessa du regard jusqu'à ce qu'elle disparaisse derrière la porte.

— N'y pense même pas, répondit Sam avec le sourire.

Hayden se remit à agiter son stick dans son rhum & coke, songeant à cette femme mystérieuse. Vanessa. Et ce regard surtout. Le son de sa voix, très lisse. De l'avoir vu se lever et partir, elle avait pu mieux voir son allure générale. Elle devait mesurer un peu plus d'un mètre soixante-dix, quelque cinq centimètres de plus qu'Hayden. Elle n'avait pas la même morphologie fine qu'Hayden. Elle ne la cataloguerait pas chez les féminines, mais absolument pas chez les camionneuses, malgré une certaine impression de puissance qui émanait d'elle. Hayden aimait beaucoup son style ; un blue-jean et un haut blanc. Simple et qui lui allait à merveille. Vanessa ne lui avait paru que très légèrement maquillée.

Hayden se commanda un deuxième verre, puis elle rentra, ne souhaitant pas rester jusqu'à ce que le bar se remplisse.

***

Hayden retourna au bar trois jours plus tard, à la même heure. Elle remarqua aussitôt Vanessa, assise au même endroit, un verre devant elle comme le nota Hayden qui s'avançait avec une légère appréhension. Sam et Vanessa discutaient.

— Rentre, Vanessa. Ne gâche pas ces quatre années.

— Ouais, ouais.

— Tu viens là tous les soirs. Un jour, tu vas craquer. Rentre maintenant.

Hayden finit par s'approcher complètement et s'installa sur le même tabouret que l'autre soir. Le regard furtif de Vanessa sur son corps n'échappa point à Hayden. Elle portait cette fois une jupe serrée mettant en avant la finesse de son corps. En haut, une chemise beige laissait deviner un soutien-gorge noir.

Hayden lui sourit.

— Salut.

— Hey.

Vanessa se leva après cet *accueil* très plat. Hayden la regarda partir aux toilettes.

Elle se tourna vers Sam.

— Alors elle ne boit pas, ou plus, si j'ai bien compris ?

Sam confirma d'un mouvement de la tête tout en récupérant le verre de Vanessa et le reposant avec les verres propres.

— Tu sais que c'est mal d'écouter les conversations des autres ?

Hayden sourit.

— Mais c'est qui ?

— Vanessa ? Comme je te l'ai dit, oublie vite, bien trop compliquée.

Hayden parut bouder.

— Pour une fois que je rencontre quelqu'un d'intéressant.

— Intéressant ?

— Bah, je ne sais pas, différente en tout cas.

4

— Qu'est-ce qui ne va pas chez les femmes qui te draguent ? Il y en a eu pas mal, quand même.

— Je ne veux pas qu'on me drague, disons, pas juste pour mon physique. J'ai envie de rencontrer des gens, quelqu'un avec qui je peux parler.

Sam sourit du coin des lèvres.

— Au cas où tu ne l'aurais pas remarqué, Vanessa n'est pas du genre bavarde.

— Oui, c'est vrai, admit Hayden.

Elle soupira.

Sam la regarda d'un air plus sage.

— Tu sais, si tu cherches quelque chose de sérieux, tu as peu de chances de le trouver dans un bar, honnêtement.

— Oui, je m'en doute bien, mais je n'arrive pas à me résoudre aux sites en ligne. Ça me parait nul, voire glauque.

— Et les assos LGBT ?

— J'y suis allée, un peu. J'ai eu l'impression que tout le monde était plus concentré sur notre visibilité et nos droits. Sans doute que si j'y avais passé plus de temps… Peut-être que je retenterais le coup. Mais mon boulot m'impose de longues amplitudes horaires, dans un cocon ultra machiste. Donc les bars c'est pas mal, un bon verre après le travail, ça détend. Pour l'instant, c'est ce que je vois de mieux.

Sam acquiesça. Elle sourit de la moue boudeuse sur les fines lèvres d'Hayden.

— J'ai fait mon coming-out il y a déjà quatre ans et je n'ai même pas d'amies lesbiennes.

— C'est vrai ?

— Oui. Je croyais que le coming-out était la partie la plus difficile ; mais apparemment, je me suis bien plantée.

— Alors, ça veut dire…

Hayden dissimula son visage derrière ses mains brièvement en opinant.

— Je n'ai jamais eu de petite-amie, à presque vingt-sept ans, c'est moyen quand même.

— J'imagine.

— Ça devient lourd là, ou alors c'est moi qui suis lourde.

Sam sourit du ton d'Hayden. Hayden se raidit d'un coup quand elle réalisa que Vanessa se tenait sur le côté. Hayden fixa son verre, espérant très fort que Vanessa n'ait rien entendu de cette conversation. Vanessa se rapprocha pour attraper son sac à main. Hayden s'étonna qu'elle la regarde. Bon sang, elle avait tout entendu. Était-ce de la pitié ou de la moquerie sur son visage ? Ni l'un ni l'autre, selon Hayden. Vanessa se tourna vers Sam avec un petit signe de la tête et s'en alla.

— Putain, lâcha Hayden en se prenant la tête dans les mains.

La soirée se déroula de manière assez fade. Elle discuta une quinzaine de minutes avec une très belle brunette, qui ne généra toutefois aucun intérêt en elle, bien loin en tout cas de l'excitation étrange que Vanessa suscitait en elle.

Je suis une cause perdue, pensa-t-elle.

Elle avait effectivement présumé que révélé officiellement son homosexualité serait le plus difficile, quand elle l'avait fait il y a quatre ans, peu après la fin de ses études universitaires. Durant toute son adolescence, elle avait su que quelque chose n'était pas tout à fait à sa place sans pouvoir vraiment mettre le doigt dessus. Malgré une vie de famille compliquée à l'enfance, elle avait vécu une adolescence heureuse dans une petite ville du Nouveau-Mexique. Adolescente épanouie, elle n'avait pas cherché plus loin au fond d'elle. C'est en allant étudier à l'université d'Irvine[43] en Californie qu'elle avait commencé à se poser les bonnes questions quant à son intérêt pour les femmes. Cependant, là aussi c'était confus, et cela prit du temps pour qu'elle comprenne et accepte son attirance pour les femmes. Elle regrettait amèrement de ne pas avoir fait son coming-out durant ses années universitaires. Elle se doutait qu'elle aurait eu beaucoup moins de mal à avoir des amies, et sûrement des petites amies. Elle n'avait surtout jamais imaginé que la vie *normale* la happerait autant et la mènerait dans une autre dimension dans laquelle sa vie sociale se bâtirait si difficilement. Par conséquent, elle n'avait pas avancé depuis son coming-out.

Si elle était honnête, elle avait à peine essayé. Tout d'abord parce qu'elle pensait avoir le temps. Puis elle avait été un peu effrayée à l'idée de franchir ce cap. Ensuite, cette peur était passée et elle se sentit prête, sans savoir par où commencer. En effet, les sites internet lui avaient paru un moyen lugubre pour rencontrer du monde. Elle avait même passé quelques samedis dans des librairies gays et lesbiennes, sans résultats. En conséquence, elle avait tenté les bars. Elle voulait se faire des amies. Elle savait que ça débutait souvent ainsi, par une amitié, rencontrer les amis des amis et un jour, une personne avec qui ça accroche véritablement.

Mais en restant tard dans les bars, elle ne s'y était pas sentie tellement à l'aise, le bruit et l'alcool n'aidant pas vraiment. Elle ne pouvait pas s'incruster dans un groupe d'amis. Les quelques femmes avec qui elle avait bien discuté ne l'avaient pas franchement intéressé.

Et en effet, jusqu'à sa *rencontre* avec Vanessa, elle n'avait pas trop d'idée du type de femmes qui pouvait l'émousser, en tout cas physiquement. Vanessa avait un visage doux malgré des traits tirés et un air profondément triste. Elle ne mettait que très peu de maquillage. Sans pouvoir réellement la détailler, son corps donnait une impression de puissance, comme elle se l'était dit. Elle avait du mal à décrire cette étrange sensation. Elle ne voulait pas employer le mot musculaire, toutefois une certaine force émanait d'elle avec ce corps plein, pas gros, mais pas une silhouette fine comme Hayden.

---

[43] UC Irvine est un campus de l'université de Californie fondé en 1965, situé à Irvine. Le campus se trouve à 64 kilomètres (40 miles) de Los Angeles.

Hayden avait envie de promener ses mains le long des bras de Vanessa pour remonter jusqu'à ses biceps, rien que d'y penser. Oui, physiquement, Vanessa l'attirait. Maintenant, elle aimerait pouvoir lui parler, voir s'il y aurait quelque chose. Malheureusement, Vanessa ne semblait absolument pas intéressée.

Un petit coup à l'égo. Hayden secoua la tête. Elle se demandait bien pourquoi elle songeait encore à Vanessa, c'était perdu d'avance.

***

Hayden ne retourna pas au bar pendant quelques jours. Son emploi la fatiguait et elle était déçue des contacts qu'elle avait eus jusqu'à présent. Elle savait qu'elle devrait faire preuve de plus de patience. Tout comme avec les associations LGBT, elle aurait dû insister, attendre un peu. Mais… quatre ans, ça commençait à faire long. Elle s'interrogeait énormément et se sentait de plus en plus inadéquate. Elle essayait de prendre du recul, car effectivement, elle commençait à se mettre la pression, et elle se demandait parfois si ce n'était pas ce qui bloquait ses échanges avec les femmes rencontrées jusqu'à présent. Dans tous les cas, ces soirées au bar étaient une déception pour le moment. La seule personne qui l'avait vraiment intéressée était une voie sans issue. Elle n'était pas retournée au bar pour cette raison également, sachant qu'elle désirerait lui parler et se retrouverait de nouveau face à un mur.

Et pourtant, elle savait parfaitement qu'elle y reviendrait… dans l'espoir de la voir.

Pensive, elle remuait son café, assise au Starbucks du building où se situait son travail. Elle se leva pour aller chercher le sucre qu'elle avait oublié, quand quelqu'un virevolta avec son café en main, le renversant presque sur elle.

— Ouah, lâcha-t-elle en découvrant Vanessa face à elle.

— Salut.

— Salut, répondit Vanessa, un sourire tendu aux lèvres.

— Quelle coïncidence !

Hayden tâchait de parait détendue, se remettant de la surprise de la voir. À son grand désespoir, elle trouvait Vanessa encore plus belle en plein jour, la lumière filtrant à travers les fenêtres accentuait l'auburn de ses cheveux. Elle dépassait en effet Hayden de pratiquement une tête. Pas maquillée, elle portait un jean noir et un T-shirt blanc. Ses yeux étaient noisette très clair.

Vanessa s'écarta, mais Hayden bougea de côté afin de rester en face d'elle.

— Attends, euh. Je suis assise juste là. Viens boire ton café avec moi.

— Désolée, je dois aller récupérer un truc en ville.

— Allez, tu as bien une minute ou deux ? En plus, c'est très mauvais de boire ou manger en marchant, tu sais.

Vanessa ne put retenir un sourire, néanmoins, elle ne semblait toujours pas convaincue.

— Juste une minute ?

Vanessa soupira légèrement et acquiesça. Hayden sourit et la guida.

Tant pis pour le sucre ! Elle craignait bien trop que Vanessa disparaisse si elle lui tournait le dos. Elle ne comprenait pas ce qui l'intriguait tant chez elle, mais elle y allait à l'instinct.

Vanessa s'assit en gardant ses distances. Hayden but une gorgée de son café. Vanessa buvait le sien en silence.

— Tu viens souvent ici ? Je prends mon café là tous les matins.

— Non, je viens rarement en centre-ville.

— Tu vis où ?

Vanessa regarda autour d'elles, évitant le gris vert des yeux d'Hayden. La jeune femme la fixait avec un tel intérêt que Vanessa ne voulait pas lui laisser d'espoir. Mais la couleur de ses yeux était réellement impressionnante et elle s'y perdrait facilement.

— Los Feliz[44].

Elle but une autre gorgée de son café.

— Plutôt sympa, en effet. Moi j'habite à deux pâtés de maisons du bar.

Vanessa hocha tout juste la tête.

— Je travaille ici, dans les bureaux au-dessus. Et toi, où travailles-tu alors ?

Vanessa secoua la tête.

Je sais, pensa Hayden, elle devrait comprendre le message ; Vanessa n'était pas plus intéressée par elle, qu'elle-même ne l'avait été par Lisa et son rentre-dedans peu subtil.

Pourtant, elle avait remarqué Vanessa regardant ses lèvres, et jetant un autre coup d'œil furtif sur son corps, comme la dernière fois au bar. Bon, ce n'était pas grand-chose, toutefois elle s'y accrochait.

— Et donc… tu fais quoi dans la vie ?

— Rien.

— OK. Tu ne fais rien. Comment vis-tu ? En plus, Los Feliz ce n'est pas donné comme coin.

— Je suis friquée, signala Vanessa d'un ton plat.

Elle commença à se lever.

— Attends, euh, tu n'as pas fini ton café.

— Écoute, tu es chou, mais ce n'est pas un rencard. Je ne risque pas d'être ta *petite amie*. Et crois-moi, c'est bien mieux ainsi.

Hayden soupira.

— Je veux juste discuter. Ce n'est pas un crime, non ?

— Ne le prends pas pour toi.

Vanessa se leva pour de bon et s'en alla.

***

---

[44] Los Feliz est l'un des plus vieux quartiers de Los Angeles, mais aussi l'un des plus aisés. Quartier assez bohème.

Hayden ne pouvait s'empêcher de penser à Vanessa. Elle l'intriguait beaucoup trop. Elle y pensait tellement qu'elle en oubliait presque les commentaires sexistes de ses patrons, et leurs mains baladeuses.

Donc pour une fois, elle ne lâcherait pas l'affaire. Elle souhaitait creuser un peu. Peut-être aimait-elle les challenges conséquents ?

Elle sourit quand elle aperçut Vanessa installée au bar. Elle inspira profondément, laissant sa nervosité de côté avant de s'approcher.

Elle s'assit à sa place habituelle.

— Salut.

Elle ne put s'empêcher de sourire quand Vanessa laissa tomber son front sur le comptoir en la voyant. Avant cela, Hayden l'avait clairement vu la *mater*, toujours brièvement, mais sûrement.

— Il faut que je trouve un nouveau bar, c'est ça ?

— Eh bien, c'est ton bar, mais c'est mon voisinage. Je suis sûre qu'on peut partager.

Vanessa soupira en fixant droit devant elle.

— Pourquoi viens-tu ici tous les soirs si tu ne bois pas ?

— Es-tu toujours aussi agaçante ?

— D'après ma mère, oui.

Vanessa secoua la tête avec un léger sourire. Elle l'observa.

— Sans doute est-ce la raison pour laquelle tu n'as toujours pas trouvé de petite amie.

— Peut-être. Ou peut-être que je n'ai pas encore trouvé de personnes assez intéressantes. J'ai un certain standing.

Vanessa s'étonna de lui sourire une nouvelle fois. Hayden n'en sourit que davantage. Et quel sourire ! ne put s'empêcher de penser Vanessa, si bien qu'elle détourna le regard. Elle n'avait pas eu ce genre de pensées en tête depuis fort longtemps.

— Allez, fais-moi plaisir. Je passe ma journée à me faire tripoter par des hommes condescendants et arrogants. J'ai besoin de me défouler. C'est aussi pour ça que je viens ici. J'ai simplement envie de voir du monde, d'autres têtes, une autre ambiance. Enfin, tu vois de quoi je parle.

— Ouais. Tu devrais leur dire d'aller se faire foutre à ces connards.

— Euh, ouais, mais j'ai quand même besoin de payer le loyer. Et ce boulot de merde paie très bien, j'avoue. De toute façon, il me faudra une reconversion d'ici trois ou quatre ans, probablement. Pas une seule secrétaire n'a plus de trente ans là-bas. De vrais chiens ces mecs. Ils ont un pari en cours de savoir qui va me *sauter*. En premier ! Ils pensent que je ne le sais pas.

Vanessa hocha sobrement la tête, sans commenter.

— Dis-moi en plus sur ton boulot ?

— Je t'ai dit, je–

— Oui, oui, tu n'as pas de boulot. Je ne te crois pas.

Vanessa parut hésiter.

— Pourtant c'est vrai. J'en avais un, j'en ai plus.

— C'était quoi ? Ils t'ont viré ?

— Bon sang ce que t'es fatigante ! lança Vanessa en se levant.

— Je reprendrais cette conversation demain, de toute manière, alors autant la terminer maintenant, non ?

Vanessa se couvrit le visage des deux mains, mais face au regard coquin, type enfantin d'Hayden, elle ne pouvait être réellement fâchée. Hayden savait pourtant qu'elle était allée un peu loin, mais sa petite moue boudeuse était effectivement très craquante.

— J'étais flic. Et oui, on m'a viré. Bon maintenant, ça s'arrête là, je n'ai pas envie d'échanger des trivialités, avec toi ou quiconque. Donc si tu pouvais me laisser un peu tranquille, j'apprécierais.

— Tu as raison. Je te laisse fixer ton verre vide, ça a l'air tellement plus intéressant. Amuse-toi bien.

Hayden se leva et quitta le bar.

Vanessa soupira. Elle regarda sur le côté et vit Sam qui l'observait de loin, avec un large sourire. À la limite de rire.

***

Hayden hésita à revenir au bar les jours suivants. Si près de chez elle, c'était quand même très pratique, et elle s'y sentait bien, mais revoir Vanessa la rendait nerveuse. Elle se sentait étrangement attirée par elle, malheureusement Vanessa s'était montrée claire. En outre, Vanessa avait de toute évidence un passé pesant. Hayden se souvenait du conseil de Sam de ne 'même pas y penser'. Pourtant, elle ne pouvait s'en empêcher. Quelque chose l'interpelait chez Vanessa, bien au-delà de son allure générale.

Elle tenta de ne pas y penser en franchissant la porte du bar ; elle venait pour rencontrer des gens qui lui parlent. Elle tâcherait d'ignorer Vanessa, puisque tel était son souhait.

Vanessa était assise à sa place habituelle. Aucun échange, aucun salut. Hayden aperçut tout de même Vanessa la regarder du coin de l'œil quand elle s'installa.

Une belle femme brune, du nom de Carly, vint commander un verre et Hayden et elles commencèrent à discuter. Carly s'assit entre Vanessa et Hayden. Vanessa les observa. Carly portait une longue robe noire et des talons aiguilles. Hayden aimait beaucoup ses boucles d'oreilles tombantes, effleurant son long cou. Elle appréciait surtout d'avoir une vraie conversation, bien qu'il y eût des regards plus sensuels que d'autres, elles échangèrent sur beaucoup de choses. Elles évoquèrent chacune leur travail respectif, leur ville de naissance, car comme beaucoup d'Angelenos, Carly n'était pas non plus de L.A. à la base.

Carly était belle et intéressante, que pouvait-elle demander de plus ?

Pourtant Hayden continuait de jeter des coups d'œil à Vanessa, d'autant plus qu'elle la voyait les observer assez fréquemment, ce qui la surprenait un peu. Hayden en était presque embêtée pour elle. Dieu ce que Vanessa était déconcertante ! Hayden sentait bien qu'elle plaisait à l'ancienne policière. Elle-même ne pouvait s'empêcher de penser à elle.

— On va danser ? proposa Carly, le visage très près de celui d'Hayden.

Hayden allait parler, mais s'arrêta quand Vanessa se leva et s'en alla sans un mot ni un regard. Hayden soupira et baissa les yeux.

— J'ai dit un truc qu'il ne fallait pas ?

— Non, non pas du tout, Carly.

Dis oui, dis oui, va danser avec elle, se répéta-t-elle intérieurement. Elle voyait que Sam la fixait.

— Je suis désolée. Je dois y aller.

— Attends, reste un peu. On n'est pas obligé de danser, mais… je croyais qu'on avait un bon feeling.

— Oui. Je sais. J'ai passé un bon moment, mais… je n'arrive pas… je ne peux pas. Je suis désolée.

Hayden se leva. Sam secoua la tête négativement en la voyant partir, laissant Carly quelque peu déconcertée.

Hayden ne trouva pas le sommeil cette nuit-là. Peut-être avait-elle simplement eu peur que *ça* arrive enfin ? Elle ne pensait pas que ce soit la raison. Carly était sympathique, belle, intéressante *et* intéressée, malheureusement, Hayden ne parvenait décidément pas à oublier Vanessa. Elle essayait fort, pourtant son esprit y revenait toujours. Maintenant, elle était vraiment sûre que Vanessa s'intéressait à elle d'une certaine manière. Malgré tout, c'est bien avec Carly qu'elle avait discuté. Elle n'aurait pas dû laisser ça s'envoler ainsi. Elle recherchait une connexion de ce genre, soir après soir, depuis un moment, alors pourquoi la gâcher ?

Pourquoi fallait-il qu'elle s'attache aux inaccessibles ? C'était un simple coup de cœur, de toute façon. Elle ne connaissait quasiment rien de Vanessa. Bien sûr, elle fondait sous son regard. Elle était fan de ses cheveux auburn à hauteur d'épaules. Elle était un brin tomboy[45], mais ce mot ne la définissait pas tout à fait. Elle n'avait rien trouvé de mieux, cela dit. En tout cas, elle l'imaginait parfaitement en flic. Elle se demandait si elle était en uniforme ou en civil, elle la voyait mieux en civil. Voilà le genre de choses auxquelles elle songeait toute la nuit, s'interrogeant sur ce qu'il avait bien pu se passer pour qu'elle perde son emploi, envisageant toutes sortes de scénarios.

Elle avait beau se répéter d'arrêter de penser à elle, elle ne réussit pas, et le sommeil lui échappa.

***

Hayden évita le bar quelque temps, tentant de se changer les esprits.

---

[45] Garçon manqué.

En ce dimanche matin, elle se promenait au grand marché aux puces Melrose Trading Post. Elle admirait les différents stands, achetait occasionnellement un vêtement qui lui plaisait tout en écoutant les jeunes talents jouant sur la scène principale vers les camions de nourriture. Elle avait savouré une crêpe en se baladant, elle adorait cet endroit. Elle retint son souffle quand elle aperçut Vanessa à quelques mètres, marchant dans sa direction. L'ex-policière ne l'avait pas vu. Vanessa se figea. Hayden hésita un instant puis s'avança vers elle.

— Ça devient du harcèlement, déclara-t-elle avant que Vanessa ne puisse s'en plaindre elle-même.

L'ébauche d'un sourire dessina les lèvres de la rousse, sans qu'elle s'exprime.

— C'est le destin, non ?

Cette fois, c'est un sourire plein qui s'afficha sur les lèvres de Vanessa. Hayden sourit encore plus de voir Vanessa se pincer la lèvre inférieure en la regardant.

— Passe une bonne journée.

— Attends, Vanessa, euh, comme on va au même endroit, on pourrait peut-être se balader un peu ensemble, non ?

— Euh non, toi en fait tu allais dans ce sens, indiqua Vanessa en pointant du doigt derrière elle.

— Et moi j'allais dans ce sens, poursuivit-elle en désignant le passage derrière Hayden.

Hayden leva un doigt.

— Pas faux, mais j'allais faire demi-tour, car j'ai vu une petite jupe super mimi tout à l'heure et euh, je voulais retourner voir si elle y était toujours.

Vanessa secoua la tête avec un nouveau sourire et un léger regard à la jolie robe bleue qu'Hayden portait, elle s'arrêtait juste au-dessus de ses genoux. Vanessa releva les yeux très vite.

Elle signala à Hayden de continuer de marcher et elles avancèrent côte à côte.

Hayden se décida à parler puisque Vanessa semblait se renfermer de nouveau :

— Tu passes un bon dimanche pour le moment ?

— Ça peut aller.

— Tu viens souvent ici ?

— Des fois.

— Dis-moi en plus sur ton boulot, demanda directement Hayden, changeant d'approche.

Les trivialités ne paraissaient pas le fort de Vanessa.

L'espace d'une minute, elle crut que Vanessa allait la rembarrer et partir. En fin de compte, elle répondit :

— J'adorais ça. Et j'étais très bonne dans ce que je faisais.

— Mais ils t'ont viré.

Le ton d'Hayden ne portait aucune moquerie. Elle cherchait sincèrement à comprendre.

Vanessa inspira profondément.

— Disons que j'étais bonne jusqu'à ce que je devienne mauvaise.

— À cause de l'alcool ?

Vanessa s'arrêta de marcher.

— Écoute, Hayden, je suis désolée d'avoir été si rude la dernière fois. Mais tu n'as rien à attendre de moi. Je ne veux pas parler du passé, et je ne veux sortir avec personne, surtout pas toi.

— C'est blessant.

Vanessa sourit.

— Ce n'est pas le but. Tu es super chou. Je serais tout simplement la pire première petite amie que tu puisses avoir. Tu dois quand même bien t'en rendre compte, non ? Et puis, qu'est-il advenu de la belle brunette de l'autre jour ? Vous deux paraissiez… bien proches.

— Donc… tu étais bien jalouse.

Vanessa regarda le ciel.

— Bon Dieu, mais tu es juste impossible !

Hayden sourit. Vanessa continua de marcher et Hayden la suivit.

— Tu es trop naïve, Hayden.

— Pas du tout. Mais je sais que tu me kiffes.

Vanessa se tint en face d'elle.

— T'es canon, OK ? Je ne vais pas le nier. Et oui, super chou. Mais ça n'arrivera pas, OK ?

Hayden soupira. Vanessa se tourna pour partir et bouscula une brunette qui marchait main dans la main avec une jeune femme aux cheveux blonds.

Hayden constata le choc sur le visage de Vanessa tandis qu'elle les fixait. Hayden regarda le couple. La brunette, une jeune femme d'origine latine, d'une silhouette similaire à celle de Vanessa, portait à peu près les mêmes vêtements, jeans et T-shirts et peu de maquillage. La blonde ressemblait davantage à Hayden, du maquillage subtil, une tenue plus féminine, et des courbes très fines telle celle d'Hayden. Hayden n'eut pas le temps de mieux les détailler, car la latine se jeta sur Vanessa.

— Espèce de salope !

Elle essaya de la frapper, mais Vanessa, en ex-policière l'esquiva aisément et lui bloqua les mains en arrière comme lors d'une arrestation, toutefois, au lieu de ça, elle la repoussa en direction de la blonde. La brunette allait retenter sa chance, quand sa copine la retint.

— Letty. Letty ! s'exclama-t-elle, forçant sa compagne à la regarder.

— Ça suffit.

Letty se calma, mais pointa son doigt en direction de Vanessa.

— Ne t'approche plus jamais d'elle !

La blonde posa sa main sur le bras de Letty et se tourna pour partir quand Vanessa s'avança.

— Sarah, attends !

Les deux femmes s'arrêtèrent. Tout le monde autour d'elles observait la scène.

— Ne prononce même pas son nom !

— Letty !

Sarah fixa Letty du regard et quelque chose sembla passé entre elles. Letty détourna le regard.

— Joder![46] lâcha-t-elle, baissant les yeux au sol, tandis que Sarah se tourna vers Vanessa.

— Je suis désolée. Je suis vraiment désolée.

Sarah ne bougea pas.

— Je suis désolée, répéta Vanessa.

— Merci, déclara Sarah avec un léger hochement de tête. Letty enroula son bras autour des épaules de Sarah en s'en allant.

Vanessa passa ses mains dans ses cheveux en inspirant profondément pour se calmer. Hayden se rapprocha.

— Est-ce que ça va ?

— Rentre chez toi, Hayden !

Vanessa partit dans l'autre direction. Hayden la rattrapa.

— Attends, c'était quoi, ça ?

— Putain, Hayden, lâche-moi la grappe ! On a fini de jouer là. Je ne sortirais pas avec toi, alors lâche-moi.

Hayden enveloppa le bras de Vanessa de sa main pour la retenir.

— Franchement, je n'y pense même pas. Je veux juste que tu me parles, tu es super mal là, je le vois bien.

— Très bien, tu veux savoir, parfait, là au moins je suis sûre que tu te me foutras la paix.

— OK, mais il faut que tu te calmes d'abord. On va se mettre là-bas vers la scène centrale et on va se prendre un truc à boire. On s'assoit, que tu redescendes en pression, OK ?

— Peu importe.

Elles s'installèrent à une table et Hayden alla leur chercher deux Coca-Cola. Vanessa fixait sa canette, mais semblait ailleurs.

Hayden resta calme un moment, s'assurant que Vanessa ait repris ses esprits avant de la questionner :

— Qui étaient-ce ?

Vanessa sourit douloureusement.

— Sarah, la blonde, était le témoin clé d'une affaire sur laquelle je bossais, celle pour laquelle j'ai été viré. L'autre, Letty, devrait être en prison à l'heure actuelle.

Vanessa secoua la tête avec un soupir.

---

[46] ESP : Putain !

— Je n'arrive pas à croire qu'elles soient toujours ensemble. C'est bien pour elles, je suppose.

— Que s'est-il passé ?

— Johnson et moi. Greg Johnson, c'était mon partenaire. On bossait constamment infiltrés sous couverture, style 21 Jump Street à cause de nos looks.

— Pourquoi ? Quel âge as-tu, au fait ?

— J'ai trente-trois ans.

— Oh, OK, je croyais que tu avais vingt-sept ou vingt-huit.

— L'histoire de ma vie, lâcha amèrement Vanessa avant de poursuivre : J'ai enquêté undercover dans les lycées jusqu'à presque vingt-trois ans, puis les universités. On nous mit à disposition du FBI. Ils voulaient la tête d'un grand guru activiste animalier et environnemental. Il venait d'entrer en contact avec un petit groupe d'activistes locaux. Johnson devait assembler des preuves, photographiques essentiellement, de leurs contacts. Le leader du groupe, c'est-à-dire Letty, s'est rapproché de Sarah Weisman, fille d'un scientifique de renommée mondiale, directeur du labo des sciences à l'USC. Je devais donc, à mon tour, me rapprocher de Sarah. Seulement, Letty s'est rapprochée d'elle plus que de raison, si tu vois ce que je veux dire.

Vanessa fixa son coca quelques instants.

— Tu buvais déjà à l'époque ?

— Oui. Johnson me couvrait chaque fois, il me ramenait chez moi quand j'étais trop bourrée pour rentrer au poste. Mon travail commençait à s'en ressentir, mais j'arrivais quand même à donner le change ; des années d'expérience.

— Et que s'est-il passé, du coup ?

— Crois-moi, tu n'as vraiment pas envie de le savoir.

— Si. J'en ai besoin.

Vanessa agita la tête.

— Je t'aurais prévenu. Ils ont saccagé le labo du père et volé tous les animaux, ou *secouru* les animaux, selon le point de vue. Quand c'est arrivé et que Sarah a compris que Letty l'avait trahie, nous de notre côté on n'avait rien pour les incriminer finalement. Ils étaient très bien préparés. Il ne nous restait que Sarah. Je suis allée la voir, bouteille de whisky, tequila et bières en main. Elle était dans un état désespéré comme tu peux l'imaginer, et se bourrer la gueule était juste ce dont elle avait besoin pour fuir son petit cœur brisé.

— Tu l'as saoulé ?

— Elle était bien déchirée, ouais. Elle n'avait pas l'habitude de boire. J'étais bien allumée aussi. Je désirais tellement cette info. Je voulais qu'elle la balance et boucler cette enquête à tout prix. On a bu et on a bu, mais elle n'en disait pas plus, et plus on buvait, plus cette affaire m'échappait, et tout ce qu'il me restait était cette beauté si près de moi. Toute vulnérable et ouais, si belle.

Vanessa détourna le regard, passant une main dans ses cheveux. Hayden avait presque peur de demander.

— Qu'est-ce qu'il s'est passé ?

— Je l'ai violé, annonça Vanessa sans ménagement.

Hayden ouvrit la bouche. Elle paraissait figée. Vanessa se leva et Hayden réagit enfin. Elle la retint par le bras.

— Attends, attends, attends.

— Pourquoi ?

— Tu ne peux pas lâcher cette bombe et t'en aller comme ça.

— Il n'y a rien d'autre à dire. Sarah a fourni à Letty le parfait alibi et c'était terminé. Il y a eu une enquête interne et pour une fois, Greg ne m'a pas couvert, et je l'en remercie. Et pour moi, c'était fini.

Hayden secoua la tête, tâchant de digérer tout cela au plus vite.

— Mais que s'est-il passé, vraiment ?

— Je viens de te le dire.

— Dis-moi en plus.

Vanessa s'assit et avança la chaise d'Hayden près de la sienne d'un mouvement sec, leurs visages se trouvant proches l'un de l'autre.

— Tu veux me chercher une excuse, une justification ? Je l'ai fait pendant un moment, me mentant à moi-même et c'était facile comme j'étais bourrée du matin au soir. Puis je suis allée en désintox, et une fois sobre, j'ai compris qu'il n'y en avait aucune. Ni excuse ni justification alors n'en cherche pas.

Hayden avait les larmes aux yeux.

— Ça y est, tu sors enfin de ta petite bulle ?

— Je…

— Tu te sentirais mieux si je te disais qu'elle était toujours consciente quand j'ai commencé ? J'ai fourré ma tête entre ses jambes avant même qu'elle n'ait le temps de dire ouf. Et ça te rassure si je te dis que je l'ai fait jouir, hein ? Et je ne me suis pas arrêtée. J'ai joui contre sa cuisse en la pénétrant alors qu'elle était inconsciente depuis un moment. C'est ça que tu veux savoir ?

— Arrête.

Hayden essuyait les larmes qui coulaient sur ses joues.

— Des cas comme ça, j'en voyais tous les jours au poste. Un peu trop d'alcool et une fille qui se réveille nue le lendemain sans savoir ce qui lui était arrivé. Tous les jours, Hayden. Elle n'aurait jamais couché avec moi si je ne lui avais pas bourré la gueule. J'étais un représentant des forces de l'ordre, j'avais un devoir, et du pouvoir sur elle, et j'en ai abusé. J'ai bafoué tout ce que ce badge représentait. Je ne méritais plus de le porter.

Vanessa lui prit le menton pour la forcer à la regarder droit dans les yeux.

— Tu t'es fixée sur la mauvaise personne. Maintenant au moins, tu le sais.

Vanessa relâcha son visage et se leva pour s'en aller. Hayden put de nouveau respirer. Elle prit sa tête dans ses mains et pleura pour de bon.

***

16

Hayden se sentit déprimée toute la semaine. Elle rentrait chez elle dès sa sortie du travail et passait ses soirées à réfléchir et retourner ces informations dans sa tête. Elle essayait parfois de se détendre en regardant la télévision ou lisant un livre. Mais elle devenait de plus en plus agitée et ne parvenait pas à chasser cette histoire de son esprit. Les confessions de Vanessa étaient terribles. Et pourtant, elle n'arrivait pas à ne plus penser à elle. Elle ne savait pas comment faire pour l'oublier, et encore plus pour oublier les sentiments qui pointaient le bout du nez malgré tout cela.

Un soir, elle sortit parce qu'elle n'en pouvait plus, elle alla dans un autre bar. Elle avait vraiment besoin d'un verre, mais elle ne pouvait pas risquer de se retrouver face à Vanessa pour le moment. Elle ignorait ce qu'elle ressentirait de la voir, ou encore ce qu'elle lui dirait. Elle était tellement confuse. L'éviter était sans doute la meilleure option pour l'instant. Un verre se transforma rapidement en deux puis trois. Malheureusement, Vanessa restait perpétuellement dans ses pensées. Elle but un quatrième verre qui lui donna le booste qui lui manquait pour agir à ce propos.

Vanessa se trouvait sur son tabouret habituel. Hayden sentit son pouls accélérer en s'approchant.

Elle s'assit directement à côté d'elle, cette fois-ci.

— Salut.

Vanessa ne bougea pas.

— On peut parler ?

— Je n'ai rien à dire.

Vanessa continuait de fixer droit devant elle.

— S'il te plait, plaida Hayden, posant sa main délicatement sur le bras de Vanessa.

Vanessa l'observa, son regard comme souvent plongea le long du corps d'Hayden, plus longtemps que l'ex-policière l'aurait souhaité. Hayden portait un chemisier blanc transparent avec un soutien-gorge rouge, et une jupe ample. Elle n'avait pas prévu d'aller voir Vanessa en sortant de l'appartement et s'était habillée de manière plutôt séduisante, sans que ce soit ouvertement sexy. Mais une femme de sa beauté attirait rapidement les regards, de toute façon.

— Je ne peux pas m'empêcher de penser à toi.

Vanessa leva la main à la joue d'Hayden et traça les contours de sa lèvre inférieure avec son pouce.

— Je suis désolée, déclara Vanessa qui se leva.

— Ne viens plus ici. Si tu le fais ; c'est moi qui ne viendrais plus.

Vanessa s'en alla. Hayden secoua la tête, se passant une main dans les cheveux avant de se dépêcher de sortir.

Elle la rattrapa à l'extérieur du bar.

— Vanessa, attends !

Vanessa leva les mains au ciel.

— Bon sang, mais t'es pire qu'une sangsue !

Les mains d'Hayden se posèrent sur les bras de Vanessa.

— Je sais que je te plais. Et tu me plais vraiment.

— Moi ce que je sais, où que je sens, plutôt, c'est que tu as attaqué la soirée un peu tôt, Hayden, alors tu vas rentrer cuver chez toi.

— Je suis loin d'être saoule. J'avais juste besoin d'un peu de courage.

— Tu vois ; il te faut du courage pour venir me parler. Ça ne te parait pas mal barré ?

— Non, j'avais besoin de courage pour faire ça.

Hayden l'embrassa. Au lieu de la repousser, Vanessa la pressa contre elle tandis que le baiser s'approfondit. Elle prit le contrôle du baiser en avançant jusqu'à ce que le dos d'Hayden se cale contre une voiture garée. La puissance qui émanait de Vanessa quand elle se pressa contre Hayden lui coupa le souffle. Vanessa explorait sa bouche comme personne auparavant, pas qu'elle ait embrassé beaucoup de monde. Elle n'avait eu que trois petits amis et n'avait couché qu'avec deux. Rien de comparable avec ce qu'elle vivait actuellement. Elle n'avait jamais ressenti quelque chose de si fort. Les baisers de Vanessa la prenaient au ventre et l'emportaient tel un tourbillon.

Vanessa l'embrassa dans le cou. Hayden avait du mal à calmer sa respiration. Vanessa s'arrêta, sa tête calée au chaud dans le cou d'Hayden. Elle essayait de se contenir ; elle n'avait pas tenu une femme dans ses bras depuis quatre ans. Et Hayden était terriblement tentante.

— C'est une très mauvaise idée, susurra-t-elle dans son cou.

Hayden la força à la regarder. Ce gris vert dans ces yeux brillait de mille feux et Vanessa sentit son cœur chavirer, elle la serra plus fort au lieu de la rejeter.

Hayden réussit à reprendre son souffle suffisamment pour murmurer :

— Viens chez moi. J'habite à deux pâtés de maisons.

Vanessa ferma les yeux, elle essayait de refuser sans y parvenir, tandis qu'Hayden lui prit la main pour la guider en direction de son bâtiment.

Elles entrèrent tranquillement dans l'appartement. Vanessa lui effleura le côté du visage quand elle vit Hayden se tenir de façon un peu maladroite au milieu de son salon. Hayden se ressaisit et l'embrassa. Elle ne voulait pas que Vanessa la considère de nouveau comme une jeune femme trop naïve ou hésitant d'une quelconque manière. Elle désirait Vanessa, elle désirait ce qui allait se passer. Elle éprouvait bien évidemment une certaine appréhension, mais elle ne souhaitait pas le montrer.

Vanessa le devinait parfaitement, de toute manière. Elle lui caressa le cou avant de descendre le long de son corps, sur le côté, jusqu'à laisser sa main sur sa hanche. Elles s'embrassèrent encore quand Vanessa la remonta sur le ventre d'Hayden, soulevant son chemisier pour se poser délicatement sur ses seins. Hayden ferma les yeux. Vanessa lui embrassa le cou et commença à déboutonner le chemisier. Elle se baissa pour embrasser les seins d'Hayden par-dessus son soutien-gorge, tandis qu'Hayden inséra ses doigts dans la chevelure de Vanessa.

Vanessa se redressa pour embrasser les fines lèvres d'Hayden une fois de plus. Les mains d'Hayden glissèrent sur la poitrine de Vanessa pour écarter sa veste qu'elle lui ôta. Elle s'attaqua au T-shirt à manche longue de Vanessa. L'ex-policière la stoppa aussitôt et lui prit gentiment les poignets, lui bloquant les mains le long du corps, tandis qu'elle descendait elle-même le long de ce corps de rêve.

Hayden laissa sa tête tomber en arrière quand Vanessa lui embrassa le ventre, déposant des baisers et trainant sa langue chaude ici et là. Hayden sentit ses mamelons se durcir. La main de Vanessa se promena de son genou à l'intérieur de sa cuisse. Hayden inspira par à-coup au moment où les doigts de la rousse touchèrent son entrejambe. Vanessa glissa sa main sur l'intimité humide d'Hayden par le côté de sa culotte et commença à la caresser. Hayden tentait de garder sa respiration stable, autant que possible, mais le désir montait en elle.

Vanessa retira sa main et abaissa la petite culotte au sol. Elle se releva et ôta le soutien-gorge d'Hayden, ne perdant pas de temps à prendre un téton durci entre ses lèvres. Hayden cria légèrement. Les mains de la jeune femme se promenèrent sur le corps de Vanessa, notamment son T-shirt qu'elle voulut une nouvelle fois ôter. Là encore, Vanessa l'en empêcha. Au lieu de ça, elle la força à reculer jusqu'à ce qu'Hayden soit assise sur le bras du canapé. Vanessa s'accroupit, levant la jupe d'Hayden. Hayden agrippa les cheveux de Vanessa quand elle se mit à la lécher.

Vanessa lui attrapa les cuisses pour l'approcher plus près.

— Bon Dieu !

Hayden se cramponna au dos du canapé. Sa respiration résonnait dans toute la pièce. Vanessa la sentait au bord du précipice. Elle s'arrêta de la lécher et glissa un doigt en elle. Hayden se mit à gémir, ses hanches suivant le mouvement des pénétrations de Vanessa. Vanessa lui effleura le clitoris avec le pouce.

— Vanessa, murmura Hayden.

Hayden se mordit la main. Vanessa accéléra ses pénétrations et Hayden cria quand son orgasme la saisit.

Vanessa remonta subtilement le long du corps d'Hayden, caressant son sein droit de sa main, tandis que sa bouche s'occupait du gauche ; puis elle alterna. Elle se redressa pour embrasser les lèvres d'Hayden alors que la jeune femme peinait à retrouver son souffle, et ses esprits.

Vanessa la leva facilement pour l'allonger correctement sur le canapé. Elle lui ôta sa jupe et Hayden se tenait, nue, sous son regard. Vanessa, elle, portait encore tous ses vêtements sauf sa veste. Vanessa se lécha les lèvres en se délectant de cette vue. Elle promena ses mains le long de ce corps et se mit sur elle, sans jamais que son corps ne touche complètement celui de la jeune femme. Hayden posa ses mains sur la ceinture du jean de Vanessa, commençant à l'ouvrir, toutefois Vanessa la stoppa, forçant les bras d'Hayden au-dessus de sa tête.

— S'il te plait, plaida Hayden.

Vanessa l'embrassa pour toute réponse. Elle l'embrassa sur les lèvres pendant un long moment avant de descendre le long de son cou. Elle s'occupa ensuite longuement de ses seins. Les mains d'Hayden avaient glissé sur les épaules de Vanessa, sous son T-shirt. Vanessa continuait de s'abaisser le long du corps d'Hayden, très lentement, délicatement. Elle embrassa et lécha l'intérieur de ses cuisses et s'agenouilla sur le canapé, écartant les jambes d'Hayden pour se tenir au milieu. Elle leva l'une de ses jambes et embrassa sa cheville puis descendit son visage au niveau du mollet qu'elle lécha également. Vanessa se pencha de nouveau pour embrasser l'intérieur des cuisses d'Hayden. Hayden frissonna de sentir le souffle de Vanessa entre ses jambes, mais Vanessa ne déposa qu'un doux baiser sur son petit bout de nerf sensible avant de se relever.

Une fois de plus, elle se tenait au-dessus d'Hayden, sans que leur corps se touche. Vanessa se tenait sur un bras, tandis que sa main libre glissait le long du corps d'Hayden. Elle se pencha pour un baiser ardent. Elle l'embrassa jusqu'à ce que la respiration d'Hayden se soit apaisée, bien qu'elle continuât de trembler à chacune des caresses de Vanessa sur son corps. Vanessa s'agenouilla de nouveau sur le canapé, levant les jambes d'Hayden à ses épaules. Elle glissa un doigt en elle. Hayden s'arqua contre elle. Vanessa la pénétra un long moment de cette manière, doucement, évitant soigneusement son clitoris, l'emplissant simplement. Elle accélérait le rythme puis décélérait, admirant le corps d'Hayden se contorsionnant, ses hanches se levant, son ventre, ses cuisses, la tension de son corps. Elle la *tortura* ainsi longuement avant de se pencher pour l'embrasser. Hayden inspira d'un coup sec quand la paume de Vanessa toucha enfin son point sensible. Vanessa commença à l'emplir plus fortement tout en pressant sa paume plus fort à chaque pénétration.

— Oh putain !

Hayden enveloppa ses jambes autour de la taille de Vanessa. Elle essayait de l'attraper pour l'approcher plus près, mais Vanessa restait au-dessus d'elle, toujours sur une main, le bras tendu, la gardant à distance. Hayden s'accrocha à son bras, bougeant son bassin très fort à la rencontre de la main de Vanessa. Vanessa accéléra encore le mouvement de sa main jusqu'à ce qu'Hayden gémisse vocalement son orgasme. Elle était à bout de souffle et son corps devint de la guimauve, elle ne bougea plus pendant un petit moment. Vanessa se pencha pour embrasser ses fines lèvres, puis son cou.

Les yeux d'Hayden étaient toujours clos alors qu'elle attrapa le T-shirt de Vanessa, souhaitant le retirer une fois de plus.

— Ssh.

Vanessa l'embrassa, son doigt encore en elle, elle la pénétra de nouveau, très légèrement. Hayden gémit et ancra ses ongles dans le bras de Vanessa, oubliant le T-shirt. Vanessa glissa en elle quelquefois de plus.

— Ferme tes yeux.

— Vanessa, murmura Hayden en retour.

Vanessa l'embrassa dans le cou, s'insinuant lentement à l'intérieur puis à l'extérieur de sa moiteur avant de retirer son doigt et l'amener à sa bouche pour le lécher. Elle observa Hayden qui luttait pour ouvrir ses yeux.

— Ferme tes yeux, lui répéta-t-elle.

La respiration d'Hayden retrouva un rythme plus régulier. Vanessa finit de se lécher le doigt et attendit que la respiration d'Hayden se stabilise complètement. Elle savait que le sexe, ajouté à l'alcool ingéré par Hayden en début de soirée, l'enverrait aussitôt dans un long sommeil.

Vanessa se recula du sofa et s'assit sur le bras de celui-ci. Elle se pencha et prit sa tête entre ses mains. Au bout d'un moment, elle contempla le corps nu d'Hayden. Forcément, les pensées de la dernière fois qu'elle avait laissé une jolie blonde nue sur un canapé la rattrapèrent et elle se leva. Comme elle l'avait fait pour Sarah ce jour-là, elle chercha une couverture pour couvrir Hayden. Elle ramassa ensuite sa veste et s'en alla.

***

Hayden s'étira dans le canapé. Il lui fallut un court instant pour ouvrir les yeux. Elle les plissa un peu. Elle avait un léger mal de tête, mais rien d'exceptionnel. Elle inspira profondément, se souvenant parfaitement de la nuit passée à la sensation de la fine couverture sur son corps nu. Elle regarda autour d'elle, Vanessa n'était pas là. Hayden se leva, s'enveloppant de la couverture, elle chercha quelques instants, mais il n'y avait pas de note. Il n'y avait rien.

Elle ne savait pas trop quoi penser de la nuit passée. C'était beau et triste à la fois. Ça la laissait dans un état d'euphorie et d'amertume également. Euphorie, car elle l'avait sentie dans tout son être ; Vanessa était celle qu'elle voulait, celle qu'elle désirait. C'était elle. Et d'amertume parce que l'ex-détective ne la laissait toujours pas pénétrer ces murs qu'elle avait bâtis autour d'elle. Et cela faisait mal. Elle avait mal pour Vanessa, et elle souffrait elle-même. La nuit passée avait un goût d'inachevé.

Pour l'instant, elle devait se dépêcher et se sortir tout ceci de la tête, vu qu'elle était déjà bien en retard pour le travail. Elle se doucha, s'habilla rapidement et alla prendre le métro qui l'emmena dans le centre-ville.

***

Hayden avait besoin d'un peu de temps pour y réfléchir, c'est la raison pour laquelle elle resta chez elle ce soir-là. Elle ne résista pas longtemps et retourna au bar le lendemain, elle avait trop besoin de voir Vanessa. Elle s'assit à côté d'elle.

Elles restèrent silencieuses quelques instants.

— Pourquoi es-tu partie ainsi ?

21

— Je n'avais rien à faire là-bas.

— J'aurais… j'aurais bien aimé que tu t'allonges auprès de moi.

— Je sais. Mais je ne serais jamais cela pour toi, Hayden. Avant qu'Hayden puisse dire quoi que ce soit, Vanessa ajouta :

— J'ai simplement fait sauter le bouchon, Hayden. La pression est retombée et maintenant tu peux avancer. Tu vas rencontrer des gens qui te rendront heureuse. Moi je ne t'apporterais rien de bien.

— Ce n'est pas parce que je ne suis jamais sortie avec une fille que j'avais la pression, ou que je voulais simplement coucher avec n'importe qui, juste pour le faire.

— Bien sûr qu'il y a de la pression, comme toutes les premières fois.

— Je sais ce que je voulais, et je le veux toujours.

— L'autre soir, c'était une parenthèse, bichette, ça ne se reproduira pas. Tu peux faire bien mieux, crois-moi.

— Je peux peut-être en juger moi-même, non ?

— Tu le peux, mais moi aussi j'ai mon mot à dire. Et je dis non. Respecte mon choix, s'il te plait.

Hayden expira. Vanessa fixa de nouveau les étagères à verre en face d'elle. Hayden ouvrit la bouche, mais la referma aussitôt. Elle inspira fort et s'en alla. Vanessa passa une main à travers ses cheveux.

— Es-tu bien sûre de toi ?

Le commentaire de Sam surprit Vanessa.

Sam n'avait jamais vu Vanessa s'intéresser, et encore moins discuter, avec qui que ce soit, du moins depuis qu'elle était sobre. Avant d'aller en centre de désintoxication, elle quittait le bar avec une fille différente quasiment chaque soir.

— Beaucoup de monde la drague, tu sais. Pas étonnant quand on la voit. Si tu ne fais rien, il y en a forcément une qui te la piquera.

— Ouais bah, elle pourrait se dépêcher.

Sam sourit faiblement.

— Je vais me répéter, mais es-tu bien sûre de toi ?

— Positive.

Sam secoua la tête.

— C'est dommage, elle avait l'air de vraiment craquer pour toi… Et j'avais bien l'impression que c'était réciproque.

Vanessa inspira profondément.

— Ouais…

Vanessa resta un moment puis s'en alla.

***

Hayden entra dans le commissariat du sud-ouest, regardant à gauche à droite. Les téléphones sonnaient, il y avait beaucoup d'effervescences et

22

d'agents en uniformes qui passaient devant elle. Elle s'approcha du bureau d'accueil. L'officier raccrocha et se concentra sur elle.

— Bonjour, puis-je vous être utile, mademoiselle ?

— Oui, bonjour. Euh, pourrais-je parler au détective Greg Johnson ? J'ai entendu dire qu'il travaillait ici.

— Puis-je avoir votre nom ? C'est pour une enquête ou d'ordre personnel ?

— Hayden Blake. Il ne me connait pas, mais c'est personnel.

— Très bien, je vais voir s'il est présent.

L'officier reprit le téléphone. Il raccrocha quelques instants plus tard.

— Il va venir. Vous pouvez l'attendre par ici.

Il pointa du doigt un banc métallique sur le côté. Un jeune homme y était assis, menotté à celui-ci. Elle s'installa à l'opposé et patienta.

Cinq minutes plus tard, un homme d'une trentaine d'années, en jean et sweatshirt bleu marine, arriva d'une porte au fond du couloir de droite et s'approcha du bureau d'accueil. L'agent pointa Hayden du doigt.

Elle se leva. Le détective s'avança vers elle, la détaillant brièvement de haut en bas, mais elle y était habituée.

— Bonjour. Détective Johnson ?

— C'est bien moi. Que puis-je faire pour vous ?

— Euh, c'est à propos de Vanessa.

— Holtz ?

Hayden se rendit compte qu'elle ne connaissait même pas le nom de famille de Vanessa.

— Euh oui.

— Elle va bien ?

Hayden entendit l'appréhension dans sa voix.

— Oui.

Il y avait beaucoup de bruits et de passages autour d'eux.

Constatant sa gêne, le détective ouvrit une porte sur la gauche, lui signalant de le suivre. Lui non plus ne souhaitait pas parler de son ex-partenaire devant tout le commissariat.

— Merci.

Il s'assit sur le bord de la table au milieu de la pièce. Il lui indiqua la chaise, toutefois elle choisit de rester debout plutôt que de s'installer en ayant l'impression d'être interrogée pour une affaire criminelle.

— De quoi s'agit-il ? Comment va-t-elle ?

— Elle va bien. Elle est sobre depuis quatre ans.

— Ça, c'est une bonne nouvelle ; mais j'imagine que vous n'êtes pas là pour me parler de ça ?

— Pas exactement non, euh, c'est à propos de la dernière enquête sur laquelle vous avez travaillé ensemble.

— Le cas Weisman/Rodriguez ?

Comment pourrait-il l'oublier, cette enquête l'avait hanté, n'ayant jamais su s'il avait pris la bonne décision pour sa partenaire.

— Oui. Rodriguez, c'est le nom de famille de Letty, n'est-ce pas ?

Il hocha la tête.

— Écoutez, je ne sais pas si vous avez le droit de donner ces informations, mais j'aurai vraiment besoin d'avoir leur adresse. J'ai trouvé celle des parents de Sarah à Glendale, mais je ne peux pas franchement me pointer chez eux pour leur demander.

— Je ne peux pas divulguer cette info malheureusement, c'est dans le dossier et le public n'y a pas accès. Avez-vous essayé internet et l'annuaire téléphonique ?

— Impossible de les trouver et c'est vraiment très important que j'y parvienne.

Il se retourna pour observer à travers les vitres puis de nouveau vers elle.

— Je ne vais pas pouvoir vous aider, désolé.

Hayden baissa les yeux sur la table avec un soupir. Elle le regarda à nouveau.

— Par contre, auriez-vous l'adresse de Vanessa ?

Il fronça les sourcils.

— Si je comprends bien, vous êtes son amie, mais ne connaissez pas son adresse ?

— Je vais être honnête, elle n'y met pas du sien pour se faire des amis. Mais j'essaie dur.

Il frotta son petit bouc.

— Comment m'avez-vous trouvé, d'ailleurs ?

— Comme j'ai dit ; j'essaie dur.

Il sourit et attrapa un post-it.

— OK, je vous donne l'adresse de Holtz ; la dernière en date, en tout cas.

— Merci.

Il écrivit et, après un autre regard à travers la vitre, il ajouta quelque chose sur le post-it avant de lui tendre. Elle l'examina. En dessous de l'adresse de Vanessa à Los Feliz, était inscrit 'Avenue Montana, copro, bâtiment jaune, troisième étage.' Cette enquête l'avait effectivement marquée et il n'avait pas besoin de parcourir le dossier pour retrouver certains détails.

Elle le fixa avec un large sourire.

— Merci, répéta-t-elle, encore plus touchée.

— Souvenez-vous ; dernières adresses connues.

Elle se tourna pour partir, mais le regarda une dernière fois.

— Elle ne vous en veut pas, vous savez. Au contraire, elle vous en remercie.

Il hocha la tête.

— Saluez-là de ma part.

Elle sourit et quitta la pièce.

***

Hayden chercha parmi les copropriétés le long de l'avenue Montana. Bien davantage de maisons l'encadraient que de groupe d'appartements, par conséquent elle n'eut pas *trop* de mal à repérer le bâtiment jaune, il se démarquait. Les noms des filles étaient bien indiqués sur l'une des boites aux lettres donc elle fut soulagée qu'elles y habitent encore. En fin de compte, elle les avait trouvées plus facilement qu'elle n'avait trouvé le détective Johnson. Il s'était écoulé une semaine entre sa présence ici et le début de ses recherches. En tout cas, ceci lui avait occupé l'esprit et avait retenu son besoin d'aller voir Vanessa chaque soir au bar. Ces recherches n'aideraient sans doute pas son histoire avec Vanessa, mais peut-être que ça apporterait un certain apaisement à Vanessa. Hayden l'espérait grandement.

À présent, ne lui restait plus qu'à monter au troisième étage et... improviser.

Et la voilà qui se tenait devant leur porte. Elle entendait des bruits d'ustensiles, c'était l'heure du dîner, réalisa-t-elle. Maintenant qu'elle était là, elle n'allait pas repartir ni se dégonfler, elle frappa.

Des pas se rapprochèrent et la porte s'ouvrit. Elle aurait préféré tomber sur Sarah, car le regard de Letty se durcit instantanément en la voyant.

— Bonsoir.

— Qu'est-ce que tu veux ?

— Euh, pourrais-je parler à Sarah, s'il te plait ?

— Elle n'est pas là.

— C'est qui ? demanda Sarah.

Letty leva les yeux au ciel. Sarah se rapprocha, son bras effleurant la taille de Letty.

— Oh.

Sarah croisa finalement ses bras autour de sa poitrine.

— Salut, glissa Hayden tout bas.

— Euh, salut. Tu es la copine de Vanessa ?

— Hum, non. On ne sort pas ensemble. Mais j'aimerais bien.

Sarah acquiesça poliment.

— Et ? s'impatienta Letty.

— Euh, elle est sobre depuis quatre ans. Elle était alcoolique, à l'évidence.

— On s'en tape de ça.

— Letty, s'il te plait, repart à la cuisine, ça brûle.

Letty soupira.

— Comme tu veux.

Sarah se tourna vers Hayden.

— C'est une bonne chose pour elle, mais je ne vois pas trop le rapport avec moi.

— Elle n'est plus flic. Et la désintox, c'est la seule chose de bien qu'elle ait faite depuis toi.

Sarah fronça les sourcils, alors Hayden ajouta :

— Elle n'avance pas dans sa vie. Elle n'arrive pas à oublier… ce qu'il s'est passé entre vous.

Sarah serra ses bras autour d'elle encore plus fort avant de les laisser retomber.

— C'est du passé maintenant. J'ai oublié tout ça depuis longtemps. Carrément oublié. Je ne pense même pas à elle.

— Mais elle, elle pense à toi. Elle ne se pardonne pas et c'est comme si elle était sortie de sa vie, d'une certaine manière. Elle s'est arrêtée là. Elle est bloquée sur ce jour, et ce qu'il en a découlé, et ça fait mal de voir ça.

— Écoute, je suis désolée, mais je ne peux rien y faire.

— Tu pourrais peut-être lui parler ?

— Mon cul, oui !

Sarah soupira à l'exclamation de Letty qui ne manquait rien de la conversation, même de la cuisine. Sarah se reconcentra sur Hayden.

— Je suis désolée, mais ce n'est pas mon rôle. Tu lui diras que je vais bien, qu'elle ne m'a pas affectée plus que ça, si ça peut l'aider. J'espère sincèrement que ça sera le cas, mais je ne peux pas t'aider autrement.

— S'il te plait.

Sarah ferma les yeux brièvement, puis hocha la tête négativement.

— Je suis désolée.

Sarah se recula pour refermer la porte. Elle s'appuya contre celle-ci. Letty arriva et glissa ses mains par-derrière pour l'envelopper de ses bras.

— Ça va, bébé ?

Sarah secoua la tête une fois encore.

— N'y pense plus, bébé.

Cette histoire ne ravivait pas de bons souvenirs. Ce n'était pas exactement l'apogée de sa relation avec Sarah. Sans doute était-ce la raison de ses réactions virulentes.

Elles entendirent un petit bruit et baissèrent la tête ; un bout de papier apparu par dessous la porte. Sarah le ramassa. Elle l'ouvrit en se tournant dans les bras de sa partenaire. Une adresse était inscrite dessus. Letty secoua la tête et lui prit le papier des mains, néanmoins Sarah le reprit.

— Tu ne lui dois rien, Sar.

— Je ne sais pas… Je veux juste y penser.

— Pourquoi donc ?

— Parce que je t'ai pardonné !

Letty baissa les yeux ; tenant toujours Sarah par la taille.

— Après ce que tu as fait ; je t'ai pardonné.

Elles se regardèrent un long moment avant de s'étreindre. Letty laissa tomber sa tête dans le creux du cou de Sarah. Sarah posa sa main sur l'arrière de la tête de Letty.

***

26

Hayden servait du café dans plusieurs tasses. Le courtier dont elle était la secrétaire se tenait à ses côtés et lui rebattait les oreilles à propos d'une soirée cocktail qu'il organisait et dans laquelle il espérait *conclure*. Hayden savait parfaitement comment ces soirées-là se terminaient, et ce qu'ils attendaient de leurs secrétaires, la plupart du temps.

— Désolée, mais j'ai déjà un truc de prévu ce soir-là.

— C'est vraiment dommage, glissa-t-il en se penchant au-dessus d'elle, prétextant d'attraper le sucre. Elle le vit du coin de l'œil sourire à ses collègues. Elle se déplaça un peu et sentit sa main sur sa hanche, à moitié sur ses fesses.

Loin d'être la première fois, ce geste s'avéra celui de trop et elle ne se contrôla pas. Elle lui jeta une tasse de café sur son costume Dolce & Gabbana à deux mille dollars.

— Qu'est-ce qui te prend, ma belle ? demanda-t-il avec un sourire arrogant, tout en essayant de se nettoyer.

— Je ne viendrais pas à votre soirée de merde. Et je ne coucherais pas avec vous, parce que vous savez quoi ? annonça-t-elle suffisamment fort pour que toute la pièce l'entende.

— Je suis gay ! Je suis une putain de lesbienne et aucun d'entre vous ne va me *sauter* !

Elle commença à s'en aller.

— Vous pouvez me virer pour ce que ça me fait !

***

Vanessa marchait en long et en large dans sa belle petite maison sur les hauteurs de Los Feliz. Elle avait effectué nombre d'exercices de musculation et de fitness, pendant plusieurs heures, dans sa chambre d'amie transformée en salle de musculation, pourtant rien n'y faisait. Une agitation la saisissait au ventre. Elle ne parvenait pas à s'en défaire. Elle avait passé la fin de journée à courir le long de la promenade de Santa Monica sans que cela aide non plus. Elle n'était pas retournée au bar, car elle ne savait pas quoi faire, et d'Hayden, et de ses bouteilles d'alcool qui l'appelaient de plus en plus fort. Ces temps-ci, cette envie de boire qui ne s'en allait jamais réellement s'accroissait. Elle tâchait de rester occupée, mais trop de choses lui revenaient en tête et se bousculaient dans son esprit. Elle n'arrivait plus à tout gérer, tout compartimenter.

Elle se laissa tomber sur son canapé, essayant de chasser toutes ces pensées ; du souvenir de la chaleur du liquide qui lui brûlait la gorge, gorgée après gorgée, au goût d'Hayden quand elle jouit dans sa bouche, à la silhouette d'une Sarah inconsciente sur ce canapé. Elle prit sa tête dans sa main ; son cerveau était au bord de l'implosion. Il lui fallait absolument arrêter de cogiter là-dessus. Elle se leva et se dirigea vers l'évier de la cuisine ; elle s'accroupit et ouvrit le placard du dessous, poussant les produits ménagers jusqu'à la trouver.

Elle se redressa et se tint devant l'évier, une bouteille de Jack Daniels dans les mains. Son filet de sécurité, elle l'avait toujours laissé là… pour le cas où. Elle fixa la bouteille un instant et l'ouvrit. Elle ferma les yeux et inspira longuement, se délectant de l'odeur qui emplit ses narines, tous ses sens semblèrent se ranimer. Elle prit un verre et le rempli. Elle ferma ses yeux encore un moment et pencha la bouteille au-dessus de l'évier, observant le liquide tournoyer jusqu'à disparaitre dans le regard. Elle tenait toujours le verre plein dans ses mains. Elle agrippa l'évier fermement de son autre main avant de lâcher le verre qui se brisa. Elle s'accroupit, ses deux mains accrochant l'évier. Sa tête baissée. Elle inspirait profondément, attendant que le moment passe. Une fois ce cap passé, elle se releva et s'éloigna de l'évier duquel s'échappait l'effluve intoxicant du whisky. Elle savait qu'il lui faudrait appeler son sponsor ce soir-là, elle avait été si près de rechuter. Elle retourna sur son canapé, prenant toujours de fortes inspirations, quand on sonna à sa porte. Elle se leva en soupirant, qui que ce soit ne choisissait pas le meilleur moment pour une visite. Elle regarda par le Juda et retint sa respiration l'espace d'un instant.

Elle ouvrit la porte et Sarah se tenait devant elle. Un silence gênant s'installa.

— Salut.

— Sarah ? Euh, salut. Mais, euh, que fais-tu là ?

— Je me pose la même question, figure-toi.

— Tu veux entrer ? proposa Vanessa en s'écartant.

— Non. Je suis juste venue te dire de passer à autre chose. C'est du passé tout ça. Moi je n'y pense plus. C'est oublié depuis très longtemps. Je ne pense même plus à toi d'ailleurs, sans vouloir t'offenser.

— Non, ce n'est pas ça, Sarah.

— C'est tout ce que j'ai à dire. Si tu n'arrives pas à passer outre, ne me mets pas ça sur le dos. Je te pardonne. Si c'est ce que tu as besoin d'entendre, je te pardonne.

— Non, Sarah, ce n'est pas ce que je che–

— Écoute, comme je l'ai dit, c'est du passé. Vanessa allait parler, mais Sarah la devança : la vie est assez difficile comme ça, alors, quand un truc de bien t'arrive, tu ne le laisses pas s'échapper. Quelqu'un tient suffisamment à toi pour se découvrir complètement et tout faire pour t'aider. Si tu n'arrives pas à gérer ça ou ta vie, ne m'utilise pas comme excuse. Bouge-toi, Vanessa.

Avant que Vanessa ne puisse dire quoi que ce soit, Sarah était partie.

Letty l'attendait dans la voiture. Elle lui frotta la nuque quand Sarah s'installa sur le siège passager. Elles échangèrent un doux baiser. Letty sourit et démarra le moteur pour s'en aller.

Vanessa était presque assommée, l'espace d'un instant. Elle se rassit dans son canapé, ressentant désormais une sorte de vide, l'agitation précédente entièrement disparue. Elle était assez confuse, cela dit. Elle avait toujours beaucoup de choses en tête, mais elle se sentait étrange, un brin plus légère ? Elle n'était pas sûre. Elle retourna vers l'évier pour tout rincer et ramasser les bouts de verre. Elle jeta le tout dans une poubelle.

Elle sortit se promener, observant les étoiles au-dessus de sa tête, réfléchissant à sa vie.

***

Hayden était assise au bar, une jeune femme blonde venait de quitter la chaise d'à côté. Sam secouait la tête en s'approchant d'elle.

— Bon, qu'est-ce qui n'allait pas avec celle-là ?

Hayden haussa les épaules.

— Rien. Pas mon style c'est tout.

— Si tu continues de les rembarrer ainsi, tu ne la trouveras jamais cette petite amie que tu cherches tant.

— Je ne cherche plus de petite amie. Je veux juste… Hayden ne termina pas sa phrase et se retourna instinctivement pour voir la porte d'entrée.

— Elle n'est pas venue depuis quelque temps, indiqua Sam.

Hayden soupira.

— Ça se voit tant que ça sur mon visage ?

Sam opina.

— Mais des femmes, il y en a plein, tu sais. Si tu leur accordes un peu de ton temps, quand même. Et là, tu n'es pas partie pour. Si tu continues, tu finiras comme Vanessa.

Hayden fixa son verre un petit moment. Elle but une nouvelle gorgée jusqu'à le terminer.

— Je n'avais même pas douze ans quand j'ai commencé à boire.

Hayden se redressa d'un coup tandis que Vanessa s'assit directement à côté d'elle en poursuivant :

— Ce n'était pas difficile ; des bouteilles, il n'y avait que ça à la maison. Mon père était alcoolique. Ma mère s'est barrée quand j'avais huit ans.

Vanessa signala à Sam qui les observait du coin de l'œil d'apporter un nouveau verre à Hayden.

— Il passait d'un boulot de merde à un autre, incapable de les conserver. Soit il arrivait bourré, soit il n'y allait pas du tout. À seize ans, moi aussi j'étais bourré du matin au soir.

Vanessa regarda en face d'elle.

— Puis ma grand-mère a pris les choses en main et j'ai rectifié le tir grâce à elle. J'ai même fini par avoir des notes correctes au lycée alors que je n'y allais plus auparavant. J'ai commencé une année à l'université d'état, mais ce n'était pas mon truc tout ça, donc j'ai arrêté. Je voulais rejoindre la police, j'y pensais depuis un petit moment. J'ai postulé, j'ai bossé dur pour passer les sélections, et j'adorais ça.

Vanessa observa Hayden, se perdant quelque peu dans ce gris vert si spécial. Hayden semblait plonger en elle, voilà pourquoi Vanessa évitait si souvent de la regarder droit dans les yeux, mais elle jouait cartes sur table désormais, plus la peine de se cacher. Vanessa ne se priva pas de caresser le dos de la main d'Hayden avec son pouce.

— Ma grand-mère est décédée quelques années plus tard et m'a légué toute sa fortune, un sacré pactole, crois-moi. Je n'avais pas besoin de travailler si je ne le voulais pas. Mais la police, c'était une passion, c'était toute ma vie ce boulot. Donc les sous, je n'y ai pas touché, hormis ma maison, et pour envoyer mon père en désintox. Et bien sûr, depuis qu'on m'a viré, je vis dessus. C'est en bossant undercover d'année en année dans les lycées et universités que je me suis laissée aller à mes vieux démons, les fêtes, tu vois… J'ai été faible et je n'ai pas su relever la tête.

Vanessa fixait Hayden qui restait silencieuse. Hayden inspira profondément quand Vanessa lui caressa la joue avant de retirer sa main.

— Pourquoi as-tu fait ça ?

— Fais quoi ?

— Tu t'es accrochée de cette manière ? Ou même d'aller chercher Sarah ?

— Elle est venue ?

Vanessa ne put que sourire de celui, candide, sur le visage d'Hayden.

— Pourquoi ? demanda-t-elle une nouvelle fois.

— Parce que je tiens vraiment à toi, répondit Hayden, détournant légèrement le regard, un air extrêmement vulnérable avant de la fixer droit dans les yeux et d'ajouter :

— Et parce ce que tu n'as que trente-trois ans bon sang ! Ta vie est loin d'être finie. Tu ne peux simplement pas la laisser filer ainsi. Moi je ne peux pas te laisser faire ça, ça fait trop mal à voir, admit-elle en lui prenant la main.

— Je continue de croire que je ne suis pas la bonne personne pour toi, Hayden.

Bien qu'elle prononce ses mots, Vanessa entrelaça ses doigts avec ceux d'Hayden.

— On a tous nos démons, Vanessa. Hayden avala sa salive en précisant : mon père était très violent avec ma mère, il l'abusait physiquement, et sexuellement parfois. Il m'a battu également quelques fois jusqu'à ce que ma mère ait le courage de partir, quand j'avais onze ans. J'ai eu du mal à faire confiance aux garçons et aux hommes pendant longtemps ; c'est aussi la raison, malheureusement, pour laquelle j'ai repoussé si longtemps mon attirance pour les filles, les femmes. Je ne savais pas si ça venait de mon passé, tu vois. J'avais vingt ans la première fois que j'ai couché avec un homme. Ce n'était pas exceptionnel, en revanche ça m'a permis de ne plus avoir peur, et d'admettre que mon attirance pour les femmes était réelle. Mais pour le coup, c'est de me penser différente qui m'effrayait, alors j'ai recommencé en me disant que peut-être la deuxième fois ça irait mieux, puis j'ai arrêté les frais et me suis acceptée telle que j'étais. Voilà pourquoi j'ai fait mon coming-out si tard.

Vanessa lui serra la main. Elle inspira lentement.

— Je ne veux pas te faire de mal. Tu es encore si jeune.

— Je m'approche tout de même des vingt-sept ans, tu sais. Alors, peut-être que j'ai mis longtemps pour reconnaitre ce que j'aimais, mais maintenant que je l'ai trouvé, je ne vais pas la laisser me filer entre les doigts. Peu importe qu'elle me croie naïve et tout innocente, je vais lui montrer moi naïve et innocente. C'est quand elle veut.

Vanessa ne put s'empêcher de sourire. Elle posa sa main sur le visage d'Hayden et l'approcha pour l'embrasser. Le baiser dura plus longtemps que prévu. Hayden inspira profondément quand Vanessa se recula.

— On peut tenter le coup.

Hayden sourit.

— Tu verras, tu ne le regretteras pas. Je vais te faire grimper aux rideaux, assura Hayden avec un sourire effronté.

Vanessa s'esclaffa.

— Oh, *toi* tu vas me faire grimper aux rideaux ?

— J'apprends vite, lui murmura Hayden à l'oreille.

— D'ailleurs, je suis prête pour ma première leçon, maitresse, ajouta-t-elle, sa main sur la cuisse de Vanessa.

Vanessa rit légèrement.

— Et si on y allait doucement, hein ?

— Oui, tu as raison. On y va doucement, à partir de demain.

Vanessa rit une nouvelle fois.

— Tu es irrécupérable.

— J'ai juste vraiment envie de sentir ta peau conte la mienne, murmura Hayden, admirative de l'effet que ses mots provoquaient en Vanessa qui se lécha la lèvre et la détailla de haut en bas.

— Je n'y ai pas eu droit la première fois, se lamenta Hayden en détournant le regard.

Vanessa lui caressa le visage, tentant de chasser la pointe d'amertume et surtout la tristesse de ces mots.

— Je sais. Et je vais me rattraper.

Vanessa l'embrassa ardemment tout en laissant promener sa main sur les côtes et les hanches d'Hayden. Hayden en était à nouveau à bout de souffle quand elles rompirent le baiser.

Vanessa se leva et lui prit la main.

Sam les regarda partir avec le sourire.

Vanessa s'arrêta à l'extérieur du bar et pressa Hayden contre elle, l'embrassant dans le cou et sur les lèvres. Hayden pencha la tête en arrière. Tout comme elle l'avait fait la première fois, Vanessa la poussa jusqu'à rencontrer une voiture garée. Hayden enveloppa les bras de Vanessa. Vanessa s'appuya contre elle, levant une des jambes d'Hayden, se pressant encore plus contre elle. Hayden inspira d'un à-coup.

— Tu as une telle puissance, glissa-t-elle d'un souffle empli de désir.

— Et tu aimes ça.

Ce n'était pas une question.

— Carrément.

Hayden n'avait pas peur de le dire. Oui, elle aimait une partenaire qui dirigeait les débats, et les ébats très probablement, et elle n'en avait pas honte.

— Parfait, murmura Vanessa avant de l'embrasser avec ardeur.

— Et moi ? susurra Hayden, promenant ses mains sur la poitrine de Vanessa.

— Suis-je ce que tu aimes ? s'enquit-elle, mordant la lèvre inférieure de Vanessa.

Vanessa leva la jambe d'Hayden plus haut tout en se pressant plus fort contre elle. Elle attrapa le visage d'Hayden pour embrasser ses fines lèvres, y laissant des traces de sa ferveur. Hayden peinait à retrouver son souffle.

— Tu es *exactement* ce que j'aime.

Hayden l'attira dans un baiser profond. Leurs mains se promenant sur leurs corps. Un groupe qui se dirigeait vers le bar les siffla et rit avant d'entrer dans le pub.

Vanessa et Hayden se séparèrent à peine, front contre front. Vanessa riait timidement. Hayden s'essuya discrètement les lèvres, le même sourire timide aux lèvres tandis qu'elles s'écartèrent un peu plus.

Elles se fixèrent puis rirent. Tout juste calmées, elles ne se retinrent pas et s'embrassèrent de nouveau jusqu'à ce que Vanessa recule et lui prenne la main.

Elles marchèrent tranquillement, main dans la main jusqu'à l'appartement d'Hayden.

À propos de Gaëlle Cathy

Née dans le sud de la France, Gaëlle partage son temps entre les montagnes de l'Ardèche et la métropole de Lyon. Très tôt, elle développe une passion pour la langue anglaise et les États-Unis, qu'elle a souvent visités. La série télévisée <u>Buffy the Vampire Slayer</u> scella ces deux passions quand elle se mit à écrire des fanfictions ; plus de 70 en six ans avant de finalement prendre son envol avec ses propres écrits.

Dès 2011, elle publie des romances et romans fantastiques en anglais, qu'elle traduit en français dès 2016.

« Quand la Rivière Sort de son Lit » sort en décembre 2016. *« Un Souffle à la Fois »* en juillet 2017. *« Le Feu et la Glace »* en septembre 2018. *« Une Semaine à Acapulco »* au printemps 2019. *« En Noir et Blanc »* sort en janvier 2020. *« Toi, moi… + elle »* en mai 2020. *« Scènes de Vie »* sort en février 2021. Un nouveau roman fantastique *« La Guerre »* sort en mars 2021 et une nouvelle romance, *« C'était un Vendredi »* en septembre 2021. En décembre 2021 sort un petit recueil d'histoires courtes, *« De l'Amitié, Beaucoup d'Amour, un Zeste de Magie et un Brin de Malice »*. Une nouvelle romance, *« Cette Nuit-Là »* sort en septembre 2023.

Gaëlle signe chez Homoromance éditions en 2023 pour une réédition de *« C'était un Vendredi »* ainsi que deux romans inédits ; un drame *« Faux Départ »* en mai 2024, et une romance intitulé *« Laisse-Moi t'Aimer »* en février 2025.

Elle autopublie *« Conséquences »* au printemps 2025, une suite de son premier roman, puis un nouveau drame, *« Coupable ? »*.

Une nouvelle intitulée *« Déjà Vu »* et une romance sont prévues au second semestre 2025.

Amoureuse de la nature et des animaux, Gaëlle effectue de longues promenades à travers les sentiers montagneux et passe le reste de son temps à écouter de la musique, s'occupant de ses sept chats.

Bibliographie

ROMANCES

Quand la Rivière Sort de Son Lit

La vérité vaut elle le risque de tout perdre ?

Une incartade de trop vaut un retour express, d'Angleterre aux États-Unis, à la jeune Eliza Carlisle, 19 ans, afin de passer son bac dans la riche petite ville de Lorien, New Jersey. La mauvaise nouvelle se transforme bientôt en un nouveau challenge pour la jeune écorchée quand elle rencontre Julia, une adolescente fragile, volontairement coupée du reste du monde. Déterminée à découvrir les secrets qui l'entourent, leur relation évolue en une amitié spéciale. Des sentiments inattendus surgissent… de nombreux dangers aussi.

979-10-96374-04-5

Un Souffle à la Fois

Alécia Moore a 21 ans, elle étudie à l'université de Berkeley. Elle rend très souvent visite à ses parents dans la région de Seattle durant les week-ends. Lors de l'une de ces visites, elle fait la connaissance de Spencer Davies, une photographe au sourire dévastateur.

C'est le coup de foudre immédiat pour toutes les deux. Mais lorsque Spencer lui révèle sa maladie génétique, le douloureux passé d'Alécia ressurgit, et lui impose des choix à faire.

Est-elle prête à s'investir corps et âme une nouvelle fois, pour risquer de finalement tout perdre ?

979-10-96374-08-3

Le Feu et la Glace

Le calme de Franklin, petite ville du New Hampshire, est juste ce qu'il faut aux Beckett après avoir fui Manhattan.

Emma a vingt ans, un break loin de l'université, mais surtout de ses tourments sentimentaux s'impose. Elle est donc ravie de cette escapade rurale.

Elle tombe en admiration devant des objets locaux en cristal, et se met en quête d'en trouver le créateur pour l'anniversaire de sa mère Élisabeth. Sa quête va la mener beaucoup plus loin, trop loin peut-être, passant du rêve au cauchemar…

Entre sa rencontre foudroyante avec Charlène Campbell, artiste désabusée ; son passé qui la rattrape et sa famille à protéger, Emma va se retrouver dans une spirale infernale qui ne lui laissera aucun répit.

Comment va-t-elle s'en sortir ?

L'amour peut-il vraiment tout conquérir ?

979-10-96374-12-0

Une Semaine à Acapulco

Charlène "Charlie" Campbell n'a jamais cru au grand amour jusqu'au jour où il lui tomba sur la figure, transformant sa vie en un chaos et une misère insondable. Pour oublier cette erreur, elle décide de passer Noël 2014 sur les plages d'Acapulco, espérant retrouver le plaisir et la liberté des ébats d'un soir, comme au temps de sa jeunesse.

Alécia Moore, au contraire, a toujours été sentimentale, d'autant plus qu'elle a connu l'amour avec un grand A… et perdu. Elle fuit Seattle et un nouveau Noël déprimant avec sa famille et ses amies qui l'étouffent.

Mais tandis que le soleil et l'océan ne semblent en rien chasser son blues, une rencontre importune avec Charlie, en revanche, change complètement la donne et le sens de ses vacances.

Cela sera-t-il suffisant pour qu'elle ouvre de nouveau son cœur ? Charlie sera-t-elle capable de miser sur ce en quoi elle ne croit plus ?

BONUS STORY : Une Nouvelle Vie (ou l'histoire d'Emma)

Et Emma dans tout ça…

979-10-96374-15-1

En Noir et Blanc

Sarah Weisman fuit constamment ses sentiments. Vers une université très loin de sa Californie natale pour éviter son premier coup de cœur, puis de retour à Los Angeles pour éviter son premier amour… Elle se concentre désormais uniquement sur ses études, faisant profil bas, et ignorant les sentiments qu'elle continue d'avoir pour le même sexe. Mais elle rencontre Letty Rodriguez, une bombe latine, militante animaliste et lesbienne affirmée, par qui elle se sent immédiatement attirée. Elle sait qu'elle devrait s'enfuir à nouveau… pourtant elle ne le fait pas. Au fur et à mesure qu'elles se découvrent mieux l'une l'autre, Sarah doit une nouvelle fois faire face à des sentiments conflictuels. Mais alors qu'elle arrive doucement à les accepter, Letty semble maintenant la plus confuse des deux. Et si elle avait un autre agenda ? Sarah survivrait-elle à une trahison ?

Histoire Bonus : Vanessa

979-10-96374-18-2

Toi et Moi… + Elle

Amatrice de musique, Sasha passe de nombreuses soirées dans les clubs de New York City pour assister à des concerts. Riley Becker joue dans ces mêmes clubs, enchantant les femmes par ses talents de guitaristes hors pair et son look androgyne à l'extrême. L'attirance est immédiate, et réciproque. Sasha est prête à y succomber quand elle apprend une nouvelle qui ruine toute chance de relation avec Riley.

Leurs routes, cependant, continuent de se croiser et elles ont beaucoup de mal à ne pas céder à la tentation.

Sasha prendra-t-elle le risque de se lancer dans une relation vouée à l'échec ?

979-10-96374-23-6

Scènes de Vie

Eliza, Julia, Spencer, Alécia, Charlie, Emma, Sam… Vous avez aimé leurs histoires, leurs rencontres, mais, comment cela se termine-t-il ? Emma trouve-t-elle réellement le chemin de la rédemption dans les bras de Sam ? Qu'en est-il de sa famille ? De sa relation avec Charlie ? Cette dernière épousera-t-elle véritablement Alécia malgré ses sentiments persistants pour Emma ? Alécia réussira-t-elle un jour à se défaire entièrement du fantôme de Spencer ? Qu'est-il advenu de l'épique duo Eliza et Julia ? À découvrir au gré de ces Scènes de Vies.

979-10-96374-36-6

C'était un Vendredi

Justine vit depuis plusieurs années sur une petite île de la Polynésie française, aidant au développement de l'agriculture locale. Très enjouée, elle profite de la vie avec ses amis, habitants locaux ou autres expatriés. Elle est très intriguée par Jenyfer, une Américaine séjournant sur l'île depuis plusieurs semaines sans aucune interaction avec la population. De nature très curieuse, Justine ne renonce pas malgré quelques tentatives infructueuses de se rapprocher d'elle. Elle se rend toutefois très vite compte que Jenyfer est prisonnière d'un très lourd passé. La curiosité de Justine passe très vite de l'intérêt à la compassion… et plus encore.

Justine pourra-t-elle exorciser le mal de Jenyfer ?

979-10-96374-39-7

De l'Amitié, Beaucoup d'Amour, Un Zeste de Magie et un Brin de Malice

Amour et amitié intense attendent ces jeunes femmes qui se trouvent et se découvrent avec, parfois, un petit coup de pouce surnaturel.

979-10-96374-42-7

Cette Nuit-Là

Lors d'une soirée estudiantine, Jillian retrouve sa petite-amie dans les bras de son ami David. Par un concours de circonstances, elle termine la soirée, puis la nuit, dans la chambre d'Hailey, la sœur de David.

Passionnée de photo, mais obligée de travailler dans l'entreprise familiale de déménagement, faute de mieux, Jillian tente d'oublier l'affront de cette nuit-là, et surtout le lien fort tissé avec Hailey.

979-10-96374-45-8

<u>Laisse-Moi T'Aimer</u>

Nicole mène une vie tranquille, bien ordonnée entre son métier d'expert-comptable et ses soirées hebdomadaires entre amies à Manhattan. Son univers bascule le jour où elle croise Eléa, une jeune femme libre et insaisissable, tout l'opposé d'elle : cheveux bicolores, tatouages, et une attitude audacieuse qui bouscule chaque règle établie. Contre toute attente, leur alchimie est immédiate et enivrante, pourtant Eléa n'est pas prête à s'engager et cache de lourds secrets.

Accrochée à cet amour aussi imprévisible que passionné, Nicole plonge dans une relation tumultueuse où chaque rencontre est une bouffée d'adrénaline, et chaque séparation, une souffrance.

Combien de temps cet amour survivra-t-il à la distance qu'Eléa lui impose ?

978-28-98442-99-5

<u>Conséquences</u>

Eliza et Julia s'aiment depuis dix-huit ans. Un couple fusionnel, une vie presque parfaite… où seul un enfant manque à leur bonheur. Mais quand une série d'évènements troublants bouleverse leur entourage, Eliza refuse d'y voir de simples coïncidences.

À New York, Cassidy, insaisissable et libre, croise de nouveau la route d'Emmy, son amour de jeunesse. Les années ont passé, mais le feu qui les consume n'a jamais cessé de brûler. Entre passion et regrets, elles devront choisir : se laisser une seconde chance ou tourner la page pour de bon.

Deux histoires qui s'entrelacent, des certitudes qui vacillent. Quand le passé ressurgit, jusqu'où iront-elles pour protéger ceux qu'elles aiment ?

979-10-96374-53-3

<u>Déjà Vu</u> (2025)

À vingt et un ans, Clara poursuit avec passion des études d'anthropologie à Los Angeles, et partage sa vie avec Allan, son ancien professeur, de huit ans son ainé. Mais quand l'ex-compagne de ce dernier réapparaît, les débuts chaotiques de sa relation avec Allan reviennent la hanter. Les tracas s'accumulent quand le flirt de sa monitrice de surf la rend plus confuse qu'elle ne le souhaite.

979-10-96374-51-9

ROMANS

<u>Hannah</u>

Hannah excelle dans le monde de la finance à Manhattan, occupant un poste majeur à vingt-cinq ans. En revanche, sa vie privée, faite de rencontres d'un soir assumées, est bien plus chaotique.

Sa rencontre avec Thomas risque de faire voler en éclat l'épais mur qu'elle a érigé entre elle et son passé. Elle aura beau tâcher de résister, la persévérance de Thomas fissure ses barrières. Mais Hannah n'est pas prête à y faire face, ou lui laisser plus de marge de manœuvre.

L'amour de Thomas lui permettra-t-elle de se libérer d'un passé qui l'emprisonne ?

979-10-96374-48-9

<u>Faux Départ</u>

Virée de chez elle par sa mère alcoolique, Sidney, seize ans, vit désormais à Ithaca, avec son père et sa belle-famille. Après une adolescence chaotique, elle s'efforce de remettre sa vie en ordre, malgré la sévérité de son père qui ne lui pardonne pas ses errements.

Son attirance immédiate pour la belle Keira et le lien fort qui se tisse avec le charmant Jérémy font rapidement ressurgir les fantômes du passé.

Fera-t-elle les bons choix ?

979-10-96374-54-0

<u>Coupable ?</u> (2025)

Épouse aimante, mère dévouée, Kristin Harris menait une vie sans histoire… jusqu'à sa disparition soudaine. Départ volontaire, comme l'affirme la police, ou acte criminel, comme le clament ses proches ?

Refusant d'écarter la moindre piste, la capitaine Raphaëlle Shepherd fouille chaque recoin de son existence, tandis que l'enquête prend un tournant dramatique.

Qui aurait voulu du mal à cette femme en apparence irréprochable ? Un amant éconduit ? Un mari blessé ? Une mauvaise rencontre ? Ou encore Eli, adolescente au passé trouble et ancienne amie de sa fille, dont le nom revient sans cesse malgré la brouille ?

Entre mensonges et révélations, Raphaëlle devra lever le voile sur la véritable Kristin Harris…

979-10-96374-56-4

ROMANS FANTASTIQUES

La Guerre

Willow Creek, petite ville tranquille de Californie du Nord où Sienna vit une vie d'adolescente sans souci, au sein de sa famille d'accueil, avec son meilleur ami Shiloh. Tandis que les forêts alentour sont marquées par une recrudescence d'attaques d'animaux sauvages et de disparitions inquiétantes, tout ce qu'elle espère, à l'aube de ses dix-sept ans, c'est d'avoir, enfin, un petit-ami. Le jour J pourrait s'avérer le bon quand, lors de sa fête d'anniversaire, non pas un, mais deux jeunes hommes l'attirent irrésistiblement. Cependant, une autre invitée mystère va bouleverser sa vie par d'intenses révélations… et sentiments. Sienna se retrouve au milieu d'une guerre millénaire avec la possibilité d'y mettre fin. Elle découvrira que rien n'est jamais ce qu'il paraît et que tout choix a ses conséquences.

979-10-96374-30-4

LEGACY (GC Lehane)

Dylan Evans, one of many Hunters, trained by the Academy to fight vampires, returns home after some time away following traumatic events. However, time did not heal much, that it be in her relationship with her mother, or with her AR Mrs. Cooper (Academy Representative), her friends as well and even less with her boyfriend Jordan. What's more, she has to face the presence of another Hunter, Santana, sent to town during her absence. The clashing personality of both Hunters, as well as Dylan's bitterness, makes it difficult for her to pick up the pieces of her life. Comes in to play Angelina Kane, a mysterious and fragile young girl with a troubled past. A strange yet immediate change in the group dynamic occurs, with some dreadful results.

978-13-01160-74-7

Contact

Merci d'avoir lu « *En Noir et Blanc* », et son histoire bonus « *Vanessa* ».

J'adorerais savoir ce que vous en avez pensé donc n'hésitez pas à laisser un commentaire, par mail ou sur Amazon ou tout autre endroit où vous avez pu l'acquérir.

Vous pouvez me contacter à GCLehane@gmail.com
Ou via mes pages Facebook et Goodreads.

Et n'oubliez pas de visiter mon site web : Les Romans de Gaëlle Cathy ou mon Blog pour plein d'exclus, nouvelles sorties, bande-annonce, livres offerts, etc.

###

Gaëlle DECROSSAC

ISBN : 979-10-96374-18-2
Dépôt légal : Octobre 2022

Impression Hors-France